今古奇觀

「三言二拍」是宋元明三代白話小說的總集，
明末抱甕老人精選其中四十篇動人佳作而為《今古奇觀》；
且看說書人以古論今，娓娓道出一則則世故人情、昭彰天理。

教你看懂
今古奇觀 上

Unusual spectacle of Chinese

高談文化

目錄

卷二・十個人間福報

出版序

請嚐嚐說書人的唾沫

在爲讀者破解《今古奇觀》的「奇」處之前，請容我先直觀地陳述：這是一本「好吃」的古籍，搜羅了口感滋味不等的四十卷故事套餐，其中有些咬起來很脆，有些嚐著倍感酸澀，不過到了掩卷的時刻，總是會有一種飢餓大大解除的滿足之感。

是的，需要故事的人多少有點飢餓：情感飢餓、官能飢餓、知識飢餓……，甚或因資源被掠奪、政治壓迫下所產生的生存飢餓。而薄薄一本明朝話本小說《今古奇觀》竟具有餵飽以上各種嗷嗷待哺閱聽人的能耐，眞可謂奇事一樁！

這得歸功於神秘的古代編輯「抱甕老人」。他大膽突破時間的橫軸和地域、階層的限制，以多視角的觀點多元取材，讓這本著作顯得格局遼闊，表達大衆的情感深刻入微。由此，當讀者開卷「吃」故事的時候，享用到的將是連篇驚奇：有時是呈現歷史名物風流的日式懷石料理，像是側寫詩仙李白才氣的〈李謫仙醉草嚇蠻書〉；有時是口裡流蜜、腹中燃燒的紅酒起士法式套餐，如可比擬文藝童話愛情片的〈賣油郎獨占花魁〉；有時是酸澀麻辣、強力批判政人們惡行惡狀的泰國菜，〈看財奴刁買冤家主〉就是一例。當然，更不乏寫滿古怪奇聞妙事、情節可怖，或是俏皮、溫馨感人等種種，如豬血湯配滷肉飯一般，可大快朵頤的夜市小吃式的故事。

但《今古奇觀》之所以爲「奇」，絕不僅止於書中充滿能使人饜足的美味故事「香氣」而已，令人好奇的是，到底是什麼樣的時代造就如此多飢餓的閱聽人？什麼因素形成這樣能滿足平民大眾口味的敘事形式？爲此，我們在本書中特別安排了追蹤企劃，試圖剖析《今古奇觀》背後所承載的明代氛圍，以及「說書」這個影響後世藝術的大眾文化現象。

明朝是外國商人、傳教士開始在港口進出，帶來新知與珍奇物品，國家的船舶並排在海面上，等待鄭和大旗揮下，起航，宣揚泱泱國威的大航海時代。此時資本主義剛剛在中國萌芽，政商加緊密切的互動，社會不公、貧富不均的現象也更加嚴重。這些社會的變動都反映在《今古奇觀》的故事中，譬如商人地位提升，知識份子反被貶低，故事中讀書人形象不若前朝文學那樣好，爹爹寧願將女兒嫁作商人婦，也不願嫁給書生等橋段。

以文體而言，《今古奇觀》是一本「話本小說」，「話本」是說書活動的草稿，說穿了簡直不過是說書人的唾沫罷了，但這正是它在文學與說唱藝術上最出奇制勝之處。「說書」是明朝市井間流行的通俗大眾娛樂，是一種最簡約素樸卻趣味無窮的表演藝術型態，通常由一個堪稱「故事販賣機」的民間藝人（可能是落魄文人隱士）手持響板或鑼鈸、笏之類的物品，吟一首「開場詩」，講一個相關的小故事引起動機，成群觀眾就圍過來折服在他的口才之下了。當時演出的盛況雖隨著時光消逝無蹤，但說書人的語氣與魅力已凝結在口語化書寫的話本小說中。

時代往前狂奔，如今，「今古奇觀」中的「今」已成古，「古」又往後推了數百年。但即使存在著荒謬與不合時宜，故事中的人性鬥爭卻是不變、值得反覆探討省思的。因此我們將之從歷史漫漫的塵埃中拾起，呈給當代飢餓的讀者。

「教你看懂」中國文學名著系列，希望能爲讀者開啓一條通往中國文學之路的捷徑，以淺顯的文字、活潑的導引、有趣的注釋與生動的補充說明，跳脫枯燥乏味的學究式說理，重新編撰的，可以輕鬆閱讀的作品。能看懂古人的文字，就能領略他們的思想脈絡，了解當時社會文化的狀態，找出可以學習借鏡的智慧精華。因爲了解、欣賞，才能借鑑學習；因爲借鑑學習，才能延伸應用；因爲應用，才能承先啓後，激發創作的種籽。

文學的魅力不應該受限於時代、語言、國界的束縛，而文體的表達方式，也不應該只能有一種詮釋方法。就像我們想讀世界各國的文學作品，可以藉由翻譯來讀懂它的道理一樣，中國許多優美的經典文學創作，也不應該受限於文言文的隔閡，而讓現代的讀者望之生畏。中國文學作品的浩瀚精采，博大精深，如果能找到更多元的入門通道，那麼成千上萬的精采創作，將會是人人都喜歡閱讀的最佳讀物。

高談文化總編輯　許麗雯

身世難解的今古奇觀

中國的小說，在周、秦時代已經存在，所敘述的多是些瑣事雜記，所以前人論中國小說起源，都以魏晉為初始。魏晉到隋朝，由於道教的符籙、巫術，佛教的輪迴因果報應等觀念盛行，以志怪稱異的小說大量生產。到了唐代，受到科舉、佛教文學及古文大家也作小說的影響，促使小說發達，因而產生了「傳奇」。作者們用平淺的文言散文，來寫神仙釋道、動人愛情或反映時事，描述社會、人生看法、豪俠武勇等，取材廣泛，情節曲折離奇，文辭華美流麗，鋪述深刻動人。

宋朝供「說書人」講故事用的底本——話本，無論在內容、結構、文字技巧各方面都已趨成熟，具有很高文學價值，但它的前身，並不是唐代的小說「傳奇」，而是唐代原有一種用口語講述佛經故事、韻散夾雜的「變文」。

到了明代，白話小說非常多，這個時期的小說乃是由宋代的平話（說唱文學）與元代的雜劇演變而來的。

《今古奇觀》的直系血親：《三言》、《二拍》

明代小說在中國南方尤其繁榮，當時都市經濟發達，市民階級成形，士大夫生活日趨放誕；以反映市民生活為主要內容的短篇白話小說於是蓬勃地發展起來，最具代表性的當屬馮夢龍的

《三言》與凌濛初的《二拍》。

《三言》是指《喻世明言》、《警世通言》與《醒世恆言》，喻是曉喻之意，警是勸戒之意，醒是覺悟之意，明言、通言、恆言是指卓越的言說。《三言》收錄了宋、元、明各代的話本小說，同時也包括了馮夢龍自己寫的作品。在《三言》中，以描寫被壓迫婦女的故事最爲出色，如〈杜十娘怒沉百寶箱〉、〈賣油郎獨占花魁〉等，眞實描繪了婦女低落的社會地位與在黑暗中對幸福與自由的嚮往追求，此外還有一些作品，則是暴露出封建統治者的猙獰面目和無恥行爲。

繼《三言》之後，凌濛初的《二拍》更一針見血地道出當朝的腐敗與社會的弊端、揭露統治者貪婪苛毒的面貌、抨擊科舉制度與司法體制的弊病等。《二拍》指《初刻拍案驚奇》與《二刻拍案驚奇》，拍案驚奇指的是拍桌子大呼奇妙的意思。

這兩部深刻傳達庶民的生活風貌與情感的作品，被後人通稱爲「三言二拍」，是宋元明三代白話小說的總集，收錄了短篇白話小說近兩百篇，但良莠不齊。抱甕老人精選其中四十篇而爲《今古奇觀》，流傳至今，題材以當時社會的巷議街談爲主，內容則暴露了資本主義萌芽時期與舊思想衝突的矛盾現象。

說書活動的副產品——話本小說

「說話」是宋朝最重要也最具代表性的民間娛樂，而「話本」就是說書人在「說話」時的故事「底本」。「話本」原是民間藝人的作品，開始的時候，不太受到讀書人的重視，流通了一段時間之後，才漸漸地引起有心文人的注意，他們有的將話本成套編印，有的模仿「話本」的題裁來創作他們的小說。於是，原來專供說話人用的「故事底本」，就變成了一種專供「閱讀欣賞之用」的文學作品，和現代人寫小說的意義完全一樣了。

這種「只能看、不能聽」的話本創作，在明代中葉特別發達。馮夢龍的擬話本小說《三言》的出現，開啓了文人擬作話本的風氣，然而眞正受到廣大社會群衆歡迎的，則是淩濛初所編撰的《二拍》。《二拍》不僅是新興市民文學的代表作，也是明代社會生活的一面鏡子，它還因爲內容描繪太多社會的黑暗面，而被當朝政府視爲禁書。

解剖話本的結構

話本的格式，先後依次爲開場詩、入話、頭回、正文、散場詩。

篇首通常以一首詩或詞，或一詩一詞並列作開頭，結尾大體上也是如此，即以詩詞作結尾。結尾的詩詞，是全篇故事的大綱或評論，但篇首的詩詞則不一定。

在篇首的詩詞之後、正文的故事之前，通常有「入話」和「頭回」。「入話」就是接在篇首的詩詞之後，加以解釋，或做一番評論的段落；「頭回」則是在正文故事未開始之前，先說一篇小故事，這篇小故事的主題有的與正文故事相似，有的相反。頭回所述說的故事，和正文故事因此有著襯托或對比的意義，正文故事的主題，也可藉此更加清楚明白。

故事的正文前面，之所以會有開場詩、入話和頭回，是因爲聽故事的民衆往往三三兩兩地陸續就座，「說話人」爲了不使早到的人覺得冷場，所以會先說一些小故事、唱一些詩詞或講一些議論作爲開場白，以穩住早到的觀衆。

宋代是「說話」的鼎盛時期，而明代則是文人編輯和創作「話本小說」的豐收時期。這些話本小說的故事素材，多取自前人的說話、筆記、戲劇等，內容與社會現實息息相關，充分展現當時的民風。從小說的藝術層面來看，明代的話本小說善於組織情節，故事往往曲折起伏而錯落有致，撲朔迷離卻合情合理；在人物撰寫上，除了形象鮮明生動外，還能細緻入微地刻劃出人物在各個特定階段的心理狀態，其成就遠遠超越歷代的話本。

靠一張嘴皮走遍天下——說書人

要聽說書人說故事，得去專門的說話場所，當時人們叫「瓦子」或「瓦舍」，有的甚至可容納數千人。說話藝人的分工很細，各有專長，有的專說經、有的專說史書、有的專說鐵騎兒（註1）、有的專說平話（註2）。說話藝人還會有自己的行會組織——雄辯社，他們在裡頭互相切磋技藝，交流經驗，傳遞信息，提高彼此的說唱水準。

此外，還有專門編寫話本的團體——書會，書會成員稱為書會才人，都是有一定底子的落魄文人，在《白娘子永鎮雷峰塔》話本中，就記有才人編話本之事：「俺今日且說一個俊俏書生，只因遊玩西湖，遇到兩個婦人，直惹得幾處州城，鬧動了花街柳巷，有分教才人把筆，編成一本風流話本。」

西方的說書人——吟遊詩人

在西方，從十一世紀開始，歐洲各王國都有吟遊詩人背誦、吟唱自己的詩歌或知名行吟詩人的作品，他們的腦中儲存了大量的作品。吟遊詩人精通口語與音樂的即興創作，他們也可透過學習有關美麗歌曲與故事的傳統而獲得的知識來進行創作。此時，吟遊詩人們馬上變成了教育家、哲學家、社會時事評論者、滑稽演員、藝術家和帶給人們娛樂的表演者，他們也是替所處社會增添光彩的一份子。

這些吟遊詩人是公共演藝人員，除了在宮廷表演外，在展覽會場和市集中也可以見到他們的蹤跡；對小農村而言，更是村民跟外面廣大世界和不斷增長的知識之間重要的聯繫。他們是專業的表演者，有時會吟唱自己的歌曲，有時會敘述詩句到深夜；可能歌誦神和女神們、神話或歷史裡的英雄人物，也可能歌誦偉大的戰役和事件，以及不同的道德標準，總而言之，凡是一個種族記憶裡任何重要的事件都可成爲他們歌誦的內容，而他們的表演也替村民日復一日一成不變的生活提供了一個暫時解脫的機會。

吟遊詩人把生活中的牢騷，以譏諷、機智、幽默的方式呈現出來，這些敘述詩句和詩歌的旋律至今依然存在著，它們被記錄下來，成爲帶領西方文藝進步的重要根基。

說書風潮繁衍出來的子孫——章回小說

章回小說是從宋元講史話本的基礎上發展起來的小說，絕大部分爲白話，盛行於明清兩代。話本中有一種「講史」形式，由於歷史故事內容較長，須分多次講說，爲使聽衆加深印象，每次講故事時便有一個中心內容，及一個醒目的標題，於是逐步形成分章立回目的體例。爲了吸引觀衆，每次說書人講說故事時，總在緊要關頭打住，而在末尾留下「欲知後事如何，且聽下回分解」

來吊住聽衆的胃口，以便吸引他們再三捧場。

抱甕老人是何方神聖？

《今古奇觀》是一本白話短篇小說選集，也是第一部被介紹到歐洲的中國小說集，它署名的編者爲「姑蘇（蘇州）抱甕老人」。抱甕老人的生平資料欠缺，他究竟是怎樣的人物，後人不得而知，但由於本書前題有「墨憨齋手定」，所以有人推測編輯者可能是馮夢龍（註3）的朋友。而《今古奇觀》刊行的年代也不詳，後人只能推斷《今古奇觀》大概是從《二刻拍案驚奇》刊行的明崇禎十七年，到明朝滅亡的十三年間，其中某一年所刊行的。

（註1）內容大都描寫戰爭故事。

（註2）也作「評話」，我國一種講唱文學，內容多為渲染前代軼事，在宋代最為盛行。後發展成說書體的小說，如三國志平話、五代史平話。

（註3）生於明萬曆二年（西元一五七四年），卒於明崇禎十七年（西元一六四四年），字猶龍、子猶、耳猶，又號龍子猶、墨憨齋主人、顧曲散人、詞奴、綠天館主人等，長洲（今蘇州）人，是明代著名戲曲作家和理論家。

卷一・十一個至情至性的女主角

杜十娘怒沈百寶箱

掃蕩殘胡立帝畿，龍翔鳳舞勢崔嵬；左環滄海天一帶，右擁太行山萬圍。戈戟九邊雄絕塞，衣冠萬國仰垂衣；太平人樂華胥世，永永金甌共日輝。

這首詩單誇我朝燕京建都之盛。說起燕都的形勢：北倚雄關，南壓區夏，眞乃金城天府，萬年不拔之基。當先洪武皇帝掃蕩胡塵，定鼎金陵，是爲南京；到燕王永樂，從北平起兵靖難，遷於燕都，是爲北京。只因這一，遷把個苦寒地面，變作花錦世界。自永樂以叔繼姪，九傳至於萬曆，此乃我朝第十一代的天子。這位天子，聰明聖武，德福兼全，十歲登基，在位四十八年，削平了三處寇亂。那三處？西夏，哱承恩；日本，關白平秀吉；播州，楊應龍。——平秀吉，侵犯朝鮮；哱恩承，楊應龍是土官謀叛，先後削平。遠夷莫不畏服，爭來朝貢。眞個是：

一人有慶民安樂，四海無虞國太平！

話中單表萬曆二十年間，日本國關白作亂，侵犯朝鮮；朝鮮國王上表告急，天朝發兵泛海往救；有戶部奏准，目今兵興之際，糧餉未充，暫開納粟入監之例。原來納粟入監的有幾般便宜：好讀書，好科舉，好交結；未來又有個小小前程結果。以此，宦家公子、富室子弟，倒不願做秀才，都去援例做太學生。自開了這例，兩京太學生，各添至千人之外。內中有一人姓李名甲，字于先，浙江紹興府人氏。父親李布政，所生三兒，惟甲居長；自幼讀書在庠，未得登科，援例入於北雍。因在京坐監，與同鄉柳遇春監生，同遊教坊司院內，與一個名姬相遇；就演出一段哀豔離奇的故事來。那名姬姓杜名孄，排行第十，院中都稱爲杜十娘。生得：

渾身雅豔，遍體嬌香；兩彎眉畫遠山青，一對眼明秋水潤。臉如蓮萼，分明卓氏文君；脣似櫻桃，何減白家樊素。可憐一片無瑕玉，誤落風塵花柳中！

那杜十娘自十三歲淪落風塵，今一十九歲，七年之內，不知顛倒多少公子王孫：一個個情迷意蕩，破家蕩產而不借。因此，院中傳出四句口號來。道是：

坐中若有杜十娘，斗筲之量飲千觴；院中若識杜老孄，千家粉面都如鬼。

卻說李公子風流年少，未逢美色，自遇了杜十娘，喜出望外，把花柳情懷，一擔兒挑在他身上。那公子俊俏的龐兒，溫存的性兒，又是撒漫的手兒，幫襯的勤兒，與十娘一般兩好，情投意合。十娘因見鴇兒貪財無義，久有從良之意；又見李公子忠厚志誠，甚有心向他。李公子雖則懼怕父親，不敢應承；然兩下情好愈密，朝歡暮樂，終日相守，儼如夫婦一般；海誓山盟，各無他志。眞個：

恩深似海恩無底，義重如山義更高。

再說杜鴇兒女兒被李公子占住，別的富家巨室，聞名上門，求一見而不可得。初時李公子撒漫用錢，大差大使，媽媽脅肩諂笑，奉承不暇；日往月來，不覺一年有餘，李公子囊篋漸漸稍虛，手不應心，媽媽娘就怠慢了。老布政在家聞知兒子闞院，幾遍書來喚回家去。他迷戀十娘顏色，終日延捱；後來聞知布政在家發怒，則又不敢回家。古人云：「以利相交者，利盡而疏。」那杜十娘與李公子，眞情相好，見他手頭愈短，心頭愈熱。媽媽幾遍教女兒打發李甲出院，女兒只不開口；幾遍將言語觸突李公子，要激怒他起身，公子又是個性情溫和的人，全不介意；沒奈何，只得喚過十娘來叱罵道：「我們行戶人家，喫客穿客，前門送舊，後門迎新；所謂『門庭閭如火，錢帛堆如垜。』自從那李甲在此混帳一年有餘，莫說新客，連舊主顧都斷了！分明是接了鐘馗老，連小鬼也沒得上門！弄得老娘一家人家：有氣無煙，不成個什麼模樣了！」便十娘被罵，耐性不住，便回答道：「那李公子原不是空手上門的，也曾費過大錢來。」媽媽道：「彼一時，此一時，今日你只教他費些小錢兒，把與老娘辦些柴米，養你兩口也好。別人家養的兒女，便是搖錢樹，千生萬活；偏我家晦氣，養了個退財白虎，開了大門七件事，般般都在老身心上；倒替你這小賤人白白養著窮漢！教我衣食從何處來？——你對那窮漢說：有本事出幾兩銀子與我，倒得你跟了他去；我別討個丫頭過活，豈不兩便？」十娘道：「媽媽這話是眞是假？」媽媽曉得李甲無一錢，衣衫都典盡了，料他沒處設去，便應道：「老娘從不說謊，當眞哩！」十娘道：「娘！你要他多少銀子？」媽媽道：「若是別人，就拏出一千兩銀子來，也莫想討你去；如今憐那窮漢出不起，只要他三百兩。——只是一件：須是三日內交付與我，左手交銀，右手交人。若三日沒有銀子時，老身也不管三七二十一公子不公子，一頓抓拐，打那光棍出去；那時莫怪老身！」十娘道：「公雖在客邊乏鈔，諒三百金還措辦得來，只是三日忒近，限他十日便好。」

媽媽想道：「這窮漢一雙赤手，便限他一百日，也拏不出銀子的；沒有銀子，便鐵皮包臉，料也無顏上門了。那時重整家風，媺兒也沒得話講。」便答應道：「看你面上，便寬到十日，若第十日沒有銀子，不干老娘之事。」十娘道：「十日內無銀，料他也無顏再見了，只怕有了三百兩銀子，媽媽又翻悔起來。」媽媽道：「老身年五十一了，又奉斗齋，怎敢說謊？不信時，與你拍掌爲定：若翻悔時，做豬做狗。」正是：

從來海水斗難量，可笑虔婆意不良；料定窮儒囊底空，故將財禮難嬌娘。

是夜，十娘與公子在枕邊議及終身之事，公子道：「我非無此心，但教坊落籍，其費甚多，非千金不可，我囊空如洗，如之奈何？」十娘道：「妾已與媽媽議定。只要三百金。但須十日內措辦；郎君遊資雖罄，都中豈無親友可以借貸？倘得如數，妾身遂爲君之所有，省受虔婆之氣。」公子道：「親友中爲我留戀行院，都不相顧；明日只做束裝起身，各家告辭，就開口借貸路費，湊聚將來，或可滿得此數。」商議定了，暫且無話。且說次日，李公子起來梳洗了，便別了十娘出門。十娘道：「用心作速，專聽佳音。」公子道：「不須分付。」於是出了院門，向各親友處去借貸。起初他們聽他說要回去，大家倒很歡喜，及至說出要借盤纏的話來，就有些兒不樂意。便推辭道：「目今正値空乏，莫能相濟。奈何！奈何！」正如俗語所說：「說著借便無緣，親友們就不招架。」其實他們之不肯借錢給他，卻也有個緣故：他們以爲李公子已成了個風流浪子，迷戀煙花，年年不歸，父親都爲他氣壞在家；如今雖說回去，卻還說不定是眞是假；若是借得盤纏到手，卻拏去還脂粉債，他父親知道，定要見怪的。簡直是一怪，不如辭了倒乾淨。因此，就都只是婉詞推脫，沒一個肯答應借給他十兩二十兩的。李公子一連奔走了三日，分毫無獲；又不敢回決十娘，權且含糊答應。到第四日，又沒照頭，就羞回院中。平日間有了杜家，連下處也沒有了；今日就無處投宿，只得往同鄉柳監生寓所借歇。柳遇春見公子愁容可掬，問其來歷；公子將杜十娘願嫁之情，備細說了。遇春搖首道：「未必，未必。那杜孍乃曲中第一名姬，要從良時，怕不要十斛明珠、千金聘禮？那鴇兒如何只要三百兩？想是鴇兒怪你無錢使用，白白占住他的女兒，設計打發你出門；那婦人與你相處已久，又礙卻面皮，不好明言；明知你手內空虛，故意將三百兩賣個人情，限你十日，若十日沒有，你也不好上門，便上門時，他好說你笑你。落得一場褻瀆，自然安身不牢：——此乃煙花逐客之計。足下三思，休被其惑。據弟愚意，不如早早開交爲上。」公子聽說半晌無言。心中疑惑不定。遇春又道：「足下莫要錯了主意，你若眞個還鄉，不多幾兩盤費，還有人搭救；若是要三百兩時，莫說十日，就是十個月也難。如今的世情，誰肯顧緩急二字的？那煙花也算定你沒處告借，故意設法難你。」公子道：「仁兄所見良是。」口裡雖如此說，心中割捨不下，依舊又往外邊東央西告，只是夜裡不進院門了。公子在柳監生寓中，一連住了三日，共是六日了。杜十娘連日不見公子進院，十分著急，就教小廝四兒街上去尋。四兒尋到大街，恰好遇見公子，四兒叫道：「李姐夫！娘在家裡望你。」公子自覺無顏，回覆道：「今日不得工夫，明日來罷。」四兒奉了十娘之命，一把拖住，死也不放道：「娘叫咱尋你，是必回去走一遭。」李公子心上也牽掛著十娘，沒奈何只得隨四兒進去。見了十娘，默默無言。十娘問道：「所謀之事如何？」公子眼中流下淚來。十娘道：「莫非人情淡薄，不能足三百金之數嗎？」公子含淚道：「正是『不信上山擒虎易，果然開口告人難！』一連奔走六日，並無銖兩；一雙空手，羞見芳卿，故此這幾日不敢進院。今日承命呼喚，只得忍恥而來；非某不用心，實是世情如此。」十娘道：「此言休使虔婆知道。郎君今夜且住，妾別有情訴。」十娘自備酒餚，與公子歡飲。睡至半夜，十娘對公子道：「郎君果不能辦一錢耶？妾終身之事，當如何也？」公子只是流涕，不能答一語。漸漸五更天曉，十娘道：「妾所外絮褥內，藏有碎銀一百五十兩；此妾私蓄，郎君可持去。三百金妾任其半，郎君亦謀其半，庶易爲力。限只四日，萬勿遲誤！」十娘起身將褥付公子，公子驚喜過望，喚童兒持褥而去。逕到柳遇春寓中，又把夜來之情，與遇春說了，將褥拆開看時，絮中都裡著零碎銀子，取出兌時，果是一百五十兩。遇春大驚道：「此婦眞有心人也！既係眞情，不可相負。吾當代爲足下謀之。」公子道：「倘得玉成，決不有負。」當下柳遇春留公子在寓，自出到各處去借貸；兩日之內，湊足一百五十兩。交付公子道：「吾代爲足下告借，非爲足下，實憐杜十娘之情也。」李甲拏了三百兩銀子，喜從天降，笑逐顏開，欣然來見十娘；剛是第九日，還不足十日。十娘問道：「前日分毫難借，今日如何就有一百五十兩？」公子將柳監生事情，備細述了一遍。十娘以手加額道：「使吾二人得遂其願者，柳君之力也。」兩個歡天喜地，又在院中過了一晚。次日，十娘早起，對李甲道：「此銀一交，便當隨郎君去矣，舟車之類，合當預備；妾昨日於姊妹中借得白銀二十兩，郎君可收下爲行資也。」公子正愁路費無出，但不敢開口，得銀甚喜。說猶未了，鴇兒恰來敲門，叫道：「媺兒！今日是第十日了。」公子聞叫，啓戶相延道：「承媽媽厚意，正欲相請。」便將銀三百兩放在桌上。鴇兒不料公子有銀，默然變色，似有悔意。十娘道：「兒在媽媽家中多年，所致金帛，不下數千金矣；今日從良一事，乃媽媽親口所許，三百金不欠分毫，又不曾過期；倘若媽媽失信不許，郎君持銀去，兒即刻自盡，那時人財兩失，悔之無及也。」鴇兒無詞以對，腹內籌畫了半晌，只得取天平兌準了銀子，說道：「事已如此，料留你不住了；只是你要去時，即今就去。穿戴衣飾之類，釐毫休想。」說罷，將公子和十娘推出房門，討鎖來就落了鎖。此時九月天氣，十娘才下床，尚未梳洗，隨身舊衣，就拜了媽媽兩拜，公子也作了一揖，一夫一婦，離了虔婆大門。正是：

鰲魚脫卻金鉤去，擺尾搖頭再不來。

卻說李公子和杜十娘兩個走出門來，公子道：「卿且住片刻，我去喚個小轎，抬你權往柳榮卿寓所去，再作道理。」十娘道：「院中諸姊妹平昔相厚，理宜說別；況前日又承他借貸路費，不可不一謝也。」乃同公子到各姊妹處謝別。姊妹中惟謝月朗、徐素素，最與十娘親厚，又與杜家相近；十娘便先到謝月朗家。月朗見十娘禿髻舊衫，驚問其故。十娘備述來因，又引李甲相見。十娘指月朗道：「前日路費，是此位姐姐所貸；郎君可致謝。」李甲連連作揖。月朗便教十娘梳洗；一面去請徐素素來家相會。十娘梳洗已畢，謝、徐二美人，各出所有翠鈿金釧，瑤簪寶珥，錦袖花裙，鸞帶繡履，把杜十娘妝扮得煥然一新。備酒作慶賀筵席。月朗讓臥房與李甲、杜孅二人過宿。次日又大排筵席遍請院中姊妹；凡十娘相厚者，無不畢集；都與他夫婦把盞賀喜。吹彈歌舞，各逞其長，務要盡歡。直飲至夜分，十娘向衆姊妹一一稱謝。衆姊妹道：「十娘爲風流領袖，今從郎君去，我等相見無由；何日長行？姊妹們尙當奉送。」月朗道：「候有定期，小妹當來相報。但阿姊千里間關，同郎君遠去，囊篋蕭條，曾無約束；此乃吾等之事，當相與共謀之，勿令姊有窮途之慮也。」衆姊妹各唯唯而散。是晚，公子和十娘仍宿謝家。至五鼓，十娘對公子道：「吾等此去，何處安身，郎君已有定著否？」公子道：「老父盛怒之下，若知娶妓而歸，必然加以不堪，反致相累；輾轉尋思，尚未有萬全之策。」十娘道：「父子天性，豈能終絕，既然倉卒難犯，不若與郎君於蘇、杭勝地，權作浮居。郎君先回，求親友於尊大人面前勸解和順，然後攜妾于歸，彼比安妥。」公子道：「此言甚當。」次日，二人起身，辭了謝月朗，暫往柳監生寓中，整頓行裝。杜十娘見了柳遇春，倒身下拜，謝其周全之德；說道：「異日我夫婦必當重報。」遇春慌忙答禮道：「十娘鍾情所歡，不以貧窶易心，不愧女中豪傑！僕因風吹火，區區之助，何足掛齒！」三人又飲了一日酒。次早，擇了出行吉日，僱請轎馬停當，十娘又遣童兒寄信別謝月朗。臨行之際，只見肩輿紛紛而至。乃謝月朗與徐素素拉衆姊妹來送行。月朗道：「十姊從郎君千里間關，囊中蕭索，吾等甚不能忘情，今合具薄贐，十姊可簡收！或長途空乏，亦可少助。」說罷，命從人將一描金文具送與十娘。只見封鎖甚固，正知什麼東西在裡面；十娘也不開看，也不推辭，但殷勤作謝而已。須臾，輿馬齊集，僕夫催促起身。柳監生三杯別酒，和衆美人送出崇文門外，各各垂淚而別。正是：

他日重逢難預必，此時分手最堪憐。

再說李公子同杜十娘行至潞河，舍陸從舟，卻好有瓜州差使船轉回之便，講定船錢。包了艙口，二人一同上船。此時李公子囊中，已無分文餘贐，你道杜十娘把二十兩銀子與公子，如何就沒了，因為公子在院中鬮得衣衫襤褸，銀子到手，未免在解庫中取贖幾件穿著，又製辦了鋪蓋。故賸來只彀轎馬之費。公子正在愁悶，十娘道：「郎君勿憂！眾姊妹合贈，必有所濟。」乃取鑰開箱。公子在旁，自覺慚愧，也不敢窺覷箱中虛實。只見十娘在箱裡取出一個紅綾袋兒。擲將過來道：「郎君可開看之。」公子提在手中，覺得沉重，啓而觀之，皆是白銀，計數整五十兩。十娘仍將箱子下鎖，亦不言箱中更有何物，但對公子道：「承眾姊妹高情，不惟路途不乏，即他日浮寓吳、越間，亦可稍佐吾夫妻山水之費矣。」公子且驚且喜道：「若不遇恩卿，我李甲流落他鄉，死無葬身之地矣！此情此德，白頭不敢忘也。」自此每談及往事，公子必感激流涕。十娘曲意撫慰，一路無話。不幾日，行至瓜州，大船停泊岸口，公子另僱了民船，安放行李，約明日侵晨翦江而渡，其時仲冬中旬，月明如水。公子和十娘坐於船首，公子道：「自出都門，困守一艙之中，四顧有人，未得暢語；今日獨據一舟，更無避忌；且已離塞北，初近江南，宜開懷暢飲，以舒向來抑鬱之氣。恩卿以為何如？」十娘道：「妾久疏談笑，亦有此心，郎君言及，足見同志。」公子乃攜酒具於船首，與十娘鋪氈並坐，傳杯交盞，飲至半酣，公子執卮對十娘道：「恩卿妙音，六院推首，某相遇之初，每聞絕調，輒不禁神魂之飛動；心事多違，彼此鬱鬱，鸞鳴鳳奏，久矣不聞；今清江明月，深夜無人，肯為我一歌否？」十娘亦興致勃發，遂開喉頓嗓，取扇按拍，嗚嗚咽咽，歌出元人施君美「拜月亭」雜劇上「狀元執盞與蟬娟」一曲：名「小桃紅」。眞個：

聲飛霄漢雲皆駐，響入深泉魚出遊。

卻說他舟有一少年，姓孫名富，字善賚；徽州新安人氏。家資巨富，積祖揚州運鹽；年方二十，也是南雍中朋友。生性風流，慣向秦樓買笑，紅粉追歡，若嘲風弄月，倒是個輕薄的頭兒。事有偶然，其夜，亦泊舟瓜州渡口，獨酌無聊，忽聽得歌聲嘹喨，鳳吟鸞吹，不足喻其美；起立船頭，佇聽半晌，方知聲出鄰舟；正欲相訪，音響倏已寂然。乃遣僕者潛窺蹤跡，訪於舟人，但曉得是李相公僱的船，並不知歌者來歷。孫富想道：「此歌者必非良家，怎生得他一見？」輾轉尋思，通宵不寐。捱至五更，忽聞江風大作，及曉，彤雲密布，狂雪亂飛。怎見得？有詩為證：

千山雲樹滅，萬徑人蹤絕；孤舟蓑笠翁，獨釣寒江雪。

因這風雪阻渡，舟不得開；孫富有心要訪昨夜作歌之人，即命艄公移船泊於李家舟之傍。孫富貂帽狐裘，推窗假作看雪；正值十娘梳洗方畢，纖纖玉手，揭起舟傍短簾，自潑盆中殘水，粉容微露，恰好打了一個照面。孫富見果然是國色天香，魂搖心蕩，迎眸注目，等候再見一面，杳不可得。沉思久之，乃倚窗高吟高學士梅花詩二句道：

雪滿山中高士臥，月明林下美人來。

李甲聽得鄰舟吟詩，伸頭出艙，看是何人。只因這一看，正中了孫富之計。孫富吟詩，正要引李公子出頭看他，乘機攀話。當下慌忙舉手就問老兄尊姓何名？李公子敘了姓名鄉貫，少不得也問那孫富。孫富也敘過了。又敘了些太學中的閒話，漸漸親熱；孫富便道：「風雪阻舟，乃天遣與尊兄相會，實小弟之幸也！舟次無聊，欲同尊兄上岸就酒肆中一酌，少領清誨，萬望不拒。」

公子道：「萍水相逢，何當厚擾！」孫富道：「說那裡話！四海之內，皆兄弟也。」即教艄公打跳，童兒張傘，迎接公子過船；就於船頭作揖，然後讓公子先行，自己隨後，各各登跳上岸。行不數步，就有個酒樓，二人上樓，揀一副潔淨坐頭，靠窗而坐，酒保列上酒餚，孫富舉杯相勸。二人賞雪飲酒，先說斯文中套話，漸漸引入花柳之事；二人都是過來之人，志同道合，說得入港，一發成相知了。孫富屏去右左，低低問道：「昨夜尊舟消歌者何人也？」李甲正要賣弄在行，遂實說道：「此乃是北京名姬杜十娘也。」孫富道：「既係曲中姊妹，何以歸兄？」公子遂將初遇杜十娘，如何相好，後來如何要嫁，如何借銀討他，始末根由，備細述了一遍。孫富道：「兄攜麗人而歸，固是快事；但不知尊府中能相容否？」公子道：「賤室不足慮，所慮老父性嚴，尚費躊躇耳！」孫富將機就機，便問道：「概是尊大人未必相容，兄所攜麗人，何處安頓？亦曾通知麗人，共作計較否？」公子攢眉而答道：「此事曾與小妾議之。」孫富欣然，便道：「尊寵必有妙策。」公子道：「他意欲僑寓蘇、杭，流連山水；使小弟先回，求親友宛轉於家君之前，俟家君回嗔作喜，然後圖歸。高明以為何如？」孫富沉吟半晌，故作愀然之色道：「小弟乍會之間，交淺言深，誠恐見怪。」公子道：「正賴高明指教，何必謙遜？」孫富道：「尊大人位居方面，必嚴帷薄之嫌；平時既怪兄遊非禮之地，今日豈容兄娶不節之人，況且賢親貴友，誰不迎合尊大人之意者？兄去求他，必然相拒；就有個不識時務的進言於尊大人之前，見尊大人意思不允，他也就轉了口。兄進不能和睦家庭，退無詞以回尊寵；即使流連山水，亦非長久之計。萬一資斧困竭，豈不進退兩難？」公手自知手中只有五十金，此時費去大半，說到資斧困竭，進退兩難，不覺點頭道：「很是。」孫富又道：「小弟還有一句心腹之談，兄肯俯聽否？」公子道：

「承兄過愛，更求盡言。」孫富道：「疏不間親，還是莫說罷了！」公子道：「但說何妨。」孫富道：「自古道：「婦人本性無常。」況煙花之輩，少眞多假；他既係六院名妓，相識定滿天下；或者南邊原有舊約，借兄之力，挈帶而來，以爲他適之地。」公子道：「這個恐未必然。」孫富道：「即不然，江南子弟，最工輕薄，兄留麗人獨居。難保無踰牆鑽穴之事；若挈之同行，愈增尊大人之怒；爲兄之計，未必善策。況父子天倫，必不可絕；若爲妾而觸父，因妓而棄家，海內必以兄爲浮浪不經之人，異日妻不以爲夫，弟不以爲兄，同袍不以爲友，兄何以立於天地之間？兄今日不可不熟思也。」公子聞言，茫然自失，移席問計道：「據高明之見，何以教我？」孫富道：「僕有一計，於兄甚便，只恐兄溺枕席之愛，未必能行，使僕空費詞說耳！」公子道：「兄誠有良策，使弟再睹家園之樂，乃弟之恩人也，又何憚而不言？」那孫富道：「兄飄零歲餘，嚴親懷怒，閨閣離心，設身以處兄之地，誠寢食不安之時也！然尊大人所以怒兄者：不過爲迷花戀柳，揮金如土，異日必爲棄家蕩產之人，不堪承繼家業耳。兄今日空手而歸，正觸其怒，兄倘能割衽席之愛，見機而作，僕願以千金相贈；兄得千金以報尊大人，只說在京授館，並不曾浪費分毫，尊大人必然相信。從此家庭和睦，當無間言；須臾之間，轉禍爲福，兄請三思。僕非貪麗人之色，實爲兄效忠於萬一也。」李甲原是沒主意的人，本心懼怕老子，被孫富一席話，說透胸中之疑，起身作揖道：「聞兄大教，頓開茅塞。但小妾千里相從，義難頓絕，容歸與商之，得其心肯，當奉復耳！」孫富道：「說話之間，宜放婉曲，彼既忠心爲兄，必不忍使兄父子分離，定然玉成兄還鄉之事矣。」二人飲了一回酒，風停雲止，天色已晚。孫富教家僮算還了酒錢，與公子攜手下船。正是：

逢人且說三分話，未可全拋一片心。

卻說杜十娘在舟中擺設酒果，欲與公子小酌，竟日未回，挑燈以待。公子下船，十娘起迎，見公子顏色匆匆，似有不樂之意，乃滿斟熱酒勸之。公子搖首不飲，一言不發，竟自床上睡了。十娘心中不悅，乃收拾杯盤，爲公子解衣就枕。問道：「今日有何見聞，而懷悶鬱鬱如此？」公子歎息而已，終不開口。問了三四次，公子已睡去了。十娘委決不下，坐於床頭，而不能寐。到半夜，公子醒來，又歎一口氣。十娘道：「郎君有何難言之事，頻頻歎息？」公子擁被而起，欲言不語者幾次，撲簌簌掉下淚來。十娘抱持公子於懷間，軟言撫慰道：「妾與郎君情好已及二載，千辛萬苦，歷盡艱難，得有今日；然相從數千里，未曾哀戚，今將渡江，方圖百年歡笑，如何反起悲傷？必有其故。夫婦之間，生死相共，有事儘可商量，萬勿諱也。」公子再三被逼不過，只得含淚而言道：「僕天涯困乏，恩卿不棄，委曲相從，誠乃莫大之德；但反覆思之，老父位居方面，拘於體法，況素性方嚴，恐添嗔怒，必加黜逐；你我流蕩將何底止？夫婦之歡難保，父子之倫又絕；日間蒙新安孫友邀飲，爲我籌及此事，寸心如割。」十娘大驚道：「郎君意將如何？」公子道：「僕事內之人，當局而迷，孫友爲我商量一計頗善，但恐恩卿不從耳。」十娘道：「孫友者何人？計如果善，何不可從。」公子道：「孫友名富，新安鹽商，少年風流之士也。夜間聞了清歌，因而問及，僕告以來歷，並談及難歸之故。渠意欲以千金聘汝。我得千金，可藉口以見吾父母。而恩卿亦得所矣！但情不能捨，是以悲泣。」說罷，淚如雨下。十娘放開兩手，冷笑一聲道：「爲郎君畫此計者，此人大英雄也！郎君千金之資既得恢復，而妾歸他姓，又不致行李之累。發乎情，止乎禮，誠兩便之策也。——那千金在那裡？」公子收淚道：「未得恩卿之諾，金尙留彼處，未曾過手。」十娘道：「明早快快應承了他，不可錯過機會。但千金重事，須得兌足交付郎君之手，妾始過舟，勿爲賈豎子所欺。」時已四鼓，十娘即起身。挑燈梳洗道：「今日之妝，乃迎新送舊，非比尋常。」於是脂粉香油用意修飾，花鈿繡襖，極其華豔；香風拂拂，光采照人。妝束方完，天色已曉。孫富差家僮到船頭候信，十娘微窺公子，欣欣似有喜色，乃催公子快去回話，及早兌足銀子。公子親到孫富船上，向富依允。孫富道：「兌銀易事，須得麗人妝臺爲信。」公子又回覆了十娘。十娘即指描金文具道：「可使抬去。」孫富喜甚。即將白銀一千兩，送到公子船中。十娘親自檢看，足色足數，分毫不爽，乃手把船舷，以手招孫富；孫富一見，魂不附體。十娘啓朱脣，開皓齒道：「方才箱子可暫發來，內有李郎路引一紙，可檢還之也。」孫富視十娘已爲甕中之鱉；即命家僮送那描金文具，安放船頭上。十娘取鑰開鎖，內有抽屜小箱。十娘叫公子抽第一層來看，只見翠羽明璫，瑤簪寶珥，充牣於中，約值數百金；十娘遽投之江中。李甲與孫富及兩船之人，無不驚詫。又命公子再抽一箱，乃玉簫金管，又抽一箱，盡古玉紫金玩器，約值數千金；十娘盡投之於水。舟中岸上之人，觀者如堵，齊聲道：「可惜！可惜！」正不知什麼緣故。最後又抽一箱，箱中復有一匣，開匣視之，夜明之珠約有盈把，其他祖母綠、貓兒眼諸般異寶，目所未睹，莫能定其價之多少；衆人齊聲喝采，喧聲如雷。十娘又欲投之於江，李甲不覺大悔，抱持十娘慟哭；那孫富也來勸解。十娘推開公子在一邊，向孫富罵道：「我與李郎備嘗艱苦，不是容易到此！汝以奸邪之詞，巧爲讒說，一旦破人姻緣，斷人恩愛。乃我之仇人！我死而有知，必當訴之神明，尙妄想枕席之歡乎？」又對李甲道：「妾風塵數年，私有蓄積，本爲終身之計。自遇郎君，山盟海誓，白首不渝；前出都之際，假託衆姊妹相贈，箱中韞藏百寶，不下萬金；將潤色郎君之裝，歸見父母，或憐妾有心，收佐中饋，得終委託，生死無憾！誰知郎君相信不深，惑於浮議，中道見棄，負妾一片眞心。今日當衆目之前，開箱出視，使郎君知區區千金，未爲難事。妾守身如玉，恨郎眼內無珠，命之不辰，風塵困瘁，甫得脫離，又遭棄捐，今衆人各有耳目，共作證明，妾不負郎君，郎君自負妾耳！」於是衆人聚觀者，無不流淚；都唾罵李公子負心薄倖。公子又羞又苦，且悔且泣，方欲向十娘謝罪；十娘抱持寶匣，向江心一跳。衆人急呼撈救，但見雲暗江心，波濤滾滾，杳無蹤影。可惜一個如花似玉的名姬，一旦葬於江魚之腹。

三魂渺渺歸水府，七魄悠悠入冥途！

當時旁觀之人，皆咬牙切齒，爭欲拳毆李甲和那孫富。慌得李、孫二人，手足無措，急叫開船，分途遁去。李甲在舟中看了千金，轉憶十娘，終日愧悔，鬱成狂疾，終身不痊。孫富自那日受驚，得病臥床月餘，終日見杜十娘在旁詬罵，奄奄而逝。人以爲江中之報也。卻說柳遇春在京坐監完滿，束裝回鄉，停舟瓜步，偶臨江淨臉，失墜銅盆於水中，及至覓漁人打撈起來，乃是個小匣兒。遇春啓匣觀看，內皆明珠異寶，無價之珍。遇春厚賞漁人，留於床頭把玩。是夜，夢中見江中一女子，淩波而來，視之，乃杜十娘也。近前萬福，訴以李郎薄倖之事，又道：「向承君家慷慨，以一百五十兩助之，本意息肩之後，徐圖報答；不意事無終始。然每懷盛情，悒悒未忘，早間曾以小匣託漁人奉致，聊表寸心。從此不復見矣。」言訖，猛然驚醒，方知十娘已死，歎息累日。後人評論此事，以爲孫富謀奪美色，輕擲千金，固非良士；李甲不識杜十娘一片苦心，碌碌庸才，無足道者。獨謂十娘千古女俠，豈不能覓一佳侶，共跨秦樓之鳳？乃錯認李公子，明珠美玉，投於盲人；以致恩變爲仇，萬種恩情，化爲流水，深可惜也！有詩爲證：

不會風流莫妄談，單單情字費人參；若將情字能參透，喚作風流也不慚。

賣油郎獨占花魁

年少爭誇風月，場中波浪偏多；有錢無貌意難和，有貌無錢不可。就是有錢有貌，還須著意揣摩；知情識趣俏哥哥，此道誰人賽我？

這首詞名爲「西江月」，是風月機關中撮要之論。常言道：「妓愛俏，媽愛鈔。」所以子弟行中，有了潘安般貌，鄧通般錢，自然上下和睦，做得煙花寨內的大王，鴛鴦會上的盟主。雖然如此，還有個兩字經兒，叫做幫襯。幫者，如鞋子有幫；襯者，如衣之有襯。但凡做小娘的，有一份所長，得人襯貼，就當十分；若有短處，曲意替他遮護，更兼低聲下氣，送暖偷寒，逢其所喜，避其所嫌；以情度情，豈有不愛之理？——這叫做幫襯。風月場中只有會幫襯的最討便宜：無貌而有貌，無錢而有錢。假如鄭元和在卑田中做了乞兒，此時囊橐俱空，容顏非舊；李亞仙於雪天遇之，便動了一個惻隱之心，將繡襦包裹，美食供養與他，做了夫妻。這豈是愛他之錢，戀他之貌？只爲鄭元和識趣知情，善於幫襯；所以亞仙心中舍他不得。你只看亞仙病中想馬板腸湯喫，鄭元和就把個五花馬殺了，取腸煮湯奉之。只這一節上，亞仙如何不念其情？後來鄭元和中了狀元，李亞仙封做汧國夫人，蓮花落打出萬言策，卑田院做了白玉樓，一牀錦被，遮蓋風月場中，反爲美談。這是：

運退黃金失色，時來鐵也生光。

話說大宋自太祖開基，太宗嗣位，歷傳眞、仁、英、神、哲，共是七代帝王；都則偃武修文，民安國泰。到了徽宗道君皇帝，信任蔡京、高俅、楊戩、朱勔之徒，大興苑囿，專務遊樂，不以朝政爲事；以致萬民嗟怨，金虜乘之以起，把花錦般一個世界，弄得七零八落。直至二帝蒙塵，高宗泥馬渡江，偏安一隅，天下分爲南北，方得休息。其中數十年，百姓受了多少苦楚。正是：

甲馬叢中立命，刀槍隊裡為家；殺戮如同戲耍，搶奪便是生涯。

內中單表一人，乃汴梁城外安樂村居住，姓莘名善；渾家阮氏，夫妻兩口，開個糧食鋪兒。雖則碓米爲生，一應柴炭茶酒，油鹽雜貨，無所不備；家道頗頗得過，年過四旬，止生一女，小名叫做瑤琴。自小生得清秀，更且資性聰明，七歲上送村學中讀書。日誦千言；十歲時便能吟詩作賦。曾有閨情一絕，爲人傳誦。詩云：

朱簾寂寂下金鉤，香鴨沈沈冷畫樓；移枕怕驚鴛並宿，挑燈偏惜蕊雙頭。

瑤琴到十二歲，琴棋書畫，不所不通；若提起女工之事，飛鍼走線，出人意表。此乃天生伶俐，非教習之所能也。莘善因爲自家無子，要尋個養女婿來家靠老，只因女兒靈巧多能，難乎其配，所以求親者雖多，都不曾許。不幸遇了金虜猖獗，把汴梁城圍困；四方勤王之師雖多，宰相主了和議，不許厮殺，以致虜勢愈甚，打破了京城，劫遷了二帝。那時城外百姓，一個個亡魂喪膽，扶老攜幼，棄家逃命。卻說莘善領著渾家阮氏，和十二歲的女兒同一般逃難的，背著包裹，結隊而走；眞個「忙忙如喪家之犬，急急如漏網之魚。」「擔飢擔凍擔勞苦，此行誰是家鄉？叫天叫地叫祖宗，惟願不逢韃虜。」正是：

寧為太平犬，莫作亂離人。

衆人正行之間，誰想韃子倒不曾遇見，卻逢著一隊敗殘的官兵。看見許多逃難百姓，多背得有包裹，假意的吶喊道：「韃子來了！」沿路放起一把火來。此時天色將晚，嚇得衆百姓落荒亂走，你我不相顧。敗兵就乘機搶掠；若不肯與他，就殺害了。這是亂中生亂，苦上加苦。卻說莘氏瑤琴，被亂軍沖突，跌了一交，爬起來不見了爹娘，不敢叫喚，躲在道旁古墓之中。過了一夜，到天明出外看時，但見滿目風砂，死屍横路；昨日同時避難之人，都不知所往。瑤琴思念父母，痛哭不已，欲待尋訪，又不認得路徑，只得望南而行。哭一步，捱一步，約莫走了二里之程；心上又苦，腹中又飢，望見上房一所，想必其中有人，欲待求乞些湯飲。及至向前，卻是破敗的空屋，人口俱逃難去了。瑤琴坐於土牆之下，哀哀而哭。自古道：「無巧不成話。」卻好有一人從牆下而過。那人姓卜名喬，正是莘善的近鄰；平昔是個遊手遊食，不守本分，慣喫白食、用白錢的主兒；人都稱他是卜大郎。也是被官軍沖散了同夥，今日獨自而行，聽得啼哭之聲，慌忙來看。瑤琴自小相認，今日患難之際，舉目無親，見了近鄰，分明見了親人一般；即忙收淚，起身相見。問道：「卜大叔！可曾見我爹娘嗎？」卜喬心中暗想：「昨日被官軍搶去包裹，正沒盤纏，天生這碗衣飯送來與我，正是奇貨可居。」便扯個謊道：「你爹和娘，尋你不見，好生痛苦；如今前面去了。分付我道：『儻或見我女兒，千萬帶了他來，送還了我。』許我厚謝。」瑤琴雖是聰明，正當無可奈何之際，君子可欺以其方，遂全然不疑，隨著卜喬便走。正是：

情知不是伴，事急且相隨。

卜喬將隨身帶的乾糧，把些與瑤琴喫了，分付道：「你爹娘連夜走的，若路上不能相遇，直要過江到建康府方可相會。一路上同行，我權把你當女兒，你權叫我做爹；不然，只道我收留迷失子女，不大穩便。」瑤琴依允。從此陸路同步，水路同舟，爹女相稱。到了建康府，路上又聞得金兀朮四太子，引兵渡江，眼見得建康不得寧息。又聞得康王即位，已在杭州駐蹕。改名臨安；遂趁舟到潤州，過了蘇、常、嘉、湖，直到臨安地面，暫且飯店中居住。卜喬自汴京至臨安三千餘里，帶那莘瑤琴下來，身邊藏下些散碎銀兩，都用盡了；連身上外蓋衣服，脫下准了店錢；止賸得莘瑤琴一件活貨，欲行出脫。訪得西湖上煙花王九媽家，要討養女。遂引九媽到店中看貨還錢。九媽看瑤琴生得標致，講了財禮五十兩。卜喬兌足了銀子，將瑤琴送到王家。原來卜喬有智，在王九媽前，只說：「瑤琴是我親生之女，不幸到你門戶人家，須是款款的教訓他，自然從順，不要心急。」在瑤琴面前，又只說：「九媽是我至親，權且把你寄在他家，待我從容訪知你爹娘下落，再來領你。」以此，瑤琴欣然而去。

可憐絕世聰明女，墮落煙花羅網中！

卻說王九媽新討了瑤琴，將他渾身衣服換個新鮮，藏於曲樓深處；終日好茶好酒去將息他，好言好語去溫暖他。

瑤琴既來之，則安之，住了幾日，不見卜喬回信，思想爹娘，掛著兩行珠淚，問九媽道：「卜大叔怎不來看我？」九媽道：「那個卜大叔？」瑤琴道：「便是引我來你家的那個卜大叔。」九媽道：「他說是你的親爹，你怎麼又稱卜大叔？」瑤琴道：「他那裡是我的親爹！他姓卜，我姓莘。」遂把汴梁逃難，失散了爹娘，中途遇見了卜喬，引到臨安，並卜喬哄他的說話，……細述一遍。九媽道：「原來恁地。你是個孤身女子，無腳蟹，我索性與你說了罷。那姓卜的把你賣在我家，得銀五十兩去了。我們是門戶人家，靠著粉頭過活；家中雖有三四個養女，並沒個出色的，愛你生得齊整，把做個親女兒相待，待你長成之時，包你穿好喫好，一生受用。」瑤琴聽說，方知被卜喬所騙，放聲大哭。九媽勸解良久方止。自此，九媽將瑤琴改做王美，一家都稱爲美娘；教他吹彈歌舞，無不盡善。長成一十四歲，嬌豔非常。臨安城中這些富豪公子，慕其容貌，都備著厚禮求見。也有愛清標的，聞得他寫作俱佳，求詩求字的，日不離門。那些西湖上子弟，因爲王美兒又標致，又會寫，又會畫，又會做詩，吹彈歌舞，無所不會；就給他起個美名，叫做花魁娘子。王美因有了個盛名，十四歲上，就有人來講梳弄。一來王美不肯，二來王九媽把女兒做金子看承，見他心中不允，分明奉了一道聖旨，並不敢違拗。又過了一年，王美年方十五。原來門戶中梳弄，也有個規矩：十三歲太早，謂之試花；十四歲當時，謂之開花；十五歲過時，謂之摘花。王美娘過時未曾梳弄，王九媽暗暗著急，不由得千方百計來勸女兒接客。王美執意不從，說道：「要我接客時，除非見了親生爹娘，他肯做主時，方才使得。」王九媽心裡又惱他，又不捨得難爲他。捱了他些時，偶然有個金二員外，大富之家，情願出二百兩銀子梳弄美娘。九媽得了這注大財，心生一計，與金二員外商議道：「若要他成就，除非如此如此。」金二員外意會了。其日八月十五日，只說請王美湖上看潮，請到舟中；三四個幫閒，俱是會中之人，猜拳行令，做好做歉，將美娘灌得個爛醉。直到扶回王九媽家樓中，臥於床上，美娘猶自爛醉如泥，不省人事。只緣這一醉，王美娘的個清白身子，就給金二員外污辱了。正是：

雨中花蕊方開罷，鏡裡蛾眉不似前。

五鼓時，美娘酒醒，已知鴇兒用計破了身子；自憐紅顏薄命，遭此強橫！起來解手，穿了衣服，自向床邊一個斑竹榻上，朝著裡壁睡了，暗暗垂淚。金二員外又走來親近，被他劈頭劈臉抓了幾個血痕。金二員外好生沒趣，捱到天明，對媽媽說聲：「我去也。」媽兒要留他時，已自出門去了。從來梳弄的子弟，早起時，鴇兒進房賀喜，行戶中都來稱慶，還要喫幾日喜酒；那子弟多則住一二月，最少也住半月二十日；只有金二員外侵早出門，是從來未有之事。王九媽連叫詫異，披衣起身上樓，只見美娘臥於榻上，滿眼流淚。九媽要哄他上行，連聲招許多不是，美娘只不開口，只得下樓去了。美娘哭了一日，茶飯不沾，從此託病，不肯下樓，連客也不肯會面了。九媽心下十分焦躁，欲待把他凌虐，又恐他烈性不從，反冷了他的心腸；欲待由他，本是要他尋錢，若不接客時，就養到一百歲也沒用。躊躇數日，無計可施。王九媽有個結義妹子，叫做劉四媽，最是會說話；時常往來，與美娘甚說得著。九媽忽然想起道：「美兒這般執意，不聽我說，何不接取他來下個說詞？若得他回心轉意，大大的燒個利市。」當下叫鴇兒去請劉四媽前樓坐下，訴以衷情。劉四媽道：「老身是個女隨何，雌陸賈，說得羅漢思情，嫦娥想嫁；這件事都在老身身上。」九媽道：「若得如此，做姐的情願與你磕頭。你多喫杯茶去，免得說話時口乾。」

劉四媽道：「老身天生這副海口，便說到明日還不乾哩。」劉四媽喫了幾杯茶，轉到後樓；只見樓門緊閉，劉四媽輕輕的敲了一下，叫聲：「姪兒。」美娘聽得是四媽聲音，便來開門。兩下相見了，四媽靠桌朝下而坐，美娘傍坐相陪。四媽看他桌上鋪著一幅細絹，才畫得一美人的臉兒，還未曾著色。四媽稱讚道：「畫得好！眞是巧手！九阿姐不知怎生樣造化，偏生遇著你這個伶俐的女兒！又好人物，又好技藝。就是堆上幾千兩銀子，滿臨安城走遍，可尋出個對兒嗎？」美娘道：「休得見笑。今日甚風吹得姨娘到來？」劉四媽道：「老身時常要來看你，只爲家務在身，不得空閒；聞得你恭喜梳弄了，今日偷空而來，特特與九姐道喜。」美娘聽得提起「梳弄」二字，滿面通紅，低著頭不來答應。劉四媽知他含羞，便把椅子掇了一步，將美娘的手兒牽著，叫聲：「我兒！做小娘的不是軟殼雞蛋，怎的這般嫩得緊？似你恁地怕羞，如何賺得大注銀子？」美娘道：「我要銀子做甚？」四媽道：「我兒！你便不要銀子，做娘的看得你長大成人，難道不要出本嗎？自古道：『靠山喫山，靠水喫水。』九阿姐雖有幾個粉頭，那一個趕得上你的腳跟來？一園瓜，只看你是個瓜種！九阿姐待你也不比他們，你是聰明伶俐的人，也識些輕重。聞得你梳弄之後，一個客也自不肯相接，是什麼意兒？都像你的意時，一家人口似蠶一般，那個把桑葉餧他？做娘的抬舉你一分，你也要與他爭口氣兒，莫要反討衆丫頭們批點。」美娘道：「由他批點，怕怎地！」劉四娘道：「阿呀！批點是個小事，你可曉得門戶中的行徑嗎？」美娘道：「行徑便怎的！」劉四媽道：「我們門戶人家，喫著女兒，穿著女兒，用著女兒，僥倖討得一個像樣的，分明是大戶人家置了一所良田美產！年紀幼小時，巴不得風吹得大；到得梳弄過後，便是良田成熟，日日指望花利，到手受用；前門迎新，後門送舊，張郎送米，李郎送柴，往來熱鬧，才是個出名的姊妹行家！」美娘道：「羞答答我不做這樣事。」劉四媽掩著口格的笑了一聲道：「不做這樣事，可知由得你哩？一家之中有媽媽做主；做小娘若不依他教訓，動不動一頓皮鞭，打得你不生不死，那時不怕你不走他的路兒。九阿姐一向不難爲你，只可憐你聰明標致，從小嬌養的；要惜你的廉恥，存你的體面。方才告訴我許多話，說你不識好歹；放著鵝毛不知輕，頂著磨子不知重；心下好生不悅，教老身來勸你。你若執意不從，惹他性起，一時翻過臉來，罵一頓，打一頓，你待走上天去？凡事只怕個起頭，若打破了頭時，朝一頓，暮一頓。那時熬這些痛苦不過，只得接客，卻不把千金聲價，弄得低微？還要被姊妹中笑話。依我說，弔桶已自落在他井裡，掙不起來。不如千歡萬喜，倒在娘的懷裡，落得自己快活。」美娘道：「奴是好人家女兒，誤落風塵，儻得姨娘主張從良，勝造九級浮圖；若要我倚門獻笑，送舊迎新，寧甘一死，決不情願。」劉四媽道：「我兒！從良是個有志氣的事，怎麼說道不該？只是從良也有幾等不同。」美娘道：「從良有甚不同之處？」劉四媽道：「有個眞從良，有個假從良，有個苦從良，有個樂從良，有個趁好從良，有個沒奈何從良，有個了從良，有個不了從良。我兒耐心聽我分說。如何叫做眞從良？大凡才子必須佳人，佳人必須才子，方成佳配的；然而好事多磨，往往求之不得；幸而兩下相逢，你貪我愛，割捨不下。一個願討，一個願嫁，好像捉對的蠶蛾，死也不放——這個謂之眞從良。怎麼叫做假從良？有等子弟愛著小娘，小娘卻不愛子弟，那本心不願嫁他，只把個嫁字兒哄他心熱，散漫使錢，比及成交，卻又推故不就；又有一等癡心子弟，明曉得小娘心腸不對他，偏要娶將回去，拌著一注大錢，動了媽兒的火，不怕小娘不肯，勉強進門，心中不順，故意不守家規，小則撒潑放肆，大則公然偷漢，人家容留不得，多則一年，少則半載，依舊放他出來爲倡接客；把從良二字，只當個換錢的題目——這個謂之假從良。如何叫做苦從良？一般樣子弟愛小娘，小娘不愛那子弟，卻被他以勢凌逼，媽兒懼禍，已自許了，做小娘的身不由主，含淚而行，一入侯門，如海之深。家法又嚴，抬頭不得，半妾半婢，忍死度日——這個謂之苦從良。如何叫做樂從良？做小娘的，正當擇人之際，偶然相交個子弟，見他情性溫厚，家道富足，又且大娘循善，無男無女，指望他日過門，與他生育，就有主母之分；以此嫁了去，圖個目前安逸，日後出身——這個謂之樂從良。如何叫做趁好從良？做小娘的，風花雪月，受用已彀，趁這盛名之下，來之人求之者衆，任我揀擇個十分滿意的嫁了他，及早回頭，不致受人怠慢——這個謂之趁好的從良。如何叫做沒奈何的從良？做小娘的，原無從良之意，或因官司逼迫，或因強橫欺瞞，又或因債負太多，將來賠償不起，彆口氣，不論好歹，得嫁便嫁，買靜求安，藏身之法——這謂之沒奈何的從良。如何叫做了從良？小娘年已過時，風波歷盡，剛好遇個老成的孤老，兩下志同道合，敗繩捲索，白頭到老——這個謂之了從良。如何叫做不了從良？一般你貪我愛，火熱的跟他，卻是一時之興，沒有個長算，或者尊長不容，或者大娘妒忌，鬧了幾場，發回娘家，追取原債；又有個家道凋零，養他不活，苦守不過，依舊出來趕趁——這謂之不了的從良。」美娘道：「如今奴家要從良，還是怎地好？」劉四媽道：「我兒！老身教你個萬全之策。」美娘道：「若蒙教導，死不忘恩。」劉四媽道：「從良一事，入門爲淨；況且你身子已被人梳弄過了，就是今夜嫁人，也叫不得的個黃花女兒。千錯萬錯，不該落於此地；這就是你命中所招了！做娘的費了一片心機，若不幫他幾年，趁過千把銀子，怎肯放你出門？還有一層，你便要從良，也須揀個好主兒，這些臭嘴臭臉的，難道就跟他不成，你如今一個客也不接，曉得那個該從，那個不該從？假如你執意不肯接客，做娘的沒奈何，尋個肯出錢的主兒，賣你去做妾，這也叫做從良；那主兒或是老年的，或是粗醜的，或是一字不識的村牛，你卻不骯髒了一世？比著把你撩在水裡，還有撲通的一聲響，討得旁人叫一聲可惜。依著老身愚見，還是俯從人願，憑著做娘的接客。似你恁般才貌，等閒的料也不敢相攀，無非是王孫公子，貴客豪門，也不辱沒了你。一來是風花雪月，趁著多少受用；二來作成媽兒起個家事；三來你自己也積攢些私房，免得日後求人。過了十年五載，遇個知心合意的，說得來，話得著，那時老身與你做媒，好模好樣的嫁去，做娘的也放你得下了。可不兩得其便？」美娘聽說，微笑而不言。劉四媽已知美娘心中活動了，便道：「老身句句是好話，你依著老身的話時，後來還要感激我哩。」說罷，起身。王九媽伏於樓門之外，一句句都聽得的。美娘送劉四媽出房，劈面撞著了九媽，滿面羞慚，縮身進去。王九媽隨著劉四媽再到前樓坐下。劉四媽道：「姪女十分執意，被老身左說右說，一塊硬鐵，看看熔做熱汁，如今你快快尋個覆帳的主兒，他必然肯就。那時做妹子的再來賀喜。」王九媽連連稱謝。是日備飯相待，盡醉而別。後來西湖上子弟們，編出一隻「掛枝兒」來，單說那劉四媽說詞一節。

劉四媽，你的嘴舌兒好不利害，便是女隨何，雌陸賈，不信有這大才！說著長，道著短，全沒些破敗。就像醉夢中被你說得醒，就是聰明被你說得獃；好個烈性的姑娘，也被你說得他心地改。

再說王美娘自聽了劉四媽一席話兒，思之有理，以後有客求見，欣然相接。覆帳之後，賓客如市，攝三頂五，不得空閒，聲價愈重。每每先付白銀十兩，兀自你爭我奪。王九媽趁了若干錢鈔，歡喜無限。美娘也留心要揀個心滿意足的，只是急切難得。正是：

易求無價寶，難得有情郎。

再說臨安城清波門裡，有個開油店的朱十老，三年前過繼一個小廝，也是汴京逃難來的，姓秦名重；母親早喪，父親秦良，十三歲上，將他賣了，自己在上天竺去做香火。朱十老因年老無嗣，又新死了媽媽，把秦重做親子看成，改名朱重，在店學做賣油生理。初時父子做店甚好，後因十老得了腰痛的病。十眠九坐，勞碌不得，另招個夥計，叫做邢權，在店相幫。光陰似箭，不覺四年有餘，朱重長成一十七歲，生得一表人才；雖然已冠，尚未娶妻。那朱十老家有個使女，叫做蘭花，年已二十之外，有心看上了朱小官人，幾遍的倒下鉤子去勾搭他。誰知朱重是個老實人，又且蘭花齷齪醜陋，朱重也不上眼；以此落花有意，流水無情。那蘭花見勾搭朱小官人不上，別尋主顧，就去勾搭那夥計邢權。邢權是好色之人，沒有老婆，一拍就上。兩個暗地偷情，不止一次，反怪朱小官人礙眼，思量尋事，趕他出門。邢權與蘭花兩個裡應外合，使心設計。蘭花便在朱十老面前假意撇清，說小官人幾番調戲，好不老實。朱十老平日與蘭花也有一手，未免有喫醋之意。邢權又將店中賣下的銀子藏過，在朱十老面前說道：「朱小官在外賭博不長進，櫃裡銀子，幾次短少，都是他偷去了。」初次朱十老還不信，接連幾次，朱十老年老糊塗，沒有主意，就喚朱重過來，責罵了一場。朱重是個聰明的孩子，已知邢權與蘭花的計較，欲待分辯，惹起是非不小，萬一老者不聽，枉做惡人！心生一計，對朱十老說道：「店中生意淡薄，不消得二人，如今讓邢主管坐店，孩兒情願挑擔子出去賣油，賣得多少，每日納還，可不是兩重生意？」朱十老心下也有許可之意，又被邢權說道：「他不是要挑擔出去，幾年上偷銀子做私房，身邊積攢有餘了；又怪你不與他定親，心中怨恨，不願在此相幫，要討個出場。自去娶老婆，做人家哩！」朱十老歎口氣道：「我把他做親兒看成，他卻如此歹意，皇天不祐，——罷！罷！不是自身骨肉，到底黏連不上，由他去罷。」遂將三兩銀子，把與朱重，打發出門；寒夏衣服和被窩，都叫他拿去，這也是朱十老好處，朱重料他不肯收留，拜了四拜，大哭而別。正是：

孝己殺身因巷語，申生喪命為讒言；親生兒子猶如此，何怪螟蛉受枉冤！

原來秦良上天竺做香火，不曾對兒子說知，朱重出了朱十老之門，在衆安橋下，賃了一間小小房兒，放下被窩等件，買個鎖兒鎖了門，便往長街短巷，訪求父親。連走幾日，全沒消息，沒奈何只得放下。朱重在朱十老家四年，赤心忠良，並無一毫私蓄，只有臨行時打發的三兩銀子。朱重想道：「這三兩銀子，不彀本錢，做什麼生意好？……」左思右想，只有油行買賣是熟悉，這些油坊，多曾與他識熟，還去挑個賣油擔子，是個穩實的道路。當下置辦了油擔傢伙，賸下的銀兩，都交付油坊取油。那油坊裡記得朱小官是個老實好人，況且小小年紀，當初坐店，今朝挑擔上街，都是那夥計挑撥他出來，心中甚是不平，有心扶持他，只揀窨清上好淨油與他，簽子上又明讓他些。朱重得了這些便宜，自己轉賣於人，也放些寬。所以他的油比別人分外容易出脫，每日儘有些利息。又且儉喫儉用，積下東西來，置辦些日用家業，及身上衣服之類，並無妄費。心中只有一件事未了，就是牽掛著父親。他想道：「我一向叫做朱重，誰知我是姓秦？……倘或父親來尋訪之時，也沒有個因由。」因此，遂復姓為秦。——說話的，假如上一等人，有前程的，要復本姓，或是劄子奏過朝廷，或關白禮部、太學國學等衙門，將冊籍改正，眾所共知。一個賣油的復姓之時，誰人曉得？——把盛油的桶兒，一面大大寫個「秦」字，一面寫「汴梁」二字，將此桶做個標識，使人一望而知。以此臨安市上，曉得他不姓朱，呼他為秦賣油。時值二月天氣，不寒不暖，秦重聞知昭慶寺僧人，要起個九晝夜功德，用油必多，遂挑了油擔，來寺中賣油。那些和尚們，也聞知秦賣油之名，他的油比別人又好又賤，單單作成他。所以一連這九日，秦重只在昭慶寺走動。正是：

刻薄不賺錢，忠厚不折本。

這一日，是第九日了；秦重在寺出脫了油，挑了空擔出寺。是日天氣清明，遊人如蟻。秦重沿湖而行，遙望十里塘，桃紅柳綠，湖內畫船簫管，往來遊玩，觀之不足，玩之有餘。走了一回，身子困倦，轉到昭慶寺右邊，到個寬處將擔兒放下，坐在一塊石上歇腳。近側有一個人家，兩扇全新金漆大門，裡面朱簾內一叢細竹；未知堂室何如，先見門庭清整。只見裡面三四個戴巾的，從內而出，一個女娘，後面相送。到了門首，兩下把手一拱，說聲：「請了」，那女娘竟進去了。秦重定睛覷之，此女容顏嬌麗，體態輕盈，目所未睹；准准的獃了半晌，身子都酥麻了。他原是老實小官，不知有煙花行徑，心中疑惑，正不知是什麼人家。方在凝思之際，只見門內又走出個中年媽媽，同著一個垂髫的丫鬟，倚門閒看。那媽媽一時看著油擔，便道：「阿呀！方才要去買油，正好有油擔在這裡，何不與他買些？」那丫鬟取了油瓶出來，走到油擔子邊，叫聲：

「賣油的」，秦重方才知之。回言道：「沒有油了。媽媽要用油時，明日送來。」那丫鬟也識得幾個字，看見油桶上寫個秦字，就對媽媽道：「那賣油的姓秦。」媽媽也聽得人閒講，有個秦賣油，做生意甚是忠厚。遂分付秦重道：「我家每日要用油，你肯挑來時，與你做個主顧。」秦重道：「承媽媽作成，不敢有誤。」那媽媽與丫鬟進去了。秦重心中想道：「這媽媽不知是那女娘的什麼人？我每日到他家賣油，莫說賺他利息，圖個飽看那女娘一回，也是前生福分。」正欲挑擔起身，只見兩個轎夫抬著一頂青絹幔的轎子，後邊跟著兩個小廝，飛也似跑來，到了其家門首，歇下轎子，那小廝捧進衣包去了。秦重道：「這又作怪，看他接什麼人？」少頃之間，只見兩個丫鬟，一個捧著猩紅衣包，一個拿著湘妃竹攢花的拜匣，都交付與轎夫，放在轎座之下。那兩小廝手中，一個抱著琴囊，一個捧著幾個手卷，腕上掛碧玉簫一枝，跟著起初的女娘出來。女娘上了轎，轎夫抬起，望大路而去。丫鬟小廝，俱隨轎步行。秦重又得細覷一回，心中愈加疑惑，挑了油擔子洋洋而去。秦重走不過幾步，只見臨湖有個酒館。秦重素常不喫酒，今日見了這女娘，心下又歡喜又氣悶，將擔子放下，走進酒館，揀個小座頭坐了。酒保問道：「客人還是請客？還是獨酌？」秦重道：「有上好的酒拿來，獨飲三杯，時新果子一兩碟，不用葷菜。」酒保斟酒時，秦重問題：「那邊金漆大門內，是什麼人家？」酒保道：「這是齊衙內花園。如今王九媽住下。」秦重道：「方才看見有個小娘子上轎，是什麼人？」酒保道：「這是有名的粉頭，叫做王美娘；人都稱他花魁娘子。他原是汴京人，流落在此，吹彈歌舞，琴棋書畫，件件皆精。來往的都是大頭兒，要十兩花銀才宿一夜哩！可知小可的也近他不得！當初住在清波門外，因樓房淺狹，齊官人與他相厚，半載之前，把這花園借與他住。」秦重聽得說是汴京人，觸了個鄉里之念，心中更有一倍光景。喫了數杯，還了錢鈔，挑了擔子，一路走，一路的肚中打稿道：「世間有這樣美貌的女子，落於倡家，豈不可惜！」又自家暗笑道：「若不落於倡家，我賣油怎生得見？」又想一回，越發癡起來了道：「人生一世，草生一秋，若得這等美人摟抱了睡一夜，死也甘心。」又想一回道：「呸！我終日挑這油擔子，不過日進分文，怎麼想這等非分之事？正是癩蝦蟆在陰溝裡，想著天鵝肉喫，如何得到口？」又想一回道：「他相交的都是公子王孫，我賣油的縱有了銀子，料他也不肯接我。」又想一回道：「我聞得做老鴇的，只重銀錢，就是個乞兒，有了銀子，他也就肯接了。何況我做生意的，清清白白之人，既有了銀子，怕他不接！只是那裡來這幾兩銀子？」一路上胡思亂想，自言自語。你道天地間有這等癡人，一個做小經紀的，本錢只有三兩，卻要把十兩銀子去嫖那名妓，可不是個春夢？自古道：「有志者事竟成。」被他千思萬想，想出一個計策來，他道：「從明日為始，逐日將本錢扣出，餘下的積起上去，一日積得一分，一年也有三兩六錢之數；只消三年，這事便成。若一日積得二分，只消年半；若再多得些，一年也差不多了。」想來想去，不覺走到家裡，開鎖進門去。因一路上想著許多閒事，回來看了自家的床鋪，慘然沒趣，連夜飯也不要喫，便上了床。這一夜翻來覆去，牽想著美人，那裡睡得著。正是：

只因月貌花容，引起心猿意馬。

次日天明，秦重爬起來就裝了油擔，煮早飯喫了，鎖了門，挑著擔子，一徑走到王九媽家去。進了門，卻不敢直入，抬著頭向裡面張望。王九媽卻才起床，還蓬著頭，正分付鴇兒買菜。

秦重認得聲音，叫聲王媽媽。九媽往外一張，見是秦賣油，笑道：「好忠厚人！果然不失信。」便叫他挑擔進來。稱了一瓶，約有五斤多重，公道還錢，秦重並不爭論。王九媽甚是歡喜道：「這瓶油只穀我家兩日用，但隔一日，你便送來，我不往別處去買了。」秦重應諾，挑擔而出，只恨不曾遇見花魁娘子。又想道：「他家既然與我做了主顧，少不得一次不見二次見，二次不見三次見。只是一件，特為王九媽一家挑這許多路來，不是做生意的句當。昭慶寺是順路，今日寺中雖然不做功德，難道尋常不用油的？我自挑進去問他，若能得各房頭做個主顧，就不走錢塘門這一路，那一擔油，儘穀銷脫了。」秦重挑擔到寺內問時，原來各房和尚，也正想著秦賣油；來得正好，多少不等，各各買他的油。秦重與各房約定，也是間一日便送油來用。這一日是個雙日，自此日為始，但是單日秦重別街道上做買賣，但是雙日，就走錢塘門這一路。一出錢塘門，先到王九媽家裡，以賣油為名，去看花魁娘子。有一日會見，也有一日不會見。不見時費了一場思想，便見時也只是一層思想。正是：

天長地久有時盡，此恨此情無盡期！

再說秦重到了王九媽多次，家中大大小小。沒一個不認得是秦賣油。時光迅速，不覺一年有餘。日大日小，只揀足色細絲，或積三分，或積二分，再少也積下一分。湊得幾錢，又折換大塊頭。日積月累，有了一大包銀子，零星湊集，連自己也不知多少。其日是單日，又值大雨，秦重不出去做買賣，有了這一大塊銀子，心中也自喜歡，趁今日空閒，且把去上一上天平，見個數目。打個油傘，走到對門傾銀鋪裡，借天平兌銀。那銀匠好不輕薄，想著賣油的有多少銀子，要架天平，只把個五兩頭戥子與他，還怕用不著頭紐哩。秦重把銀包解開，都是散碎銀兩，大凡成錠的見少，散碎的就見多。銀匠是小輩，眼孔極淺，見了許多銀子，別是一番面目；想道：「眞是『人不可貌相，海水不可斗量。』」慌忙架起天平，搬出若大若小許多法碼。秦重儘包而兌，一釐不多，一釐不少，剛剛一十六兩之數，上秤便是一斤。秦重心下想道：「除去了三兩本錢，餘下的做一夜花柳之費，還是有餘。」又想道：「這樣散碎銀子，怎好出手？拿出來也被人看低了。現成傾銀店裡方便，何不傾成錠兒，還覺冠冕。」當下兌足十兩，傾成一個足色大錠。再把一兩八錢傾成水絲一小錠，賸下四兩二錢之數，拈一小塊，還了本錢。又將幾錢銀子，置下鑲鞋淨襪，新買一頂萬字頭巾，回到家中，把衣服漿洗得乾乾淨淨，買幾根安息香，薰了又薰。揀個晴明好日，侵早打扮起來。

雖非富貴豪華客，也是風流好後生。

秦重打扮得齊齊整整，取銀兩藏於袖中，把房門鎖了，一逕望王九媽家而來。那一時好不高興！及至到了門首，愧心復萌，想道：「時常挑了擔子，在他家賣油，今日忽而去做闝客，如何開口？」正在躊躇之際，只聽得呀的一聲門響，王九媽走將出來，見了秦重，便道：「秦小官！今日怎的不做生意？打扮得恁般齊整！往那裡去貴幹？」事到其間，秦重只得老著臉，上前作揖；媽媽也不免還禮。秦重道：「小可並無別事，專來拜望媽媽。」那媽兒是老積年，鑑貌辨色，見秦重恁般裝束，又說拜望；一定是看上了我家那個丫頭，要闝一夜，或是會一個房，雖然不是個大施主菩薩，搭在籃裡便是菜，捉在籃裡便是蟹，賺他錢把銀子，買些菜也是好的。便滿面堆下笑，來道：「秦小官拜望老身，必有好處。」秦重道：「小可有句不識進退語，只是不好啓齒。」王九媽道：「但說何妨。且請到裡面客座中細講。」秦重爲賣油雖曾到王家數百次，這客座裡交椅，還不曾與他屁股做個相識，今日是個會面之始。王九媽到了客堂，不免分賓而坐，對著內裡喚茶。少頃，丫鬟托出茶來看時，卻是秦賣油，正不知什麼緣故，媽媽恁般相待，格格低了頭只管笑。王九媽看見喝道：「有甚好笑！對客全沒些規矩。」丫鬟止住笑，收了茶杯自去。王九媽方才開言問道：「秦小官有甚話對老身說？」秦重道：「沒有別話，要在媽媽宅上請一位姐姐喫杯酒兒。」九媽道：「難道喫寡酒，一定要鬫了。你是個老實人，幾時動這風流之興？」秦重道：「小可的積誠，也非止一日。」九媽道：「我家這幾個姐姐，都是你認得的，不知你中意那一位？」秦重道：「別個都不要，單單要與花魁女子相處一宵。」九媽只道取笑他，就變了臉道：「你出言無度，莫非奚落老娘嗎？」秦重道：「小可是個老實人，豈有虛情！」九媽道：「糞桶也有兩個耳朵，你豈不曉得我家美兒的身價？倒了你賣油的灶，還不彀半夜歇錢哩！不如將使一個適興罷。」秦重把頭一縮，舌頭一伸道：「賃的好賣弄！不敢動問，你家花魁娘子，一夜歇錢要幾十兩？」九媽見他說這話，卻又回嗔作喜，帶笑而言道：「那要許多？只要得十兩敲絲。其他東道雜費，不在其內。」秦重道：「原來如此，不爲大事。」袖中摸出這禿禿裡一大錠放光細絲銀子，遞與媽兒道：「這一錠十兩重，足色足數，請媽媽收著。」又摸出一小錠來，也遞與媽兒，又道：「這一小錠，重有二兩，相煩備個小東，望媽媽成就小可這件好事，生死不忘，日後再有孝順。」九媽見了這錠大銀，已是不忍釋手，又恐怕他一時高興，日後沒了本錢，心中懊悔，也要儘他一個才好。便道：「這十兩銀子，你做經紀的人，積攢不易，還要三思而行。」秦重道：「小可主意已定，不要你老人家費心。」九媽把這兩錠銀子，收於袖中道：「是便是了，還有許多煩難哩！」秦重道：「媽媽是一家之主，有甚煩難？」九媽道：「我家美兒往來的，都是王孫公子，富室豪家，眞個是『談笑有鴻儒，往來無白丁！』他豈不認得是做經紀的秦小官？如何肯接你？」秦重道：「但憑媽媽怎的委曲宛轉，成全其事，大恩不敢有忘。」九媽見他十分堅心，眉頭一皺，計上心來。就開口笑道：「老身已替你排下計策，只看你緣法如何？做得成不要喜，做不成不要怪。美日昨日在李學士家陪酒，還未曾回。今日是黃衙內約下遊湖，明日是張山人一班清客，邀他做詩社，後日是韓尙書的公子，數日前送下東道在這裡，你且到大後日來看。還有句話，這幾日你且不要來我家賣油，預先留下個體面；又有句話，你穿著一身的布衣布裳，不像個上等闝客，再來時換件紬緞衣服，叫這些丫頭們認不出你是秦小官，老娘也好與你裝謊。」秦重道：「小可一一理會得。」說罷，作別出門。且歇這三日生理不去賣油，到典鋪裡買了一件現成半新半舊的紬衣穿在身上，到街上閒走，演習斯文模樣。正是：

未識花院行藏，先習孔門規矩。

過去那三日不題，到第四日起個清早，便到王九媽家去。去得太早，門還未開，意欲轉一轉再來；這番妝扮希奇，不敢到昭慶寺去，恐怕和尙們批點，且到十錦塘散步。良久，又踅轉來，王九媽家門已開了，門前卻安頓得有轎馬，門內有許多僕從在那裡閒坐。秦重雖則老實，心下到底乖巧，且不進門，就悄悄的招那馬夫問道：「這轎馬是誰家的？」馬夫道：「韓府裡來接公子的。」秦重已知韓公子夜來留宿，此時還未曾別，重復轉身到一個飯店之中，喫了些現成茶飯，又坐了一回，方才到王家探信。只見門前轎馬已自去了，進得門時，王九媽迎著便道：「老身得罪，今日又不得工夫了。恰才韓公子拉去東莊賞早梅，他是個長闞，老身不敢違他，聞得說來日還到要靈隱寺訪個棋師賭棋哩。齊衙內又來約過三兩次了，這是我家房主，又是辭不得的；他來時或三日五日的住了去，連老身也定不得個日子。秦小官！你眞個要闞，只索耐心再等幾時；不然，前日尊賜，分毫不動，要使奉還。」秦重道：「只怕媽媽不作成，若然遲中不誤，就是一萬年，小可也情願等著。」九媽道：「恁的時老身便好主張。」秦重作別，方欲起身，九媽又道：「秦小官人！老身還有句話，你下次若來封信，不要早了，約莫申牌時分，有客沒客，老身把個實信與你，倒是越晏些越好。這是老身的妙用，你休錯怪。」秦重連聲道：「不敢！不敢！」這一日，秦重不曾做買賣。次日，整理油擔，挑往別處去生理，不走錢塘門一路。每日生意做完，傍晚時分，就打扮齊整，到王九媽家探信，只是不得工夫。又空走了一月有餘。那一日是十月二十五，大雪方霽，西風過後，積雪成冰，好不寒冷，卻喜地下乾燥。秦重做了大半日買賣，如前妝扮，又去探信。王九媽笑容可掬，迎著道：「今日你造化，已有九分九釐了！」秦重道：「這一釐是欠著什麼？」九媽道：「這一釐嗎，正主兒還不在家。」秦重道：「可回來嗎？」九媽道：「今日是俞太尉家賞雪，筵席就備在湖船之內；俞太尉是七十歲的老人家，風月之事，已自沒分，原說過黃昏送來。你且到新人房喫杯燙風酒，慢慢地等他。」秦重道：「煩媽媽引路。」王九媽引著秦重，彎彎曲曲，走過許多房頭，到一個所在。不是樓房，卻是個平屋三間，甚爲高爽。左一邊是丫鬟個空房一所，有床榻交椅之類，卻是備官鋪的。右一邊是花魁娘子臥室，鎖著在那裡。兩傍又有耳房。中間客座，上面掛一幅名人山水，香几上博山古銅爐，燒著安息香餅；兩旁書架，擺設些古玩；壁上貼許多詩稿。秦重愧非文人，不敢細看。心下想道：「如此外房整齊，內室鋪陳，必然華麗，今夜儘吾受用，十兩一夜，也不爲多。」九媽讓秦小官坐於客位，自己主位相陪。少頃之間，丫鬟掌燈過來，抬下一張八仙桌兒，六碟時新果子，一架攢盒。佳肴美醞，未曾到口，香氣撲人。九媽執盞相勸道：「今日衆小女都有客，老身只得自陪，請開懷暢飲幾杯。」秦重酒量本不高，況兼正事在心，只喫半杯。喫了一會，便推不飲。九媽道：「秦小官想飢了，且用些飯，再喫酒。」丫鬟捧著雪花白米飯，一喫一添，放於秦重面前，就是一碗雜和湯。媽兒量高，不用飯，以酒相陪。秦重喫了一碗就放著。九媽道：「夜長哩，再請些。」秦重又添了半碗。丫鬟提個行燈來說：「浴湯熱了，請客官洗浴。」秦重原是洗過浴來的，不敢推託，只得又到浴堂，肥皂香湯洗了一遍，重復穿衣入座。九媽命撤去肴盒，用暖鍋下酒。此時黃昏已絕，昭慶寺內鐘都撞過了，美娘尚未回來。正是：

玉人何處貪歡耍，等得情郎望眼穿！

常言道：「等人性急。」秦重不見美娘回家，好生氣悶，卻被媽兒夾七夾八說些風話勸酒，不覺又過了一更天氣。只聽外面熱鬧鬧的，卻見花魁娘子回家。丫鬟先來報了，九媽連忙起身出迎，秦重也離坐而立。只見美娘喫得大醉，侍女扶將進來，到於門首，醉眼朦朧，看見房中燈燭輝煌，杯盤狼籍，立住腳問道：「誰在這裡喫酒？」九媽道：「我兒！便是我向日與你說的那秦小官人。他心中慕你多時，早送過禮來，因你不得工夫，耽擱他一月有餘了，你今日幸而得空，做娘的留他在此伴你。」美娘道：「臨安郡中並不聞說起有什麼秦小官人，我不去接他！」轉身便走。九媽雙手托開，即忙攔住道：「他是個志誠好人，娘不誤你。」美娘只得轉身，才跨進房門，抬頭一看，那人有些面善，一時醉了，急切叫不出來，便道：「娘！這個人我認得他的，不是有名聞的子弟，接了他，被人笑話。」九媽道：「我兒！這是湧金門內開緞鋪的秦小官人，當初我們住在湧金門時，想你也曾會過，故此面善，你莫錯認了。做媽的見他來意至誠，一時許了他，不好失信，你看做娘的面上，湖亂留他一晚。做娘的曉得不是了，明日卻與你賠禮。」一頭說，一頭推著美娘的肩頭向前，美娘拗媽媽不過，只得進房相見。正是：

千般難出虔婆口，萬般難脫虔婆手；饒伊縱有萬千般，不如跟著虔婆走。

這些言語，秦重一句句都聽得，佯爲不聞。美娘萬福過了，坐於側首，仔細看著秦重，好生疑惑，心裡甚是不悅，默默無言。喚丫鬟將熱酒來斟一大鍾，媽兒只道他敬客，卻自家一飲而盡。九媽道：「我兒醉了，少喫些罷。」美娘那裡依他，答應道：「我不醉。」一連喫上十來杯。這是酒後之酒，醉中之醉，自覺立腳不住，喚丫鬟開了臥房，點上銀燈，也不卸頭，也不解帶，踐脫了繡鞋，和衣上床，倒身而臥。媽兒見女兒如此做作，甚不適意，對秦重道：「小女平日慣了他，專會使性，今日他心中不知爲什麼，有些不自在，卻不干你事，休得見怪。」秦重道：「小可豈敢。」媽兒又勸了秦重幾杯酒，秦重再三告止，媽兒送入臥房，向耳邊分付道：「那人醉了，放溫存些！」又叫道：「我兒起來！脫了衣服，好好的睡。」美娘已在夢中，全不答應。媽兒只得去了。丫鬟收拾了杯盤之類，抹了桌子，叫道：「秦小官人安置罷。」秦重道：

「有熱茶要一壺。」丫鬟泡了一壺濃茶，送進房裡，帶轉房門，自去耳房中安歇。秦重看美娘時，面對床裡，睡得正熟，把錦被壓在身下。秦重想酒醉之人，必然怕冷，又不敢驚醒他。忽見闌干上又放著一床大紅紵絲的錦被，輕輕的取下，蓋在美娘身上；把銀燈剔得亮亮的，取了這壺熱茶，脫鞋上床，捱在美娘身邊，左手抱著茶壺在懷，右手搭在美娘身上，眼也不敢閉一閉。卻說美娘睡到半夜，醒將轉來，自覺酒力不勝，胸中似有滿溢之狀；爬起來，坐在被窩中，垂著頭，只顧打乾噎，秦重慌忙也坐起來，知他要吐，放下茶壺，用手撫摩其背。良久，美娘喉間忍不住了，說時遲，那時快，美娘開喉嚨便吐。秦重怕污了被窩，忙把自己的道袍袖子張開，罩在他嘴上。美娘不知所以，盡情一嘔，嘔畢，還閉著眼討茶漱口。秦摸茶壺還是暖的，忙斟上一甌香噴噴的濃茶，遞與美娘。美娘連喫了兩碗，胸中雖然略覺爽快些兒，身子原自倦怠，仍舊倒下，向裡睡去了。秦重乃下床，輕輕脫下道袍，將吐下一袖的骯髒，重重裹著，放於床側，依然上床，擁抱似初。美娘那一覺，直睡到天明方醒；覆身轉來，見旁邊捱著一人，問道：「你是那個？」秦重答道：「小可姓秦。」美娘想起夜來之事，恍恍惚惚，不甚記得眞了，便道：「我夜來好醉。」秦重道：「也不甚醉。」又問：「可曾吐嗎？」秦重道：「不曾。」美娘道：「這樣還好。」又想一想道：「我記得曾吐過的，又記得曾喫過茶來，難道做夢不成？」秦重方才說道：「是曾吐來。小可見小娘子多了杯酒，也防著要吐，把茶壺暖在懷裡，小娘子果然吐後討茶，小可斟上，蒙小娘子不棄，飲了兩甌。」美娘大驚道：「髒巴巴的吐在那裡？」秦重道：「恐怕小娘子污了被褥，是小可把袖子盛了。」美娘道：「如今在那裡？」秦重道：「連衣服裡著，藏過在那裡。」美娘道：「可惜壞了你一件衣服。」秦重道：「這是小可的衣服有幸，得沾小娘子飲瀝。」美娘聽說，心下想道：「有這般識趣的人。」心裡已有四五分歡喜了。此時天色大明，美娘起身下床小解，看看秦重，猛然想起，是秦賣油。遂問道：「你實將我說，是什麼樣人？爲何昨夜在此？」秦重道：「承花魁娘子下問，小子怎敢妄言！小可實是常來宅上賣油的秦重。」遂將初次看見送客，又看見上轎，心上想慕之極，及積攢闞錢之事，備細述了一遍。又道：「夜來得親近小娘子一夜，三生有幸，心滿意足。」美娘聽說，愈加可憐道：「我昨夜酒醉，不曾招接你，你乾折了許多銀子，莫不懊悔？」秦重道：「小娘天上神仙，小可惟恐伏侍不著，但不見責，已爲萬幸，況敢有非意之望！」美娘道：「你做經紀的人，積下些銀兩，何不留下養家？此地不是你來往的。」秦重道：「小可單只一身，並無妻小。」美娘頓了一頓，便道：「你今日去了，他日還來？」秦重道：「只是昨宵相親一夜，已慰平生，豈敢又作癡想？」美娘想道：「難得這好人，又忠厚，又老實，且又知情識趣，隱惡揚善，千百中難遇此一人。可惜是市井之輩；若是衣冠子弟，情願委身事之。」正在沈吟之際，丫鬟捧洗臉水進來，又是兩碗薑湯。秦重洗了臉，因夜來未曾著枕，不用梳頭，呷了幾口薑湯，便要告別。美娘道：「少住不妨，還有話說。」秦重道：「小可仰慕花魁娘子，在旁多站一刻，也是好的。但爲人豈不自揣，夜來在此，實是大膽，惟恐他人知道，有玷芳名，還是早上去了安穩。」美娘點了一點頭，打發丫鬟出房，忙忙的開了綑妝，取出二十兩銀子，送與秦重道：「昨夜難爲了你，這銀兩權奉爲資本，莫對人說。」秦重那裡肯受。美娘道：「我的銀子，來路容易，這須些酬你一宵之情，休得固遜。若本錢缺少，異日還有助你之處。那件污穢的衣服，我叫丫鬟湔洗乾淨，還你罷了。」秦重道：「粗衣不煩小娘子費心，小可自會湔洗，只厚賜不當。」美娘道：「說那裡話。」將銀子搵在秦重袖內，推

他轉身。秦重料難推卻，只得受了，深深作揖，捲了脫下的齷齪道袍，走出房門來。打從鴇兒房間經過，鴇兒看見，叫道：「媽媽！秦小官去了。」王九媽正在淨桶上解手，口中叫道：「秦小官！如何去得恁早？」秦重道：「有些俗事，改日再來稱謝。」說著，自去了。且說美娘與秦重雖然沒點相干，見他一片誠心，去後好不過意。這一日，因害酒辭了客，在家將息，千個萬個孤老，都不想到，想秦重整整的想了一日。有「掛枝兒」為證：

俏冤家，須不是串花街的子弟，你是個做經紀的本分人兒。那知你會溫存，能軟款，知心知意！料你不是個使性的，料你不是個薄情的，幾番待放下思量也，又不覺思量起。

再說邢權在朱十老家，與蘭花情熱，見朱十老患病在床，全無顧忌；十老發作了幾場。兩個商量出一條計策來，夜靜更深，將櫃中資本席捲，雙雙的桃之夭夭，不知去向。次日天明，朱十老方知，央及鄰里出了個失單，尋訪數日，並無動靜，深悔當日不合為邢權所惑，逐了朱重，如今日久見人心。聞說朱重賃居衆安橋下，挑擔賣油，不如仍舊收拾他回來，老死有靠。只怕他記恨在心，叫鄰舍好生勸他回家，但記好莫記惡。秦重一聞此言，即日收拾了傢伙，搬回十老家裡。相見之間，痛哭了一場。十老將所存囊橐，盡數交付秦重。自家又有二十餘兩本錢，重整店面坐櫃賣油；因在朱家，仍稱朱重，不用秦字。不上一月，十老病重，醫治不效，嗚呼哀哉。朱重搥胸大慟，如親父一般，殯殮成服，七七做了些好事。朱家祖墳，在清波門外，朱重舉哀安葬，事事成禮，鄰里皆稱其厚德。事定之後，仍舊開鋪。原來這油鋪是個老店，從來生意原好，卻被邢權刻薄成私，將主顧弄斷了多少；今見朱小官在店，誰家不來作成，所以生理比前越盛。

朱重單身獨自，急切要尋個老成幫手；有個慣做中人的叫金中。忽一日引著一個五十餘歲的人來。原來那人正是莘善，在汴梁城外安樂村居住，因那年避亂南奔，被官兵衝散了女兒瑤琴，夫妻兩口，淒淒惶惶，東逃西奔，胡亂的過了幾年。那日聞臨安興旺，南渡人民大半安插在彼，誠恐女兒流落此地，特來尋訪消息。身邊盤纏用盡，欠了飯錢，被飯店中終日趕逐，無可奈何；偶然聽見金中說起，朱家油鋪要尋個賣油幫手，自己曾開過六陳鋪子，賣油之事，都則在行，況朱小官原是汴京人，又是鄉里，故此央金中引薦到來。朱重問了備細，鄉人見鄉人，不覺感動，便道：「既然沒處投奔，你老夫妻兩口只住在我身邊，只當鄉親相處，慢慢的訪著令嫒消息，再作區處。」當下便取兩貫錢，把與莘善去還了飯錢；連渾家阮氏，也領將來，與朱重相見了。收拾一間空房，安頓他老夫妻在內。兩口倒也盡心竭力，內外相幫。朱重甚是歡喜。光陰似箭，不覺一年有餘，多有人見朱重年長未娶，家道又好，做人又志誠。情願白白把女兒送他爲妻。朱重因見了花魁娘子，十分容貌，等閒的不看在眼，立心要訪求個出色的女子，方才肯成親；以此一路耽擱下去。正是：

曾經滄海難為水，除卻巫山不是雲。

再說王美娘在九媽家，盛名之下，朝歡暮樂，眞個口厭肥甘，身嫌錦繡。然雖如此，每遇不如意之處，或是子弟們任倩使性，喫醋跳槽，或自己病中醉後，半夜三更，沒人疼痛；就想起秦小官人的好處來，只恨無緣再會。也是他桃花運盡，合當變更，一年之後，生出一段事端來。卻說臨安城中，有個吳八公子，父親吳嶽，現爲福州太守。這吳八公子，新從父親任上回來，廣有金銀，平日間也喜賭博喫酒，三瓦兩舍走動。聞得花魁娘子之名，未曾識面，屢次遣人來約，欲要闞他，美娘聞他氣質不好，不願相接，托故推辭，非止一日。那吳八公子也曾和著閒漢們親到王九媽家幾番，都不曾會。其時清明節屆，家家掃墓，處處踏青。美娘因連日遊春困倦，且是積下許多詩畫之債，未曾完得；分付家中人道：「一應客來，都與我辭去。」閉了房門，焚起一爐好香，擺設文房四寶，畫起畫來，方欲舉筆，只聽得外面沸騰，卻是吳八公子，領著十餘個狠僕，來接美娘遊湖。因見媽兒每次回他，在中堂行兇，打傢打伙，直鬧到美娘房前，只見房門鎖著。原來妓家有個回客法兒，小娘躲在房內，卻把房門反鎖，支吾客人，只推不在，那老實的就被他哄過了。吳八公子是慣家，這些套子怎瞞得他過？分付家人扭斷了鎖，把房門一腳踢開。美娘躲身不及，被公子看見，不由分說，叫兩個家人左右牽手，從房內直拖出房外來，口中兀自亂說亂罵。王九媽欲待上前賠禮解勸，看見勢頭不好，只得閃過。家中大小躲得沒半個影兒。吳家狠僕，牽著美娘，出了王家大門，不管他弓鞋窄小，望街上飛跑。公子在後，揚揚得意。直到西湖口，將美娘攛落了湖船，方才放手。美娘十二歲到王家，錦繡中養成，珍珠般供養，何曾受恁般淩賤！下了船到著船頭，掩面大哭。吳八公子全不放下面皮，氣忿忿的像關雲長單刀赴會，一把交椅朝外而坐，狠僕侍立於旁。一面分付開船，一面數一數二的發作個不住道：「小賤人，小倡根。不受人抬舉，再哭時就討打了。」美娘那裡怕他，哭之不已。船至湖心亭，吳八公子分付擺盒子在亭內，自己先上去了，卻分付家人，叫那小賤人來陪酒。美娘抱住了闌干，那裡肯去，只是號哭。吳八公子也覺沒興，自己喫了幾杯淡酒，收拾下船，自來扯美娘。美娘雙腳亂跳，哭聲愈高，八公子大怒，叫狠僕拔去簪環；美娘蓬著頭，跑到船頭上，就要投水，被家僮們扶住。

公子道：「你撒賴，便怕你不成？——就是死了，也只費得我幾兩銀子，不爲大事。只是送你一條性命，也是罪過。你住了啼哭時，我就放你回去，不難爲你。」美娘聽說放他回去，眞個住了哭。八公子分付移到清波門外僻靜之處，將美娘繡鞋脫下了，去其裹腳，露出一對金蓮，如兩條玉筍相似，叫狠僕扶他上岸。罵道：「小賤人！你有本事，自走回家，沒人相送。」說罷，一篙子撐開，再向湖中而去。正是：

焚琴煮鶴從來有，惜玉憐香幾個知！

卻說美娘赤了腳，寸步難行，自思自歎道：「我才貌兩全，只爲落於風塵，受此輕賤；平日枉自結識許多王公貴介，急切用他不著。受了這般凌辱，就是回去，如何做人！倒不如一死爲高。只是死得沒些名目，枉自享個盛名，到此地位，看看村莊婦人，也勝我十二分。這都是劉四媽這個花嘴，哄我落坑墮塹，致有今日。自古紅顏薄命，也未必如我之甚！」越思越苦，放聲大哭。事有偶然，卻好朱重那日到清波門外，朱十老的墳上，祭掃過了，打發祭物下船，自己步回，從此經過。聞得哭聲，上前看時，雖然蓬頭垢面，那玉貌花容，從來無兩，如何認不得？喫了一驚道：「花魁娘子，如何恁般模樣？」美娘哀哭之際，聽得聲音廝熟，止啼而看。原來正是知情識趣的秦小官！美娘當此之時，如見親人，不覺傾心吐膽，告訴他一番。朱重心下十分疼痛，亦爲之流淚。袖中帶得有白綾汗巾一條，約有五尺多長，取出劈半扯開，奉與美娘裹腳；親手與他拭淚，又與他挽起青絲，再四把好言寬解。等候美娘哭定，忙去喚個暖轎，請美娘坐了，自己步送，直到王九媽家。九媽不得女兒消息，在四處打探，慌迫之際，見秦小官送女兒回來，分明送一顆明珠還他，如何不喜？況且媽兒一向不見秦重挑油上門，多曾聽一人說他承受了朱家的店業，手頭活動，體面又比前不同，自然刮目相待。又見女兒這等模樣，問其緣故，已知女兒喫了大苦，全虧了秦小官。深深拜謝，設酒相待。此時日已向晡，秦重略飲數杯，起身作別。美娘如何肯放，道「我一向有心於你，恨不得你見面，今日定然不放你空去。」媽兒也來攀留。秦重喜出望外。是夜，美娘吹彈歌舞，曲盡平生之技，奉承秦重。秦重如作了一個遊仙好夢，喜得魂蕩魄消，手舞足蹈。夜深酒闌，二人相挽就寢，歡愛之事，其美滿更不必言。美娘道：「有一句心腹之言與你說，你休得推託。」秦重道：「小娘子若用得著小可時，就赴湯蹈火，亦所不辭，豈有推託之理？」美娘道：「我要嫁你。」秦重笑道：「小娘子就嫁一萬個，也還數不到小可頭上；休得取笑，枉自折了小可食料。」美娘道：「這話實是眞心，怎說取笑二字，我自十五歲被媽媽灌醉梳弄過了，此時便要從良；只爲未曾相處得人，不辨好歹，恐誤了終身大事。以後相處的雖多，都是豪華之輩，酒色之徒，但知買笑追歡的樂意，那有憐香惜玉的眞心。看來看去，只有你是個志誠君子；現聞你尚未娶親，若不嫌我煙花賤質，情願舉案齊眉，白頭到老。你若不允之時，我就將三尺白羅，死於君前，表白我這片誠心；也強如昨日死於村郎之手，沒名沒目，惹人笑話！」說罷，就嗚的哭將起來。秦重道：「小娘子休得悲傷！小可承小娘子錯愛，將天說地，求之不得，豈敢推託！只是小娘子千金聲價，小可家貧力薄，如何擺佈，也是力不從心了。」美娘道：「這卻不妨。不滿你說，我只爲從良一事，預先積攢些東西，寄頓在外，贖身之費，一毫不費你心力。」秦重道：「小娘子就是自己贖身，平日住慣了高堂大廈，享用了錦衣玉食，在小可家如何過活？」美娘道：「布衣蔬食，死而無怨！」秦重道：「小娘子雖然有此意志，只怕媽媽不依。」美娘道：「我自有道理。」如此如此，這般這般，……兩個直說到天明。

原來黃翰林的衙內，韓尚書的公子，齊太尉的舍人，這幾個相知的人家，美娘都寄頓得有箱籠。美娘只推要用，陸續取到，密地約下秦重，叫他收置在家。那日美娘一乘轎子，抬到劉四媽家，訴以從良之事。劉四媽道：「此事老身前日原說過來。只是年紀還早，又不知你要從那一個？」美娘道：「姨娘！你莫管是甚人。少不得依著姨娘的言語，是個眞從良，樂從良，了從良；不是那不眞不假不了不絕的句當。只要姨娘肯開口時，不愁媽媽不允。做姪女的別沒孝順，只有十兩金子，奉與姨娘，胡亂打些釵子，是必在媽媽前做個方便。事成之後，媒禮在外。」劉四媽看見這金子，笑得眼見沒縫，便道：「自家女兒，又是美事，如何要你的東西？這金子權時領下，只當與你收藏，此事只在老身身上。只是你的娘把你當個搖錢樹兒，等閒也不輕放你出去，怕不要千把銀子？那主兒可是肯出大注的？也得老身見他一見，與他講通方罷。」美娘道：「姨娘莫管閒事，只當你姪女自家贖身便了。」劉四媽道：「媽媽可曉得你到我家來？」美娘道：「不曉得。」四媽道：「你且在我家方便，待老身先到你家，與媽媽講。講得適時，然後來報你。」劉四媽僱乘轎子，抬到王九媽家，九媽相迎入內。劉四媽問起八公子之事，九媽告訴了一遍。四媽道：「我們行戶人家，倒是養成個半低不高的丫頭，儘可賺錢，又且妥便，不論什麼客就接了，倒是日日不空的。姪女只爲聲名大了，好是一塊鮝魚落地，馬蟻兒都要鑽他，雖然熱鬧，卻也不得自在。說便十兩一夜，也只是個虛名。那些王孫公子來一遍，動不動有幾個幫閒，連宵達旦，好不費事。跟隨的人又不少，個個要奉承得他到，一些不到之處，口裡就出粗，哩嗹囉嗹的罵人，還要暗損你傢伙；又不好告訴得他家主，受了若干閒氣。況且山人墨客，詩社棋社，少不得一月之內，又有幾日官身。這些富貴子弟，你爭我奪，依了張家，違了李家，一邊喜，少不得一邊怪了。就是吳八公子這一個風波，嚇殺人的。萬一失錯，卻不連本送了？官府人家，與他打官司不成？只索忍氣吞聲。今日還虧著你家香煙高，太平沒事，一個霹靂空中過去了，儻然山高水低，悔之無及。妹子聞得吳八公子，不懷好意，還要與你家索鬧。姪女的性氣又不好，不肯奉承人，第一這一件乃是個惹禍之本。」九媽道：「便是這件老身好不耽憂。就是這八公子，也有名有稱的人，又不是下賤之人，這丫頭抵死不肯接他，惹出這場禍來。當初他年紀小時，還聽人教訓，如今有了個虛名，被這些富貴子弟，誇他獎他慣了他情性，驕了他氣質，動不動自作自主。逢著客來，他要接便接，他若不情願時，便是九牛也休想牽得他轉。」劉四媽道：「做小娘的略有些分兒，都則如此。」王九媽道：「我如今與你商議，儻若有個肯出錢的，不如賣了他去，倒得乾淨，省得終身懷著鬼胎過日。」劉四媽道：「此言甚妙。賣了他一個，就討得五六個；若湊巧撞得著相應的，十來個也討得的。這樁便宜事，如何不做？」王九媽道：「老身也曾算計過來，那些有勢有力的不肯出錢，喜要討人便宜；及至肯出幾兩銀子的，女兒又嫌好道歉，做張做智的不肯。若有好主兒，妹子做媒，作成則個。儻若這丫頭不肯時節，還求你攛掇；這丫頭做娘的話也不聽，只你說得他信，話得他轉。」劉四媽呵呵大笑道：「做妹子的此來，正為與姪女做媒。你要多少錢子，便肯放他出門？」九媽道：「妹子！你是明理的人，我們這行戶中，只有賤買，那有賤賣？況且美兒數年盛名，滿臨安誰不知他是花魁娘子；難道三百四百就容他走動？少不得要足千金。」劉四媽道：「待妹子去講，若肯出這個數目，做妹子的便來多口；若合不著時，就不來了。」臨行時又故意問道：「姪女今日在那裡？」王九媽道：「不要說起，自從那日喫了吳八公子的虧，怕他還來淘氣，終日裡抬個轎子，各宅去分訴。前日在齊太尉家，昨日在黃翰林家，今日又不知到那家去了？」劉四媽道：「有了你老人家做主，按定了坐盤星，也不容姪女不肯：萬一不肯時，做妹子自會勸他。只是尋得主顧來，你卻莫要拏腔做勢。」王九媽道：「一言既出，並無他說。」九媽送至門首，劉四媽叫聲：「聒噪。」上轎去了。這是：

數黑論黃雌陸賈，說長話短女隨何；若還都像虔婆口，尺水能興萬丈波。

劉四媽回到家中，與美娘說道：「我對你媽媽如此說，這般講，你媽媽已自肯了；只要銀子見面，這事立地便成。」美娘道：「銀子已曾辦下，明日姨娘千萬到我家內，玉成其事，不要冷了場，改口又費講。」四媽道：「既然約定，老身自然到府。」美娘別了劉四媽，回家去了不提。次日午牌時分，劉四媽果然來了。王九媽問道：「這事如何？」四媽道：「十有八九，只不曾與姪女說過。」四媽來到美娘房中，兩下相叫了，講了一回閒話，四媽道：「你的主兒到了不曾？那話兒在那裡？」美娘指著床頭道：「在這幾隻皮箱內。」美娘把五六隻皮箱一時都開了，五十兩一封，搬出十三四封來，又把些金珠寶玉算價足彀千金之數。把個劉四媽驚得眼中出火，口內流涎，想道：「小小年紀，這等有肚腸！不知如何設法積下許多東西？我家這幾個粉頭，一般接客，趕得著他那裡？不要說不會生發，就是有幾文錢在荷包裡，閒時買瓜子磕，買糖兒喫；兩條腳帶破了，還要做媽的與他買布哩。偏生九阿姐造化討得著，年時賺了若干錢鈔，臨出門還有這一注大財，又是『取諸宮中，不勞餘力。』」這是心中暗想之語，卻不曾說出來。美娘見劉四媽沈吟，只道他作難索謝；慌忙又取出四匹潞紬，兩股寶釵，一對鳳頭玉簪，放在桌上道：「這幾件東西，奉與姨娘為伐柯之敬。」劉四媽歡天喜地，對王九媽說道：「姪女情願自家贖身，一般身價，並不短少分毫；比著孤老贖身更好，省得閒漢們就中說合，費茶費酒，還要加一加二謝他。」王九媽聽得說女兒皮箱內有許多東西，倒有個怫然之色。你道卻是為何？世間只有媽兒最狠，做小娘的設法弄些東西，都要送到他手裡，才是快活。也有做些私房在箱籠，媽兒知得些風聲，專等女兒出門，捵開鎖鑰，搬箱倒籠，取個精空。只為美娘盛名之下，相交都是大頭兒，替做娘的掙得錢鈔不少，又且性格有些古怪，等閒不敢觸他；故此臥房裡面，媽兒腳也不跨進，誰知他如此有錢？劉四媽見九媽顏色不善，便猜著了，連忙道：「九阿姐！你休得三心兩意。這些東西，就是姪女自家積下些，也不是你本分之錢。他若肯花費時，也花費了；或是他不長進，把來津貼了得意的孤老，你也那裡知道？這還是他做家的好處。況且小娘自己手中沒有錢鈔，臨到從良之際，難道赤手趕他出門，少不得頭上腳下都要收拾的光鮮，等他好去別人家做人。如今他自家拏得出這些東西，必然一絲一縷，不費你的心；這一注銀子，是你完全全放在腰胯裡的。他就今朝出去，怕不是你女兒？儻然他掙得好時，時朝月節，怕他不來孝順你？原是嫁了人時，他又沒有親爺親娘，你也還去得著，做他的外婆，受用處正有哩。」只這一套話，說得王九媽心中爽然，當下應允。劉四媽就去搬出銀子，一封一封兑過，交付與九媽。又把這些金珠寶玉，逐件指物作價，對九媽說道：「這都是做妹子的故意估下他些價錢，若換與人，還便宜得幾十兩銀子。」王九媽雖同是個媽兒，倒是個老實頭，但憑劉四媽說話，無有不納。劉四媽見王九媽收了這注東西，便叫忘八寫了婚書，交付與美兒。美兒道：「趁姨娘在此，奴家就拜別了爹娘出門，借姨娘家住一兩日，擇吉從良，未知姨娘允否？」劉四媽得了美娘許多謝禮，生怕九媽翻悔，巴不得美娘出了他門，完成一事。便道：「正該如此。」當下美娘收拾了房中自己的梳台拜匣皮箱鋪蓋之類，但是媽兒家中之物，一毫不動。收拾已完，隨著四媽出房，拜別了假爹假娘，和那姨娘姊妹行中都相叫了。王九媽一般哭了幾聲。美娘喚人挑了行李，欣然上轎，同劉四媽到他家去。四媽收拾一間幽靜的好房，頓下美娘行李，衆小娘都來與美娘叫喜。是晚，朱重差莘善到四媽家討信，已知美娘贖身出來。擇了吉日，笙簫鼓樂娶親，劉四媽就做大媒送親。朱重與花魁娘子洞房花燭，歡喜無限。

雖然舊事風流，不減新婚佳趣。

次日，莘善老夫妻，請新人相見，各各廝認，喫了一驚，問起根由，至親三日，抱頭大哭。朱重方才認得是丈人丈母，請他上坐，夫妻二人重新拜見。親鄰聞知，無不駭然。是日整備筵席慶，賀兩重之喜，飲酒盡歡而散。三朝之後，美娘叫丈夫備下幾副厚禮，分送舊相知各宅，以酬其寄頓箱籠大恩，並報他從良信息。此是美娘有始有終處。王九媽、劉四媽家各有禮物相送，無不感激。滿月之後，美娘將箱籠打開，內中都是黃白之資，吳綾蜀錦，何止百計，共有三千餘金。都將銀子交付丈夫，慢慢的買家房置產，整頓家當。油鋪生理，都是丈人莘公管理。不上一年，把家產掙得花錦般相似，驅奴使婢，甚有氣象。朱重感謝天地神明保祐之德，發心於各寺廟喜捨，合殿香燭一套，供琉璃燈油三個月，齋戒沐浴，親往拈香禮拜。先從昭慶寺起，其他靈隱、法相、淨慈、天竺……等寺，以次而行。就中單說天竺寺是觀音大士的香火。有上天竺，中天竺，下天竺三處，香火俱盛，卻是山路，不通舟楫。朱重叫從人挑了一擔香燭，三擔清油，自己乘轎而往，先到上天竺來。寺僧迎接上殿，老香火秦公點燭添香。此時朱重居移氣，養移體，儀容富厚，非復幼時面目，秦公那裡認得他是兒子。只因油桶上有個大大的秦字，又有汴梁二字，心中甚以爲奇。也是天然湊巧，剛剛到上天竺，偏用著這兩隻油桶。朱重拈香已畢，秦公托出茶盤，主僧奉茶。秦公問道：「不敢動問施主，這油桶上，爲何有此三字？」朱重聽得問聲，帶著汴梁人的土音，忙問道：「老香火你問他什麼？莫非也是汴梁人？」秦公道：「正是。」朱重道：「你姓甚名誰？爲何在此出家？共有幾年了？」秦公把自己姓名鄉里，細細告訴，某年上避兵來此，因無活計，將十五歲的兒子秦重，遇繼與朱家，如今有八年之久；一向爲年老多病，不曾下山，問得消息。朱重一把抱住，放聲大哭道：「孩兒便是秦重。向在朱家挑油買賣，正爲要訪求父親下落，故此於油桶上寫汴梁秦三字，做個標識；誰知此地相逢，眞乃天與其便。」衆僧見他父子別了八年，今朝重會，各各稱奇。朱重這一日就歇在上天竺，與父親同宿，各敘情節。次日，取出中天竺，下天竺兩個疏頭換過，內中朱重仍改做秦重，復了本性。兩處燒香禮拜已畢，轉到上天竺，要請父親回家安樂供養。秦公出家已久，喫素持齋，不願隨兒子同家。秦重道：「父親別了八年，孩兒有缺侍奉，況孩兒新娶媳婦，也得他拜見公公方是。」秦公只得依允。秦重將轎子讓與父親乘坐，自己步行，直到家中。秦重又取出一套新衣，與父親換了；中堂設坐，同妻莘氏雙雙參拜。親家莘善，親母阮氏，齊來見禮。

此日大排筵席，秦公不肯開葷，素酒素食。次日，鄰里斂錢稱賀，一則新婚，二則新娘子家眷團圓，三則父子相會，四則秦小官歸宗復姓，共是四重大喜。一連又喫幾日喜酒。秦公不願家居，思想上天竺故處清淨出家。秦重不敢違親之志，將銀二百兩，於上天竺另造淨室一所，送父親到彼居住，其日用供給，按月送去。每十日親往候問一次；每一季同莘氏往候一次。那秦公活到八十餘，端坐而化，遺命葬於本山，此是後話。卻說秦重和莘氏夫婦偕老，生下兩個孩兒，俱讀書成名。至今風月中市語，凡誇人善於幫襯，都叫做秦小官，又叫賣油郎。有詩為證：

春來處處百花新，蜂蝶紛紛競採春；堪笑豪家多子弟，風流不及賣油人。

灌園叟晚逢仙女

連宵風雨閉柴門，落盡深紅只柳存；欲掃蒼苔且停帚，階前點點是花痕。

這首詩，爲惜花而作。昔唐時有一處士，姓崔名玄微；平昔好道，不娶妻室，隱於洛東。所居庭院寬敞，遍植花卉竹木；一精室在萬花之中，獨處於內，使僕都居苑外，無故不得輒入。如此三十餘年，足跡不出園門。時値春日，院中花木盛開，玄微日夕徜徉其間。一夜風清月朗，不忍舍花而睡，乘著月色，獨步花叢中。忽見月影下一青衣，冉冉而來；玄微驚訝道：「這時節那得有女子到此行動？」心中雖然怪異，又想道：「且看他到何處去？」那青衣不往東，不往西，逕至玄微面前，深深道個萬福。玄微還了禮，問道：「女郎是誰家宅眷？因何深夜在此？」那青衣啓一點朱脣，露兩行碎玉道：「妾向與居士相近，今與女伴往上東門訪表姨，欲借處士院中暫居，不知可否？」玄微見來得奇異，欣然許之。青衣稱謝，原從舊路轉去。不一時，引一隊女子分花拂柳而來，與玄微一一相見。玄微就月下仔細看時，一個個姿容媚麗，體態輕盈，或濃或淡，妝束不一。隨從女郎，盡皆妖豔；正不知從那裡來的。相見畢，玄微邀進室中，分賓主坐下。開言道：「請問諸位女郎姓氏？今訪何姻戚，乃得光降敝園？」一衣綠裳者答道：「妾乃楊氏。」指一穿白的道：「此位李氏。」又指一衣絳服的道：「此位陶氏。」遂逐一指示。最後到一緋衣小女，乃道：「此位姓石，名阿措。我等雖則異姓，俱是同行姊妹；因封家十八姨數日云欲來相看，不見其至，今夜月色甚佳，故與姊妹同往候之。二來素蒙處士愛重，妾等順便相謝。」

玄微方待酬答，青衣報道：「封家姨至。」衆皆驚喜出迎。玄微閃過半邊觀看，衆女子相見畢，說道：「正要來看十八姨；爲主人留坐；不意姨至，足見同心。」各向前致禮。十八姨道：「屢欲來看卿等，俱爲使命所阻，今乘閒至此。」衆女道：「如此良宵，請姨寬坐，當具一尊爲壽。」遂授旨青衣去取。十八姨問道：「此地可坐否？」楊氏道：「主人甚賢，地極清雅。」十八姨道：「主人安在？」玄微趨出相見。舉目看十八姨體態飄逸，言詞泠泠，有林下風氣；近其旁，不覺寒氣侵肌，毛骨竦然。遜入堂中，侍女將桌椅已是安排停當，請十八姨居於上席，衆女挨次而坐，玄微末位相陪。不一時，衆青衣取到酒餚，擺設上來。佳餚異果，羅列滿案，酒味醇釀，其甘如飴，俱非世人所有。此時月色倍明，室中照耀如同白日；滿坐芳香，馥馥襲人；賓主酬酢，杯觥交雜。酒至半酣，一紅裳女手滿斟大觥，送與十八姨道：「兒有一歌，請爲歌之。」歌云：

絳衣拂披露盈盈，淡染胭脂一朵輕；自恨紅顏留不住，莫怨春風道薄情。

歌聲清婉，聞者皆淒然。又一白衣女子送酒道：「兒亦有一歌。」歌云：

皎潔玉顏勝白雪，況乃當年對芳月；沈吟不敢怨春風，自歎榮華暗消歇。

其音更覺慘切。那十八姨性頗輕佻，卻又好酒，多了幾杯，漸漸狂放；聽了二歌，乃道：「值此芳辰美景，賓主正歡，何遽作傷心語？歌旨又深刺予，殊爲慢客！須各罰一大觥，當另歌之。」遂手斟一杯遞來，酒醉手軟，持不甚牢，杯才舉起，不想袖在箸上一兜，撲碌的連杯打翻。這酒若翻在別個身上，卻也罷了；恰恰裡盡潑在阿措身上。阿措年嬌貌美，性愛整齊，穿的卻是一件大紅簇花緋衣；那紅衣最忌的是酒，才沾點滴，其色便改，怎經得這一大杯酒？況且阿措也有七八分酒意，見污了衣服，作色道：「諸姊便有所求，吾不畏爾！」即起身往外就走。十八姨也怒道：「小女弄酒，敢與吾爲抗耶？」亦拂衣而起。眾女子留之不住，齊勸道：「阿措年幼，醉後無狀，望勿記懷；明日當率來請罪。」相送下階。十八姨忿忿向東而去。眾女子與玄微作別，向花叢中四散行走。玄微欲觀其蹤跡，隨後送之；步急苔滑，一交跌倒；掙起身來看時，眾女子俱不見了。心中想道：「是夢？……卻又未曾睡臥。是鬼？……又衣裳楚楚，言語歷歷。是人？……如何倏然無影？」胡猜亂想，驚疑不定。回入堂中，桌椅依然擺設，杯盤一毫已無，惟覺餘馨滿室；雖異其事，料非禍祟，卻也無懼。到次晚又往花中步玩，見諸女子已在，正勸阿措往十八姨處請罪。阿措怒道：「何必更懇此老嫗，有事只求處士足矣。」眾皆喜道：「妹言甚善。」齊向玄微道：「吾姊妹皆住處士苑中。每歲多被惡風所撓，居止不安。常求十八姨相庇；昨阿措誤觸之，此後應難借力。處士儻肯庇護，當有微報耳。」玄微道：「某有何力得庇諸女？」阿措道：「但求處士每歲元旦，作一朱旛，上圖日月五星之文，立於苑東，吾輩則安然無恙矣。今歲已過，請於此月二十一日平旦，微有東風即立之，可免本日之難。」玄微道：「此乃易事，敢不如命。」齊聲謝道：「得蒙處士慨允，必不忘德。」言訖而別，其行甚疾；玄微隨之不及，忽一陣香風過處，各失所在。玄微欲驗其事，次日即製辦朱旛，候至廿一日，清早起來，果然東風微拂，急將旛豎立苑東。少頃，狂風振地，飛沙走石，自洛南一路，摧林折樹；惟苑中繁花不動。玄微方悟諸女皆眾花之精也。緋衣名阿措，即安石榴也；封十八姨乃風神也。到次晚眾女各裹桃李花數斗來謝道：「承處士脫某等大難，無以爲報；餌此花英，可延年卻老。願長如此衛護，某等亦可致長生。」玄微依其言服之，果然容顏轉少，如三十許人。後得道仙去。有詩爲證：

洛中處士愛栽花，歲歲朱旛繪采茶；學得餐英堪不老，何須更覓棗如瓜？

列位！莫道小子說風神與花精往來，乃是荒唐之語；那九州四海之中，目所未見，耳所未聞，不載史冊，不見經傳，奇奇怪怪，蹺蹺蹊蹊的事，不知有多多少少。就是張華的《博物志》，也不過志其一二；虞世南的《行書廚》，也包藏不得許多。此等事甚是平常，不足爲異；然雖如此，又道是「子不語怪」，且擱過一邊。只那惜花致福，損花折壽，乃見在功德，須不是亂道。列位若不信時，還有一段「灌園叟晚逢仙女」的故事，待小子說與列位看官們聽。若平日愛花的聽了，自然將花分外珍重；內中或有不惜花的，小子就將這話勸他惜花起來；雖不能得道升仙，亦可以消閒遣悶。你道這段話文，出在那個朝代？何處地方？就在大宋仁宗年間，江南平江府東門外長樂村中。這村離城只有二里之遠；村上有個老者，姓秋名先，原是村家出身；有數畝田地，一所草房；媽媽水氏已故，別無兒女。那秋先生平酷好栽花種果，把田業都棄撇了，專於其事；若偶覓得奇種異花，就是拾著珍寶，也沒有這般歡喜。隨你極緊要的事出外，路上逢著人家有樹花兒，不管他家容不容，便陪著笑臉，捱進去求玩。若平常花木，或家裡也在正開，還轉身得快；儻然是一種名花，家中沒有的，或雖有已開過了，便將正事放在半邊，依依不捨，永日忘歸。因此，人都叫他是花癡。或遇見賣花的有株好花，不論身邊有錢無錢，一定要買；無錢時便脫身上衣服去解當。也有賣花的知其僻性，故高其價也只得忍貴買回。又有那破落戶曉得他是愛花的，各處尋覓好花折來，把泥假捏個根兒哄他，少不得也買。有恁般奇事，將來種下，依然肯活，日積月累，遂成一個大園。那園周圍編竹爲籬。籬上交纏薔薇、荼蘼、木香、刺梅、木槿、棣棠、金雀；籬邊遍下蜀葵、鳳仙、雞冠、秋葵、罌粟……等種。更有那金萱、百合、翦春羅、翦秋蘿、滿地嬌、十樣錦、美人蕉、山躑躅、高良姜、白蛺蝶、夜落金錢、纏枝牡丹……等類，不可枚舉。遇開放之時，爛如錦屏。遶籬數步，盡植名花異卉。一花未謝，一花又開，向陽設扇柴門，門內一條竹徑，兩邊都結柏屏遮護。轉過柏屏，便是三間草堂；房雖草覆，卻高爽寬敞，窗隔明亮。堂中掛一幅無名小畫，設一張白木外榻。桌凳之顏色也潔淨；打掃地下無纖毫塵垢。堂後精舍數間，臥室在內。那花卉無所不有，十分繁茂。眞個四時不謝，八節長春！但見：

梅標清骨，蘭挺幽芳；茶呈雅韻，李謝濃妝。杏嬌疏雨，菊傲嚴霜；水仙冰肌玉骨，牡丹國色天香。玉樹亭亭階砌，金蓮冉冉池塘；芍藥芳姿少比，石榴麗質無雙。丹桂飄香月窟，芙蓉冶豔寒江；梨花溶溶夜月，桃花灼灼朝陽。山茶花寶珠稱貴，臘梅花馨口方香；海棠花西府為正，瑞香花金邊最良。玫瑰杜鵑，爛如雲錦；繡毬郁李，點綴風光。說不盡千般花卉，數不盡萬種芬芳。

籬門外正對著一個大湖，名爲朝天湖，俗名荷花蕩。這湖東連吳淞江，西通震澤，南接龐山湖。湖中景致，四時晴雨皆宜。秋先於岸傍堆土作隄，廣植桃柳；每至春時，紅綠間發，宛似西湖勝景。沿湖通插芙蓉，湖中種五色蓮花；盛開之日，滿湖錦雲爛熳，香氣襲人。小舟蕩槳，採菱歌聲泠泠；遇斜風微起，小船競渡，縱橫如飛。柳下漁人，艤船曬網；也有戲兒的，結網的，醉臥船頭的，泅水賭勝的；歡笑之音不絕。那賞蓮遊人，畫船簫管鱗集；至黃昏回棹，燈火萬點，間以星影螢光，錯落難辨。深秋時，霜風初起，楓葉漸染黃碧；野岸衰柳芙蓉，雜間白蘋紅蓼，掩映水際；蘆葦中鴻雁群集，嘹嚦干雲，哀聲動人。隆冬天氣，彤雲密布，六花飛舞，上下一色。那四時景致，言之不盡。有詩爲證：

朝天湖畔水連天，不唱漁歌即採蓮；小小茅屋花萬種，主人日日對花眠。

按下散言，且說秋先每日清晨起來，掃淨花底落葉，汲水逐一灌溉。到晚上，又澆一番。若有一花將開，不勝歡躍；或暖壺酒兒，或烹甌茶兒，向花深深作揖，先行澆奠，口稱「花萬歲」三聲，然後坐於其下，淺斟細嚼。酒酣興到，隨意歌嘯。身子倦時，就以石爲枕，臥於根傍。自半含至盛開，未嘗暫離。如見日色烘烈，乃把棕拂醮水沃之；遇著月夜，便連宵不寢。儻值了狂風暴雨，即披蓑頂笠，周行花間檢視；遇有欹枝，以竹扶之，雖夜間，亦起來巡看幾次。若花到謝時，則累日歎息，常至墮淚。又不捨得那些落花，以棕拂輕輕拂來，置於盤中，時常觀玩；直至乾枯，裝入淨甕。滿甕之日，再用茶酒澆奠，慘然若不忍釋。然後親捧其甕，深埋長隄之下，謂之「葬花」。儻有花片被雨打泥污的，必以清水再四滌淨，後送入湖中，謂之「浴花」。平昔最恨是攀枝折朵，他也有一段議論道：「凡花一年止開得一度，四時中只占得一時，一時中又只占得數日；他熬過了三時的冷淡，才討得這數日風光；看他隨風而舞，迎人而笑，如人正當得意之境；忽被摧殘，巴此數日甚難，一朝折損甚易，花若能言，豈不嗟歎？況就此數日間，先猶含蕊，後復零殘，盛開之時，更無多了！又有蜨攢蜂採，鳥琢蟲鑽，日炙風吹，霧迷雨打，全仗人去護惜他；卻反恣意拗折，於心何忍？且說此花自芽生根，自根生本，強者爲幹，弱者爲枝，一幹一枝，不知養成了多少年月；及候至花開，供了清玩，有何不美，定要折他？花一離枝，再不能上枝，枝一去幹，再不能附幹，如人死不可復生，刑不可復贖，花若能言，豈不暗泣？又且他折花的，不過擇其巧幹，愛其繁枝，插之瓶中，置之席上；或供賓客片時侑酒之歡，或助婢妾一日梳妝之飾。不思客觴可飽玩於花下，閨妝可借巧於人工；手中折了一枝，樹上就少了一枝，今年伐了一幹，明年便少了一幹；何如延其性命，年年歲歲，玩之無窮乎？還有未開之蕊，隨花而去，此蕊竟槁滅枝頭，與人之童殀何異？又有原非愛玩，趁興攀折；既折之後，擇揀好歹，逢人取討，即便與之，或堦路棄擲，略不顧惜。如人橫禍枉死，無處申冤；花若能言，豈不痛恨？」他有了這段議論，所以生平不折一枝，不傷一蕊；就是別人家園上，他心愛著那一種花兒，寧可終日看玩，假饒那花主人，要取一枝一朵來贈他，他連稱：「罪過！」決然不要。若有傍人要來折花者，只除他不看見罷了；他若見時，就把言語再三勸止。人若不從其言，他情願低頭下拜，代花乞命。人雖叫他是花癡，多有可憐他一片誠心，因而住手者。他又深深作揖稱謝。又有小廝們要折花賣錢的，他便將錢與之，不教折損。或他不在時，被人折損，他來見了損處，必淒然傷感，取泥封之，謂之「醫花」。爲這件上，所以自己園中，不輕易放人遊玩。偶有親戚鄰友要看，難好回時，先將此話講過，才放進去；又恐穢氣觸花，只許遠觀，不容親近；儻有不達時務的，捉空摘了一花一蕊，那老兒便要面紅頸赤，大發喉急；下次就打罵他，也不容進去看了。後來人都曉得了他的性子，就一葉兒也不敢摘動。大凡茂林深樹，便是禽鳥的巢穴；有花果處，越發千百爲群；如單食果實，到還是小事，偏偏只揀花蕊琢傷。惟有秋先卻將禾穀，置於空處餇之，又向禽鳥祈祝，那禽鳥卻也有知覺，每日食飽，在花間低飛輕舞，宛轉嬌啼，並不損一朵花蕊，也不食一個花實。故此產的果品最多，卻又大而甘美。且熟時秋先望空祭了花神，然後敢嘗；又遍送左近鄰家試新，餘下的方鬻；一年倒有若干利息。那老者因得了花中之趣，自少至老，五十餘年，略無倦怠，筋骨愈覺強健；粗衣淡飯，悠悠自得。有些贏餘，就把來周濟村中貧乏。自此，合村無不敬仰，又呼爲秋公；他自稱爲灌園叟。有詩爲證：

朝灌園兮暮灌園，灌成園上百花鮮；花開每恨看不足，為愛看園不肯眠。

話分兩頭，卻說城中有一人姓張名委，原是個宦家子弟；爲人奸狡詭譎，殘忍刻薄。恃了勢力，專一欺鄰嚇舍，侵害良善；觸著他的，風波立至，必要弄得那人破家蕩產，方才罷手。手下用一般如狼似虎的奴僕；又有幾個助惡的無賴子弟，日夜合做一塊，到處闖禍生災。受其害者無數。不想卻遇了一個又很似他的輕輕捉去，打得個臭死；及告到官司，又被那人弄了些手腳，反問輸了。因妝了幌子，自覺無顏，帶了四五個家人，同那一班惡少，暫在莊上遣悶。那莊正在長樂村中，離秋公不遠。一日早飯後喫得半酣光景，向村中閒走，不覺來到秋公門首；只見籬上花枝鮮媚，四圍樹木繁翳。齊道：「這所在倒也幽雅，是那家的？」家人道：「此是種花秋公園上。那秋公有名叫做花癡。」張委道：「我常聞得說莊邊有什麼秋老，能種得異樣好花，原來就住在此；我們何不進去看看？」家人道：「這老兒有些古怪，不許人看的。」張委道：「別人或者不肯，難道我也是這般？——快去敲門！」那時園中牧丹盛開，秋公剛剛澆灌完了，正將著一壺酒兒，兩碟果品，在花下獨酌，自取其樂。飲不上三杯，只聽得一陣的敲門響；放下酒杯，走出來開門一看，見立著五六個人，酒氣直衝。秋公料道：「必是要看花的。」便攔住門口問道：「列位有甚事到此？」張委道：「你這老兒不認得我嗎？我乃城裡有名的張衙內。那邊張家莊，便是我家的。聞你得園中好花甚多，特來遊玩。」秋公道：「告衙內，老漢沒種甚好花，不過是桃杏之類，都已謝了；如今並沒甚好看的花卉。」張委睜起雙眼道：「這老兒恁般可惡！看看花兒打甚緊？卻便回我沒有，難道喫了你的？」秋公道：「不是老漢說謊，果然沒有。」張委那裡肯聽，向前叉開手當胸一攦，秋公站立不牢，踉踉蹌蹌直撞過半邊，衆人一齊擁進。秋公見勢頭兇惡，只得讓他進去。把籬門掩上，隨著進來，向花下取過酒果，站在傍邊。衆人看那四邊花草甚多，惟有牡丹最盛。那花不是尋常「玉樓春」之類，乃五種奇名異品。那五種？乃是「黃樓子」，「綠蝴蝶」，「西瓜秋」，「舞青猊」，「大紅獅頭」。這牡丹乃花中之王，出洛陽，爲天下第一；有姚黃魏紫名色，一本價值五千。你道因何獨盛於洛陽？只爲昔日唐朝有個武則天皇后，淫亂無道，寵幸兩個官兒，名喚張易之、張昌宗，於冬月之間，要遊後苑，寫出四句詩來道：

來朝遊上苑，火速報春知！百花連夜發，莫待曉風吹。

不想武則天原是應運之主，百花不敢違旨，一夜發蕊開花。次日駕幸後苑，只見千紅萬紫，芳菲滿目；單有牡丹花不肯奉承女主倖臣，要一根葉兒也沒有。則天大怒，遂將牡丹花貶於洛陽；故此洛陽牡丹，冠於天下。有一隻「玉樓春」詞，單贊牡丹花的好處。詞云：

名花綽約東飛裡，占斷韶華都在此；芳心一片可人憐，春色三分愁雨洗。玉人盡日懨懨地，
猛被笙歌驚破睡；乍臨妝鏡似嬌羞，近日傷春輸與你。

那花正種在草堂對面，四圍以湖石欄之，四邊豎個木架子，上覆布幔遮蔽日色。花本高有丈許，最低亦有六七尺；其花大如丹盤五色燦爛，光華奪目。衆人齊聲贊道：「好花！」張委便踏上湖石去嗅那香氣。秋先極怪的是這樣，乃道：「衙內站遠些看，莫要上去。」張委惱他不容進來，心下正要尋事，又聽了這話，喝道：「你那老兒住在我莊邊，難道不曉得張衙內名頭嗎？有恁樣好花，故意同說沒有；不計較就彀了，還要多言！那見得聞聞就壞了花？你便這般說，我偏要聞！」遂把花逐朵攀下來，一個鼻子湊在花上去嗅。那秋老在傍氣得敢怒而不敢言；也還道他略看一回就去，誰知這廝故意賣弄道：「有恁樣好花，如何空過？須把酒來賞玩。」便分付家人道：「快去取！」秋公見要取酒來賞，更加煩惱，向前道：「所在蝸室，沒有坐處，衙內止看看花兒，酒還到貴莊上去喫。」張委指著地上道：「這地下儘好坐。」秋公道：「地上齷齪，衙內如何坐得？」張委道：「不打緊，少不得有氈條遮襯。」不一時，酒餚取到，鋪下氈條，衆人團團圍坐；猜拳行令，大呼小叫，十分得意。只有秋公骨朵了嘴，坐在一邊。那張委看見花木茂盛，就起個不良之念，思想吞占他的；斜著醉眼，向秋公道：「看你這蠢老兒不出，倒會種花！卻也可取，賞你一杯酒。」秋老那有好氣答他，氣忿忿的道：「老漢天性不會飲酒，衙內自請！」張委又道：「你這園可賣嗎？」秋公見口聲來得不好，老大驚訝。答道：「這園是老漢的性命，如何捨得賣？」張委道：「什麼性命不性命，賣與我罷了！你若沒去處，一發連身歸在我家；又

不要做別事，單單替我種些花木，可不好嗎？」衆人齊道：「你這老兒好造化，難得衙內恁般看顧，還不快些謝恩。」秋公看見逐步欺負上來；一發氣得手足麻軟，也不去睬他。張委道：「這老兒可惡，肯不肯，如何不答應我？」秋公道：「說過不賣了，怎的只管問！」張委道：「放屁！你若再說句不賣，就寫帖兒送到縣裡去。」秋公氣不過，欲要搶白幾句；又想道：「他是有勢力的人，欲又醉了，怎與他一般樣見識？且哄了去再處。」忍著氣答道：「衙內縱要買，也須從容一日；豈是一時急驟的事？」衆人道：「這話也說得是，就在明日罷。」此時都已爛醉，齊立起身，家人收拾傢伙先去。秋公恐怕折花，預先在花邊防護。那張委眞個走向前，便要踹上湖石去採。秋先扯住道：「衙內！這花雖是微物，但一年間，不知費多少功夫，才開得這幾朵；不爭折損了深爲可惜，況折去過一二日就謝了，何苦作這樣罪過？」張委喝道：「胡說！有甚罪過！你明日賣了，便是我家之物；就都折盡，與你何干？」把手去推開。秋公揪住死也不放道：「衙內便殺老漢，這花決不與你摘的。」衆人道：「老兒其實可惡！衙內取朵花兒，値什麼大事？妝出許多模樣。難迫怕你就不摘了？」遂齊走上前亂摘。把那老兒急得叫苦連天，捨了張委，拌命去攔阻。扯了東邊，顧不得西首，頃刻間，摘了許多。秋老心痛肉痛罵道：「你這般賊男女！無事登門，將我欺負。要這性命何用！」趕向張委身邊，撞個滿懷。去得勢猛，張委又多了幾杯酒，把腳不住，翻觔斗跌倒。衆人都道：「不好了！衙內打壞也！」齊將花丟下，便趕過來要打秋公。內中有一個老成些的，見秋公年紀已老，恐打出事來；勸住衆人，扶起張委。因跌了這交，心中轉惱，趕上前打得隻蕊不留，撒作遍地；意猶未足，又向花中踐踏一回，可惜好花！正是：

老拳毒手交加下，翠葉嬌花一旦休！好似一番風雨惡，亂紅零落沒人收。

當下只氣得個秋公，搶天呼地，滿地亂滾。鄰家聽得秋公園中喧嚷，齊跑進來看；見花枝滿地狼籍，衆人正在行兇，鄰里盡喫一驚，上前勸住。問知其故，內中倒有兩三個是張委的租戶，齊替秋公賠個不是，虛心冷氣，送出籬門。張委道：「你們對那老賊說：好好把園送我，便饒了他！若說半個不字，須教他仔細著！」恨恨而去。鄰里們見張委醉了，只道酒話，不在心上；覆身轉來，將秋公扶起，坐在階沿上。那老兒放聲號慟，衆鄰里勸慰了一番，作別出去，與他帶上籬門，一路行走。內中也有怪秋公平日不容看花的，便道：「這老官兒忒熬古怪，所以有這樣事；也得經一遭兒，警戒下次。」內中又有直道的道：「莫說這沒天理的話。自古道：『種花一年，看花十日。』那看的但覺好看，贊聲好花罷了；怎得知種花的煩難？只這幾朵花，正不知費了許多辛苦，才培植得恁般茂盛，如何怪得他愛惜。」不提衆人，且說秋公不捨得這些殘花，走向前，將手去撿起來。看見踐踏得凋殘零落，塵垢沾污，心中悽滲，又哭道：「花啊！我一生愛護，從不曾損壞一瓣一葉，那知今日遭此大難？」正哭之間，只聲得背後有人叫道：「秋公！爲何恁般痛哭？」秋公回頭看時，乃是一個女子；年約二八，姿容美麗，雅淡梳妝；卻不認得是誰家之女。乃收淚問道：「小娘子是那家？至此何幹？」那女子道：「我家住在左近，因聞你園中牡丹花茂盛，特來遊玩，不想都已謝了！」秋公因他提起牡丹二字，不覺又哭起來。女子道：「你且說有甚苦情，如此啼哭？」秋公將張委摘花之事說出。那女子笑道：「原來如此。你可要這花原上枝頭嗎？」秋公道：「小娘子休得取笑，那有落花返枝的理！」女子道：「我祖上傳得個落花返枝的法術，屢試屢驗。」秋公聽說，化悲為喜道：「小娘子眞個有這法術嗎？」女子道：「怎的不眞？」秋公倒身下拜道：「若得小娘子施此妙術，老漢無以為報，但每一種花開，便來相請賞玩。」女子道：「你且莫拜。去取一碗水。」來秋公慌忙跳起去取水，心中轉念道：「如何有這樣妙法？莫不是見我哭泣，故意取笑？」又想道：「這小娘子從不相認，豈有要我之理？還是眞的。」急臼了一碗清水出來。抬頭不見了女子，只見那花都已在枝頭，地下並無一瓣遺存。起初每本一色，如今卻變做紅中間紫，淡內添濃，一本五色俱全，比先更覺鮮妍。有詩為說：

曾聞湘子將花染，又見仙姬會返枝；信是至誠能動物，愚夫猶自笑花癡。

當下秋公又驚又喜道：「不想這小娘子果然有此妙法。」只道還在花叢中，放下水，前來作謝，園中團團尋遍，並不見影。乃道：「這小娘子如何就去了？」又想道：「必定還在門口，須上去求他傳了這個法兒。」一徑趕至門邊，那門卻又掩著。拽開看時，門首坐著兩個老者，——就是左近鄰家：一個喚做虞公，一個做單公。——在那裡看漁人曬網。見秋公出來，齊立起身拱手道：「聞得張衙內在此無禮，我們恰在田頭，沒有來問得。」秋公道：「不要說起，受了這班潑男女的毆氣，虧著一位小娘子走來，用個妙法，救起許多花朵；不曾謝得他一聲，徑出來了。二位可看見？往那一邊去的？」二老聞言驚訝道：「花壞了有甚法兒？」又道：「這女子去幾時了？」秋公道：「剛才出來。」二老道：「我們坐在此好一回，並沒個人走動；那見什麼女了？」秋公聽說，心下恍悟道：「恁般說，莫不這位小娘是神仙下降？」二老問道：「你且說怎的救起花兒。」秋公將女子之事，敘了一遍。二老道：「有如此奇事，待我們去看看。」秋公將門栓上，一齊走至花下。看了連聲稱異道：「這定然是個神仙，凡人那有此法力？」秋公即焚起一爐好香，對天叩謝。二老道：「這也是你平日愛花心誠，所以感動神仙下降。明日索性倒教張衙內這幾個潑男女看看，羞殺了他。」秋公道：「莫耍，莫耍。此等人即如惡犬。遠遠見了就該避之，豈可還引他來？」二老道：「此話也有理。」秋公此時，非常歡喜，將先前那瓶酒熱將起來，留二老花下玩賞，至晚而別。二老回去一傳，合村人都曉得，明日俱要來看，還恐秋公不許。誰知秋公原是有意思的人，因見神仙下降，遂有出世之念；一夜不寐，坐在花下存想。想至張委這事，忽地開悟道：「這皆平日心胸褊窄，故外侮得至。若神仙汪洋度量，無所不容，安得有此？」至次早將園門大開，任人來看。先有幾個進來打探，見秋公對花而坐，但分付道：「任憑列位觀看，切莫要採便了。」眾人得了這話，互相傳聞。那村中男子婦女，無有不至。——按下此處。且說張委至早，對眾人道：「昨日反被老賊撞了一交，難道輕恕不成？如今再去要做這園；不肯時，多教些人從，將花木盡打個稀爛，方出這氣。」眾人道：「此園在衙內莊邊，不怕他不肯！只是昨日不該把花都打壞，還留幾朵，後日看看便是。」張委道：「這也罷了，少不得來春又發。我們快去，莫要使他停留長智。」眾人一齊起身，出得莊來，就有人說秋公園上神仙下降，打下的花，原都上了枝頭，卻又變做五色。張委不信道：「這老賊有何好處？能感神仙下降。況且不前不後，剛剛我們打壞，神仙就來。難道這神仙是養家的不成？」一定是怕我們又去，故此謅這話來，央人傳說，見得他有神仙護衛，使我們不擺布他。」眾人道：「衙內之言極是。」頃刻到了園門口，見兩扇柴門大開，往來男女，絡繹不絕，都是一般說話。眾人道：「原來真有這等事！」張委道：「莫管他，就是神仙現坐著，這園少不得要的。」彎彎曲曲，轉到草堂前看時，果然話不虛傳。這花卻也奇怪，見人來看，姿態愈豔，光采倍生，如對人笑的一般。張委心中雖十分驚訝，那吝占的念頭全然不改。看了一回，忽地又起一個惡念，對衆人道：「我們且去。」齊出了園門，衆人問道：「衙內如何不與他要園？」張委道：「我想得個好計在此，不消與他說得，這園明日就歸與我。」衆人道：「衙內有何妙策？」張委道：「現今貝州王則謀反，專行妖術；樞密府行下文書，普天下軍州嚴禁左道，捕緝妖人。本府現出三千貫賞錢，募人出首；我明日就將落花上枝爲繇，教張霸到府，首他以妖術惑人。這個老兒熬刑不過，自然招承下獄；這園必定官賣。那時誰個敢買他的，少不得讓與我。還有三千貫賞錢哩。」衆人道：「衙內好計！事不宜遲，就去打點起來。」當時即進城寫下首狀，次早教張霸到平江府出首。——這張霸是張委手下第一出尖的人，衙門情熟，故此用他。大尹正在緝訪妖人，聽說此事合村男女都見了，不怕不信，即差緝捕使臣，帶領幾個做公的，押張霸作眼，前去捕獲。張委將銀布置停當，讓張霸與緝捕使臣先行，自己與衆子弟隨後也來緝捕，使臣一徑到秋公園上；那老兒還道是看花的，不以爲意。衆人發一聲喊，趕上前一索捆翻。秋公喫這一嚇不小，問道：「老漢有何罪犯？列位說個明白。」衆人口口聲聲罵做妖人反賊，不繇分說，擁出門來。鄰里看見，無不失驚，齊上前詰問。緝捕使臣道：「你們還要問嗎？他所犯的事也不小，只怕連村上人都有分哩。」那些愚民，被這大話一寒，心中害怕，盡皆洋洋走開，惟恐累及。只有虞公、單老，同幾個平日與秋公相厚的，遠遠跟來觀看。且說張委俟秋公去後，便與衆子弟來鎖園門；恐還有人在內，又檢點一遍，將門鎖上，隨後赴至府前。緝捕使臣，已將秋公解進，跪在月臺上；見傍邊又跪著一人，卻不認得是誰。那些獄卒，都得了張委銀子，已備下諸般刑具伺候。大尹喝道：「你是何處妖人？敢在此地方上將妖術煽惑百姓？有幾多黨羽？從實招來！」秋公聞言，恰如黑暗中聞個火礮，正不知何處起的。便稟道：「小人家世住的長樂村中，並非別處妖人。也不曉得什麼妖術。」大尹道：「前日你用妖術使落花上枝，還敢抵賴？」秋公見說到花上，情知是張委的緣故，即將張委要占園打花，並仙女下降之事，細訴一遍。不想那大尹性是偏執的，那裡肯信，乃笑道：「多少慕仙的修行至老，尚不能得遇神仙；豈有因你哭花，神仙就來？既來了，也必定留個名兒，使人曉得；如何又不別而去？這樣話哄那個？不消說得，定然是個妖人。——快夾起來！」獄卒們齊聲答應，如狼虎一般，蜂擁上來，掀翻秋公，扯腿拽腳。剛要上刑，不想大尹忽然一個頭暈，險些兒跌下公座；自覺頭目森森，坐身不住，分付上了枷杻，發下獄中監禁，明日再審。獄卒押著，秋公一路哭泣出來，看見張委道：「張衙內，我與你前日無怨，往日無仇，如何下此毒手，害我性命？」張委也不答應，同了張霸和那一班惡少，轉身就走。虞公、單老接著秋公，問知其細，乃道：「有這等冤枉的事！不打緊，明日同合村人具張連名保結，管你無事。」秋公哭道：「但願得如此使好。」獄卒喝道：「這死囚還不走！只管哭什麼！」秋公含著眼淚進獄。鄰里又尋些酒食，送至門上。那獄卒誰個拏與他喫，竟接來自去受用。到夜間將他上了囚床，就是活死人一般，手足不能少展，心中苦楚。想道：「不知那位漏言，救了這花，卻又被那廝借此陷害。神仙啊！你若憐我秋先，亦來救拔性命，情願棄家人道。」一頭正想，只見那日那仙女冉冉而至。秋公急叫道：「大仙救拔弟子秋先則個！」仙女笑道：「汝欲脫離苦厄嗎？」上前把手一指，那枷杻紛紛自落。秋先爬起來，向前叩頭道：「請問大仙姓氏？」仙女道：「吾乃瑤池王母座下司花女，憐你惜花至誠，故令諸花返本；不意反資奸人讒口！然亦汝命中合有此災，明日當脫。張委損花害人，花神奏聞上帝，已奪其算。助惡黨羽，俱降天災。汝宜篤志修行，數年之後，吾當度汝。」秋先又叩首道：「請問上仙修行之道？」仙子道：「修仙徑路甚多，須認本源。汝原以惜花有功，今亦當以花成道。汝但餌百花，自能身輕飛舉。」遂教其服食之法。秋先稽首叩謝起來，便不見了仙子；抬頭觀看，卻在獄牆之上，以手招道：「汝亦上來，隨我出去。」秋先便向前攀援了一大回，還只到得半牆，甚覺喫力，漸漸至頂，忽聽得下邊一棒鑼聲，喊道：「妖人走了！快拏下！」秋公心下一慌，手酥腳軟，倒撞下來；撒然驚覺原在囚床之上。想起夢中言語，歷歷分明，料必無事，心中稍寬。正是：

但存方寸無私曲，料道神明有主張。

且說張委，見大尹已認做妖人，不勝歡喜，乃道：「這老兒許多清奇古怪，今夜且請在囚床上受用一夜，讓這園兒與我們樂罷。」衆人都道：「前日還是那老兒之物，未曾盡興；今日是大爺的了，須要盡情歡賞。」張委道：「言之有理。」遂一齊出城。教家人整備酒餚，徑至秋公園上，開門進去。那鄰里看見是張委，心下雖然不平，卻又懼怕，誰敢多口。且說張委同衆子弟走至草堂前，只見牡丹枝頭一朵不存，原如前日打下時一般，縱橫滿地。衆人都稱奇怪。張委道：「看起來這老賊，果係有妖法的。不然，如何半日上，倏忽反變了！難道也是神仙打的？」有一個子弟道：「他曉得衙內要賞花，故意弄這法兒來羞我們。」張委道：「他便弄這法兒，我們就賞落花。」當下依原鋪設氈條，席地而坐，放開懷抱恣飲；也把兩瓶酒賞張霸，到一邊去喫。看看飲至日色沈西，俱有伴酣之意，忽地起一陣大風。那風好利害：

善聚庭前草，能開水上萍；腥聞群虎嘯，響合萬松聲。

那陣風，卻把地下這些花朵，吹得都直豎起來。轉眼間，俱變一尺來長的女子。眾人大驚，齊叫道：「怪哉！」言還未畢，那些女子迎風一幌，盡已長大。一個個姿容美麗，衣服華豔，團團立做一大堆。眾人因見恁般標致，通看獃了。內中一個紅衣女子，卻又說起話來道：「吾姊妹居此數十餘年，深蒙秋公珍重愛護，何意驀遭狂奴俗氣薰熾，毒手摧殘；復又誣陷秋公，謀吞此地。今仇在目前，吾姊妹曷不戮力擊之，上報知己之恩，下雪摧殘之恥，不亦可乎？」眾女郎齊聲道：「阿妹之言有理，須速下手，毋使潛遁。」說罷，一齊舉袖追來。那袖似有數尺之長，如風旛亂飄，冷氣入骨。眾人齊叫：「有鬼！」撇了傢伙望外亂跑。彼此各不相顧；也有被石塊打腳的，也有被樹枝抓面的；也有跌而復起起而復跌的；亂了多時，方才收腳。點檢人數都在，單不見了張委、張霸二人。此時風已定了，天色已昏。這班子弟，各自回家，恰像拾得性命一般，抱頭鼠竄而去。家人們喘息定了，喚幾個生力莊客，點起火把，覆身去找尋。直到園上，只聽得大梅樹下有呻吟之聲；舉火看時，卻是張霸被梅根絆倒，跌破了頭，掙扎不起。莊客著兩個先扶張霸歸去，眾人周圍走了一遍。但見靜悄悄的，萬籟無聲；牡丹棚下繁花如故，並無零落；草堂中杯盤狼藉，殘酒淋漓。眾人莫不吐舌稱奇，一面收拾傢伙，一面重復照看。這園子又不多大，三回五轉，毫無蹤影，難道是大風吹去了？女鬼喫去了？正不知躲在那裡！延捱了一會，無可奈何，只索回去過夜，再作計較。方欲出門，只見門外又有一夥人，提著行燈進來。不是別人，卻是虞公、單老，聞知眾人遇鬼之事，又聞說不見了張委在園上找尋，不知是眞是假，合著三鄰四舍，進園觀看。問明了衆莊客，方知此事果眞，二老驚訝不已。教衆莊客且莫回去道：「老漢們同列位還得找尋一遍。」衆人又細細照看了一下，正是興盡而歸，歎了口氣，齊出園門。二老道：「列位今晚不來了嗎？老漢們告過，要把園門落鎖。沒人看守得，也是我們鄰里的干係。」此時莊客們蛇無頭而不行，已不是先前聲勢了，答應道：「但憑，但憑。」兩邊人待要散，只見一莊客在東邊牆角下。叫道：「大爺有了！」衆人蜂擁而前。莊客指道：「那槐枝上掛的，不是大爺的軟翅紗巾嗎？」衆人道：「既有了巾兒，人也只在左近。」沿牆照去，不多幾步，只叫得聲：「苦也！」原來東角轉彎處，有個糞窖；窖中一人，兩腳朝天，不歪不斜，剛剛倒種在內。莊客認明鞋襪衣服，正是張委。顧不得臭穢，只得上前打撈起來。虞、單二老，暗暗念佛，和鄰舍們自回。衆莊客抬了張委，在湖邊洗淨；先有人報去莊上，合家大小，哭哭啼啼，準備棺衣入殮，不在話下。其夜張霸破頭傷重，五更時亦死。此乃作惡的見報。正是：

兩個兇人離世界，一雙惡鬼赴陰司。

次日，大尹病愈升堂，正欲弔審秋公之事，只見公差稟道：「原告張霸，同家長張委，昨晚都死了。」一如此如此，這般這般，稟訴了一遍。大尹大驚，不信有此異事。須臾間，又見里老鄉民，共有百十人，連名具呈前事。具說秋公平日惜花行徑，並非妖人；張委設謀陷害，神道報應；前後事情，細細分剖。大尹因昨日頭暈一事，亦疑其枉，到此心下坦然；還喜得不曾用刑。即於獄中弔出秋公，當堂釋放。又給印信告示，與他園門張掛，不許閒人侵損他花木。衆人叩謝出府。秋公向鄰里作謝，一路同回。虞、單二老，開了園門，同秋公進去。秋公見牡丹繁盛如初，傷感不已。衆人治酒與秋公稱賀，秋公又答席，一連喫了數日酒席。閒話休提，自此之後，秋公日餌百花，漸漸習慣，遂謝絕了煙火之品。所鬻果實錢鈔，悉皆布施。不數年間，髮白更黑，顏色轉如童子。一日，正值八月十五日，麗日當天，萬里無瑕，秋公正在花下趺坐。忽然祥風微拂，彩雲如蒸，空中音樂嘹喨，異香撲鼻，青鸞白鶴，盤旋翔舞，漸至庭前。雲中正立著司花女，兩邊幢幡寶蓋，仙女數人，各秦樂器。秋公看見，撲翻身便拜。司花女道：「秋先，汝功行圓滿，吾已奏聞上帝，有旨封汝爲護花使者，掌管人間百花，令汝拔宅上升。但有愛花惜花的，加之以福；殘花毀花的，降之以災。」秋公向空叩首。謝恩訖，隨著衆仙登雲，草堂花木，一齊冉冉升起，向南而去。虞公、單老和那合村之人都看見的，一齊下拜。還見秋公在雲中舉手謝衆人，良久方沒。此地遂改名升仙里，又謂之百花村云。

園公一片惜花心，得感仙姬下界臨；草木同升隨汝宅，淮南不用鍊黃金。

轉運漢巧遇洞庭紅

日日深杯酒滿，朝朝小圃花開；自歌自舞自開懷，且喜無拘無礙。青史幾番春夢，紅塵多少奇才；不須計較與安排，領取而今現在。

這首「西江月」詞，乃宋朱希眞所作。單道著人生功名富貴，總有天數，不如圖一個現前快活。試看往古來今，一部十七史中，多少英雄豪傑，該富的不得富，該貴的不得貴；能文的倚馬千言，用不著時，幾張紙蓋不完醬瓿；能武的穿楊百步，用不著時，幾簳箭煮不熟飯鍋；及至那癡獃懵懂，生來有福分的，隨他文學低淺，也會發科發甲，隨他武藝庸常，也會大享大受；眞所謂時也運也命也。俗語有兩句道得好：「命若窮，掘著黃金化作銅；命若富，拾著白紙變成布。」從來只聽掌命司顚之倒之。所以吳彥高又有詞云：「造化小兒無定據，翻來覆去，倒橫直豎；眼見都如許。」僧晦庵，亦有詞云：「誰不願黃金屋？誰不願千鍾粟？算五行不是這般題目。枉使心機閒計較，兒孫自有兒孫福。」蘇東坡亦有詞云：「蝸角虛名，蠅頭微利，算來著甚匆忙？事皆前定，誰弱又誰強？」這幾位明人說來說去，都是一個意思；總不如古語云：「萬事分已定，浮生空自忙！」說話的，依你說來，不須能文善武；懶惰的，也只消天掉下前程，不須經商立業；敗壞的，也只消天挣與家私，卻不把人間向上的心都冷了？看官有所不知，假如人家出了懶惰的人，也就是命中該賤；出了敗壞的人，也就是命中該窮；此是常理。卻又自有轉眼貧富，出人意外，把眼前事分毫算不得準的理。且聽說一人，乃是宋朝汴京人氏，姓金雙名維厚；乃是經紀行中人，少不得朝晨起早，晚夕眠遲，睡醒來千思想，萬算計，揀有便宜的才做。後來家事掙得從容了，他便思想一個久遠方法，手頭用來用去的，只是那散碎銀子；若是大塊頭好銀水，便存著不動。約得百兩，熔成一大錠，把一綜紅線結成一條，繫在錠腰，放在枕邊，夜來摩弄一番，方才睡下。積了一生，整整熔成八錠，以後也就隨來隨去，再積不成百兩，他也罷了。金老生有四子，一日，是他七十壽誕，四子置酒上壽。金老見了四子蹡蹡蹌蹌，心中喜歡，便對四子說道：「我靠皇天覆庇，雖則勞碌一生，家事盡可度日。況我平日留心，有熔成八大錠銀子，永不動用的，在我枕邊，見將絨線做對兒結著。今將揀個好日子，分與爾等；每人一對，做個鎮家之寶。」四子喜謝，盡歡而散。是夜金老帶些酒意，點燈上床，醉眼模糊望去，八個大錠，白晃晃排在枕邊；摸了幾摸，哈哈地笑了一聲，睡下去了。睡未安穩，只聽得床前有人行走腳步響，心疑有賊；又細聽著，恰像欲前不前，相讓一般。床前燈火微明，揭帳一看，只見八個大漢身穿白衣，腰繫紅帶，曲躬而前曰：「某等兄弟天數派定，宜在君家聽令。今蒙我翁過愛，抬舉成人，不煩役使，珍重多年，冥數將滿，待翁歸天後再覓去向，今聞我翁目下將以我等分役諸郎君，我等與郎君輩原無前緣，故此先來告別，往某縣某村王姓某者役托。後緣未盡，還可一面。」語畢，回身便走。金老不知何事，喫了一驚，翻身下床，不及穿鞋，赤腳趕去；遠遠見八人，出了房門。金老趕得性急，絆了房檻，一交跌倒，颯然驚醒，乃是南柯一夢。急起挑燈明亮，點照枕邊，已不見了八個大錠。細思夢中所言，句句是實。歎了一口氣，哽咽了一會，道：「不信我苦積一世，卻沒分與兒子們受用，倒是別人家的。明明說有地方姓名，且慢慢跟尋下落則個。」一夜不睡，次早起來與兒子們說知，兒子中也有驚駭的，也有疑惑的。驚駭的道：「不該是我個手裡東西，眼見得作怪。」疑惑的道：「老人家歡喜中說話，失許了我們，回想轉來，一時間就不割捨得分散了，造些鬼話也不見得。」金老看見兒子們疑信不等，急急要驗個實話，遂訪至某縣某村，果有王姓某者。叩門進去，只見堂前燈燭輝煌，三牲福物，正在那裡獻神。金老便開口問道：「宅上有何事如此？」家人報知，請主人出來。主人王老見金老揖坐了，問其來因。金老道：「老漢有一疑事，特造上宅來問消息。今見上宅正在此獻神，必有所謂，敢乞明示！」王老道：「老拙偶因寒荊小恙，賣卜先生道：『移床即好。』昨寒荊病中，恍惚見八個白衣大漢，腰繫紅束，對寒荊道：『我等本在金家，今在彼緣盡，來投身宅上。』言畢，俱鑽入床下。寒荊驚出了一身冷汗，身體爽快了。及至移床，灰塵中得銀八大錠，多用紅絨繫腰，不知是那裡來的。此皆神天福佑，故此買福物酬謝。今我丈來問，莫非曉得些來歷嗎？」金老跌跌腳道：「此老漢一生所積，因前日也做了一夢，就不見了。夢中也道出老丈姓名居址的確，故得根尋到此。可見天數已定，老漢也無怨；只求取出一看，也完了老漢心事。」王老道：「容易。」笑嘻嘻地走進去，叫安童四人托出四個盤來，每盤兩錠，多是紅絨繫束，正是金家之物。金老看了眼睜睜無計所奈，不覺撲簌簌掉下淚來。撫摩一番道：「老漢直如此命薄？消受不得！」王老雖然叫安童仍舊拏了進去，心裡見金老如此，老大不忍。另取三兩零銀封了，送與金老作別。金老道：「自家的東西尚無福，何須尊惠？」再三謙讓，必不肯受。王老強納在金老袖中，金老欲待摸出還了，一時摸個不著，面兒通紅，又被王老央不過，只得作揖別了。直至家中，對兒子們一一把前事說了，大家歎息了一回。因言王老好處，臨行送銀三兩，滿袖摸遍，並不見有，只說路中掉了。卻原來金老推還時，王老往袖裡亂塞，落在著外面一層袖中。袖有斷線處，在王老家摸時，已自在脫線處落出在門檻邊了。客去掃門，仍舊是王老拾得。可見一飲一啄，莫非前定：不該是他的東西，不要說八百兩，就是三兩也得不去；該是他的東西，不要說八百兩，就是三兩也推不出。原有的到無了，原無的到有了，並不繇人計較。而今說一個人，在實地上行步步不著，極貧極苦的；卻在渺渺茫茫做夢不到的去處，得了一注沒頭沒腦錢財，變成巨富。從來稀有，亙古新聞，有詩爲證：

分內功名匣裡財，不關聰慧不關獃；果然命是財官格，海外猶能送寶來。

話說國朝成化年間，蘇州閶門外有一人，姓文名實，字若虛；生來心思靈巧，做著便能，學著便會，琴棋書畫，吹彈歌舞，件件粗通。幼年間，曾有人相他有巨萬之富；他亦自恃才能，不十分去營求生產。坐喫山空，將祖上遺下千金家事，看看滑下來。以後曉得家業有限，看見別人經商圖利的，時常獲利幾倍，便也思量做些生意；卻又百做百不著。一日，見人說北京扇子好賣，他便合了一個夥計，置辦扇子起來。上等金面精巧的，先將禮物求了名人詩畫，免不得是沈石田、文衡山、祝枝山，搨了幾筆，便值數兩銀子。中等的自有一樣喬人，一隻手學了幾家字畫，也就哄得人過，將假當眞的賣了。他自家也原自做得來的。下等的無金無字畫，將就賣幾十錢，也有對合利錢，是看得見的。揀個日子裝了箱兒，到了北京。豈知北京那年自交夏來，日日淋雨不晴，並無一毫暑氣，發市甚遲。交秋早涼，雖不見及時，幸喜天色卻晴，有妝晃子弟要買把蘇做的扇子，袖中籠著搖擺。來買時開箱一看，只叫得苦。原來北京黴沴卻在七八月，更加日前雨濕之氣，鬥著扇上膠墨之性，弄做了個「合而言之」，揭不開了。用力揭開，東黏一層，西缺一片；但是有字有畫，值價錢者，一毫無用。止賸下等沒字白扇，是不壞的，卻又不值幾何，將就賣來做盤費回家；本錢一空。頻年做事，大概如此。不但自己折本，但是搭他做伴，連夥計也弄壞了，故此人起他一個混名：叫做「倒運漢」。不數年，把個家事乾圓潔淨了，連妻子也不曾娶得。終日間靠著些東塗西抹，東挨西撞，也濟不得甚事；但只是嘴頭子謅得來，會說會笑，朋友家喜歡他有趣，遊耍去處，少他不得，也只好趁日，不能彀做家。況且他自大模大樣過來的，幫閒行裡自是不十分得人有他做隊的，要薦他坐館教學，又有誠實人家嫌他是個雜班令。高不湊，低不就，打從幫閒的處館的兩項人，見了他也就做鬼臉，把「倒運」兩字笑他。不在話下。一日，有幾個走海販貨的鄰近，做頭的無非是張大、李二、趙甲、錢乙……一班人，共四十餘人合了夥將行。他曉得了，自家思忖道：「一身落魄，生計皆無，便附了他們航海，看看海外風光，也不枉人生一世。況且他們定是不卻我的。省得在家憂柴憂米，也是快活。」正計較間，恰好張大踱將來。原來這個張大名喚張乘運，專一做海外生意，眼裡認得奇珍異寶；又且秉性爽慨，肯扶持好人；所以鄉里起他一個混名：叫張識貨。文若虛見了，便把此意一一與他說了。張大道：「好，好。我們在海船裡頭不耐煩寂寞，若得兄去，在船中說說笑笑，有甚難過的日子。我們眾兄弟料想多是喜歡的。只是一件，我們都有貨物將去，兄並無所有，覺得空了一番往返，也可惜了。待我們大家計較，多少湊些出來助你，將就置些東西去也好。」文若虛便道：「多謝厚情！只怕沒人如兄肯周全小弟。」張大道：「且說說看。」一逕自去了。恰遇一個瞽目先生，敲著「報君知」走將來，文若虛伸手順袋裡摸了一個錢，扯住占一卦問問財氣。先生道：「此卦非凡！有百十分財氣，不是小可。」文若虛自想道：「我自要搭去海外耍耍，混過日子罷了，那裡是我做得著的生意。就是他們資助些，也能有多少，便直恁地財爻動！這先生也是混帳。」只見張大氣忿忿走來，說道：「說著錢，便無緣，這些人好笑，說道：你去無不喜歡，說到助銀沒一個則聲。今我同兩個好的弟兄，併湊得一兩銀子在此，也辦不成甚貨，憑你買些東西，船裡喫罷。口食之類，是在我們身上。」若虛稱謝不盡。接了銀子。張大先行道：「快些收拾，就要開船了。」若虛道：「我沒甚收拾，隨後就來。」手中拏了銀子看看笑道：「置得甚貨嗎？」信步走去，見滿街上筐籃內盛著賣的：

紅如噴火，巨若懸星；皮未皺尚有餘酸，霜未降不可多得。原殊蘇井諸家樹，亦非李氏千頭奴；較廣似曰難兄，比福可云具體。

太湖中有東西洞庭山，地暖土肥，與閩、廣無異。廣橘、福橘，名播天下；洞庭橘樹，顏色香氣，絕與相似，初出時，其味略酸，後來熟了，卻也甜美；比福橘價十分之一，名曰「洞庭紅」。若虛看見想道：「我一兩銀子買得百斤有餘，在船可以解渴，又可分送一二，答衆人助我之意。」買成裝上竹簍，僱人並行李挑了下船。衆人都拍手笑道：「文先生寶貨來也！」文若虛羞慚無地，只得呑聲上船，再也不敢提起買橘的事。開得船來，漸漸出了海口，只見那雲濤捲雪，雪浪翻銀；湍轉則日月似浮，浪動則星河如覆。三五日間，隨風飄去，也不覺過了多少路程。忽至一個地方，舟中望去，人煙聚集，城郭巍峨，曉得是到了什麼國都了。舟人把船泊入藏風避浪的小港內，釘了樁橛，下了鐵錨纜好了；船中人多上岸打一看，原來是來過的所在，名曰吉零國。原來這邊中國貨物，拏到那邊，一倍就有三倍價；換了那邊貨物帶到中國，也是如此。一往一回，卻不便有八九倍利息？所以人都拌死走這條路。衆人多是做過交易的，各有熟識經紀，歇家通事人等，各自上岸找尋物貨去了。只留文若虛在船中看船；路徑不熟，也無走處。正悶坐間，猛可想起道：「我那一簍紅橘，自從到船中，不曾開看，莫不人氣蒸爛了？趁著衆人不在，看看則個。」叫那水手在艙板底下翻將起來，打開了簍看時，面上多是好好的；放心不下，索性搬將出來，都擺在艙板上面，也是合該發跡，時來福湊，擺得滿船紅焰焰的，遠遠望來，就是萬點火光，一天星斗。岸上人望見，走將攏來問道：「是甚麼好東西呀？」文若虛只不答應，看見中間有個把爛點頭的，揀了出來，拍開就喫，岸上看的一發多了。驚笑道：「原來是喫得的。」就中有個好事的便來問價多少一個。文若虛不省得他們說話，船上卻曉得，就扯個謊哄他，豎起一個指頭，說要一錢一顆。那問的人揭開長衣，露出那兜羅錦紅裏肚來，一手摸出一個銀錢來道：「買一個嘗嘗。」文若虛接了銀錢，手中掂掂看約有兩把重，心下想道：「不知這些銀子要買多少？也不見秤稱，且先把一個與他看樣。」揀個極大紅得可愛的，送一個上去。只見那個人接上手，掂了一掂道：「好東西呀！」撲地就拍開，香氣撲鼻，連旁邊聞著的許多人，大家喝一聲采。那買的不知好歹，看見船上喫法，也學他去了皮，卻不分瓤，一塊塞在口裡，甘水滿咽喉，連核都不吐，吞下去了，哈哈大笑道：「妙哉！妙哉！」又伸手到裏肚裡摸出十個銀錢來，說：「我要買十個進奉去。」文若虛喜出望外，揀十個與他去了。那看的人見那人如此買去了，也有買一個的，也有買兩個、三個的，都是一般銀錢買了。都千歡萬喜去了。原來彼國以銀爲錢，上有文采，有等龍鳳紋的最貴重；其次人物；其次禽獸，又次樹木，最下通用的是水草；——都是銀鑄的，分兩不異。適才買橘的都是一樣水草紋的，地道是把下等錢買了好東西去了，所以歡喜；也只是要小便宜心腸，與中國人一樣。須臾之間，三分中賣了兩分，內有的不帶錢在身邊的，老大懊悔，急忙取了錢轉來，文若虛已是賸不多了，就拏班道：「而今要留著自家用，不賣了。」其人情願再增一個錢，四個錢買了二顆，口中嘵嘵說：「悔氣！來得遲了。」旁邊人見他增了價，就埋怨道：「我們還要買哩，如何把價錢增長了他的。」買的人道：「你不聽得他方才說，兀自不賣了。」正在議論間，只見首先買十個的那一個人，騎了一匹青驄馬，飛也似奔到船邊，下了馬分開人叢，對船上大喝道：「不要零賣！不要零賣！是有的俺多要，俺家頭目都要買去進可汗哩。」看的人聽見這話，便遠遠走開，站住了看。文若虛是個伶俐的人，看見來勢，早已瞧在眼裡，曉得是個好主顧了，連忙把簍中的盡數傾出來，止賸五十餘個。數了一數，又拏班起來，說道：「適間講過，要留著自用，不得賣了；今肯加些價錢，再讓幾個去罷。適間已賣出兩個錢一個了。」其人在馬背上拖下一大囊，摸出錢來，另是一樣樹木紋的說道：「如此錢一個罷了。」文若虛道：「不情願，只照前樣罷了。」那人笑了一笑，又把手去摸出一個龍鳳紋的來道：「這樣的一個如何？」文若虛又道：「不情願，只要前樣的。」那人又笑道：「此錢一個抵百個，料也沒得與你，只是與你耍。你不要俺這一個，卻要那等的，是個傻子。你那東西肯都與俺了，俺再加你一個那等的也不打緊。」文若虛數了一數有五十二個，准准的要了他一百五十六個水草銀錢。那人連竹簍都要了，又丟了一個錢，把簍掛在馬上，笑吟吟地一鞭去了。看的人見沒得賣了，一哄而散。文若虛見人散了，到艙裡把一個錢秤一秤，有八錢七分多重，秤過數個，也是一般。總數一數，共有一千個差不多。把兩個賞了船家，其餘收拾在包裡了。笑一聲道：「那盲子好靈卦也！」歡喜不盡，只等同伴人來，對他說笑則個。說話的，你說錯了，那國裡銀子這樣不值錢，如此做買賣，那慣漂洋的人，帶去多是綾羅緞匹，何不多賣了些銀錢回來，一發百倍了？看官有所不知，那國裡見了綾羅等物，都是以貨交兌。我這裡人也只是要他貨物，才有利錢；若是賣他銀錢時，他都把龍鳳人物的來交易，花了好價錢，分兩也只得如此，反不便宜。如今是買喫口東西，他只認做把低錢交易，我卻只管分兩，所以得利了。說話的，你又說錯了！依你說來，那航海的何不只買喫口東西，只換他低錢，豈不有利？用著重本錢置他貨物怎地？看官，又不是這話，也是此人偶然有此橫財，帶去著了手，若是有心第二遭再帶去，三五日不遇巧，等得稀爛；那文若虛運未通時，賣扇子就是榜樣，扇子還是放得起的，尚且如此；何況果品？是這樣執一論不得的。——閒話休提。且說衆人尋了經紀主人到船發貨，文若虛把上頭事說了一遍。衆人都驚喜道：「造化！造化！我們同來，倒是你沒本錢的先得了手也！」張大便拍手道：「人都道他倒運，而今想是運轉了。」便對文若虛道：「你這些銀錢，此間置貨作價不多；除是對發在夥伴中，回他幾百兩中國貨物上去，打換些土產珍奇，帶轉去有大利錢；也強如虛藏此銀錢在身邊，無個用處。」文若虛道：「我是倒運的，將本求財，從無一遭不連本送的；今承諸公挈帶，做此無本錢生意，偶然僥倖一番，真是天大造化了！如何還要生利錢，妄想什麼？萬一如前又做折了，難道再有洞庭紅這樣買賣不成？」衆人多道：「我們用得著的是銀了，有的是貨物，彼此通融，大家有利，有何不可？」文若虛道：「『一年喫蛇咬，三年怕草索。』說著貨物，我就沒膽氣了，只是守了這些銀錢回去罷。」衆人齊拍手道：「放著幾倍利錢不取，可惜可惜！」隨同衆人一齊上去，到了店家交貨明白，彼此兌換。約有半月光景，文若虛眼中看過了若干好東西，他已自志得意滿，不放在心上。衆人事體完了，一齊上船，燒了神福，喫了酒，開船。行了數日，忽然間天變起來。但見：

烏雲蔽日，白浪掀天；蛇龍戲舞起長空，魚鱉驚惶潛水底。艨艟泛泛，只如棲不定的數點寒鴉；島嶼浮浮，便似汲不起的幾雙水桶。舟中是方揚的米簸，船外是正熟的飯鍋；總因風伯太無情，以致篙師多失色。

那船上人見風起了，扯起半帆，不問東西南北，隨風勢漂去，隱隱望見一島，便帶住篷腳，只看著島邊駛入來。看看漸近，恰是一個無人的空島。但見：

樹木參天，草萊遍地。荒涼境界，無非些兔跡狐蹤，坍塌土堆，料不是龍潭虎窟。混茫內，未識應歸何國轄？開闢來，不知曾否有人登？

船上人把船後抛了鐵錨，將樁橛泥犁上岸去釘停當了，對艙裡道：「且安心坐一坐，候風勢則個。」那文若虛身邊有了銀子，恨不得插翅飛到家裡，巴不得行路，卻如此守風獃坐，心裡焦躁。對衆人道：「我且上岸去島上望望則個。」衆人道：「一個荒島，有何好看？」文若虛道：「總是閒著，何礙？」衆人都被風顛得頭暈，個個是呵欠連天的不肯同去。文若虛便自一個抖擻精神，跳上岸來。只因此一去，有分教：

千年敗殼精靈顯，一介窮神富貴來！

若是說話的同年生，並時長，有個未卜先知的法兒，便雙腳走不動，也拄個拐兒隨他同去一番，也不枉的。誰知沒有恁般福分，一個個心慵步懶。那文若虛見眾人不去，偏要發個狠，扳藤附葛，直去到島上絕頂。那島也苦不甚高，不費甚大力；只是荒草蔓延，無好路徑。到得上邊，打一看時，四望漫漫，身如一葉，不覺淒然掉下淚來。心裡道：「我如此聰明，一生命蹇，家業消亡，賸得隻身，直到海外，雖然僥倖，有得千來個銀錢在囊中，知道命裡該是我的，不是我的？今在絕島中間，未到實地，性命也還是與海龍王合著的哩。」正在感愴，只覺遠遠望去草叢中一物突高。移步往前一看，卻是床大一個敗龜殼。大驚道：「不信天下有如此大龜！世上人那裡曾看見？說也不信的。我自到海外一番；不曾置得一件海外物事，今我帶了此物去，也是一件稀罕的東西！與人看看，省得空口說著道是蘇州人會調謊。又且一件，鋸將開來，一蓋一板，各置四足，便是兩張床，卻不奇怪？」遂脫下兩雙裹腳接了，穿在龜殼中間打個扣兒，拖著便走。走至船邊，船裡人見他這個等模樣，都笑道：「文先生那裡又跎了纏來？」文若虛道：「好教列位得知，這就是我海外的貨了。」眾人抬頭一看，卻便似一張無柱有底的硬腳床。喫驚道：「好大龜殼！你拖來何幹？」文若虛道：「也是罕見的，帶了他去。」眾人笑道：「好貨不置一件，要此何用？」有的道：「也有用處，有什麼天大的疑心，是灼他　卦，只沒有這樣大龜藥。」又有的道：「是醫家要煎龜膏，拏去打碎了煎起來，也當得幾百個小龜哩。」文若虛道：「不要管有用沒用，只是稀罕，不費本錢，便帶了回去。」當時叫個船上水手，一同抬下艙來。初時山下空闊，還只如此，艙中看來一發大了；若不是海船，也著不得這樣狼犺東西。眾人大笑了一回，說道：「到家時有人問，只說文先生做了個偌大的烏龜買賣來了。」文若虛道：「不要笑我，好歹有一個用處，決不是棄物。」隨他衆人取笑，文若虛只是得意，取些水來內外洗一洗淨，抹乾了，卻把自己錢包行李，都塞在龜殼裡面，兩頭把繩一絆，卻當了一個大皮箱子。自笑道：「兀的不眼前就有用處了？」衆人都笑將起來道：「好算計！文先生到底是個聰明人！」當夜無話，次日風息了，開船一走，不數日又到了一個去處，卻是福建地方了。才住定了船，就有一夥慣伺候接海客的小經紀牙人攢將攏來，你說張家好，我說周家好，拉的拉，扯的扯，嚷個不住。海船上衆人，揀一個一向熟識的跟了去，其餘的也就住了。衆人到了一個波斯胡人店中坐定。裡面主人見說海客到了，連忙先發銀子，喚廚戶包辦酒席幾十桌；吩咐停當，然後踱將出來。這主人是個波斯國裡人，姓個古怪姓，是瑪瑙的瑪字，叫名瑪寶哈；專一與海客兌換珍寶貨物，不知有多少萬數本錢。衆人走海過的都是熟主熟客，只有文若虛不曾認得；睜眼看時，原來波斯胡住得在中華久了，衣帽言動，都與中華不大分別；只是剃眉剪鬚，深目高鼻，有些古怪。出來見了衆人，行賓主禮，坐定了。兩杯茶罷，站起身來請到一個大廳上，只見酒筵多完備了，且是擺得齊整。原來舊規海船一到，主人家先折過這一番款待，然後發貨講價的。主人家手執著一付琺琅菊盤花盞，拱一拱手道：「請列位貨單一看，好定坐席。」看官，你道這是何意？原來波斯胡以利爲重，只看貨單上有奇珍異寶値得上萬者，就送在首席，餘者看貨輕重，挨次坐位；不論年紀，不論尊卑，一向做下的規矩。船上衆人貨物，貴的賤的，多的少的，你知我知，各自心照，差不多領了酒杯各自坐下。單單賸得文若虛一個，獃獃站在那裡。主人道：「這位老客長不曾會面，想是新出海外的，置貨不多了。」衆人大家說道：「這是我們好朋友，到海外耍去的，身邊有銀子，卻不曾肯置貨，今日沒奈何，只得屈他的末席坐了。」文若虛滿面羞慚，坐了末位；主人坐在橫頭。飲酒中間，卻一個說道：「我有『祖母綠』多少。」那一個說道：「我有『貓兒眼』多少。」你誇我逞。文若虛一發默默無言，自心裡也微微有些懊悔道：「我前日該聽他們勸，置些貨來的是，今枉有幾百銀子在囊中，說不得一句話。」又自歎了口氣道：「我原是一些本錢沒有的，今已大幸，不可不知足。」自思自忖，無心發興喫酒。衆人卻猜拳行令，喫得狼籍。主人是個積年，看出文若虛不快活的意思來，不好說破，虛勸了他幾杯酒。衆人都起身道：「酒彀了，天晚了，趁早上船去，明日發貨罷。」別了主人去了。主人撤了酒席，收拾睡了。次日，主人起個清早，先走到海岸船邊來，拜這夥客人。主人登舟一眼瞅去，那艙裡狼狼犺犺這件東西，早先看見了。喫了一驚道：「這是那一位客人的寶貨？昨日席上並不曾見說起？莫不是不要賣的！」衆人都笑指道：「敝友文兄的寶貨。」中有一人襯道：「又是滯貨。」主人看了文若虛一看，滿面掙得通紅，帶了怒色，埋怨衆人道：「我與諸君相處多年，如何恁地作弄我，教我得罪於新客，把一個末坐屈了他，是何道理？」一把扯住文若虛，對衆客道：「且慢發貨，容我上岸謝過罪著。」衆人不知其故，有幾個與文若虛相知些的，又有幾個喜事的，覺得有些古怪，共十餘人隨了上來，重到店中看是如何。只見主人拉了文若虛，把交椅整一整，不管衆人好歹，納他頭一位坐下了道：「適間得罪得罪！且請坐一坐。」文若虛心中鑊鐸，忖道：「不信此等是寶貝！這等造化不成？」主人走了進去，須臾出來，又拱衆人到先前喫酒去處，又早擺下幾桌酒，爲首一桌比先更齊整。把盞向文若虛一揖，就對衆人道：「此公正該坐頭一席。你們枉自一船的貨，也還趕他不來。先前失敬失敬。」衆人看見，又好笑，又好怪，半信不信的一帶兒坐了。酒過三杯，主人就開口道：「敢問客長，適間此寶可肯賣否？」文若虛是個乖人，趁口答應道：「只要有好價錢，爲甚不賣？」那主人聽得肯賣，不覺喜從天降，笑逐顏開，起身道：「果然肯賣，但憑分付價錢，不敢吝惜。」文若虛其實不知値多少，討少了怕不在行，討多了怕喫笑，忖了一忖，面紅耳熱，顚倒討不出價錢來。張大便向文若虛丟個眼色，將手放在椅子背後，豎著三個指頭，再把第二個指空中一撇道：「索性討他這些。」文若虛搖頭，豎一指道：「這些，我還討不出口在這裡。」卻被主人看見道：「果是多少價錢？」張大搗一個鬼道：「依文先生手勢，敢像要一萬哩。」主人呵呵大笑道：「這是不要賣，哄我而已。此等寶物，豈止此價錢？」衆人見說，大家目睜口獃，都立起了身來，扯文若虛去商議道：「造化！造化！想是値得多哩。我們實實不知値得如何定價，文先生不如開個大口，憑他還罷。」文若虛終是礙口識羞，待說又止。衆人道：「不要不老氣。」主人又勸道：「實說說何妨？」文若虛只得討五萬兩。主人還搖頭道：「罪過，罪過。沒有此話！」扯著張大私問他道：「衆客長們海外往來，不是一番了，都叫你是張識貨，豈有不知此物就裡的？必是無心賣他，奚落小子罷了！」張大道：「實不瞞你說，這個是我的好朋友，同來海外頑耍的，故自不曾置貨；適間此物，乃是避風海間，偶然得來，不是出價置辦的，故此不識得價錢。若果有這五萬與他，富貴一生，他也心滿意足了。」主人道：「如此說，要你做個大大保人，當有重謝。萬萬不可翻悔。」遂叫店小二拏出文房四寶來。主人家將一張供單綿料紙，折了一折，拏筆遞與張大道：「有煩老客長做主，寫個合同文書，好成交易。」張大指著同來一人道：「此位客人褚中穎，寫得好。」把紙筆讓與他。褚客磨得墨濃，展開紙，提起筆來寫道：

「立合同議單張乘運等，今有蘇州客人文實，海外帶來大龜殼一個，把至波斯瑪寶哈店，願出銀五萬兩買成。議定立契之後：一家交貨，一家交銀，各無翻悔。有翻悔者罰，契上加一。合同為照。」

一樣兩紙，後邊寫了年月日，下寫張乘運爲頭，一連把在坐客人十來個寫去。褚中穎因自己執筆，寫了落末。年月前行空行中間，將兩紙湊著，寫了騎縫一行，兩邊各半，乃是「合同議約」四字。下寫客人文實，主人瑪寶哈，各押了花押。單上有名的從頭寫起，寫到了張乘運道：「我們押字錢重些，這買賣才弄得成。」主人笑道：「不敢輕，不敢輕。」寫畢，主人進內，先將銀一箱抬出來道：「我先交明白了用錢，還有說話。」眾人攢將攏來。主人開箱，卻是五十兩一包，共總二十包，整整一千兩。雙手交與張乘運道：「憑著客長收明，分與眾位罷。」眾人初起喫酒寫合同，大家胡哄鳥亂，心下還有些不信的意思；如今見他拏出精晃晃白銀來做用錢，方知是實。文若虛恰像夢裡醉裡，話都說不出來，獃獃地看。張大扯他一把道：「這用錢如何分散，也要文兄主張。」文若虛方說一句道：「且完了正事慢處。」主人笑嘻嘻的對文若虛說道：「有一事要與客長商議，價銀現在裡面桌兒上，都是向來兌過的，一毫不少，只消請客長一兩位進去，將一包過一過，且兌一兌爲準，其餘多不消兌得。卻又一說，此銀數不少，搬動也不是一時功夫；況且文客官是個單身，如何好將下船去？又要泛海回還，有許多不便處。」文若虛想了一想道：「見教得極是。而今卻待怎樣？」主人道：「依著愚見，文客官目下回去未得，小弟此間有一個緞匹鋪，有本三千兩在內，其前後大小廳屋樓房共百餘間，也是個大所在，價值二千兩，離此半里之地。愚見就把本店貨物，及房屋文契作了五千兩，盡行交與文客官，就留文客官在此住下了，做此生意。其銀也做幾遭搬了過去，不知不覺。日後文客官要回去，這裡可以託心腹夥計看守，便可輕身往來；不然，小店交出不難，文客官收貯卻難也！愚意如此。」說了一遍，說得文若虛與張大跌足道：「果然是客綱客紀，句句有理。」文若虛想道：「我家裡原無家小，況且家業已盡，就帶了許多銀子回去，沒處安頓。依了此說，我就在這裡立起個家事來，有何不可？此番造化，一緣一會，都是上天作成的，只索隨緣做去。便是貨物房產，價錢未必有五千，總是落得的。」便對主人說：「適間所言，誠是萬全之算，小弟無不從命。」主人便領文若虛進去閣上看貨，又叫張、褚二人道：「同來看看！其餘列位不必了，請略坐一坐。」他四人去了。眾人不進去的，個個伸頭縮頸，你三我四說道：「有此異事，有此造化，早知這樣，懊悔島邊泊船時節，也不去走走，或者還有寶貝也不見得。」有的道：「這是天大的福氣，撞將來的，如何強得？」正欣羡間，文若虛已同張、褚二客出來了。眾人都問：「進去如何了？」張大道：「裡邊高閣，是個上庫放銀兩的所在，都是桶子盛著。適間進去看了十個大桶，每桶四千；又五個小匣，每個一千，共是四萬五千。已將文兄的封皮記號封好了，只等交了貨，就是文兄的了。」主人出來道：「房屋文書，緞匹賬目，俱已在此，湊足五萬之數了。且到船上取貨去。」於是一擁都到海船來。文若虛於路對眾人說：「船上人多，切勿明言，小弟自有厚報。」眾人也只怕船上人知道，要分了用錢去，各各心照。文若虛到了船上，先向龜殼中把自己包裹被囊取出了，手摸一摸殼，口裡暗道：「僥倖！僥倖！」主人便叫店內後生二人來抬此殼，分付道：「好生抬進去，不要放在外邊。」船上見抬了此殼去，便道：「這個滯貨也脫手了，不知賣了多少？」文若虛只不做聲，一手提了包裹往岸上就走。這起初同上來的幾個，又起向岸上將龜殼從頭至尾，細細看了一遍；又向殼內張了一張，撈了一撈，面面相覷道：「好處在那裡？」主人仍拉了這十來個，一同上去到店裡說道：「而今且同文客官看了房屋鋪面來。」衆人與主人一同走到一處，正是鬧市中間，一所好大房子：門前正是個鋪子；旁有一衖走進，轉彎是兩扇大石板門，門內大天井，上面一所大廳，廳上有一匾題曰「來琛堂」；堂旁有兩楹側屋，屋內三面有櫥，櫥內都是綾羅各色緞匹，以後內房樓房甚多。文若虛暗道：「得此爲住居，王侯之家不過如此矣！況又有緞鋪營生，利息無盡，便做了這裡客人罷了，還思想家裡做甚？」就對主人道：「好卻好，只是小弟是個孤身，畢竟還要尋幾房使喚的人，才住得。」主人道：「這個不難，都在小店身上。」文若虛滿心歡喜，同衆人走歸本店來。主人討茶來喫了，說道：「文客官，今晚不消船裡去，就在鋪中住下；使喚的人，鋪中現有，逐漸再討便是。」衆客人多道：「交易事已成，不消說了。只是我們畢竟有些疑心此殼有何好處？價值如此？還要主人見教一個明白。」文若虛道：「正是，正是。」主人笑道：「諸公枉自海上走了多年，這些也不識得！列位豈不聞說龍有九子，子內有一種是鼉龍，其皮可以幔鼓，聲聞百里，所以謂之『鼉鼓』。鼉龍萬歲到底，蛻下此殼成龍。此殼有二十四肋，按天上二十四氣；每肋中間節內有大珠一顆。若有肋未完全時節，成不得龍，蛻不得殼。也有生捉的他來，只好將皮幔鼓，其肋中也未有東西。直待二十四肋，肋肋完全，節節珠滿，然後蛻了此殼，變龍而去。故此是天然蛻下，氣候俱到，肋節俱完的；與生擒活捉，壽數未滿的不同：所以有如此之大。這個東西，我們肚中雖曉得，知他幾時脫下？又在何處地方守得他著？殼不值錢，其珠皆有夜光，乃無價寶也。今天幸遇巧，得之無心耳。」衆人聽罷，似信不信。只見主人走將進去了一會，笑嘻嘻的走出來，袖中取出個西洋布的包來，說道：「請諸公看看。」解開來只見一團綿，囊著寸許大一顆夜明珠，光彩奪目。討個黑漆的盤，放在暗處，其珠滾一個不定，閃閃爍爍，約有尺餘亮處。衆人看了，驚得目睜口獃，伸了舌頭縮不進來。主人回身轉來，對衆逐個致謝道：「多蒙列位作成了。只這一顆，拏到咱國中，就値方才的價錢了，其餘多是尊惠。」衆人個個心驚，卻是說過的話，又不好翻悔得。主人見衆人有些變色，收了珠子，急急走到裡邊，又叫抬出一個緞箱來。除了文若虛，每人送與緞子二端。說道：「煩勞了列位，做兩件道袍穿穿，也見小肆中薄意。」袖中又摸出細珠十數串，每送一串道：「輕鮮輕鮮，備歸途一茶罷了。」文若虛處，另是粗些的珠子四串，緞子八匹，道：「是權且做幾件衣服。」文若虛同衆人歡喜作謝了。主人就同衆人送了文若虛到緞鋪中，叫鋪裡夥計數十人都來相見。說道：「今番是此位主人了。」主人自別了去道：「再到小店中去去來。」須臾間，只見數十個腳夫，扛了好些扛來。把先前文若虛封記的十桶五匣都發來了。文若虛搬在一個深密謹愼的臥房裡頭去處，出來對衆人道：「多承列位挈帶，有此一套意外富貴，感謝不盡。」走進去把自家包裹內，所賣洞庭紅的銀錢倒將出來，每人送他十個，止有張大與先前出銀助他的兩三人，分外又是十個。道：「聊表謝意。」此時文若虛把這些銀錢，看得不在眼裡了；衆人卻是快活，稱謝不盡。文若虛又拏出幾十個來，對張大說道：「有煩老兄，將此分與船上同行的人，每位一個，聊當一茶。小弟住在此間，有了頭緒，慢慢到本鄉來。此時不得同行，就此爲別了。」張大道：「還有一千兩用錢未曾分得，卻是如何？須得文兄分開，方沒得說。」文若虛道：「這倒忘了。」就與衆人商議，將一百兩分與船上衆人，餘九百兩照現在人數，另外添出兩股，派了股數，各得一股；張大為頭的，緒中穎執筆的，多分一股。衆人千歡萬喜，沒有說話。內中一人道：「只是便宜了這波斯，文先生還該起個風，要他些不敷才是。」文若虛道：「不要不知足，看我倒運漢，做著便折本的，造化到來，平空地有此一主財爻，可見人生分定，不必強求。我們若非這主人識貨，也只當廢物罷了；還虧他指點曉得，如何還好昧心爭論？」衆人都道：「文先生說得是。存心忠厚，所以該有此富貴。」大家千恩萬謝，各各齎了所得東西，自到船上發貨。從此，文若虛做了閩中一個富商。就在那裡娶了妻小，立起家業。數年之間，才到蘇州走一遭，會會舊相識，依舊去了。至今子孫繁衍，家道殷富不絕。正是：

運退黃金失色，時來頑鐵生輝；莫與癡人說夢，思量海外尋龜。

蘇小妹三難新郎

聰明男子擅才名，女子聰明間氣生；若許裙釵應科舉，女兒那見遜公卿？

自混沌初開，乾道成男，坤道成女；雖則造化無私，卻也陰陽分位。陽動陰靜，陽施陰受，陽外陰內；所以男子主四方之事，女子主一室之事。主四方之事的，頂冠束帶，謂之丈夫；出將入相，無所不爲；須要博古通今，達權知變。主一室之事的，三綹梳頭，兩截穿衣；一日之計，止無過三餐井臼；終身之計，止無過生男育女。所以大家閨女，雖曾讀書識字，也只要他識些姓名、記些帳目；他又不應科舉，不求名譽，詩文之事，全不相干。然雖如此，各人秉性不同，有等愚蠢的女子，教他識兩個字如登天之難；有等聰明的女子，一般過目成誦，不教而能，吟詩與李、杜爭強，作賦與班、馬鬥勝。這都是山川秀氣，偶然不鍾於男而鍾於女。且如漢有曹大家，他是個班固之妹，代兄續成《漢史》；又有個蔡琰，製「胡笳十八拍」，流傳後世；晉時有個謝道韞，與諸兄詠雪，有「柳絮因風」之句，諸兄都不及他；唐時有個上官婕妤，中宗皇帝教他品第朝臣之詩，臧否一一不爽。至於大宋婦人出色的更多，就中單表一個叫作李易安，一個叫作朱淑眞，他兩個都是閨閣文章之伯，女流翰苑之才。論起相女配夫，也該對個聰明才子，爭奈月下老人錯注了婚籍，都嫁了無才無學之人，每每怨恨之情，形於筆札。有詩爲證：

鷗鷺鴛鴦作一池，曾知羽翼不相宜；東君不與花為主，何似休生連理枝？

那李易安有「傷秋」一篇，調寄「聲聲慢」：

尋尋覓覓，冷冷清清，淒淒慘慘戚戚。乍暖乍寒時候，正難將息。三杯兩盞淡酒，怎敵他晚來風力？雁過也，總傷心，卻是舊時相識。　滿地黃花堆積；憔悴損，如今有誰堪摘？守著窗兒，獨自怎生得黑？梧桐更兼細雨，到黃昏點點滴滴。這次第怎一個愁字了得！

朱淑貞時值秋間，丈夫出外，燈下獨坐無聊，聽得窗外雨聲滴點，吟成一絕：

哭損雙眸斷盡腸，怕黃昏到又昏黃；那堪細雨新秋夜，一點殘燈伴夜長。

後來刻成詩集一卷，取名「斷腸集」。說話的，爲何單表那兩個嫁人不著的？只爲如今說一個聰明女子，嫁著一個聰明的丈夫，一唱一和，遂變出若干的佳話。正是：

說來文字添佳興，道出閨中作美談。

話說四川眉州，古人謂之蜀都，又曰嘉州，又曰眉山。山有蟆頤、峨眉，水有岷江、環湖，山川之秀，鍾於人物，生出個博學名儒來，姓蘇名洵，字明允，別號老泉；當時稱爲老蘇，老蘇生下兩個孩兒，大蘇、小蘇：大蘇名軾，字子瞻，別號東坡；小蘇名轍，字子由，別號潁濱，二人都有文經武緯之才，博古通今之學；同科及第，名重朝廷，俱拜翰林學士之職。天下稱他兄弟，謂之二蘇；稱他父子，謂之三蘇；這也不在話下。更有一樁奇處，那山川之秀，偏萃於一門，兩個兒子未為希罕；又生個女兒，名曰小妹，其聰明絕世無雙，眞個聞一知二，問十答百。因他父兄都是個大才子，朝談夕講，無非子史經書；目見耳聞，不少詩詞歌賦。自古道：「近朱者赤，近墨者黑。」況且小妹資性過人十倍，何事不曉。十歲上隨父兄居於京師，寓中有繡球花一樹，時當春月，其花盛開，老泉賞玩了一回，取紙筆題詩。才寫得四句，報道：「門前客到！」老泉擱筆而起。小妹閒步到父親書房之內，看見桌上有詩四句：

天巧玲瓏玉一邱，迎眸爛熳總清幽；白雲疑向枝間出，明月應從此處留。

小妹覽畢，知是詠繡球花所作，認得父親筆跡，遂不待思索，續成後四句云：

瓣瓣折開蝴蝶翅，團團圍就水晶毬；假饒借得香風送，何羨梅花在隴頭？

小妹題完，依舊放在桌上，款步歸房。老泉送客出門，復轉書房，方欲續完前韻，只見八句已足，讀之詞意俱美，疑是女兒小妹之筆。呼而問之，寫作果出其手。老泉歎道：「可惜是個女子，若是個男兒，可不又是制科中一個有名人物？」自此，愈加珍愛；恣其讀書博學，不復以女工督之。看看長成一十六歲，立心要妙選天下才子與之為配，急切難得。忽一日，宰相王荊公，著堂候官請老泉到府，與之敘話。原來王荊公諱安石，字介甫；未得第時大有賢名。平時常不洗面，不脫衣，身子蝨子無數。老泉惡其不近人情，異日必為奸相，曾作〈辨奸論〉以譏之。荊公懷恨在心；後來見他大蘇、小蘇連登制科，遂含怨而修好。老泉亦因荊公拜相，恐妨二子進取之路，也不免曲意相交。正是：

古人結交在意氣，今人結交為勢利；從來勢利不同心，何如意氣交情深。

是日老泉赴荊公之召，無非商量些今古，議論了一番時事，遂取酒對酌不覺忘懷酩酊。荊公偶然誇獎兒子王雱，讀書只一遍便能背誦。老泉帶酒答道：「誰家兒子讀兩遍？」荊公道：「倒是老夫失言；不該『班門弄斧』。」老泉道：「不惟小兒只一遍，就是小女也只一遍。」荊公大驚道：「只知令郎大才，卻不知有令嫒。眉山秀氣，盡屬公家矣！」老泉自悔失言，連忙告退。荊公命童子取出一卷文字，遞與老泉道：「此乃小兒王雱窗課，相煩點定。」老泉納於袖中，唯唯而別。回家睡至半夜酒醒，想起前事，懊悔道：「不合自誇女孩兒之才，今介甫將兒子窗課屬吾點定，必爲求親之事。這頭親事，非吾所願，卻又無計推辭。」沈吟到曉。梳洗已畢，取出王雱所作，次第看之。眞乃篇篇錦繡，字字珠璣，又不覺動了個愛才之意。尋思道：「但不知女兒緣分如何？我如今將這文卷與女兒觀之，看他愛也不愛？」遂隱下姓名，分付丫鬟道：「這卷文字，乃是個少年名士所呈，求我點定，我不得閒暇，轉送與小姐批閱。閱完時速來回話。」丫鬟將文字呈上小姐，傳達太老爺分付之語。小妹滴露研朱，從頭批點，須臾而畢。歎道：「好文字！此必聰明才子所作。但秀氣泄盡，華而不實，恐非久長之器。」遂於卷面批云：

新奇藻麗，是其所長；含蓄雍容，是其所短；取巍科則有餘，享大年則不足。

後來王雱十九歲中了頭名狀元，未幾夭亡，可見小妹知人之明。——這是後話。卻說小妹寫罷批語，叫丫鬟將文卷納還父親。老泉一見大驚：道「這批語如何回覆得介甫？必然取怪。」一時污損了卷面，無可奈何，卻又報：「堂候官到門，奉相公鈞旨取昨日文卷，面見太爺還有話稟。」老泉此時手足無措，只得將卷面割去，重新換過，加上好批語，親手交與堂候官收訖。堂候官道：「相公還分付得有一言動問，貴府小姐曾許人否？儻未許人，相府願諧秦、晉。」老泉道：「相府議親，老夫豈敢不從？只是小女貌醜，恐不足當金屋之選。相煩好言達上，但訪問自知，並非老夫推托。」堂候官領命回復荊公。荊公看見卷面換了，已有三分不悅；又恐怕蘇小妹容貌眞個不揚，不中兒子之意，密地差人打聽。原來蘇東坡學士常與小妹互相嘲戲，東坡是一嘴鬍子，小妹嘲云：「口角幾回無覓處，忽聞毛裡有聲傳。」小妹額顱凸起，東坡荅嘲云：「未出庭前三五步，額頭先到畫堂前。」小妹又嘲東坡下頦之長云：「去歲相思兩行淚，今才流得到腮邊。」東坡因小妹雙眼微摳復答云：「幾回拭眼深難到，留卻汪汪兩道泉。」訪事的得了此言，回復荊公說：「蘇小姐才調委實高絕，若論容貌，也只平常。」荊公遂將姻事擱起不提。然雖如此，卻因相府求親，一事將小妹才名播滿了京城，以後聞得相府親事不諧，慕而來求者不計其數。老泉都教呈上文字，把與女孩兒自閱。也有一筆塗倒的，也有點不上兩三點的。就中只有一卷文字作得好，看他卷面寫有姓名，叫做秦觀。小妹批四句云：「今日聰明秀才，他年風流學士；可惜二蘇同時，不然橫行一世。」這批語明說秦觀的文才，在大蘇、小蘇之間，除卻二蘇，沒人及得。老泉看了，已知女兒選中了此人，分付門上：「但是秦觀秀才來時，快請相見；餘的都與我辭去。」誰知衆人呈卷的都在討信，只有秦觀不到。卻是爲何？那秦觀秀才字少游，他是揚州府高郵人，腹飽萬言，眼空一世。生平敬服的，只有蘇家兄弟，以下的都不在意。今日慕小妹之才，雖然衒玉求售，又怕損了自己的名譽，不肯隨行逐隊，尋消問息。老泉見秦觀不到，反央人去秦家寓所致意。少游心中暗喜。又想道：「小妹才名得於傳聞，未曾面試。又聞得他容貌不揚，額顱凸出，眼睛凹進，不知是何等鬼臉？如何得見他一面，方才放心。」打聽得二月初一日要在嶽廟燒香，趁此機會，改換衣裝看個分曉。正是：

眼見方為的，傳言未必真；若信傳聞語，枉盡世間人。

從來大家女眷入廟進香，不是早，定是夜。爲甚麼？早則人未來，夜則人已散。秦少游到二月初一日五更時分，就起來梳洗，打扮個遊方道人模樣：頭裹青布唐巾，耳後露兩個石碾的假玉環兒；身穿皁布道袍，腰繫黃縧，足穿淨襪草履；項上掛一串拇指大的數珠，手中托一個金漆鉢盂；侵早就到東嶽廟前伺候。天色黎明，蘇小姐轎子已到，少游走開一步，讓他轎子入廟，歇於左廊之下。小妹出轎上殿，少游已看見了，雖不是十分美麗，卻也清雅幽閒，全無俗韻；但不知他才調眞正如何？約莫焚香已畢，少游卻循廊而上，在殿左相遇。少游打個問訊云：「小姐有福有壽，願發慈悲。」小妹應聲答云：「道人何德何能，敢求佈施。」少游又問訊云：「願小姐身如藥樹，百病不生。」小妹一頭走，一頭答云：「隨著人口吐蓮花，半文無捨。」少游直跟到轎前，又問訊云：「小娘子一天歡喜，如何撒手寶山？」小妹隨口又答云：「風道人恁地貪癡，那得隨身金穴？」小妹一頭說，一頭上轎。少游轉身時，口中喃出一句道：「風道人得對小娘子，萬千之幸。」小妹上了轎，全不在意。跟隨的老院子卻聽得了，怪這道人放肆，方欲回身尋鬧，只見廊下走出一個垂髫的俊童，對著那道人叫道：「相公這裡來更衣！」那道人便先走，童兒後隨。老院子將童兒肩上悄地捻了一把，低聲問道：「前面是那個相公？」童兒道：「是高郵秦少游相公。」老院子便不言語。回來時卻與老婆說知了這句話，就傳入內裡，小妹才曉得那化緣的道人是秦少游假妝的，付之一笑，囑付丫鬟們休得多口。話分兩頭。且說秦少游那日飽看了小妹容貌不醜，況且應答如流，其才自不必言。擇了吉日，親往求親，老泉應允。少不得下財納幣，此是二月初旬的事。少游即欲成婚，小妹不肯。他看定秦觀文字必然中選，試期已近，欲要象簡烏紗，洞房花燭。少游只得依他。到三月初三禮部大試之期，秦觀一舉成名，中了制科。到蘇府來拜丈人，就稟復完婚一事；因寓中無人，欲就蘇府花燭。老泉笑道：「今日掛榜，脫白掛綠，便是上吉之日，何必另選日子？只今晚便在小寓成親。豈不美哉？東坡學士從旁贊成。是夜與小妹雙雙拜堂，成就了百年姻眷。正是：

聰明女得聰明婿，大登科後小登科。

其夜月明如晝，少游在前廳筵宴已畢，方欲進房，只見房門緊閉，庭中擺著小小一張桌兒，桌上排列紙墨筆硯，三個封兒，三個盞兒。——一個是玉盞，一個是銀盞，一個是瓦盞。——青衣小鬟守門邊。少游道：「相煩傳語小姐，新郎已到，何不開門？」丫鬟道：「奉小姐之命，有三個題目在此，三試俱中式，方准進房。——這三個紙封兒，便是題目在內。」少游指著三個盞道：「這又是什麼的意思？」丫鬟道：「那玉盞是盛酒的，那銀盞是盛茶的，那瓦盞是盛寡水的；三試俱中，玉盞內美酒三杯，請進香房；兩試中了，一試不中，銀盞內清茶解渴，直待來宵再試；一試中了，兩試不中，瓦盞內呷口淡水，罰在外廂讀書三個月。」少游微微冷笑道：「別個秀才來應舉時，就要告命題容易了。下官曾應過制科，青錢萬選，莫說三個題目，就是三百個，我何懼哉？」丫鬟道：「俺小姐不比尋常考試官，『之乎者也』應個故事而已；他的題目好難哩！第一題，是絕句一首，要新郎也做一首，合了出題之意，方爲中式；第二題，四句詩，藏著四個古人，猜得一個不差，方爲中式；到第三題就容易了，只要做個七字對兒，對得好，便是飲美酒進香房了。」少游道：「請第一題。」丫鬟取第一個紙封拆開，請新郎自看。少游看時，封著花箋一幅，寫詩四句：

銅鐵投洪冶，螻蟻上粉牆；陰陽無二義，天地我中央。

少游想道：「這個題目，別人必定猜不著，則我曾假扮做雲遊道人，在嶽廟化緣去相那蘇小姐，此四句乃合著『化緣道人』四字，明明嘲我。」遂於月下取筆，寫詩一首於題後云：

化工何意把春催，緣到名園花自開；道是東風原有主，人人不敢上花臺。

丫鬟見詩完，將第一幅花箋摺作三疊，從窗隙中塞進，高叫道：「新郎交卷，第一場完。」小妹覽詩，每句頂上一字合之，乃化緣道人四字，微微而笑。少游又開第二封看之，也是花箋一幅，題詩四句：

強爺勝祖有施為，鑿壁偷光夜讀書；縫線路中常憶母，老翁終日倚門閭。

少游見了，略不凝思，一一注明。第一句是孫權，第二句是孔明，第三句是子思，第四句是太公望。丫鬟又從窗隙遞進。少游口雖不語，心下想道：「兩個題目，眼見難我不倒，第三題是對兒，我五六歲時便會對句，不足爲難。」再拆開第三幅花箋，內出對云：「閉門推出窗前月。」初看是覺得容易，仔細想來，這對出得盡巧，若對得平常了，不見本事。左思右想，不得其對。聽得譙樓三鼓將闌，構思不就，愈加慌張。卻說此時東坡尚未曾睡，且來打聽妹夫消息，望見少游在庭中團團而步，口裡只管吟哦「閉門推出窗前月」七個字，右手作推窗之勢。東坡想道：「此必小妹以此對難之，少游爲其所困矣：我不解圍，誰爲撮合？」急切思之亦未有好對。庭中有花缸一隻，滿滿的貯著一缸清水，少游步了一回，偶然倚缸看水。東坡望見觸動靈機，欲待教他對了，誠恐小妹知覺，連累妹夫體面不好看相，東坡遠遠站著，咳嗽一聲，就地下取小小磚片投向缸中。那水爲磚片所激，躍起幾點，撲在少游面上，水中天花月影，紛紛淆亂。少游當下曉悟，遂援筆對云：「投石衝開水底天。」丫鬟交了第三遍試卷，只聽呀的一聲，房門大開，房內又走出個青衣，手捧銀壺，將美酒斟於玉盞之內，獻上新郎，口稱：「才子請滿飲三杯，權當花紅賞勞。」少游此時意氣揚揚，連進三杯，丫鬟擁入香房。這一夜佳人才子，好不稱意。正是：

歡娛嫌夜短，寂寞恨更長。

自此，夫妻和美，不在話下。後少游宦游浙中，東坡學士在京，小妹思想哥哥，到京省親。東坡有個禪友，叫做佛印禪師，嘗勸東坡急流勇退。一日寄長歌一篇，東坡看時，卻也寫得奇怪，每二字一連，共一百三十對子。你道寫的是甚字？

野野　鳥鳥　啼啼　時時　有有　思思　春春　氣氣　桃桃　花花　發發　滿滿　枝枝
鶯鶯　雀雀　相相　呼呼　喚喚　巖巖　畔畔　花花　紅紅　似似　錦錦　屏屏　堪堪
看看　山山　秀秀　麗麗　山山　前前　煙煙　霧霧　起起　清清　浮浮　浪浪　促促
潺潺　湲湲　水水　景景　幽幽　深深　處處　好好　追追　游游　傍傍　水水　花花
似似　雪雪　梨梨　花花　光光　皎皎　潔潔　玲玲　瓏瓏　似似　墜墜　銀銀　花花
折折　最最　好好　柔柔　茸茸　溪溪　畔畔　草草　青青　雙雙　蝴蝴　蝶蝶　飛飛
來來　到到　落落　花花　林林　裡裡　鳥鳥　啼啼　叫叫　不不　休休　為為　憶憶
春春　光光　好好　楊楊　柳柳　枝枝　頭頭　春春　色色　秀秀　時時　常常　共共
飲飲　春春　濃濃　酒酒　似似　醉醉　閒閒　行行　春春　色色　裡裡　相相　逢逢
競競　憶憶　游游　山山　水水　心心　息息　悠悠　歸歸　去去　來來　休休　役役

東坡看了兩三遍，一時念將不出，只是沈吟。小妹取過一覽了然，便道：「哥哥！此歌有何難解？待妹子念與你聽。」即時朗誦云：

野鳥啼，野鳥啼時時有思；有思春氣桃花發，春氣桃花發滿枝。滿枝鶯雀相呼喚，鶯雀相呼喚巖畔；巖畔花紅似錦屏，花紅似錦屏堪看。堪看山，山秀麗，秀麗山前煙霧起；山前煙霧起清浮，清浮浪促潺湲水。浪促潺湲水景幽；景幽深處好，深處好追游。追游傍水花；傍水花似雪，似雪梨花光皎潔。梨花光皎潔玲瓏，玲瓏似墜銀花折。似墜銀花折最好，最好柔茸溪畔草。柔茸溪畔草青青，雙雙蝴蝶飛來到；蝴蝶飛來到落花。落花林裡鳥啼叫。林裡鳥啼叫不休，不休為憶春光好。為憶春光好楊柳，楊柳枝枝春色秀；春色秀時常共飲，時常共飲春濃酒。春濃酒似醉，似醉閒行春色裡；閒行春色裡相逢，相逢競憶遊山水。競憶遊山水心息，心息悠悠歸去來，歸去來休休役役。

東坡聽念，大驚道：「吾妹敏悟，吾所不及。若為男子，官位必遠勝於我矣！」遂將佛印寫長歌，並小妹所定句讀，都寫出來，做一封兒寄與少游。因述自己再讀不解，小妹一覽而知之故。少游初看佛印所書，亦不能解，後讀小妹之句，如夢初覺，深加愧歎。答以短歌云：

未及梵僧歌，詞重而意複；字字如聯珠，行行如貫玉。想汝惟一覽，顧我勞三復；裁詩思遠寄，因以類相觸。汝審其思之，可表予心曲。

短歌後製成疊字詩一首，卻又寫得古怪：

別離時聞漏轉
靜
憶
期歸阻久伊思

少游書信到時，正值東坡與小妹在湖上看採蓮。東坡先拆書看了，遞與小妹，問道：「汝能解否？」小妹道：「此詩巧到佛印禪師之體也。」即念云：

靜思伊久阻歸期，久阻歸期憶別離；憶別離時聞漏轉，時聞漏轉靜思伊。

東坡歎道：「吾妹眞絕世聰明人也！今日採蓮勝會，可即事各和一首寄與少游，使知你我今日之遊。」東坡詩成，小妹亦就。小妹詩云：

闋新歌聲漱玉
採
一津楊綠在人蓮
力微醒時已暮
賞
酒
飛如馬去歸花

照少游詩念出小妹和字詩。道是：

採蓮人在綠楊津，在綠楊津一闋新；一闋新歌聲漱玉，歌聲漱玉採蓮人。

東坡疊字詩，道是：

賞花歸去馬如飛，去馬如飛酒力微；酒力微醒時已暮，醒時已暮賞花歸。

二詩寄去，少游讀罷，歎賞不已。其夫婦酬和之詩甚多，不能詳述。後來少游以才名被徵，爲翰林學士，與二蘇同官。一時郎舅三人並居史職，古所稀有。於是宣仁太后亦聞蘇小妹之才，每每遣內官賜以絹帛或飲饌之類，索他題詠。每得一篇，宮中傳誦，聲播京都。其後小妹先少游而卒，少游思念不置，終身不復娶云。有詩為證：

文章自古說三蘇，小妹聰明勝丈夫；三難新郎真異事，一門秀氣世間無。

蔣興哥重會珍珠衫

仕至千鍾非貴，年過七十常稀；浮名身後有誰知？萬事空花遊戲。休逞少年狂蕩，莫貪花酒便宜；脫離煩惱是和非，隨分安閒得意。

這首詞，名爲「西江月」，是勸人安分守己，隨緣作樂，莫爲「酒色財氣」四字，損卻精神，虧了行止；處快活時非快活，得便宜處失便宜。說起那四字中，總到不得那「色」字利害。眼是情媒，心爲欲種；起手時牽腸掛肚，過後去喪魄消魂。假如牆花路柳，偶然適興，無損於事；若是生心設計，敗俗傷風，只圖自己一時歡樂，卻不顧他人的百年恩義，假如你有嬌妻愛妾，別人調戲上了，你心下如何？古人有四句道得好：

人心不可昧，天道不差移；我不淫人婦，人不淫我妻。

看官！則今日聽我說「珍珠衫」這套詞話，可見果報不爽；好教少年子弟，做個榜樣。話中單表一人姓蔣名德，小字興哥，乃湖廣襄陽府棗陽縣人氏。父親叫做蔣世澤，從小走熟廣東，做客買賣。因爲喪了妻房羅氏，止遺下這興哥，年方九歲，別無男女。這蔣世澤割捨不下，又絕不得廣東的衣食道路，千思百計，無可奈何，只得帶那九歲的孩子，同行作伴，就叫他學些乖巧。這孩子雖則年小，生得：

眉清目秀，齒白脣紅；行步端莊，言辭敏捷。聰明賽過讀書家，伶俐不輸長大漢。人人喚做粉孩子，個個羡他無價寶。

蔣世澤怕人妒忌，一路上不說是嫡親兒子，只說是內姪羅小官人，原來羅家也是走廣東的，蔣家只走得一代，羅家倒走過三代；那邊客店牙行，都與羅家世代相識，如自己親眷一般。這蔣世澤做做客，起頭也還是丈人羅公領他走起的；羅家近來因屢次遭了屈官司，家道消乏，好幾年不曾走動。這些客店牙行，好生牽掛，見了蔣世澤，那一個不動問羅家消息？今番見蔣世澤帶個孩子到來，問知是羅家小官人，且是生得十分清秀，應對聰明，想著他祖父三輩交情，如今又是第四輩了，那一個不歡喜？閒話休題。蔣興哥跟隨父親做客，走了幾遍，學得伶俐乖巧，生意行中，百般都會，父親也喜不自勝。何期到一十五歲上，父親一病身亡，且喜剛在家中，還不做客途之鬼。興哥哭了一場，免不得揩乾淚眼，整理大事，殯殮之外，做些功德超度，自不必說。七七四十九日內，內外宗親，都來弔孝。本縣有個王公，正是興哥的新岳丈，也來上門祭奠，少不得蔣門親戚陪侍。敘話中間，說起興哥年少老成，這般大事，虧他獨立支持；因話隨話間，就有人攛掇道：「王老親翁，如今令嫒也長成了，何不乘凶完配，教他夫妻作伴，也好過日？」王公未肯應承，當日相別去了。衆親戚等安葬事畢，又去攛掇興哥。興哥初時也不肯，卻被攛掇了幾番，自想孤身無伴，只得仍央原媒，往王家去說。王公只是推辭。說道：「我家也要備些薄薄妝奩，一時如何來得及？況且孝未期年，於禮有礙。便要成親，且待小祥之後再議。」媒人回話，興哥見他說得正理，也不相強。光陰如箭，不覺週年已到，興哥祭過了父親靈位，換去麤麻衣服，再央媒人，王家去說，方才依允。不隔幾日，六禮完備，娶了新婦進門。這新婦是王公最幼之女，小名喚做三大兒；因他是七月七日生的，又喚個三巧兒。王公先前嫁過的兩個女兒，都是出色標緻的，棗陽縣中，人人稱羨，造出四句口號，道是：

天下婦人多，王家美色寡；有人娶著他，勝似為駙馬。

常言道：「做買賣不著只一時，討老婆不著是一世。」若於官宦大戶人家，單揀門戶相當，或是貪他嫁資豐厚，不分皂白，定了親事，後來娶下一房奇醜的媳婦，十親九眷面前，出來相見，做公婆的好沒意思。又且丈夫心下不喜，未免私房走野，偏是醜婦會管老公，若是一般見識的，便要反目，若使顧惜體面，任他一兩遍，他就做大起來。有此般不妙，所以蔣世澤聞知王公慣生得好女兒，從小便送過財禮，定下他幼女，與兒子爲婚。今日娶過門來，果然嬌姿豔質，說起來比他兩個姊兒加倍標緻。正是：

吳宮西子不如，楚國南威難賽；若比水月觀音，一樣燒香禮拜。

蔣興哥人才，本自齊整，又娶得這房美色的渾家，分明是一對玉人，良工琢就，男歡女愛，比別個夫妻，更勝一分。三朝之後，先換了些淺色衣服，只推制中，不與外事，專在樓上與渾家成雙捉對，朝暮取樂；眞個行坐不離，夢魂作伴。自古道：「苦日難熬，歡時易過。」寒來暑往，早已孝服完滿。起靈除孝，不在話下。興哥一日間，想起父親存日，廣東生理，如今耽擱三年有餘了，那邊還放下許多客帳，不曾取得；夜間與渾家商議，欲要去走一遭。渾家初時，也答應道該去，後來說到許多路程，恩愛夫妻，何忍分離？不覺兩淚交流。興哥也是割捨不下，兩下淒慘一場，又丟開了。如此已非一次。光陰荏苒，不覺又過了二年，那時興哥決意要行，瞞過了渾家，在外面暗暗收拾行李，揀了個上吉的日期，五日前，方對渾家說知，道：「常言『坐喫山空』。我夫妻兩口，也要成家立業，終不然拋了這行衣食路道。如今這二月天氣，不寒不熱，不上路更待何時？」渾家料是留他不住了，只得問道：「丈夫此去，幾時可回？」興哥道：「我這番出去，甚不得已，好歹一年便回，寧可第二遍多去幾時罷了。」渾家指著樓前一株椿樹道：「明年此樹發芽，便盼著官人回也。」說罷，淚下如雨。興哥把衣袖替他揩拭，不覺自己眼淚，也掛下來；兩下裡怨離惜別，分外恩情，一言難盡。到第五日，夫婦兩個，啼啼哭哭，說了一夜的話，索性不睡了。五更時分，興哥便起身收拾祖遺下的珍珠細軟，都交付與渾家收管，自己只帶得本錢銀兩，帳目底本，及隨身衣服，鋪陳之類；又有預備下送禮的人事，都裝疊得停當。原有兩房家人，只帶得一個後生些的去，留下一個老成的在家，聽渾家使喚，買辦日用。兩個婆娘，專管廚下。又有兩個丫鬟，——一個喚晴雲，一個喚煖雪，——專在樓上伏侍，不許遠離。分付停當，又對渾家說道：「娘子耐心度日，地方輕薄子弟不少，你又生得美貌，莫在門前窺瞰，招風攬火。」渾家道：「官人放心，早去早回。」兩下掩淚而別。正是：

世上萬般愁苦事，無非死別與生離。

興哥上路，心中只想著渾家，整日的不㭘不倸，不一日到了廣東地方，下了客店，這夥舊時相識，都來會面。興哥送了些人事，排家的治酒接風，一連半月二十日，不得空閒。興哥在家時，原是淘虛了的身子，一路受些勞碌，到此未免飲食不節，得了個瘧疾，一夏不好，秋間轉成水痢；每日請醫切脈，服藥調治，直延到秋盡，方得安痊，把買賣都耽擱了，眼見得一年回去不成。正是：

只為蠅頭微利，拋卻鴛被良緣。

興哥雖然想家，到得日久，索性把念頭放慢了，暫且按下不提。且說這裡渾家王三巧兒，自從那日丈夫分付了，果然數月之內，目不窺戶，足不下樓。光陰如箭，不覺殘年將盡，家家戶戶，鬧轟轟的，暖火盆，放爆竹，喫閤家歡耍子。三巧兒觸景傷情，思想丈夫，這一夜好生悽楚。正合古人的四句詩，道是：

臘盡愁難盡，春歸人未歸；朝來添寂寞，不肯試新衣。

明日正月初一日，是個歲朝，晴雲、煖雪——兩個丫鬟——一力勸主母在前樓去，看看街坊景象。原來蔣家住宅，前後通連的兩帶樓戶；第一帶臨著大街，第二帶方做臥室。三巧兒閒常，只在第二帶中坐臥，這一日被丫鬟們攛掇不過，只得從邊廂裡，走過前樓，分付推過窗子，把簾兒放下，三巧兒在簾內觀看。這日街坊上好不熱鬧！三巧兒道：「多少東行西走的人，偏沒個賣卦的先生在內；若有時，喚他來，卜問官人消息也好。」晴雲道：「今日是歲朝，人人要閒耍的，那個出來賣卦？」煖雪道：「娘限在我兩個身上，五日內包喚一個來占卦便了。」初四日早飯過後，煖雪下樓小解，忽聽得街上噹噹敲響；——這件東西，喚做「報君知」，是瞎子賣卦的行頭。煖雪等不及解完，慌忙提了褲腰，跑出門外，叫住了瞎先生，掇轉腳頭，一口氣跑上樓來，報知主母。三巧兒分付，喚在樓下坐起內坐著，討他課錢，通誠過了，走下樓梯聽他剖斷。那瞎先生占成一卦，問是何事？那時廚下兩個婆娘，聽得熱鬧，也都跑將來了；替主母傳話道：「這卦是問行人的。」瞎先生道：「可是妻問夫嗎？」婆娘道：「正是。」先生道：「青龍治世，財爻發動；『若是妻問夫，行人在半途，金帛千箱有，風波一點無。』青龍屬木，木旺於春，立春前後已動身了。月內月初，必然回家，更兼十分財利。」三巧兒叫買辦的把三分銀子打發他去，歡天喜地，上樓去了。眞所謂：「望梅止渴」，「畫餅充饑」。大凡人不做指望，倒也不在心上，一做指望，便癡心妄想，時刻難過，三巧兒只爲信了賣卦先生之語，一心只想丈夫回來，從此時常走向前樓，在簾內東張西望。直到二月初旬，椿樹發芽，不見些動靜，三巧兒思想丈夫臨行之約，愈加心慌；一日幾遍，向外探望。也是合當有事，遇著這個俊俏後生。正是：

有緣千里能相會，無緣對面不相逢。

這個俊俏後生是誰？原來不是本地，是徽州新安縣人氏，姓陳名商，小名叫做大喜哥，後來改呼爲大郎；年方二十四歲，且是生得一表人物，雖勝不得宋玉、潘安，也不在兩人之下。這大郎也是父母雙亡，湊了二三千金本錢，來走襄陽，販糴些米荳之類，每年常走一遍。他下處自在城外，偶然這日進城來，要到大市街汪朝奉典鋪中問個信；那典鋪正在蔣家對門，因此經過。你道怎生打扮？頭上戴一頂蘇樣的百柱騣帽，身上穿一件魚肚白的湖紗道袍；又恰好與蔣興哥平昔穿著相像。三巧兒遠遠瞧見，只道是他丈夫回了，揭開簾子，定睛而看。陳大郎抬頭，望見樓上一個年少的美婦人，目不轉睛的看他，只道心上歡喜了他，也對著樓上，丟個眼色。誰知兩個都錯認了。三巧兒見不是丈夫，羞得兩頰通紅，忙忙把窗兒拽轉，跑在後樓，靠著床沿上坐著，兀自心頭突突的跳一個不住。誰知陳大郎的一片精魂，早被婦人眼光攝了去了？回到下處，心心念念的，放他不下。肚裡想道：「家中妻子，雖然有些顏色，怎此比得婦人一半？欲待通個情款，爭奈無門可入！若得謀他一宿，就消花這些本錢也不枉爲人在世。」歎了幾口氣，忽然想起：「大市街東巷，有個賣珠子的薛婆，曾與我做過交易，這婆子能言快語；況且逐日串街走巷，那一家不認得？須是與他商議，定有道理。」這一夜翻來覆去，勉強過了。次日起個清早，只推有事，討些涼水梳洗，取了一百兩銀子，兩大錠金子，急急的跑進城來。且說陳大郎進城，一逕來到大市街東巷，去敲那薛婆的門。薛婆蓬著頭，正在天井裡揀珠子，聽得敲門，一頭收過珠包，一頭問道：「是誰？」才聽說「徽州陳」三字，慌忙開門請進，道：「老身未曾梳洗，不敢爲禮了。大官人起得好早，有何貴幹？」陳大郎道：「特特而來，若遲時，怕不相遇。」薛婆道：「可是作成老身出脫些珍珠首飾嗎？」陳大郎道：「珠子也要買，還有大買賣作成你。」薛婆道：「老身除了這一行貨，其餘都不熟慣。」陳大郎道：「這裡可說得話嗎？」薛婆便把大門關上，請他到小閣中坐著，問道：「大官人，有何分付？」大郎見四下無人，便向衣袖裡，摸出銀子，解開布包，攤在桌上道：「這一百兩銀子，乾娘收過了，方才敢說。」婆子不知高低，那裡肯受？大郎道：「莫非嫌少？」慌忙又取出黃燦燦的兩錠金子，也放在桌上，道：「這十兩金子，一併奉納。若乾娘再不收時，便是故意推調諉了。今日是我來尋你，非是你來求我，只爲這樁大買賣，不是乾娘成不得，所以特地相求。便說做不成時，這金銀你只管受用；終不然我又來取討。日後再沒相會的時節了？我陳商不是恁般小樣的人。」看官！你說從來做牙婆的，那個不貪錢鈔？見了這般黃白之物，如何不動火？薛婆當時，滿臉堆下笑來，便道：「大官人，休得錯怪。老身一生，不會要別人一釐一毫不明不白的錢財。今日既承大官人分付，老身權且留下，若是不能效勞，依舊奉納。」說罷，將金錠放銀包內，一齊包起，叫聲：「大膽了。」拏向臥房中藏過，忙趄出來道：「大官人，老身且不敢稱謝，你且說什麼買賣，用著老身之處？」大郎道：「敝鄉里汪三朝奉典鋪對門，高樓子內是何人之宅？」婆子想了一回道：「這是本地蔣興哥家裡。他男子出外做客，一年多了，只有女眷在家。」大郎便把椅兒掇近了婆子身邊，向他訴出心腹，如此如此。婆子聽罷，連忙搖首道：「此事大難！蔣興哥新娶這房娘子，不上四年，夫妻兩個，如魚似水，寸步不離；如今沒奈何出去了，這小娘子足不下樓，甚是貞節。因興哥做人，有些古怪，容易嗔嫌，老身從來不曾上他的階頭，連這小娘子面長面短，老身還不認得，如何應承得此事？方才所賜，是老身薄福，受用不成了。」陳大郎聽說，慌忙雙膝跪下，婆子去扯他時，被他兩手拏住衣袖，緊緊按定在椅上，動彈不得。口裡說：「我陳商這條性命，都在乾娘身上。你是必思量個妙計作成我，救我殘生。事成之日，再有白金百兩相酬。若是推阻，即今便是個死。」慌得婆子沒理會處，連聲應道：「是，是。莫要折殺老身。大官人請起，老身有話講。」陳大郎方才起身拱手道：「有何妙策？即速見教。」薛婆道：「此事須從容圖之，只要成就，莫論歲月，若是限時限日，老身決難奉命。」陳大郎道：「若果然成就，便遲幾日何妨，只是計將安出？」薛婆道：「明日不可太早，不可太遲，早飯後相約在汪三朝奉典鋪中相會，大官人可多帶銀兩，只說與老身做買賣。其間自有道理。若是老身這兩隻腳，跨進得蔣家的門時，便是大官人造化，大官人便可急回下處，莫在他門首盤桓，被人識破，誤了大事。討得三分機會，老身自來回覆。」陳大郎道：「謹依尊命。」唱了個肥喏，欣然開門而去。當日無話。正是：

未曾滅項興劉，先見築壇拜將。

次日，陳大郎穿了一身齊整衣服，取上三四百兩銀子，放在個大皮匣內，喚小郎背著，跟隨到大市街汪家典鋪來；瞧見對門樓窗緊閉，料是婦人不在，便與管典的拱手，討個木凳兒，坐在門前，向東而望。不多時，只見薛婆，抱著一個篾絲箱兒來了；陳大郎喚住問道：「箱內何物？」薛婆道：「珠寶首飾，大官人可用嗎？」大郎道：「我正要買。」薛婆進了典鋪，與管典的相見了，叫聲「聒噪。」便把箱兒打開，其中有十來包珠子，又有幾個小匣兒。都盛著新樣簇花點翠的首飾，奇巧動人，光彩奪目。陳大郎揀幾串極麤極白的珠子，和著些簪珥之類，做一堆兒放著道：「這些我都要了。」婆子便把眼兒瞅著說道：「大官人要用時儘用，只是不肯出這樣大價錢。」陳大郎自己會意，開了皮匣，把這些銀兩，白華華的攤做一檯，高聲的叫道：「有這些銀子，難道買你的貨不起？」此時鄰舍閒漢，已自走過七八個人，在鋪前站著看了。婆子道：「老身取笑，豈敢小覷大官人？這銀兩須要仔細，請收過了。只要還得價錢公道便好。」兩下一邊的討價多，一邊的還錢少，差得天高地遠。那討價的，一口不移。這裡陳大郎，拏著東西，又不放手又不增添，故意走出屋檐，件件的翻覆認看，言眞道假，彈斤估兩的，在日光中炫耀；惹得一市人都來觀看，不住聲的人人喝采。婆子亂嚷道：「買便買，不買便罷，只管耽擱人則甚？」陳大郎道：「怎麼不買？」兩個又論了一番價。正是：

只因酬價爭錢口，驚動如花似玉人。

王三巧兒聽得對門喧嚷，不覺移步前樓，推窗偷看，只見珠光閃爍，寶色輝煌，甚是可愛。又見婆子與客人，爭價不定，便分付丫鬟：「去喚那婆子，借他東西看看。」晴雲領命，走過前來，把薛婆衣袂一扯道：「我家娘娘請你。」婆子故意問道：「是誰家？」晴雲道：「對門蔣家。」婆子把珍珠之類，劈手奪將過來，忙忙的包好了道：「老身沒有許多空閒，與你歪纏。」陳大郎道：「再添些賣了罷。」婆子道：「不賣，不賣。像你這樣價錢，老身賣去多時了。」一頭說，一頭放入箱兒裡，依先關鎖了，抱著便走。晴雲道：「我替你老人家拏罷。」婆子道：「不消。」頭也不回，逕到對門去了。陳大郎心中暗喜，也收拾銀兩別了管典的，自回下處。正是：

眼望捷旌旗，耳聽好消息。

晴雲引薛婆上樓，與三巧兒相見了。婆子看那婦人，心下想道：「眞天人也！怪不得陳大郎心迷，若我做男子，也要渾了。」當下說道：「老身久聞大娘賢慧，但恨無緣拜識。」三巧兒問道：「你老人家尊姓？」婆子道：「老身姓薛，只在這裡東巷住，與大娘也是個鄰里。」三巧兒道：「你方才這些東西，如何不賣？」婆子笑道：「若不賣時，老身又拏出來怎的？只笑那下路客人，空自一表人才，不識貨物。」說罷，便去開了箱兒，取出幾件簪珥，遞與那婦人看，叫道：「大娘，你道這樣首飾，便工錢也費多少，他們還得忒不像樣，教老身在主人家面前，如何告得許多消乏。」又把幾串珠子，提將起來道：「這般頭號的貨，他們還做夢哩！」三巧兒問了他討價還價，便道：「眞個虧你些兒。」婆子道：「還是大家寶眘，見多識廣，比男子漢眼力勝十倍。」三巧兒喚丫鬟看茶。婆子道：「不擾茶了。老身有件要緊的事，欲往西街走走，遇著這個客人，纏了多時，正是『買賣不成，耽誤工程』。這箱兒連鎖，放在這裡，權煩大娘收拾，老身暫去，少停就來。」說罷，便走。三巧兒叫：「晴雲！送他下樓。」出門向西去了。三巧兒心上愛了這幾件東西，專等婆子到來酬價。一連五日不至。到第六日午後，忽然下一場大雨，雨聲未絕，閛閛的敲門聲響，三巧兒喚丫鬟開看，只見薛婆，衣衫半濕，提個破傘進來。口裡道：「晴乾不肯走，直待雨淋頭。」把傘兒放在樓梯邊，走上樓來，萬福道：「大娘，前晚失信了。」三巧兒慌忙答禮道：「這幾日在那裡去了？」婆子道：「小女託賴新添一個外孫，老身去看看，留住了幾日，今早方回。半路上下起雨來，在一個相識人家，借得把傘，又是破的，卻不是晦氣！」三巧兒道：「你老人家幾個兒女？」婆子道：「只一個兒子，完婚過了。女兒倒有四個，這是我第四個了，嫁與徽州朱大朝奉做偏房。——就是這北門外開鹽店的。」三巧兒道：「你老人家女兒多，不把來當事了，本鄉本土，少什麼一夫一婦的，怎捨得與異鄉人做妾？」婆子道：「大娘不知，倒是異鄉人有情義，雖則偏房，他大娘子只在家裡，小女自在店中，呼奴使婢，一般受用。老身每過去時，他當個尊長看待，更不怠慢。如今養了個兒子，愈加好了。」三巧兒道：「也是你老人家造化，嫁得著。」說罷，恰好晴雲取茶上來，兩個喫了。婆子道：「今日雨天沒事，老身大膽敢求大娘的首飾一看，看些巧樣兒在肚裡也好。」三巧兒道：「也是平常生活，你老人家莫笑話。」就取一把鑰匙，開了箱籠，陸續搬出許多釵鈿纓絡之類。薛婆看了誇美不盡，道：「大娘有恁般珍異，把老身這幾件東西，看不上眼了。」三巧兒道：「好說。我正要與你老人家，請個實價。」婆子道：「娘子是識貨的，何消老身費嘴？」三巧兒把東西檢過，取出薛婆的篋箱兒來，放在桌上，將鑰匙遞與婆子道：「你老人家開了，自看個明白。」婆子道：「大娘忒精細了。」當下開了箱兒，把幾件東西搬出，三巧兒品評價錢，都不甚遠。婆子並不爭論，歡歡喜喜地道：「恁地便不枉了人，老身就少賺幾貫錢，也是快活的。」三巧兒道：「只是一件，目下湊不起價錢，只是現奉一半，等待我家官人回來，一併清楚。他也只在這幾日回了。」婆子道：「便遲幾日，也不妨。只是價錢上，相讓多了，銀水要足紋的。」三巧兒道：「這也小事。」婆子便把心愛的幾件首飾，及珠子，收拾好了。喚：「晴雲！取杯現成酒來，與老人家坐坐。」婆子道：「造次如何好攪擾？」三巧兒道：「時常清閒，難得你老人家到此作伴扳話，你老人家，若不嫌怠慢，時常過來走走。」婆子道：「多謝大娘錯愛，老身家裡，當不過嘈雜，像宅上又忒清閒了。」三巧兒道：「你家兒子做甚生意？」婆子道：「也只是接些珠寶客人，每日的討酒討漿，聒的人不耐煩。老身虧殺各宅門走動，在家時少，還好；若只在六尺地上轉，怕不躁死了人？」三巧兒道：「我家與你相近，不耐煩時，就過來閒話。」婆子道：「只不敢頻頻打攪。」三巧兒道：「老人家說那裡話？」只見兩個丫鬟輪番的走動，擺了兩副杯筷，兩碗臘雞，兩碗臘肉，兩碗鮮魚，連果碟素菜，共一十六個碗。婆子道：「如何盛設？」三巧兒道：「現成的休怪怠慢！」說罷，斟酒遞與婆子。婆子將杯回敬。兩下對坐而飲。原來三巧兒酒量儘去得，那婆子又是酒壺酒甕，喫起酒來，一發相投了，只恨會面之晚。那日直喫到傍晚，剛剛雨止，婆子作謝要回，三巧兒又取出大銀鍾來，勸了幾鍾，又陪他喫了晚飯，說道：「你老人家，再寬坐一時，我將這一半價錢付你去。」婆子道：「天晚了，大娘請自在，不爭這一夜兒，明日卻來領罷。連這篋絲箱兒，老身也不拏去了，省得路上泥滑滑的，不好走。」三巧兒道：「明日專望你。」婆子作別下樓，取了破傘出門去了。正是：

世間只有虔婆嘴，哄動多多少少人。

卻說陳大郎在下處獃等了幾日，並無音信；見這日天雨，料是婆子在家，拖泥帶水的進城，來問個消息，又不相值。自家在酒肆中喫了三杯，用了些點心，又到薛婆門首打聽，只是未回。看看天晚，卻待轉身，只見婆子一臉春色，腳路歪斜的走入巷來。陳大郎迎著他作了揖，問道：「所言如何？」婆子搖手道：「尚早。如今方下種，還沒有發芽哩！再隔五六年，開花結果，才到得你口。你莫在此探頭探腦，老身不是管閒事的。」陳大郎見他醉了，只得轉去。次日，婆子買了些時新果子，鮮雞魚肉之類，喚個廚子安排停當，裝做兩個盒子，又買一甕上好的陳酒，央間壁小二挑了，來到蔣家門首。三巧兒這日，不見婆子到來，正教晴雲開門出來探望，恰好相遇。婆子教小二挑在樓下，先打發他去了，晴雲已自報知主母。三巧兒把婆子當個貴客一般，直到樓梯口邊，迎他上去。婆子千謝萬謝的說了一回，便道：「今日老身偶有一杯水酒，將來與大娘消遣。」三巧兒道：「倒要你老人家賠鈔，不當受了。」婆子央兩個丫鬟搬將上來，擺做一桌了。三巧兒道：「你老人家忒迂闊了，恁般大弄起來。」婆子笑道：「小戶人家，備不出什麼好東西，只當一茶奉獻。」晴雲便去取杯筷，煖雪便吹起水火爐來。霎時酒暖，婆子道：「今日是老身薄意，還請大娘轉坐客位。」三巧兒道：「雖然相擾，在寒舍豈有此理？」兩下謙讓多時，婆子只得坐了客席，這是第三次相聚，更覺熟分了。飲酒中間，婆子問道：「官人出外幾多時了？還不回，虧他撇得大娘下。」三巧兒道：「便是說過一年就轉，不知怎地耽擱了？」婆子道：「依老身說，放下了恁般如花似玉的娘子，便博個堆金積玉，也不爲罕。」婆子又道：「大凡走江湖的人，把客當家，把家當客，如我第四個女婿，——朱八朝奉——有了小女，朝歡暮樂，那裡想家？或三年四年，才回一遍，住不上一二個月，又來了，家中大娘子，替他擔孤受寡，那曉得他外邊之事？」三巧兒道：「我家官人，倒不是這樣的人。」婆子道：「老身只當閒話講，怎敢將天比地？」當日兩個猜謎擲骰，喫得酩酊而別。第三日同小二來取傢伙，就領這一半價錢。三巧兒又留他喫點心。從此以後，把那一半賒錢爲繇，只做問興哥的消息，不時來走。這婆子俐齒伶牙，能言快語，又半痴半癲的，慣與丫鬟們打諢，所以上下都歡喜他。三巧兒一日不見他來，便覺寂寞，叫老家人認了薛婆家裡，早晚常去請他，所以一發來得勤了。世間有四種人，惹他不得，引起了頭，再不好絕他。是那四種？遊方僧道，乞丐，閒漢，牙婆。上三種人猶可。只有牙婆是穿房入戶的，女眷們怕冷靜時，十個九個，倒要與他來往。今日薛婆本是個不善之人，一般甜言軟語，三巧兒遂與他成了至交，時刻少他不得。正是：

畫虎畫皮難畫骨，知人知面不知心。

陳大郎幾遍討個消息，薛婆只回言尚早。其時五月中旬，天漸炎熱，婆子在三巧兒面前偶說起家中蝸窄，又是朝西房子，夏月最不相宜，不比這樓上高敞風涼。三巧兒道：「你老人家若撇得家下，到此過夜也好。」婆子道：「好是好，只怕官人回來。」三巧兒道：「他就回，料道不是半夜三更。」婆子道：「大娘不嫌懊惱，老身慣是掗相知的，只今晚便取鋪陳過來，與大娘做伴如何？」三巧兒道：「鋪陳盡有，也不須拏得。你老人家回覆家裡一聲，索性在此過了一夏，家去不好？」婆子眞個對家裡兒子媳婦說了，只帶個梳匣兒過來。三巧兒道：「你老人家多事，難道我家油梳子也缺少？你又帶來怎地？」婆子道：「老身一生，怕的是同湯洗臉，合具梳頭。大娘怕沒有精緻的梳具，老身如何敢用？其他姐兒們的，老身也怕用得，還是自家帶了便當。只是大娘分付，在那一間房安歇？」三巧兒指著床前一個小小藤榻兒道：「我預先排下你的臥處了。我兩個親近些，夜間睡不著，好講些閒話。」說罷，拏出一頂花紗帳來，教婆子自家掛了。又同飲一回酒，方才歇息。兩個丫鬟，原在床前打鋪相伴，因有了婆子，打發他們在間壁房裡去睡。從此爲始，婆子日間出去串街做買賣，黑夜便到蔣家歇宿。時常攜壺挈盒的，殷勤熱鬧，不一而足。床榻是丁字樣鋪下的，雖隔著帳子，卻像是一頭同睡。夜間絮絮叨叨，你問我答，凡街坊穢褻之談，無所不至。這婆子或時妝醉詐風起來，倒說起自家少年時偷漢的許多情事，勾動那婦人的春心。害得那婦人，嬌滴滴一副嫩臉，紅了又白，白了又紅。婆子已知婦人心活，只是那話兒不好啓齒。光陰迅速，又到七月初七日了，正是三巧兒的生日。婆子清早備下兩盒禮，與他做生日，三巧兒稱謝了，留他喫麵。婆子道：「老身今日有些窮忙，晚上來陪大娘看牛郎、織女做親。」說罷自去了。出門來走不幾步，正遇著陳大郎，路上不好講話，隨到個僻靜巷裡。陳大郎攢著兩眉，埋怨婆子道：「乾娘！你好硬心腸！春去夏來，如今又立過秋了。你今日也說尚早，明日也說尚早，卻不知我度日如年，再延遲幾日，他丈夫回來，此事便付東流，卻不活活的害死我也。陰司去，少不得與你索命。」婆子道：「你且莫性急，老身正要相請，來得恰好，事成不成，只在今晚。須是依我而行，如此如此，這般這般，……全要輕輕悄悄，莫帶累來。」陳大郎點頭道：「好計！好計！事成之後，定當厚報。」說罷，欣然而去。卻說薛婆約定陳大郎，這晚成事，午後細雨微茫，到晚卻沒有星月。婆子黑暗裡，引著陳大郎埋伏在左近，自己去敲門。晴雲點個紙燈兒，開門出來，婆子故意把衣袖一摸，說道：「失落了一條汗巾兒，姐姐勞你大駕尋一尋。」哄得晴雲便把燈向街上照去。這裡婆子捉個空，招著陳大郎，一溜溜進門了，先引他在樓梯背後，空處伏著。婆子便叫道：「有了。不要尋了。」晴雲道：「恰好火也沒了，我再去點個來照你。」婆子道：「走慣的路，不消用火。」兩個黑暗裡，關了門，摸上樓來。三巧兒問道：「你沒了什麼東西？」婆子袖裡抽出個小帕兒來道：「就是這個冤家。雖然不值甚錢，是一個北京客人送我的，卻不道禮輕人意重？」三巧兒取笑道：「莫非是你老相交送的表記？」婆子笑道：「也差不多。」當夜三巧兒合薛婆兩個，說笑飲酒。婆子道：「酒餚儘多，何不把些賞廚下男女？也教他鬧轟轟，像個節夜。」三巧兒真個把四碗菜，兩壺酒，分付丫鬟，拏下樓去。那兩個婆娘，一個漢子，喫了一回，各去歇息不提。再說婆子，飲酒中間，問道：「官人如何還不回家？」三巧兒道：「便是算來一年半了。」婆子道：「牛郎，織女，也是一年一會，你比他，倒多隔了半年。常言道：『一品官，二品客。』做客的，那一處沒有風花雪月？只苦得家中娘子。」三巧兒歎了口氣，低頭不語。婆子道：「是老身多嘴了。今夜牛女佳期，只該飲酒作樂，不該說傷情話兒。」說罷，便斟酒去勸那婦人。約莫半酣，婆子又把酒去勸兩個丫鬟，說道：「這是牛郎、織女的喜酒，勸你多喫幾杯，後日嫁個恩愛的老公，寸步不離。」兩個丫鬟被纏不過，勉強喫了，各不勝酒力，東倒西歪。三巧兒分付關了樓門，發放他先睡，他兩個自在喫酒。婆子一頭喫，一頭故意問道：「大娘幾歲上嫁的？」三巧兒道：「十七歲。」婆子道：「官人在家時待大娘如何？」三巧兒道：「我家官人待我倒很好的。」婆子又故意瞧了三巧兒一眼，道：「如此說，大娘和官人是一雙兩好，十分恩愛的夫妻了。——只是官人一去年半，還不歸來，雖說是『商人重利輕別離』，如此青春年少，美滿眷屬，分離兩地，彼此孤單單的，兀的不相思殺！虧他怎麼割捨得下？」三巧兒被婆子恁般一說，想起丈夫在家的種種恩愛，甚覺難過，不由得臉上泛紅泛白，默默的不則一聲。婆子原是有意挑撥三巧兒的，見此光景，曉得有七八分意思了，於是信口開河，不三不四，儘情說起風情話來。把個三巧兒引逗的如熱鍋上的螞蟻一般，好生難熬，連酒也不喫了。婆子見他慾心已動，有了十分意思了，便道：「大娘酒已彀了，不如收拾睡了再講罷。」三巧兒道：「說的是。」說著，婆子便收拾起來。一會，收拾停當，正待上床，只見一個飛蛾在燈上旋轉，婆子便把扇來一撲，故意撲滅了燈，叫聲：「阿呀！老身自去點個燈來。」便去開樓門，陳大郎已自走上樓梯，伏在門邊多時了，都是婆子預先設下的圈套。婆子道：「忘帶個取燈兒。」去了又走轉來，便引著陳大郎，到自己榻上伏著。婆子下樓去了一回，復上來道：「夜深了，廚下火種都熄了，怎麼處？」三巧兒道：「我點燈睡慣了，黑魆魆地好不怕人！」婆子道：「老身伴你一床睡何如？」三巧兒應道：「甚好。」婆子道：「大娘你先去睡，我關了門就來。」三巧兒先脫了衣服，上床睡了。叫道：「你老人家快睡罷！」婆子應道：「就來了。」卻在榻上，拖陳大郎到三巧兒床上去。事後，三巧兒方問道：「你是誰？」陳大郎把樓下相逢，如此相慕，如此苦央薛婆用計，細細說了。又道：「今番得遂平生，便死瞑目！」婆子走到床間說道：「不是老身大膽，一來可憐大娘，青春獨宿；二來要救陳郎性命；你兩個也是宿世姻緣，非干老身之事。」三巧兒道：「事已如此，萬一我夫知覺，怎麼好？」婆子道：「此事你知我知，只買定了晴雲煖雪兩個丫鬟，不許他多嘴，再有誰人漏泄？在老身身上，管成你一些事也沒事。只是日後，不要忘記了老身。」三巧兒到此，也顧不得許多了。自此，無夜不來；──或是婆子同來，或是漢子自來。兩個丫鬟，被婆子把甜話兒騙他，又把利害兒嚇他，又教主母賞他幾件衣服；漢子到時，不時把些零碎銀子賞他，去買果兒喫，騙得歡歡喜喜，已自做了一路。夜來明去，一出一入，都是兩個丫鬟迎送，全無阻隔。眞個是你貪我愛，如膠似膝，勝如夫婦一般。陳大郎有心要結識這婦人，不時的制辦好衣服，好首飾送他，又替他還了欠下婆子的一半價錢。又將一百兩銀子，謝了婆子。往來半年有餘，這漢子約有千金之費。三巧兒也有三十多兩銀子東西，送那婆子。婆子只爲圖這些不義之財，所以肯做牽頭，這都不在話下。古人云：「天下無不散的筵席。」又道是：「才過十五元宵夜，又是清明三月天。」陳大郎思想，蹉跎了多時生意，要得還鄉，夜來與婦人說知，兩下恩深義重，各不相捨。婦人倒情願收拾了些細軟，跟隨漢子逃走，去做長久夫妻。陳大郎道：「使不得。我們相交始末，都在薛婆肚裡，就是主人家呂公，見我每夜進城，難道沒有些疑惑？況客船上人多，瞞得那個？兩個丫鬟，又帶去不得，你丈夫回來，跟究出情繇，怎肯干休？娘子你且耐心，到明年此時，我到此覓個僻靜下處，悄悄通個信兒與你，那時兩口兒同走，神鬼不覺，卻不安穩？」婦人道：「萬一你明年不來，如何？」陳大郎就說起誓來。婦人道：「既然你有眞心，奴家也決不相負。你若到了家鄉，儻有便人，託他帶個書信到薛婆處，也教奴放心。」陳大郎道：「我自用心，不消分付。」又過幾日，陳大郎僱了船隻，裝載糧食完備，又來與婦人作別。這一夜，倍加眷戀，兩下說一會，哭一會，又狂蕩一會，整整的一夜，不曾合眼。到五更起身，婦人便去開箱，取出一件寶貝，——叫做「珍珠衫」——遞與陳大郎，道：「這件衫兒，是蔣門祖傳之物。暑天若穿了它，清涼透骨；此去天道漸熱，正用得著。奴家把你做個記念，穿了此衫，就如奴家貼體一般。」陳大郎哭得出聲不得，軟做一堆。婦人就把衫兒，親手與漢子穿下，叫丫鬟開了門戶，親自送了他出門，再三珍重而別。詩曰：

昔年含淚別夫郎，今日悲啼送所歡；堪恨婦人多水性，招來野鳥勝文鸞。

話分兩頭。卻說陳大郎，有了這珍珠衫兒，每日貼體穿著，便夜間脫下，也放在被窩中同睡，寸步不離。一路遇了順風，不兩月，行到蘇州府楓橋地面。那楓橋是柴米牙行聚處，少不得招個主家脫貨，不在話下。忽一日赴個同鄉人的酒席，席上遇個襄陽客人，生得風流標緻。——那人非別，正是蔣興哥。原來興哥在廣東，販了些珍珠，玳瑁，蘇木，沈香……之類；因搭伴起身。那夥同伴商量，都要到蘇州發賣；興哥也久聞得上說天堂，下說蘇杭，好個大碼頭所在，有心要去走一遍，做這一回買賣；故此就同著夥伴一逕來到蘇州。——還是去年十月中到的。因隱姓為商，都稱為羅小官人；所以陳大郎更不疑慮。他兩個萍水相逢，年相若，貌相似，談笑應對之間，彼此欽慕；即席間問了下處，互相拜望，兩下遂成知己，不時會面。興哥討完了客帳，欲待起身走到陳大郎寓所作別。大郎置酒相待，促膝談心，甚是款洽。此時五月下旬，天氣炎熱，兩個解衣飲酒。陳大郎露出珍珠衫來。興哥心中駭異，又不好認他的，只誇獎此衫之美。陳大郎恃了相知，便問道：「貴縣大市街，有個蔣興哥家，羅兄可認得否？」興哥倒也乖巧，回道：「在下出外日多，里中雖曉得有這個人，並不相認。陳兄爲何問他？」陳大郎道：「不瞞兄長說，小弟與他，有些瓜葛。」便把三巧兒相好之情，告訴了一遍，扯著衫兒看了眼淚汪汪道：「此衫是他所贈。兄長此去，小弟有封書信，奉煩一寄。明日侵早，送到貴寓。」興哥口裡便應道：「當得當得。」心下沈吟：「有這等異事？現有珍珠衫爲證，不是個虛話了。」當下如鍼刺肚，推故不飲，急急起身別去。回到下處，想了又惱，惱了又想，恨不得學個縮地法兒，頃刻到家。連夜收拾，次早便上船要行，只見岸上一個人，氣吁吁的趕來，卻是陳大郎。親把書信一大包，遞與興哥，叮囑千萬寄去。氣得興哥面如土色，說不得，話不得，死不得，活不得。只等陳大郎去後，把書看時，面上寫道：「此書煩寄大市街東巷，薛媽媽家。」興哥性起，一手扯開，卻是六尺多長，一條桃紅縐紗汗巾，又有個紙糊長匣兒，內有羊脂玉鳳頭簪一根。書上寫道：「微物二件，煩乾娘轉寄心愛娘子，三巧兒親收，聊表記念。相會之期，準在來春。珍重，珍重。」興哥大怒，把書扯得粉碎，撇在河中。提起玉簪在船板上一摜，折做兩段。一念想起道：「我好糊塗，何不留此，做個證見也好？」便拾起簪兒，和汗巾做一包收拾，催促開船，不一日，到了棗陽。興哥急急上岸，逕奔家來。一眼望見了自家門首，想起當初夫妻，何等恩愛？只爲自己貪著蠅頭微利，撇他少年守寡，弄出這場醜來，如今悔之何及？不覺墜下淚來。在路上性急，巴不得趕回；及至到了，心中又苦又恨，行一步，懶一步。進得自家門裡，少不得忍住了氣，勉強相見。興哥並無言語；三巧兒自己心虛，覺得滿臉慚愧，也不敢殷勤上前扳話。興哥搬完了行李，只說去看看丈人丈母，依舊到船上，住了一夜。次早回家，向三巧兒說道：「你的爹娘，同時病了，勢甚危篤；昨晚我只得住下，看了他一夜。他心中只牽掛著你，欲見一面。我已僱下轎子在門首，你作速回去，我也隨後就來。」三巧兒見丈夫一夜不回，心裡正在疑慮，聞說爺娘有病，卻認眞了，如何不慌？慌忙把箱籠上鑰匙，遞與丈夫，喚個婆娘跟了，上轎而去。興哥叫住了婆娘，向袖中摸出一封書來，分付他：「送與王公；送過書，你便隨轎回來。」卻說三巧兒回家，見爺娘雙雙無恙，喫了一驚。王公見女兒不接而回，也自駭然。在婆子手中接書，拆開看時，卻是休書一紙。上寫道：

「立休書人蔣德，係襄陽府棗陽縣人；從幼憑媒聘定王氏為妻。豈期過門之後，本婦多有過失，正合七出之條？因念夫妻之情，不忍明言，情願退還本宗，聽憑改嫁，並無異言。休書是實。——成化二年　〇〇月　〇〇日；手掌為記。——」

書中又包著一條桃紅汗巾，一枝打折的羊脂玉鳳頭簪。王公看了大驚，叫過女兒，問其緣故。三巧兒聽說丈夫把他休了，一言不發，啼哭起來。王公氣忿忿的，一逕跑到女婿家來，蔣興哥連忙上前作揖。王公回禮，便問道：「賢婿！我女兒清清白白嫁到你家的，如今有何過失，你便把他休了？須還我個明白！」蔣興哥道：「小婿不好說得，但問令嫒便知。」王公道：「他只是啼哭，不肯開口，教我肚裡好悶。小女從幼聰慧，料不到得犯了淫盜。若是小小過失，你可也看老夫薄面，恕了他罷。你兩個是七八歲上定下的夫妻，完婚後，並不曾爭論一遍兩遍，且是和順；你如今做客才回，又不曾住過三日五日，有什麼破綻，落在你眼裡？你直如此狠毒？也被人笑話，說你無情無義！」蔣興哥道：「丈人在上，小婿也不敢多講，家中有祖遺下珍珠衫一件，是令嬡收藏，只問他如今在否？若在時，半字休提；若不在只索休怪了。」王公忙轉身回家，問女兒道：「你丈夫只問你討什麼珍珠衫，你端的拏與何人去了？」那婦人聽得說著了他緊要的關目，羞得滿臉通紅，開口不得，一發號啕大哭起來；慌得王公沒做理會處。王婆勸道：「你不要只管啼哭，實實的說個眞情，與爹媽知道，也好與你分剖。」婦人那裡肯說？悲悲咽咽，哭一個不住。王公只得把休書和汗巾簪子，都付與王婆，教他慢慢的勸著女兒，問他個明白。王公心中納悶，走在鄰家閒話去了。王婆見女兒哭得兩眼赤腫，生怕苦壞了他，安慰了幾句，言語便到廚房下去暖酒，要與女兒消愁。三巧兒在房中獨坐，想著珍珠衫洩漏的緣故，好生難解，這汗巾簪子，又不知那裡來的？沈吟了半晌道：「我曉得了：折簪，是鏡破釵分之意；這條汗巾，分明教我懸梁自盡。他念夫妻之情，不忍明言，是要全我的廉恥。可憐四年恩愛，一旦決絕，是我做的不是。負了丈夫恩情，便活在人間，料沒有個好日，不如縊死，倒得乾淨！」說罷，又哭了一回，把個坐凳子墊高，將汗巾兜在梁上。正欲自縊，——也是壽數未絕，不曾關上房門，恰得王婆暖得一壺好酒，走進房來，見女兒安排這事，急得他手忙腳亂，不放酒壺，便上前去拖拽，不期一腳踢翻坐凳子，娘兒兩個，跌做一團，酒壺都潑翻了。王婆爬起來，扶起女兒，說道：「你好短見，二十多歲的人，一朵花，還沒有開足，怎做出沒下梢的事？莫說丈夫還有回心轉意的日子，便眞的休了，恁般容貌，怕沒人要你？少不得別選良姻，圖個下半世受用。你且放心過日子去，休得愁悶。」王公回家，知道女兒尋死，也勸了他一番；又囑付王婆，用心提防。過了數日，三巧兒沒奈何，也放下了念頭。正是：

夫妻本是同林鳥，大限來時各自飛。

再說蔣興哥將兩條索子，將晴雲、煖雪，捆縛起來，拷問情由。那丫鬟初時抵賴，喫打不過，只得從頭至尾，細細招將出來；已知是薛婆勾引，不干他人之事。到明朝，興哥領了一夥人，趕到薛婆家裡，打得他雪片相似，只饒他拆了房子。薛婆情知自己不是，躲過一邊，並沒一人敢出頭說話。興哥見他如此，也出了這口氣，回去喚個牙婆，將兩個丫鬟都賣了。樓上細軟箱籠，大小共十六隻，寫三十二條封皮，緊緊封了，更不開動。——這是甚意兒？只因興哥夫婦，本是十二分相愛的，雖則一時休了，心中好生痛切，見物思人，何忍開看？話分兩頭。卻說南京有個進士吳傑，除授廣東潮陽縣知縣，水路上任，打從襄陽經過，不曾帶家小，有心要擇一美妾。一路看了多少女人，並不中意。聞得棗陽縣王公之女，大有姿色，一縣聞名，出五十金財禮，央媒議親。王公倒也樂從，只怕前婿有言，親到蔣家，與興哥說知。興哥並不阻擋。臨嫁之夜，興哥僱了人夫，將樓上十六個箱籠，原封不動，連鑰匙送到吳知縣船上，交割與三巧兒，當個陪嫁。婦人心小，倒過意不去。旁人曉得這事，也有誇興哥做人忠厚的，也有笑他癡獃的，還有罵他沒志氣的。正是人心不同，閒話休提。再說陳大郎在蘇州，脫貨完了。回到新安，一心只想著三巧兒，朝暮看了這件珍珠衫，長吁短歎。老婆平氏，心知這衫兒，來得蹺蹊，等丈夫睡著，悄悄的偷去，藏在天花板上。陳大郎早起要穿時，不見衫兒，與老婆取討。平氏那裡肯認？急得陳大郎性發，傾箱倒篋的尋個遍，只是不見，便破家罵起老婆來。惹得老婆，啼啼哭哭，與他爭嚷。鬧噪了兩日，陳大郎滿懷撩亂，忙忙的收拾銀兩，帶個小郎，再望襄陽舊路而進。將近棗陽，不期遇了一夥大盜，將本錢盡皆劫去，小郎也被他殺了。陳商眼快，走往船艄舵上伏著，倖免殘生。思想還鄉不得，且到舊寓住下，待會了三巧兒，與他借些東西，再圖恢復。歎了一口氣，只得離船上岸，走到棗陽城外，主人呂公家，告訴其事，又道：「如今要央賣珠子的薛婆，與一個相識人家，借些本錢營運。」呂公道：「大郎不知，那婆子爲勾引蔣興哥的渾家，做了些醜事，去年興哥回來，問渾家討什麼珍珠衫，原來渾家贈與情人去了，無言回答；興哥當時休了渾家回去。如今轉嫁與南京吳進士，做第二房夫人了。那婆子被蔣家打得個片物不留，婆子安身不牢，也搬在隔縣去了。」陳大郎聽得這話，好似一桶冷水，沒頭淋下，這一驚非小！當下發寒發熱，害起病來。這病又是鬱症，又是相思症，也帶些怯症，又有些驚症；床上臥了兩個多月，翻翻覆覆，只是不愈。連累主人家小廝，伏侍得不耐煩。陳大郎心上不安，打熬起精神，寫成家信一封，請主人來商議：要覓個便人，捎信往家中，取些盤纏，就要個親人來，看覷同回。這幾句，正中了主人之意。恰好有個相識的承差，奉上司公文，要往徽寧一路，水陸傳遞，極是快的。呂公接了陳大郎書札，又替他應出五兩銀子，送與承差，央他乘便帶去。果然的，「自行由得我，官差急如火」，不消幾日，到了新安縣，問著陳商家裡，送了家書，那承差飛馬去了。正是：

只為千金書信，又成一段姻緣。

話說平氏，拆開家信，果是丈夫筆跡，寫道：

「陳商再拜賢妻平氏妝次：別後襄陽遇盜，劫資殺僕，某受驚患病，現臥舊寓呂家，兩月不愈。字到可央一的當親人，多帶盤纏，速來看視！伏枕草草。」

平氏看了，半信半疑想道：「前番回家，虧折了千金血本，據這件珍珠衫，一定是邪路上來的。今番又推被盜，多討盤纏，怕是假話。」又想道：「他要個的當親人，速來看視，必然病勢利害，這話是眞也未可知？如今央誰人去好？」左思右想，放心不下。與父親平老朝奉商議，收拾起細軟家私，帶了陳旺夫婦，就請父親作伴，僱個船隻，親往襄陽，看丈夫去。到得京口，平老朝奉痰火病發，央人送回去了。平氏引著男女，上岸前進，不一日，來到棗陽城外，問著了舊主人呂家，原來十日前，陳大郎已故了。呂公賠些錢鈔，將就入殮。平氏哭倒在地，良久方醒，慌忙換了孝服，再三向呂公說，欲待開棺一見，另買副好棺材，重新殮過。呂公執意不肯。平氏沒奈何，只得買木，做個外棺包，請僧設法事超度，多焚冥資。呂公已自索了他二十兩銀子謝儀，隨他噪鬧，並不言語。過了一月有餘，平氏要選個好日子，扶柩而歸。呂公見這婦人年少，且有姿色，料是守寡不終，又是囊中有物；思想兒子呂二，還沒有親事，何不留住了他，完其好事，可不兩便？呂公買酒，請了陳旺，央他老婆，委曲進言，許以厚謝。陳旺的老婆，是個蠢貨，那曉得什麼的委曲？不顧高低，一直的對主母說了。平氏大怒，把他罵了一頓，連打幾個耳光，連主人家，也數落了幾句。呂公一場沒趣，敢怒而不敢言。正是：

羊肉饅頭沒喫的，空教惹得一身腥。

呂公無法，攛掇陳旺逃走。陳旺也思量沒甚好處了，與老婆商議，教他做腳，裡應外合，把銀兩首飾，偷得罄盡，兩口兒連夜走了。呂公明知其情，反埋怨平氏道：「不該帶這樣歹人出來，幸而偷了自家主母的東西，若偷了別家的，可不連累人？」又嫌這靈柩，礙他生理，教他快些抬去。又道：「後生寡婦，在此居住不便。」催促他起身。平氏被逼不過，只得別賃下一間房子住了，僱人把靈柩移來，安頓在內。這淒涼景象，自不必說。間壁有個張七嫂，爲人甚是活動，聽得平氏啼哭，時常走來勸解。平氏又時常來央他，典賣幾件衣服用度，極感其意。不消幾時，衣服都典盡了。從小學得一手好線鍼，思量要到個大戶人家，教習女工度日，再作區處。因與張七嫂商量這話，張七嫂道：「老身不好說得，這大戶人家，不是你少年人走動的。死的沒福自死了，活的還要做人，你後面日子正長哩！終不然做緘線娘，了得你下半世；況且名聲不好，被人看得輕了。還有一件，這個靈柩，如何處置？——也是你身上一件大事。便出賃房錢，終久是不了之局。」平氏道：「奴家也都慮到，只是無計可施了。」張七嫂道：「老身倒有一策。娘子莫怪我說。你千里離鄉，一身孤寡，手中又無半錢，想要搬這靈柩回去，多是虛了。莫說你衣食不周，到底難守，便多守得幾時，亦有何益？依老身愚見，莫若趁此青年美貌，尋個好對頭一夫一婦的，隨了他去，得些財禮，就買塊土來葬了丈夫；你的終身，又有所託，可謂生死無憾。」平氏見他說得近理，沈吟了一會，歎口氣道：「罷！罷！奴家賣身葬夫，傍人也笑我不得！」張七嫂道：「娘子若定了主意時，老身現有個主兒在此，年紀與娘子相近，人物齊整，又是大富之家。」平氏道：「他既是富家，怕不要二婚的？」張七嫂道：「他也是續絃了。原將老身說，不拘頭婚二婚，只要人才出衆。似娘子這般丰姿，怕不中意？」原來張七嫂，曾受蔣興哥之託，央他訪一頭好親。因是前妻三巧兒，出色標緻，所以如今只要訪個美貌的。那平氏容貌，雖及不得三巧兒，論起手腳伶俐，胸中涇渭，又勝似他。張七嫂次日就進城，與蔣興哥說了。興哥聞得是下路人，愈加歡喜。這裡平氏分文財禮不要，只要買場好地，殯葬丈夫要緊。張七嫂往來回復了幾次，兩相依允。話休煩絮。卻說平氏送了丈夫靈柩入土，祭奠畢了，大哭一場，免不得起靈除孝。臨期蔣家送衣飾過來，又將他典下的衣服都贖回了。成親之日，一般大吹大擂，洞房花燭。正是：

規矩熱鬧雖舊事，恩情美滿勝新婚。

蔣興哥見平氏舉止端莊，甚相敬重。一日，從外而來，平氏正在打疊衣箱，內有珍珠衫一件，興哥認得了，大驚，問道：「此衫從何而來？」平氏道：「這衫兒來得蹺蹊。」又把前大如此張智，夫妻如此爭嚷，如此賭氣分別……述了一遍。又道：「前日艱難時，幾番欲把它典賣，只愁來歷不明，怕惹出是非，不敢露人眼目。連奴家至今，不知這物事，那裡來的？」興哥道：「你前夫陳大郎，名字可叫做陳商？可是白淨面皮，沒有鬚，左手長指甲的嗎？」平氏道：「正是。」蔣興哥把舌頭一伸，合掌對天道：「如此說來，天理昭彰，好怕人也！」平氏問其緣故。蔣興哥道：「這件珍珠衫，原是我家舊物。你丈夫奸騙了我的妻子，得此衫爲表記，我在蘇州相會，見了此衫始知其情，回來把王氏休了。誰知你丈夫客死？我今娶你，但聞是徽州陳客之妻，誰知就是陳商？卻不是一報還一報？」平氏聽罷毛骨竦然；從此恩情愈篤。這才是「蔣興哥重會珍珠衫」的正話。詩曰：

天理昭彰不可欺，兩妻交易孰便宜？分明欠債償他利，百歲姻緣能幾時？

再說蔣興哥有了管家娘子，一年之後，又往廣東做買賣。也是合當有事，一日，到合浦縣販貨，價都講定，主人宋老兒，只揀一粒絕大的偷過了，再不承認。興哥不忿，一把扯他袖子要搜，何期去得勢重，將老兒拖翻在地，跌下便不做聲，忙又扶持，氣已斷了。兒女親鄰哭的哭叫的叫，一陣的簇擁將來把興哥捉住，不繇分說，痛打一頓，關在空房裡；連夜寫了狀詞，只等天明，縣衙早堂，連人進狀。縣令准了，因這日有公事，分付把凶身鎖押，次日候審。你道這縣主是誰？姓吳名傑，南畿進士，正是三巧兒的晚老公。初選原任潮陽，上司因見他清廉，調在這合浦縣採珠的所在來做官。是夜吳傑在燈下將進過的狀詞細閱，三巧兒正在旁邊閒看，偶見宋福所告人命一詞，凶身羅德，棗陽縣客人，不是蔣興哥，是誰？想起舊日恩情，不覺酸痛，哭告丈夫道：「這羅德是賤妾的親哥出嗣在母舅羅家的，不明客邊，犯此大辟，相公可看妾之面，救他一命還鄉？」縣主道：「且看臨審如何？若人命果眞，教我也難寬宥。」三巧兒兩眼墮淚，跪下苦苦哀求。縣主道：「你且莫忙，我自有道理。」明早出堂，三巧兒又扯住縣主衣袖哭道：「若哥哥無救，賤妾亦當自盡，不能相見了。」當日縣主升堂，第一就問這件。只見宋福、宋壽，——兄及弟兩個，——哭哭啼啼，與父親伸冤，稟道：「因爭珠懷恨，登時打悶，撲地身死，望相公做主。」縣主問衆干證口詞，也有說打倒的，也有說推跌的。蔣興哥辯道：「他父親偷了小人的珠子，小人不忿，與他爭論，他因年老腳跐，自家跌死，不干小人之事。」縣主問宋福道：「你父親幾歲了？」宋福道：「六十七歲了。」縣主道：「老年人容易昏絕，未必是打。」宋福、宋壽堅執是打死的。縣主道：「有傷無傷，須憑檢驗，既說打死，將屍發在漏澤園去，候晚堂聽檢。」原來宋家也是個大戶有體面的，老兒曾當過里長，兒子怎肯把父親在屍場剔骨？兩個雙雙叩頭道：「父親死狀，衆目共見，只求相公到小人家去相驗，不願發檢。」縣主道：「若不見貼骨傷痕，凶身怎肯伏罪？沒有屍格，如何申得上司過？」兄弟兩個，只是苦求。縣主發怒道：「你既不願檢，我也難問慌的。」他弟兄兩個，連連叩頭道：「但憑相公明斷。」縣主道：「朝七之人，死是本等，儻或不因打死，屈害了一個平人，反增死者罪過。就是你做兒子的，巴得父親到許多年紀，又把個不得善終的惡名與他，心中何忍？但打死是假，推倒是眞，若不重罰羅德，也難出你的氣。我如今教他披麻帶孝，與親兒一般行禮，一應殯殮之費，都要他支持。你可服嗎？」兄弟兩個道：「相公分付，小人敢不遵依？」興哥見縣主不用刑罰，斷得乾淨，喜出望外。當下原被告都叩頭稱謝。縣主道：「我也不寫審單，著差人押出，待事完回話，把原詞與你銷訖便了。」正是：

公道造孽真容易，要積陰功亦不難；試看今朝吳大尹，解冤釋罪兩家歡。

卻說三巧兒，自丈夫出堂之後，如坐鍼氈，一聞得退衙，便迎住問個消息。縣主道：「我如此如此斷了。看你之面，一板也不曾責他。」三巧兒千恩萬謝，又道：「妾與哥哥久別，渴思一見，問取爹娘消息。相公如何做個方便，使妾兄妹相見，此恩不小。」縣主道：「這容易。」看官們！你道三巧兒被蔣興哥休了，恩斷義絕，如何恁地用情？他夫婦原是十分恩愛的，因三巧兒做下不是，興哥不得已而休之，心中原自不忍。所以改嫁之夜，把十六隻箱籠，完完全仝的贈他。只此一件，三巧兒的心腸，也不容不軟了。今日他身處富貴，見興哥落難，如何不救？這叫做知恩報恩。再說蔣興哥遵了縣主明斷，著實小心盡禮，更不惜費，宋家弟兄，都沒話了。喪葬事畢，差人押到縣中回復。縣主喚進私衙，賜坐講道：「尊舅這場官司，若非令妹再三哀懇，下官幾乎得罪了。」興哥不解其故，回答不出。小停茶罷，縣主請入內書房，教小夫人出來相見。你道這番意外相逢，不像個夢景麼？他兩個也不行禮，也不講話，緊緊的你我相抱，放聲大哭。就是哭爹哭娘，從沒見這般哀慘。連縣主在旁，好生不忍。便道：「你兩人且莫悲傷，我看你兩不像兄妹，快說眞情，下官自有處置。」兩個哭得半休不休的，那個肯說？卻被縣主，盤問不過，三巧兒只得跪下說道：「賤妾罪當萬死，此人乃妾之前夫也。」蔣興哥料瞞不過，也跪下來，將從前恩愛，及休妻改嫁之事，一一訴知。說罷，兩人又哭做一團。連吳知縣也墮淚不止，道：「你兩人如此相戀，下官何忍拆開？幸而在此三年，不曾生育，即刻領去完聚。」兩個插燭也似拜謝。縣主即忙討個小轎，送三巧兒出衙，又喚集人夫，把原來陪嫁的十六個箱籠抬去，都教興哥收領。又差典史一員，護送他夫婦出境。此乃吳知縣之厚德。正是：

> 還珠合浦重生采，劍合豐城倍有神；堪羡吳公存厚道，貪財好色竟何人？

吳傑向來艱子，後行取到吏部，在北京納寵，連生三子。科第不絕，人都說陰德之報。——這是後話。再說蔣興哥，帶了三巧兒回家，與平氏相見。論起初婚，王氏在前，只因休了一番，這平氏倒是明媒正娶，又且平氏年長一歲，讓平氏爲正房，王氏反做偏房，兩個姊妹相稱。從此，一夫二婦，團圓到老。有詩爲證：

恩愛夫妻雖到頭，妻還作妾亦堪羞；殃祥是報無虛謬，咫尺青天莫遠求。

蔡小姐忍辱報仇

酒可陶情適性，兼能解悶消愁；三杯五盞樂悠悠，痛飲反能損壽。謹厚化成凶險，精明變作昏迷；禹疏儀狄豈無由？狂樂使人多咎。

這首詞名爲「西江月」，是勸人節飲之語。今日說一位官員，只因貪杯上，受了非常之禍。話說那宣德年間，南直隸淮安府淮安衛，有個指揮，姓蔡名武，家資富厚，婢僕頗多。平昔別無所好，偏愛的是杯中之物，若一見了酒，連性命也不相顧，人都叫他做蔡酒鬼。因這件上，罷官在家。不但蔡指揮會飲，就是夫人田氏，卻也一般好的。二人也不像個夫妻，倒像兩個酒友。偏生奇怪，蔡指揮夫妻都會飲酒，生得三個兒女，卻又滴酒不聞。那大兒蔡韜，次子蔡略，年紀尚小；女兒倒有一十五歲，生時因見天上有一條紅雲，五色燦爛，正環在他家屋上，蔡武以爲祥瑞，遂取名叫做瑞虹。那女子生得有十二分顏色，善能描龍畫鳳，刺繡拈花，不獨女工伶俐，且有智識才能，家中大小事體，是他掌管。因見父母日夕沈湎，時常規諫，蔡指揮那裡肯依？且說那時有個兵部尚書趙貴，當年未達時，住在淮安衛間壁，家道甚貧，勤苦讀書，夜夜直讀到雞鳴方臥；蔡武的父親，——老蔡指揮，——愛他苦學，時常送柴送米資助。後來趙貴連科及第，直做到兵部尚書，思念老指揮昔年之情，將蔡武特陞了湖廣荊襄等處游擊將軍，——是一個上好的美缺，——特地差人將文憑送與蔡武。蔡武心中歡喜，與夫人商議，打點擇日赴任。瑞虹道：「爹爹！依孩兒看起來，此官莫去做罷。」蔡武道：「這是爲何？」瑞虹道：「做官的一來圖名，二來圖利，故此千鄉萬里遠去。如今爹爹在家，日日是喫酒，並不管一毫別事，倘若到任上，也是如此，那個把銀子送來？豈不白白裡乾折了盤川辛苦？路上還要擔驚受怕。就是沒得銀子趁，也只算是小事，還有別樣要緊事體，擔干係哩！」蔡武道：「除了沒銀子趁罷了，還有什麼干係？」瑞虹道：「爹爹，你一向做官時，不知見過多少了？難道這樣事倒不曉得？那游擊官兒，在武職事裡，便做美任，在文官上司裡，不過是個守令官，不時衙門伺候，東迎西接，都要早起晏眠。我想你平日在家，單管喫酒，自在慣了，倘到那裡，依原如此，豈不受上司責罰？這也還不算利害，或是汎地盜賊生發，差撥去捕獲，或者別處地方有警，調遣去出征，那時不是馬上，定是舟中，身披甲冑，手執戈矛，在生死關係之際，倘若終日一般喫酒，豈不把性命送了？不如在家，安閒自在快活，過了日子，卻去討這煩惱喫。」蔡武道：「常言說得好：『酒在心頭，事在肚裡。』難道我眞個單喫酒，不管正事不成？只爲家中有你掌管，我落得快活。到了任上，你替我不得時，自然著急，不消你擔隔夜憂。況且這樣美缺，別人用銀子謀幹，尚不能彀；如今承趙尚書一片好念，特地差人，送上大門，我若不去做，反拂了這一段來意。我自有主意在此，你不要阻擋。」瑞虹見父親立意要去，便道：「爹爹既然要去，把酒來戒了，孩兒方才放心。」蔡武道：「你曉得我是酒養命的，如何全戒得？只是少喫幾杯罷了。」遂說下幾句口號：

老夫性與命，全靠水邊酉；寧可不喫飯，豈可不飲酒？今聽汝忠言，節飲知謹守：每常十遍飲，今番一加九；每常飲十升，今番只一斗；每常一氣吞，今番分兩口；每常床上飲，今番地下嘔；每常到三更，今番二更後。再要裁減時，性命不值狗。

且說蔡武，次日，即叫家人蔡勇，在淮關寫了一隻民座船，將衣飾細軟，打疊帶去；粗重傢伙，封鎖好了，留一房家人看守；其餘童僕，盡隨往任所。又買了許多好酒，帶路上去喫。擇了吉日，備豬羊祭河，作別親戚，起身下船。艄公扯起篷，由揚州一路進發。你道艄公是何等樣人？那艄公叫做陳小四，也是淮安府人氏，年紀三十以外。僱著一班水手，共是七人：喚做白滿，李癩子，沈鐵甏，秦小元，胡蠻二，余蛤虳，淩歪嘴，——那七人都是兇惡之徒，專在河路上，謀劫客商。不想今日蔡武晦氣，下了他的船隻。陳小四起初見發下許多行李，眼中已是放出火來；及至家小下船，又兩眼照著瑞虹美豔，心中愈加著迷：「且遠一步兒下手，省得在近處，容易露人眼目。」不一日，將到黃州，乃道：「此去正好行事了，且與衆兄弟們說知。」走到艄上，對衆水手道：「船中一注大財喜，不可錯過，趁今晚取了罷。」衆人笑道：「我們有心多日了，因見阿哥不說起，只道讓同鄉分上不要了。」陳小四道：「因一路來，沒有個下手處，造化他多活了幾日。」衆人道：「他是個武官出身，從人又衆，不比其他，倒要用心。」陳小四道：「他出名的蔡酒鬼，有什麼用心？少停等他喫酒到分際，放開手砍他娘罷了。只饒了這小姐，我要留他做個押艙娘子。」——商議停當。少頃，到黃州江口泊住，買了些酒肉，安排起來，衆水手喫個醉飽，揚起滿帆，舟如箭發。那一日正是十五，剛到黃昏，一輪明月，如同白晝。至一空闊之處，陳小四道：「衆兄弟就此處罷，莫向前了。」霎時間，下篷拋錨，各執器械，先向前艙而來。迎頭遇著一個家人，那家人見勢頭來得兇險，叫聲：「老爺，不好了！」說時遲，那時快，叫聲未絕，頂門上已遭一斧，翻身跌倒。那些家人，一個個都抖身而戰。那裡戰得過？被衆強盜刀砍斧劈，盡行殺去。那蔡武自從下船之後，初時幾日，酒還少喫，以後覺道路無聊，夫妻依先大酌，瑞虹勸諫不止。那一晚與夫人開懷暢飲，酒量已喫到九分，忽聽得前艙發喊，瑞虹急叫丫鬟來看。那丫鬟嚇得寸步難移，叫道：「老斧！前艙殺人哩！」蔡奶奶驚得魂不附體，剛剛立起身來，衆凶徒已趕進艙。蔡武兀自朦朧醉眼，喝道：「我老爺在此，那個敢行凶？」沈鐵甏早把蔡武一斧砍倒。衆男女一齊跪下道：「金銀任憑取去，但求饒命。」衆人道：「兩件都是要的。」陳小四道：「也罷，看鄉里情上，饒他砍頭；與他個全屍罷了。」即叫：「快取索子！」兩個奔向後艙，取出索子，將蔡武夫妻兩子，一齊綁起，止空瑞虹。蔡武哭對瑞虹道：「不聽你言，致有今日！」聲猶未絕，都攛向江中去了。其餘丫鬟等輩，一刀一個，殺個乾淨。有詩爲證：

金印將軍酒量高，綠林暴客氣雄豪；無情波浪兼天湧，疑是胥江起怒濤。

瑞虹見合家都殺，獨不害他，料然必來污辱，奔出艙門，望江中便跳，陳小四放下斧頭，雙手拖住道：「小姐不要驚恐！還你快活。」瑞虹大怒罵道：「你這般強盜，害了我全家，尚敢污辱我麼？快快放我自盡。」陳小四道：「你這般花容月貌，我如何捨得？」一頭說，一頭抱入後艙。瑞虹口中，千強盜，萬強盜，罵不絕口。衆人大怒道：「阿哥那裡尋不到一個妻子，卻受這賤人之辱？」便要趕進來殺。陳小四攔住道：「衆兄弟看我分上，饒他罷，明日與你陪情。」又對瑞虹道：「快些住口！你若再罵時，連我也不能相救。」瑞虹一頭哭，心中暗想：「我若死了，一家之仇，那個去報？且含羞忍辱，待報仇之後，死亦未遲。」方才住口，跌足又哭。陳小四安慰一番。衆人已把屍首盡拋入江中，把船揩抹乾淨。扯起滿篷，又駛到一個沙洲邊，將箱籠取出，要把東西分派。陳小四道：「衆兄弟且不要忙，趁今日十五團圓之夜，待我做了親，衆弟兄喫過慶喜筵席，然後打開財物均分，豈不美哉？」衆人道：「也說得是。」連忙將蔡武帶來的好酒，打開幾罈，將那些食物東西，都安排起來，團團坐在艙中，點得燈燭輝煌，取出蔡武許多銀酒器，大家痛飲。陳小四又抱出瑞虹，坐在旁邊道：「小姐，我與你郎才女貌，做對夫妻，也不辱抹了你。今夜與我成親，圖個白頭到老。」瑞虹掩著面只是哭。衆人道：「我衆兄弟，各人敬阿嫂一杯酒。」便篩過一杯，送在面前。陳小四接在手中，拏向瑞虹口邊道：「多謝衆弟兄之情，你略略沾些兒。」瑞虹那裡睬他？把手推開。陳小四笑道：「多謝列位美情，待我替娘子飲罷。」拏起來一飲而盡。秦小元道：「兄不要喫單杯，喫個雙杯，到老成雙。」又送過一杯。陳小四又接來喫了。也篩過酒，逐個答還。喫了一會，陳小四被衆人勸送，喫到八九分醉了。衆人道：「我們暢飲，不要難爲新人。阿哥先請安置罷。」陳小四道：「既如此，列位再請寬坐，我不陪了。」抱起瑞虹，取了燈火，逕入後艙。不提陳小四。且說衆人在艙中喫酒，白滿道：「陳四哥此時正在樂境了。」沈鐵甏道：「他便樂，我們卻有些不樂。」秦小元道：「我們有甚不樂？」沈鐵甏道：「同樣做事，他倒獨占了第一件便宜，明日分東西時，可肯讓一些麼？」李癩子道：「你道是樂，我想這一件，正是不樂之處哩。」衆人道：「爲何不樂？」李癩子道：「常言說的好：『斬草不除根，萌芽依舊發。』殺了他一家，恨不得把我們吞在肚裡，方才快活，豈肯安心與陳四哥做夫妻？倘到人煙萃聚所在，叫喊起來，衆人性命，可都不送在他的手裡？」衆人盡道：「說得是。明日與陳四哥說明，一起殺了，豈不乾淨？」答道：「陳四哥今夜得了甜頭，怎肯殺他？」白滿道：「不要與陳四哥說知，悄悄竟行罷。」李癩子道：「瞞著他殺了，弟兄情上，就倒不好開交。我有個兩得其便的計兒在此：趁陳四哥睡著，打開箱籠，將東西均分，四散去快活；陳四哥已受用了一個妙人，多少留幾件與他，後邊露出事來，止他自己去受累，與我衆人無干。或者不出醜，也是他的造化。這樣又不傷了弟兄情分，又連累我們不著，可不好麼？」衆人齊稱道：「好。」立起身把箱籠打開，將出黃白之資、衣飾酒器，都均分了。只揀用不著的，留下幾件，各自收拾，打了包裹，把船門關閉，將船駛到一個通官路所在泊住，一齊上岸，四散而去。且說陳小四專意在瑞虹身上，外邊衆人算計，全然不知。直至次日巳牌時分，方才起身來看，不見一人，還只道夜來中酒睡著，走至艄上，卻又不在；再到前艙去看，那裡有個人的影兒？驚駭道：「他們通往何處去了？」心內疑惑。復走入艙中，看那箱籠，俱已打開；逐隻檢看，並無一物，止一隻內存些爛東西，並書貼之類。方明白衆人分去，敢怒而不敢言。想道：「是了。他們見我留著這小姐，恐後事露，故都悄然散去。」又想道：「我如今獨自個，又行不得這船；住在此，又非長策；倒是進退兩難。欲待上岸，村中覓個人兒幫行，到有人煙之處，恐怕這小姐喊叫出來，這性命便休了。勢在騎虎，留他不得了，不如斬草除根罷。」遂尋了一條索子，打個圈兒，趕入艙來。這時瑞虹向著裡床垂淚，思算報仇之策，不提防這賊來謀害。說時遲，那時快，這賊徒奔近前，左手托起頭兒，右手就將索子套上，瑞虹方待喊叫，被他隨手扣緊，盡力一收；瑞虹疼痛難忍，手足亂動，撲的跳了幾跳，直挺挺橫在床上，便不動了。那賊徒料是已死，即放了手，到外艙拏起包裹，提著一根短棍，登跳上岸，大踏步而去。原來瑞虹命不該絕，喜得那賊打的是個單結，雖然被這一收時，氣絕昏迷，才放下手，結就鬆開；不比這弔死的，越墜越緊。咽喉間有了一線之隙，這點氣回復透出，便不致於死，漸漸甦醒；只是遍體酥軟，動彈不得，倒像被按摩的捏個醉楊妃光景。喘了一回，覺道頸下難過，勉強掙起，將手扯開，心內苦楚，暗哭道：「爹呵！當時若聽了我的言語，那有今日？只不知與這夥賊徒，前世有甚冤孽，合家遭此慘禍。」又哭道：「我指望忍辱偷生，還圖個報仇雪恥，不道這賊原放我不過。我死也罷了，但是冤沈海底，安能瞑目？」轉思轉哭，愈想愈哀。正哭之間，忽然艄上撲通的一聲響亮，撞得這船，幌上幾幌，睡的床鋪，險些顛翻。瑞虹被這一驚，哭也倒止住了，側耳聽時，但聽得隔船人聲喧鬧，打號撐篙，本船不見一些聲息。疑惑道：「這班強盜，為何被人撞了船，卻不開口？莫非那是船也是同夥？」又想道：「或者是捕盜船兒，不敢與他爭論。」便欲喊叫，又恐不能了事。方在惶惑之際，船艙中忽然有人，大驚小怪，一齊擁入後艙。瑞虹還道是這班強盜，暗道：「此番性命定然休矣！」只聽眾人說道：「未知何處官府，打劫得如此乾淨，連人也不留一個？」瑞虹聽了這句話，已知不是強盜了，掙扎起身，高喊救命。眾人趕向前看時，見是個美貌女子，扶持下床，問他被劫情由。瑞虹未曾開言，兩眼淚珠先流，乃將父親官爵籍貫，並被難始末，一一細說。又道：「列位大哥！可憐我受屈無伸，乞引到官司告理，擒獲強徒正法，也是一點陰功。」眾人道：「原來是位小姐，可惜受著苦了！但我們都做主不得，須請老爺來與你計較。」內中一個便跑去相請。不多時，一人跨進艙中，眾人齊道：「老爺來也！」瑞虹舉目看那人，面貌魁梧，服飾齊整，見眾人稱他老爺，料必是個有身家的，哭拜在地。那人慌忙扶住道：「小姐何消行此大禮？有話請起來說。」瑞虹又將前事細說一遍。又道：「求老爹慨發慈悲，救護我難中之人，生死不忘大德！」那人道：「小姐不消煩惱，我想這班強盜，去還未遠，即今便同你到官司呈告，差人四處追尋，自然逃走不脫。」瑞虹含淚而謝。那人分付手下道：「事不宜遲，快扶蔡小姐過船去罷。」眾人便來攙扶，瑞虹尋過鞋兒穿好，走出艙門觀看，乃是一隻雙開篷，頂好貨船。過得船來，請入艙中安息。衆水手將賊船上傢伙東西，盡情搬個乾淨，方才起篷開船。你道那人是誰？原來姓卞名福，漢陽府人氏，專在江湖經商，掙起一個老大家業，打造這隻大船，衆水手俱是家人。這番在下路脫了糧食，裝回頭貨回家，正趁著順風行走，忽地被一陣大風，一直打向岸邊去。艄公把舵拚命推撐，全然不應，逕向賊船上當艄一撞，見是座船，恐怕拏住費嘴，好生著急。合船人手忙腳亂，要撐開去，不道又擱在淺處，牽扯不動，故此打號用力。因見座船上，沒個人影，卞福以爲怪異，叫衆水手過船來看。已後聞報，只有一個美女子，如此如此，要求搭救；卞福即懷下不良之念，用一片假情，哄得過船，便是買賣了，那裡是眞心肯替他伸冤理枉？那瑞虹起初因受了這場慘毒，正無門伸訴，所以一見了卞福，猶如見了親人一般，求他救濟；又見說出那般言語，便信以爲眞，更不疑惑。到得過船心定，想起道：「此來差矣！我與這客人，非親非故，如何指望他出力，跟著同走？雖承他一力擔當，又未知是眞是假，倘有別樣歹念，怎生是好？」方在疑慮，只見卞福自去安排著佳餚美酒，奉承瑞虹，說道：「小姐，你一定餓了，且用些酒食則個。」瑞虹想著父母，那裡下得咽喉？卞福坐在旁邊，甜言蜜語，勸了兩小杯。開言道：「小子有一言商議，不知小姐可肯聽否？」瑞虹道：「老客有甚見論？」卞福道：「適來小子一時義憤，許小姐同到官司告理，卻不曾算到自己這一船物件。我想那衙門之事，原論不定日子的，倘或牽纏半年六月，事體還不能安妥，貨物又不能脫去，豈不兩下耽擱？不如小姐且隨我回去，先脫了貨物，然後另喚個小船，與你一齊下來，理論這事，就盤桓幾年，也不妨得。更有一件，你我是個孤男寡女，往來行走，必惹外人談議，縱然彼此清白，誰人肯信？可不是無絲有線？況且小姐舉目無親，身無所歸；小子雖然是個商賈，家中頗頗得過，若不棄嫌，就此結為夫婦；那時報仇之事，水裡水去，火裡火去，包在我身上，一個個緝獲來，與你出氣，但未知尊意若何？」瑞虹聽了這片言語，暗自心傷，簌簌的淚下，想道：「我這般命苦，又遇著不良之人，只是落在他套中，料難擺脫。」乃歎口氣道：「罷！罷！父母冤仇事大，辱身事小。況已被賊人玷污，縱令就死，也算不得貞節了；且待報仇之後，尋個自盡，以洗污名可也。」躊躇已定，含淚答道：「官人果然眞心替奴家報仇雪恥，情願相從，只要設個誓願，方才相信。」卞福得了這句言語，喜不自勝，連忙跪下設誓道：「卞福若不與小姐報仇雪恥，翻江而死。」道罷起來，分付水手，就前途村鎭停泊，買辦魚肉酒果之類，合船喫杯喜酒，到晚成就好事不提。一日；已至漢陽。誰想卞福老婆，是個喫醋的領袖，拈酸的班頭，卞福平昔極懼怕的；不敢引瑞虹到家，另尋所在安下，叮囑手下人，不許洩漏。內中又有個請風光，博笑臉的，早去報知。那婆娘怒氣沖天，要與老公廝鬧，卻又算計沒有許多時工夫淘氣，倒一字不提，暗地教人尋下掠販的。期定日子，一手交錢，一手閃人。到了是日，那婆娘把卞福灌得爛醉，反鎖在房，一乘轎子抬至瑞虹住處。掠販的已先在彼等候，隨那婆娘進去，叫人報知瑞虹說：「大娘來了。」瑞虹無奈，只得出來迎接；掠販的在旁細細一觀，見有十二分顏色，好生歡喜。那婆娘滿臉堆笑，對瑞虹道：「好笑官人，作事顚倒！既娶你來家，如何又撇在此，成何體面？外人知得，只道我有甚緣故，適來把他埋怨一場，特地自來接你回去，有甚衣飾，快些收拾。」瑞虹不見卞福，心內疑惑，推辭不去。那婆娘道：「既不願同住，且去閒玩幾日，也見得我親來相接之情。」瑞虹見這句說得有理，便不好推託，進房整飾。那婆娘一等他轉身，即與掠販的議定身價，叫家人在外兌了銀兩，叫乘轎子，哄瑞紅坐下。轎夫抬起，飛也似走，直至江邊一個無人所在，掠販的引到船邊歇下。瑞虹情知中了奸計，放聲號哭，要跳向江中；怎當掠販的兩邊扶挾，不容轉動，推入艙中。打發了中人轎夫，急忙解纜開船，趁著滿帆而去。那婆娘賣了瑞虹，將屋中什物，收拾歸去，把門鎖上。回到家中，卞福正還酣睡，那婆娘三四個巴掌打醒，數說一回，打罵一回，整整鬧了數日，卞福腳影不敢出門。一日，捉空踅到瑞虹住處，看見鎖著門戶，喫了一驚。詢問家人，方知被老婆賣去久矣，只氣得發昏章第十一。那卞福只因不曾與瑞虹報仇，後來果然翻江而死，應了向日之誓。那婆娘原是個不成才的爛貨，自丈夫死後，越發恣意，把家私貼完，又被姦夫拐去，賣與煙花門戶，可見天道好還，絲毫不爽！有詩爲證：

忍恥偷生為父仇，誰知奸計覓風流？勸人莫設虛言誓，湛湛青天在上頭。

再說瑞虹被掠販的，納在船中，一味悲號。掠販的勸慰道：「不必啼哭，還你此去豐衣足食，自在快活，強如在卞家受那大老婆的氣。」瑞虹也不理他，心內暗想道：「欲待自盡，怎奈大仇未報；將爲不死，便成浮蕩之人。」躊躇千萬百遍，終是報仇心切，只得忍耐，看個居止下落，再作區處。行不多路，已天晚泊船。掠販的逼他同睡，瑞虹不從，和衣縮在一邊；掠販的便來摟抱，瑞虹亂喊殺人，掠販的恐被鄰船聽得，弄出事來，放手不迭，再不敢去纏他。逕載到武昌府，轉賣與樂戶王家。那樂戶家裡先有三四個粉頭了，個個打扮的齊齊整整，傅粉塗脂，倚門賣笑。瑞虹到了其家，看見這般做作，轉加苦楚。又想道：「我今落在煙花地面，報仇之事，已是絕望，還有何顏在世？」遂立意要尋死路，不肯接客。偏又作怪，但是瑞虹走這條門路，就有人解救，不致傷身。樂戶與鴇子商議道：「他既不肯接客，留之何益？倘若三不知，做出把戲，倒是老大利害，不如轉賣於人，另尋個罷。」常言道：「事有湊巧，物有偶然。」恰好有一紹興人，姓胡名悅，因武昌太守是他的親戚，特來打抽豐的，倒也作成尋覓了一大注錢財。那人原是貪花戀酒之徒，住的寓所，近著妓家，閒時便去串走，也曾見過瑞虹，是個絕色麗人，心內著迷，幾遍要來入馬，因是瑞虹尋死覓活，不能到手。今番聽得樂戶有出脫的消息，情願重價，娶爲偏房；也是有分姻緣，一說就成。胡悅娶瑞虹到了寓所，當晚整備著酒餚，與瑞虹敘情。那瑞虹只是啼哭，不容親近。胡悅再三勸慰不止，倒沒了主意，說道：「小娘子，你在娼家，或者道是賤事，不肯接客；今日與我成了夫婦，萬分好了，還有甚苦情，只管悲慟？你且說來，若有疑難事體，我可以替你分憂解悶！倘情節重大，這府中太爺是我舍親，就轉託他與你料理，何必自苦如此？」瑞虹見他說話有些來歷，方將前事一一告訴；又道：「官人若能與奴家尋覓仇人，報冤雪恥，莫說得爲夫婦，便做奴婢，亦自甘心。」說罷，又哭。胡悅聞言答道：「原來你是好人家子女，遭此大難，可憐！可憐！但這事非一時可畢，待我先教舍親出個廣捕，到處捉緝；一面同你到淮安告官，拏衆盜家屬追比，自然有個下落。」瑞虹跪倒在地道：「若得官人肯如此用心，生生世世，銜結報效。」胡悅扶起道：「既爲夫婦，事同一體，何出此言？」遂握手入寢。那知胡悅也是一片虛情，哄騙過了幾日，只說已託太守，出廣捕緝獲去了。瑞虹信以爲實，千恩萬謝。又住了數日，僱下船隻，打疊起身，正遇著順風順水，那消十日，早至鎮江，另僱小船回家，把瑞虹的事，擱過一邊，毫不提起。瑞虹大失所望，但到此地位，無可奈何，遂喫了長齋，日夜暗禱天地，要來報仇。在路非止一日，已到家中。胡悅老婆，見娶個美人回來，好生妒忌，時常廝鬧。瑞虹總不與他爭論，也不要胡悅進房，這婆娘方才少解。原來紹興地方，慣做一項生意，凡有錢能幹的，都到京中買個三考吏名色，鑽謀好地方，選一個佐貳官出來，俗名喚做「飛過海」。怎麼叫做飛過海？大凡吏員考滿，依次選去，不知等上幾年；若用了錢，挖選在別人前面，指日便得做官。——這謂之飛過海。還有獨自無力，四五個合做夥計，一人出名做官，其餘坐地分贓。那胡悅在家住了年餘，也思量到京幹這樁事體；更兼有個相知，現在當道，寫書相約，有扶持他的意思，一發喜之不勝。即便處置了銀兩，打點起程，單慮妻妾在家不睦，與瑞虹計議，要帶他同往，許他謀選彼處地方，訪覓強盜蹤跡。瑞虹已被騙過一次，雖然不信，也還希冀出外行走，或者有個機會，情願同去。胡悅老婆知得，翻天倒地與老公相打相罵，胡悅全不作准，擇了吉日，僱了船隻同瑞虹逕自起身。一路無話，直至京師，尋寓所安頓了瑞虹，次日整備禮物，去拜那相知官員。誰想這官人，一月前暴病身亡，合家慌亂，打點扶柩歸鄉？胡悅沒了這個倚靠，週身就酥了半邊，思想：「銀子帶得甚少，相知又死，這官職怎能弄得到手？欲待原復歸去，又恐被人笑恥。」事在兩難，狐疑不決，尋訪同鄉一個相識商議，這人也是走那道兒的，正少了銀兩，不得完成，遂設計哄騙胡悅，包攬替他圖個小就，設或短少，尋人借債。胡悅合該晦氣，被他花言巧語，說得熱鬧，將所帶銀兩，一包兒遞與那人，那人來完成自己官職，悄地一溜煙逕赴任去了。胡悅止賸得一雙空手，日逐所需，漸漸欠缺；寄書回家，取索盤川，老婆正惱著他，那肯應付分文？自此，流落京師，逐日東奔西撞，與一般京化子合了夥計，騙人財物。一日，商議要大大賣一注東西，但沒甚爲由，卻想到瑞虹身上，要把來認作妹子，做個「美人局」算計停當。胡悅又恐瑞虹不肯，生出一段說話，哄他道：「我向日指望到此，選得個官職，與你去尋訪仇人；不道時運乖蹇，相知已死，又被那天殺的，騙去銀兩，流落在此，進退兩難。欲待回去，又無處設法盤川；昨日與朋友們議得個計策，倒也精通。」瑞虹道：「是甚計策？」胡悅道：「只說你是我的妹子，要與人爲妾，倘有人來相看，你便見他一面，等哄得銀兩到手，連夜悄然起身，他們那裡來尋覓？順路先到淮安，送你到家，訪問強徒，也了我心上一件未完。」瑞虹初時本不欲得，次後聽說順路送歸家去，方才許允。胡悅討了瑞虹一個肯字，歡喜無限，叫衆光棍各處去尋主顧。正是：

安排地網天羅計，專待落坑墮阱人。

話分兩頭。卻說浙江溫州府，有一秀士，姓朱名源，年紀四旬以外，尙無子嗣。娘子幾遍勸他娶個偏房。朱源道：「我功名偃蹇，無意於此。」其年秋榜高登，到京會試，誰想文福未齊，春闈不第？羞歸故里，與幾個同年相約，就在京中讀書，以待下科。那同年中曉得朱源還沒有兒子，也苦勸他娶妾，朱源聽了衆人說話，教人尋覓。剛有了這句口風，那些媒人，互相傳說，幾日內便尋下若干人來，請朱源逐一相看揀擇，沒有個中得意的。衆光棍緝著那個消息，即來上椿，誇稱得瑞虹姿色絕世無雙，古今罕有，哄動朱源，期下日子，親去相看。此時瑞虹身上衣服，也不十分整齊，胡悅教衆光棍借來，妝飾停當。衆光棍引著朱源到來，胡悅向前迎迓，禮畢就坐，獻過一杯茶，方請出瑞虹，站在遮堂門邊。朱源走上一步，瑞虹側著身子道個萬福。朱源慌忙還禮，用目仔細一覷，瑞虹嬌豔非常，暗暗喝采道：「眞好個美貌女子！」瑞虹也見朱源人材出衆，舉止閒雅，暗道：「這官人倒好個儀表，果是個斯文人物，但不知什麼晦氣，投在網中。」心下存了個懊悔之念，略站片時，轉身進去。衆光棍從旁襯道：「相公！何如？可是我們不說謊麼？」朱源點頭微笑道：「果然不謬，可到小寓，議定財禮，擇吉行聘便了。」道罷，起身。眾人接腳隨去，議了一百兩財禮。朱源也聞得京師騙局甚多，恐怕也落了套兒，講過早上行禮，到晚即要過門。眾光棍又去與胡悅商議。胡悅沈吟半晌，生出一個計。只恐瑞虹不肯，教眾人坐下，先來與他計較道：「適來這個人，已肯上樁，只是當日便要過門，難做手腳。如今只得將計就計，依著他送你過去，少不得備下酒餚，你慢慢的飲至五更時分，我同眾人便打入來，叫破地方，只說強占有夫婦女，原引了你回來，聲言要往各衙門呈告。他是個舉人，怕干礙前程，自然反來求伏。那時和你從容回去，豈不美哉？」瑞虹聞言，愀然不樂，答道：「我前生不知作下甚孽，以至今世遭許多磨難，如何又做這般沒天理的事害人？這個斷然不去！」胡悅道：「娘子，我原不欲如此，但出於無奈，方走這條苦肉計，千萬不要推託。」瑞虹執意不從。胡悅就雙膝跪下道：「娘子，沒奈何，將就做這一遭，下次再不敢相煩了。」瑞虹被逼不過，只得應允。胡悅急急跑向外邊，對眾人說知就裡，眾人齊稱妙計，回覆朱源，選起吉日，將銀兩兌足，送與胡悅收了，眾光棍就要把銀兩分用，胡悅道：「且慢著，等待事妥，分也未遲。」到了晚間，朱源叫家人僱乘轎子去迎瑞虹，一面分付安排下酒饌等候。不一時，已是娶到，兩下見過了禮，邀入房中，教家人管待媒人酒飯，自不必說。單講朱源同瑞虹到了房中，瑞虹看時，室中燈燭輝煌，設下酒席。朱源在燈下，細觀其貌，比前倍加美麗，欣欣自得，道聲：「娘子坐罷。」瑞虹羞澀，不敢答應，側身坐下。朱源叫小廝斟過一杯酒，恭恭敬敬，遞至面前放下，說道：「小娘子請酒。」瑞虹也不敢開言，也不回敬。朱源知道他是怕羞，微微而笑，自己斟上一杯，對席相陪。又道：「小娘子，我與你已為夫婦，何必害羞？請少沾一盞兒，小生候乾。」瑞虹只是低頭不應。朱源想道：「他是個女兒家，一定見小廝們在此，所以怕羞。」即打發出外，掩上門兒，走至身邊道：「想是酒寒了，可換熱的飲一杯，不要拂了我的敬意。」遂另斟一杯，遞與瑞虹。瑞虹看了這個局面，轉覺羞慚，悽然傷感。想道：「我在幼時，父母何等珍惜，今日流落至此，身子已被玷污，大仇未報，又強逼做這般醜態騙人，可不辱及祖宗？」柔腸一轉，淚珠簌簌亂下。朱源看見流淚，低低道：「小娘子，你我千里相逢，天緣會合，有甚不足，這般愁悶？莫不宅上有甚不堪之事，小娘子記念麼？」連叩數次，並不答應，覺得其容轉戚。朱源又道：「細觀小娘子之意，必有不得已事，何不說與我知，倘可效力，決不推卻。」瑞虹又不做聲。朱源倒沒做理會，只得自斟自飲，喫到半酣聽譙樓已打二鼓，朱源道：「夜深了，好請歇息罷。」瑞虹也全然不理。朱源又不好催逼，走去書桌上，取過一本書兒觀看，陪他同坐。瑞虹見朱源殷勤相慰，不去理他，並無一毫慍怒之色，轉過一念道：「看這舉人，倒是個盛德君子，我當初若遇得此等人，冤仇伸雪久矣。」又想道：「我看胡悅這人，一味花言巧語，若專靠在他身上，此仇安能得報？他今明明受過這舉人之聘，送我到此，何不將計就計，跟著他，這冤仇或者倒有報雪之期。」左思右想，疑惑不定。朱源又道：「小娘子請睡罷。」瑞虹故意又不答應。朱源依然將書觀看。看看三鼓將絕，瑞虹主意已定。朱源又催他去睡，瑞虹才道：「我如今才是你家的人了。」朱源笑道：「難道起初還是別家的人麼？」瑞虹道：「相公那知就裡？我本是胡悅之妾，只因流落京師，與一班光棍生出這計，哄你銀子。少頃即打入來搶我回去，告你強占良人妻女。你怕干礙前程，還要買靜求安。」朱源聞言大驚道：「有恁般異事！若非小娘子說出，險些落在套中。但你明是胡悅之妾，如何又洩漏與我？」瑞虹哭道：「妾有大仇未報，觀君盛德長者，必能爲妾伸雪，故願以此身相託。」朱源道：「小娘子有何冤抑？可細細說來，定當竭力爲你圖之。」瑞虹乃將前後事泣訴，連朱源亦自慘然下淚。正說之間，已打四更。瑞虹道：「那一班光棍，不久便到，相公若不早避，必受其累。」朱源道：「不要著忙，有同年寓所，離此不遠，他房屋儘自深邃，且到那邊，暫避過一夜，明日另尋寓所，遠遠搬去有何患哉？」當下開門，悄地喚家人點起燈火，逕到同年寓所，敲開門戶。那同年見半夜而來，又帶著個麗人，只道是來歷不明的，甚以爲怪。朱源一一道出，那同年即移到外邊去睡，讓朱源住於內廂，一面叫家人們相幫，把行李等件，盡皆搬來，止存兩間空房。——不在話下。且說衆光棍一等瑞虹上轎，便叫胡悅將出銀兩分開，買些酒肉，喫到五更天氣，一齊趕至朱源寓所，發聲喊，打將進去，但見兩間空屋，那有一個人影？胡悅倒喫了一驚說道：「他如何曉得，預先走了？」對衆光棍道：「一定是你們倒勾結來捉弄我的，快快把銀兩還了罷。」光棍大怒，也翻轉臉皮說道：「你把妻子賣了，又要來打搶，反說我們有甚勾當，須與你干休不得！」將胡悅攢盤打到半死。恰好五城兵馬經過，結扭到官，審出騙局實情。一概三十大板，銀兩追出入官，胡悅遞回原籍。有詩爲證：

牢籠巧設美人局，美人原不是心腹；賠了夫人又打臀，手中依舊光陸禿。

且說朱源自娶了瑞虹，彼此相敬相愛，如魚似水。半年之後，即懷了孕，到得十月滿足，生下一個孩子。朱源好不喜歡，寫書報知妻子。光陰迅速，那孩子早又周歲。其年又値會試，瑞虹日夜向天禱告，願得丈夫黃榜題名，早報滅門之仇。場後開榜，朱源果中了六十五名進士，殿試三甲，該選知縣。恰好武昌縣，缺了縣官，朱源就了這個缺；對瑞虹道：「此去仇人不遠，只怕他先死了，便出不得你的氣。若還在時，一個個拏來瀝血，祭獻你的父母，不怕他走上天去。」瑞虹道：「若得相公如此用心，奴家死亦瞑目！」朱源一面先差人回家接取家小，在揚州伺候，一同赴任；一面候吏部憑文。不一日，領了憑限，辭朝出京。原來大凡吳楚之地，作宦的都在臨清張家灣僱船，從水路而行，或逕赴任所，或從鄉里一轉，俱從其便。那一路都是下水，又快又穩，況帶著家小，若沒有勘合腳力，陸路一發不便了。每常有下路糧船，運糧到京，交納過後，那空船回去，就攬這行生意，假充座船，請得個官員坐艙，那船頭便去包攬他人貨物。圖個免稅之利，這也是個舊規。朱源同了小奶奶，在臨清僱船，看了幾個艙口，都不稱懷，只有一隻整齊，中了朱源之意。船頭遞了姓名手本，磕頭相見。管家搬行李安頓艙內，請老爺奶奶下船，燒了神福，船頭指揮衆人開船。瑞虹在艙中，聽得船頭說話，是淮安聲音，與賊頭陳小四一般無二，問丈夫什麼名字？朱源查那手本，寫著船頭吳金叩首，姓名都不相同，可知沒相干了。再聽他口音，越聽越像，轉輾生疑，放心不下，對丈夫說了。假託分付說話，喚他近艙，瑞虹躲於背後，細認其面貌，又與陳小四無異，只是姓名不同，好生奇怪。欲待盤問，又沒甚因由。忽然這一日，朱源的座師示到，過船去拜訪。那船頭的婆娘進艙來拜見奶奶，送茶為敬。瑞虹看那婦人，雖無十分顏色，也有一段風流。瑞虹有心問那婦人道：「你幾歲了？」婦人答道：「二十九歲了。」又問：「那裡人氏？」答道：「池陽人氏。」瑞虹道：「你丈夫不像個池陽人氏。」那婦人道：「這是小婦人的後夫。」瑞虹道：「你幾歲死過丈夫的？」那婦人道：「小婦人夫婦為運糧到此，丈夫一病身亡，如今這丈夫是武昌人氏，原在船上做幫手，喪事中，虧他一力相助，小婦人孤身無倚，只得就從了他，頂著前夫名字，完這場差使。」瑞虹問在肚裡，暗暗點頭，將香帕賞他，那婦人千恩萬謝的去了。瑞虹等朱源下船，將這話述與他聽了：「眼見吳金即是陳小四，正是賊頭！」朱源道：「路途之間，不可造次，且忍耐他，到地方上施行，還要在他身上追究餘黨。」瑞虹道：「相公所見極明，只是仇人相見，分外眼睜，這幾日如何好過？」恨不得借滕王閣的順風，一陣吹到武昌。正是：

飲恨含冤已數年，枕戈思報歎無緣；同舟敵國今相遇，又隔江山路幾千。

卻說朱源舟至揚州，那接取大夫人的，還未曾到，只得停泊碼頭等候。瑞虹心上，一發氣悶。等到第三日，忽聽得岸上鼎沸起來，朱源叫人問時，卻是船頭與岸上兩個漢子，扭做一團廝打。只聽得口口聲聲說道：「你幹得好事！」朱源見小奶奶氣悶，正沒奈何，今番且借這個機會，敲那賊頭幾個板子，權發利市，當下喝叫：「水手！與我都拏過來！」原來這班水手，與船頭面和意不和。——卻也有個緣故：當初陳小四縊死了瑞虹棄船而逃，沒處投奔，流落到池陽地面。偶值吳金這隻糧船起運，少個幫手，陳小四就上了他的船。見吳金老婆，像個愛喫棗兒湯的，豈不正中下懷？一路行奸賣俏，搭識上了，兩個如膠似漆，反多那老公礙眼，船過黃河，吳金害了個寒症，陳小四假意殷勤，醫藥調理。那藥不按君臣，一服見效，吳金死了。婦人身邊取出私財，把與陳小四，只說借他的東西，斷送老公；過了一兩個七，又推說缺債無償，就將身子白白裡嫁了他。雖然備些酒食，暖住了衆人，卻也心中不服。——爲這緣故，所以面和意不和。——聽得船裡叫一聲「都拏過來」，蜂擁的上岸，對三個人一齊扣下船來，跪於將軍柱邊。朱源問道：「爲何廝打？」船頭稟道：「這兩個人，原是小人合本撐船夥計，因盜了資本，背地逃走，兩三年不見面；今日天遣相逢，小人與他取討，他倒圖賴小人，兩個來打一個。望老爺與小人做主！」朱源道：「你二人怎麼說？」兩個漢子道：「小人並沒此事，都是一派胡言。」朱源道：「難道一些影兒也沒有，平地就廝打起來？」那兩個漢子道：「有個緣故：當初小的們雖然與他合本撐船，只爲他迷戀了個婦女，小的們恐誤了生意，把自己本錢收起，各自營運，並不曾欠他分毫。」朱源道：「你兩個叫什麼名字？」那兩個漢子，還不曾開口，倒是陳小四先說道：「一個叫沈鐵鬍，一個叫秦小元。」朱源卻待再問，只見背後有人扯拽，回頭看時，卻是丫鬟，悄悄傳言說道：「小奶奶請老爺說話。」朱源走進後艙，見瑞虹雙行流淚，扯住丈夫衣袖，低聲說道：「那兩個漢子的名字，正是那賊頭一顆，同謀打劫的人，不可放他走了。」朱源道：「原來如此。事到如今，等不得到武昌了。」慌忙寫了名帖，分付打轎，喝叫地方將三人一串兒縛了，自去拜揚州太守，告訴其事。太守問了備細，且叫把三個賊徒收監，次日面審。朱源回到船中，衆水手已知陳小四是個強盜，也把謀害吳金的情節，細細稟知。朱源又把這些緣故，寫一封書帖，送與太守，並求究問餘黨。太守看了，忙出飛籤，差人提那婦人，一併聽審。揚州城裡傳遍了新聞，又是強盜，又是奸淫事情，有婦人在內，那一個不來觀看？臨審之時，府前好不熱鬧。正是：

好事不出門，惡事傳千里。

卻說太守坐堂，弔出三個賊徒；那婦人也提到了，跪於階下。陳小四看見那婆娘也到，好生驚怪道：「這廝打小事，如何連累家屬？」只見太守，卻不叫吳金名字，竟叫陳小四，喫這一驚非小。凡事逃那實不過，叫一聲不應，再叫一聲，不得不答應了。太守相公冷笑一聲道：「你可記得三年前，蔡指揮的事麼？天網恢恢，疏而不漏，今日有何理說？」三個人面面相覷，卻似魚膠黏口，一般難開。太守又問：「那時同謀，還有李癩子，白滿，胡蠻二，淩歪嘴，余蛤蚆，如今在那裡？」陳小四道：「小的其時雖在那裡，一些財帛也不曾分受，都是他這幾個席捲而去。只問他兩個便知。」沈鐵甏、秦小元道：「小的雖然分得些金帛，卻不像陳小四強姦了他家小姐。」太守已知就裡，恐礙了朱源體面，便喝住道：「不許閒話，只問你那幾個賊徒，現在何處？」秦小元說：「當初分了金帛，四散去了。聞得李癩子、白滿，隨著山西客人販買羢貨；胡蠻二、淩歪嘴、余蛤蚆，三人逃在廣州，撐船過活；小的們也不曾相會。」太守相公又叫婦人上前，問道：「你與陳小四奸密，毒殺親夫，遂為夫婦，這也是沒得說了？」婦人方欲抵賴，只見階下一班水手都上前稟話，如此如此，這般這般，說得那婦人閉口無言。太守相公大怒，喝叫選上號毛板，不論男婦，每人且打四十。打得皮開肉綻，鮮血迸流。當下錄了口詞，三個強盜，通問斬罪，那婦人問了淩遲，齊上刑具，發下死囚牢裡。一面出廣捕，緝獲白滿、李癩子等。太守問了這樁公事，親到船上答拜朱源，就送審詞與看，朱源感謝不盡。瑞虹聞說，也把愁顏放下七分。又過幾日，大奶奶已是接到，瑞虹相見，一妻一妾，甚是和睦。大奶奶又見兒子生得清秀，更加歡喜。不一日，朱源於武昌上任，管事三日，便差的當捕役，緝訪賊黨胡蠻二等。果然胡蠻二、淩歪嘴在廣州江口撐船，捕役拏來，招稱：「余蛤蚆，一年前病死；白滿、李癩子，現跟山西客人在省城開鋪。」朱源權且收監，待拏到餘黨，一併問罪。省城與武昌縣，相去不遠，捕役去不多日，把白滿、李癩子二人，一索子捆來，解到武昌縣。朱源取了口詞，每人也打四十，備了文書，差的當公人，解到揚州府裡，以結前案。朱源做了三年縣宰，治得那武昌縣，道不拾遺，犬不夜吠，行取御史，就出差淮揚地方。瑞虹囑咐道：「這班強盜，在揚州獄中，連歲停刑，想未曾決；相公到彼，可了此一事，就與奴家瀝血祭奠父親，並兩個兒弟，一以表奴家之誠，二以全相公之信。還有一事：我父親當初曾收用一婢，名喚碧蓮，曾有六個月孕，因母親不容，就嫁出於一個朱裁爲妻，後來聞得碧蓮所生，是個男兒。相公可與奴家用心訪問，若這個兒子還在，可主張他復姓，以續蔡門宗祀，此乃相公萬代陰功。」說罷，放聲大哭，拜倒在地。朱源慌忙扶起道：「你方才所說二件，都是我的心事，我若到了，定然不負所託，就寫書信，報你得知。」瑞虹再拜稱謝。再說朱源赴任淮揚，這是代天子巡狩，又與知縣到任不同。眞個是：

「號令出時霜雪凜，威風到處鬼神驚。」其時七月中旬，正是決囚之際，朱源先出巡淮安，就託本處府縣，訪緝朱裁及碧蓮消息，果然訪著，那兒子已八歲了，生得堂堂一貌；府縣奉了御史之命，好不奉承，即日香湯沐浴，換了衣履，送在軍衛供給，申文報知察院。朱源取名蔡續，特爲起奏一本，將蔡武被禍事情，備細達於聖聰：「蔡氏當先有汗馬功勞，不可令其無後；今有幼子蔡續，合當歸宗，俟其出效承襲。其凶徒陳小四等，秋後處決。」聖旨准奏了。其年冬月，朱源親自按臨揚州，監中取出陳小四與吳金的老婆，共是八個，一齊綁赴法場，剮的剮，斬的斬，乾乾淨淨。正是：

善有善報，惡有惡報！不是不報，時辰未到。

朱源分付劊子手，將那幾個賊徒之首，用漆盤盛了，就在城隍廟裡，設下蔡指揮一門的靈位，香花燈燭，三牲祭禮，把幾顆人頭，一字兒擺開，朱源親製祭文拜奠。又於本處選高僧，做七七功德，超度亡魂。又替蔡續，整頓個家事，囑付府縣，請其母碧蓮，一同居住，以奉蔡指揮歲時香火。朱裁另給銀兩別娶。諸事俱已停妥，備細寫下一封家書，差個得力承差，齎回家中，報知瑞虹，瑞虹見了書中之事，已知蔡氏有後，諸賊盡已受刑，瀝血奠祭，舉手加額，感謝天地不盡。是夜瑞虹沐浴更衣，寫下一紙書信，寄謝丈夫，又去拜謝了大奶奶，回房把門閂了，將剪刀自刺其喉而死。其書云：

「賤妾瑞虹百拜相公台下：虹身出武家，心嫻閨訓，男德在義，女德在節；女而不節，禽獸何別？虹父韜鈐不戒，麴蘖迷神，誨盜亡身，禍及母弟，一時並命。妾心膽俱裂，浴淚彌年。然而隱忍不死者，以為一人之廉恥小，闔門之仇怨大；昔李將軍忍恥降虜，欲得當以報漢，妾雖女流，志竊類此。不幸歷遭強暴，衷懷未伸；幸遇相公，拔我於風波之中，諧我以琴瑟之好。識荊之日，便許復仇，皇天見憐，宦遊早遂，諸奸貫滿，相次就縛；而且明正典刑，瀝血設饗。蔡氏已絕之宗，復蒙披根見本，世祿復延；相公之為德於衰宗者，天高地厚，何以喻茲？妾之仇已雪，而志已遂矣；失節貪生，貽玷閥閱，妾且就死，以謝蔡氏之宗於地下。兒子年已六歲，嫡母憐愛，必能成立，妾雖死之日，猶生之年。姻緣有限，不獲面別，聊寄一箋，以表衷曲。」

大奶奶知得瑞虹死了，痛惜不已，殯殮悉從其厚，將他遺筆封固，付承差寄往任上。朱源看了，哭倒在地，昏迷半晌方醒。自此患病，閉門者數日，府縣都來候問。朱源哭訴情由，人人墮淚，俱誇瑞虹節孝，今古無比。——不在話下。後來朱源差滿回京，歷官至三邊總制。瑞虹所生之子，名曰朱懋，少年登第，上疏表陳生母蔡氏，一生之苦，乞賜旌表。聖上准奏，特建節孝坊，至今猶在。詩云：

報仇雪恥是男兒，誰道裙釵有執持？堪笑硜硜真小量，不成一事枉嗟咨。

金玉奴棒打薄情郎

枝在牆東花在西，自從落地任風吹；枝無花時還再發，花若離枝難上枝。

這四句詩乃昔人所作棄婦詞。言婦人隨夫，如花之附於枝；枝若無花，逢春再發，花若離枝，不可復合。勸世上婦人事夫盡道，同甘同苦，從一而終；休得慕富嫌貧，兩意三心，自貽後悔。且說漢朝一個名臣，當初未遇時節，其妻有眼不識泰山，棄之而去；到後來，悔之無及。你說那名臣何方人氏？姓甚名誰？那名臣姓朱，名買臣，表字翁子；會稽人氏。家貧未遇，夫妻二口住於陋巷蓬門，每日買臣向山中砍柴，挑至市中賣錢度日。性好讀書，手不釋卷；肩上挑了柴擔，手裡兀自擎著書本，朗誦咀嚼，且歌且行。市人聽慣了，但聞讀書之聲，便知買臣挑柴擔來了；可憐他是儒生，都與他買。更兼買臣不爭價錢，憑人估值；所以他的柴比別人容易出脫。一般也有輕薄少年及兒童之輩，見他又挑柴又讀書，三五成群，把他嘲笑戲侮，買臣全不為意。一日，其妻出門汲水，見群兒隨著買臣柴擔，拍手鬨笑，深以為恥。買臣賣柴回來，其妻勸道：「你要讀書休要賣柴，你要賣柴便休讀書；許大年紀不癡不癲，卻做出這般行徑，被兒童笑話，豈不羞死？」買臣笑道：「我賣柴以救貧賤，讀書以取富貴，各不相妨，繇他笑話便了。」其妻笑道：「你若取得富貴時，不去賣柴了；自古及今，那見賣柴的人做了官？卻說這沒把柄的話！」買臣道：「富貴貧賤，各以其時，有人算我八字，到五十歲上必然發跡。常言：『海水不可斗量』；你休料我。」其妻道：「那算命先生見你癡癲模樣，故意耍笑你，你休聽信。到五十歲時，連挑柴也挑不動，餓死是有分的，還想做官？除非是閻羅王殿上少個判官，等你去做。」買臣道：「太公望八十歲，尙在渭水釣魚，遇了文王，以後車載之，尊爲尙父；本朝公孫弘丞相，五十九歲上還在東海牧豕，直至六十歲方才際遇今上，拜相封侯；我五十歲上發跡，比甘羅雖遲，比那兩個還早，你須耐心等去。」其妻道：「你休得攀今引古。那釣魚牧豕的，胸中都有才學；你如今讀這幾句死書，便讀到一百歲，只是這個嘴臉，有甚出息？晦氣做了你老妾，你被兒童恥笑，連累我也沒臉皮。你不聽我言，不拋卻書本，我決不跟你終身，各人自尋道路，休得兩相耽誤。」買臣道：「我今年四十三歲了，再七年便是五十。前長後短，你就等耐也不多時，直恁薄情捨我而去，後來須要懊悔。」其妻道：「世上少甚挑柴擔的漢子，懊悔甚麼來？我若再待你七年，連我這骨頭，不知餓死於何地了？你倒放我出門做個方便，活了我這條性命。」買臣見其決意，料想留他不住了；歎口氣道：「罷！罷！只願你嫁得丈夫，強似朱買臣的便好！」其妻道：「好歹強你一分兒！」說罷，拜了兩拜，欣然出門而去，略不顧視。買臣卻感慨不已，題詩四句於壁云：

嫁犬逐犬，嫁雞逐雞；妻自棄我，我不棄妻。

買臣到五十歲時，值漢武帝下詔求賢，買臣到西京上書，待詔公車；同邑人嚴助薦買臣之才。天子知買臣是會稽人，必知本土人情利弊，即拜爲會稽太守；馳驛赴任。會稽長吏聞新太守將到，大發人夫修治道路；買臣妻之後夫亦在役中。其妻蓬頭跣足，隨伴送飯；見太守前呼後擁而來，從旁窺之，乃故夫朱買臣也。買臣在車中一眼瞧見，還認得是故妻，遂使人招之，載於後車；到府第中，故妻羞慚無地，俯首謝罪，買臣教請他後夫相見；不多時，後夫喚到，拜伏於地，不敢仰視。買臣大笑對其妻道：「似此人，未見得強似朱買臣也！」其妻再三叩懇，自悔有眼無珠，願降爲婢妾，伏侍終身。買臣命取水一桶，潑於階下，向其妻說道：「若潑水可復收，汝亦可復合！念你少年結髮之情，判後園隙地與汝夫婦耕種自食。」其妻隨後夫走出府第，路人都指著說道：「此即新太守之舊夫人也。」於是羞極無顏，到了後園，遂投河而死。有詩爲證：

漂母尚知憐餓士，親妻忍得棄貧儒；早知覆水難收取，悔不當初伴讀書。

又有一詩，說欺貧重富，世情皆然，不止一買臣之妻也。詩曰：

盡看成敗說高低，誰識蛟龍在淖泥？莫怪婦人無法眼，普天幾個負羈妻？

這個故事是妻棄夫的；如今再說一個夫棄妻的，一般是欺貧重富，背義忘恩；後來徒落得個薄倖之名，被人講論。話說南宋紹興年間，臨安雖然是個建都地方，富庶之鄉，其中乞丐卻依然不少。那乞丐中有個爲頭的，名曰團頭，管著衆丐。衆丐叫化得東西來時，團頭要收他日頭錢；若是雨雪時，沒處叫化，團頭卻熬些稀粥，養活這夥丐戶；破衣破襖，也是團頭照管。所以這夥乞丐，小心低氣，服事團頭，如奴一般，不敢觸犯。那團頭現成收些常例錢，將錢在衆乞丐中放債盤利；若不嫖不賭，依然做起大家業來。他有此爲生，一時也不想改業；——只是一件，團頭的名兒不好，隨你掙得有田有地，幾代發跡，終是個叫化頭兒，比不得平等百姓人家，出外沒人恭敬，只好閉著門自屋裡做大。雖然如此，若數著「良賤」二字，只說「倡優隸卒」四般爲賤流，倒數不著那乞丐；看來乞丐只是沒錢，身上卻無瑕疵。假如春秋時伍子胥逃難，也曾吹簫於吳市中乞食，唐時鄭元和做歌郎唱蓮花落，後來富貴發達，一床錦被遮蓋：這都是叫化中出色的。可見此輩雖是被人輕賤，倒不比「倡優隸卒」。閒話休提。如今且說杭州城中一個團頭，姓金名老大。祖上到他，做了十代團頭了，掙得個完完全全的家事。住的有好房子，種的有好田園，穿的有好衣，喫的有好食，眞個廒多積粟，囊有餘金，使婢驅奴；雖不是頂富，也是數得著的富家了。那金老大有志氣，把這團頭讓與族人金癩子頂了，自己現成受用，不與這夥乞丐歪纏。然雖如此，里中口順，還只叫他是團頭家，其名不改。金老大年五十餘喪妻，無子；止存一女，名玉奴。那玉奴生得十分美貌，怎見得？有詩爲證：

無瑕堪比玉，有態欲羞花；只少宮妝扮，分明張麗華。

金老大愛此女，如同珍寶。從小教他讀書識字，到十五六歲時，詩賦俱通，一寫一作，信手而成；更兼女工精巧，亦能調箏弄管，事事伶俐。金老大倚著女兒才貌，立意要將他嫁個士人；雖是那名門舊族中，急切要這一個女子，亦不易得，可恨生於團頭之家，沒人相求；若是平常經紀人家沒前程的，金老大又不肯許他了。因此，高低不就，把女兒直擱到十八歲，尙未許人。偶然有個鄰翁來說：「太平橋下有個書生，姓莫名稽，年二十歲；一表人才，讀書飽學。只爲父母雙亡，家貧未娶；近日考中，補上太學生，情願入贅人家。此人正與令嬡相宜，何不招之爲婿？」金老大道：「就煩老翁作伐何如？」老翁領命，逕到太平橋下，尋那莫秀才對他說道：「實不相瞞，祖上曾做過團頭的，如今久不做了；只貪他好個女兒；又且家道富足，秀才若不棄嫌，老漢即當玉成其事。」莫稽口雖不語，心下想道：「我今衣食不周，無力婚娶，何不俯就他家，一舉兩得也？」顧不得恥笑，乃對鄰翁說道：「大伯所言甚妙，但我家貧乏聘，如何是好？」鄰翁道：「秀才但是允從，紙也不費一張，都在老漢身上。」鄰翁回覆，兩相情願，擇日連姻；金家倒送一套新衣，與莫秀才穿著了，過門成親。莫稽見玉奴才貌，喜出望外，不費一錢，白白的得了個美妻，又且豐衣足食，事事稱懷；就是朋友輩中，曉得莫生貧苦，無不相諒，倒也沒人去笑他。到了滿月，金老大備下盛席，教女婿請他同學，會友飲酒，榮耀自家門戶；一連喫了六七天酒，何期惱了族人金癩子？那癩子也是一番正理，他道：「你也是團頭，我也是團頭，只你多做了幾代，掙得錢鈔在手；論起祖宗一脈，彼此無二，姪女玉奴招婿，也該請我吃杯喜酒；如今請人做滿月，開宴六七日，何以並無三寸長一寸闊是請帖兒到我？慢說你女婿只是個秀才，就做尚書宰相，難道我就不是親叔公，坐不起凳頭？恁般不覷人在眼裡！我且去噪鬧他一場，教他大家沒趣。」叫起五六十個乞丐，一齊奔到金老大家裡來。但見：

開花帽子，打結衫兒，舊席片對著破氈條；短竹根配著缺糙碗。叫爹叫娘叫財主，門前只見喧嘩；弄蛇弄狗弄猢猻，口內各呈伎倆。敲板唱楊花，惡聲聒耳；打磚搽粉臉，醜態逼人。一班潑鬼聚成群，便是鍾馗收不得。

金老大聽得噪鬧，開門看時，那金癩子領著眾乞丐一擁而入，嚷做一堂。癩子逕奔席上，揀好酒好食只顧喫，口裡叫道：「快教姪婿夫妻來拜見叔公。」唬得眾秀才站腳不住，都逃席去了，連莫稽也隨著眾朋友躲避。金老大無可奈何，只得再三央告道：「今日是我女婿請客，不干我事；改日專治一杯，與你陪話。」又將許多錢鈔，分賞衆乞丐，又抬出好酒兩甕，和些活雞活鵝之類，教衆乞丐送去癩子家當個折席；直亂到黑夜，方才散去。玉奴在房中，氣得兩淚交流。這一夜莫稽在朋友處借宿，次早方回。金老大見了女婿，自覺出醜，滿面含羞。莫稽心中未免也有三分不樂，只是大家不說出來。正是：

啞子嘗黃柏，苦味自家知。

卻說金玉奴只恨自己門風不好，要掙個出頭，乃勸丈夫刻苦讀書；凡古今書籍，不惜價錢，買來與丈夫看。又不吝供給之費，請人會文會講；又出資財，教丈夫結交延譽。莫稽繇此才學日進，聲譽日起；三十三歲發解，連科及第。這日瓊林宴罷，烏紗宮錦，馬上迎歸；將到丈人家裡，那街坊上人爭先來看；兒童輩都指道：「金團頭家女婿做了官也！」莫稽在馬上聽得此言，又不好攬事，只得忍耐；見了丈人，雖然外面盡禮，卻包著一肚子忿氣；想道：「早知有今日富貴，怕沒王侯貴戚招贅爲婿；卻拜個團頭做岳丈，可不是終身之玷？養兒女出來，還是個團頭的外孫，被人傳作話柄。如今事已如此，妻又賢慧，不犯七出之條，不好深絕得；正是事不三思，終有後悔。」爲此，心中怏怏，只是不樂。玉奴幾遍問而不答，正不知甚麼緣故。好笑那莫稽，只想著今日富貴，卻忘了貧賤的時節；把老婆資助成名一段功勞，化爲冰水：——這是他心術不端處。不一日莫稽謁選得授無爲軍司戶，丈人治酒送行；此時衆乞丐，料也不敢登門噪鬧了。喜得臨安到無爲軍，是一水之地，莫稽領了妻子，登舟赴任。行了數日，到了采石江邊，維舟北岸。是夜月明如晝，莫稽睡不能寐，穿衣而起，坐於船頭玩月；四顧無人，又想起團頭之事，悶悶不悅。忽然動一個惡念，道：「除非此婦身死，另娶一人，方免得終身之恥。」心生一計，走進船艙，哄玉奴起來看月華。玉奴已睡了，莫稽再三逼他起身；玉奴難逆丈夫之意，只得披衣走至艙門口，舉頭望月；被莫稽出其不意，牽出船頭，推墮江中。莫稽悄悄喚起舟人，分付道：「快快開船前去，重重有賞，不可遲慢。」舟子不知就裡，慌忙撐篙蕩槳，移舟於十里之外。住泊停當，莫稽方才說：「適間奶奶因玩月墜水，撈救不及了。」卻將三兩銀子賞與舟人為酒錢；舟人會意，誰敢開口？船中雖跟得有幾個蠢婢子，只道主母眞個墜水，悲泣一場，丟開了手，不在話下。有詩爲證：

只為團頭號不香，一朝得意棄糟糠，天緣結髮終難解，惹得人稱薄倖郎。

你說事有湊巧，莫稽移船去後，剛剛有個淮西轉運使許德厚，——也是新上任的，——泊舟於采石北岸；正是莫稽先前推妻墜水處。許德厚和夫人推窗看月，開懷暢飲，尚未曾睡；忽聞岸上啼哭，乃是婦人聲音，其聲哀怨，好生悽慘。忙呼水手去看，果然是個單身婦人，坐在江岸；便教喚上船來，審其來歷。原來此婦正是無爲軍司戶之妻金玉奴。——玉奴初墜水時，魂飛魄蕩，已料著必死，忽覺水中有物托起兩足，隨波而行，近於江岸。玉奴掙扎上岸，舉目看時，江水茫茫，已不見了司戶之船；才悟道丈夫貴而忘賤，故意欲溺死故妻，別圖良配；如今雖然得了性命，無處依棲，轉思苦楚，以此痛哭。見許公盤問，不免從頭至尾細說一遍。說罷，哭之不已；連許公夫婦都感傷墮淚，勸道：「汝休得悲啼！肯爲我義女，再作道理。」玉奴拜謝。許公分付夫人，叫丫鬟取乾衣替他通身換了，安排他後艙獨宿；教手下男女都叫他小姐。又分付舟人，不許洩漏其事。不一日到淮西上任，那無爲軍正是他所屬的地方，許公是莫司戶的上司，未免隨班參謁。許公見了莫司戶，心中想道：「可惜一表人才，幹恁般薄倖之事。」約過數月，許公對僚屬說道：「下官有一女，頗有才貌，年已及笄，欲擇一佳婿贅之；諸君意中有其人否？」衆僚屬聞莫司戶青年喪偶，齊聲薦他才品非凡，堪作東床之選。許公道：「此子我亦屬意久矣；但少年登第，心高望厚，未必肯贅吾家。」衆僚屬道：「彼出身寒門，得公收拔，如蒹葭依玉樹，何幸如之！豈以入贅爲嫌乎？」許公道：「諸君既酌量可行，可與莫司戶言之。但云出自諸公之意，以探其情，莫說下官；恐有妨礙。」衆人領命，遂與莫稽說知此事，要替他做媒。莫稽正要攀親；況且聯姻上司，求之不得；便欣然應道：「此事若得玉成，當效銜結之報。」衆人道：「當得，當得。」隨即將言回覆許公。許公道：「雖承司戶不棄，但下官夫婦鍾愛此女，嬌養成性，所以不捨得出嫁。只怕司戶少年氣概，不相饒讓，或致小有嫌隙，有傷下官夫婦之心；須是預先講過，凡事容耐些，方敢入贅。」衆人領命，又到司戶處傳話；司戶無不依允。此時司戶不比做秀才時節，一般用金花綵幣，爲納聘之儀，選了吉期，皮鬆骨癢，整備做轉運使的女婿。卻說許公先教夫人與玉奴說：「老相公憐你孤零，欲重贅一少年進士，你不可推阻。」玉奴答道：「奴家雖出寒門，頗知禮數，既與莫郎結髮，從一而終耳。雖然莫郎嫌貧棄賤，忍心害理；奴家各盡其道，豈肯改嫁，以傷婦節？」言畢，淚如雨下。夫人察他志誠意實，說道：「老相公所說少年進士，就是莫郎。老相公恨其薄倖，須要你夫妻再合；只說有個親生女兒，要招贅一婿，卻教衆僚屬與莫郎議親，莫郎欣然聽從；就今晚入贅吾家。等他進房之時，須是如此如此，……與你出這口怨氣。」玉奴方才收淚，重勻粉面，再整新妝，打點結親好事。到晚，莫司戶冠帶整齊，帽插金花，身披紅錦，跨著雕鞍駿馬，兩班鼓樂前導，衆僚屬都來送親，一路行來，誰不喝采？正是：

鼓樂喧闐白馬來，風流佳婿實奇哉；團頭戚換高門眷，采石江邊未足哀。

是夜轉運使鋪氈結綵，大吹大擂，等候新女婿上門。莫司戶到門下馬，許公冠帶出迎，衆僚屬都別去。莫司戶直入私宅，新人用紅巾覆首，兩個養娘扶將出來，儐相站在檻外喝禮；雙雙見了天地，又拜了丈人丈母，然後交拜。禮畢，送歸洞房，做花燭筵席。莫司戶此時心中如登九霄雲裡，歡喜不可形容，仰著臉昂然而入；才跨進房，忽然兩邊門側裡，走出七八個老嫗丫鬟，一個個手執著毛竹細棒，劈頭劈臉，打將下來，打得莫司戶叫喊不迭；把紗帽都打脫了，肩背上仍是棒如雨下。莫司戶正不知什麼緣故，慌做一堆蹲倒，大叫岳父岳母救命。正在危急，只聽得房中嬌聲宛轉叫道：「休打壞薄情郎，且喚來相見。」衆人方才住手。七八個老嫗丫鬟，扯耳朵，拽胳膊，好似六賊戲彌陀一般，足不點地，擁到新人面前。司戶口中還說道：「下官何罪？」舉目看時，畫燭輝煌，照見上邊端端正正坐著個新人；——不是別人，卻是故妻金玉奴。莫稽此時，魂不附體，亂嚷道：「有鬼！有鬼！」衆人都笑起來。只見許公自外而入，叫道：「賢婿休疑。此乃吾采石江頭所認之義女，非鬼也。」莫稽心頭方才住了跳，慌忙跪下哀告道：「我莫稽知罪了！望大人包容！」許公道：「此事與下官無干，只吾女沒說話就罷了。」玉奴唾其面，罵道：「薄倖賊！你不記宋弘有言：『貧賤之交不可忘，糟糠之妻不下堂。』當初你空手贅入吾門，虧得我家資助，讀書延譽，以致成名，僥倖今日。奴家指望夫榮妻貴；何期你忘恩負義，就不念結髮之情，恩將仇報，將奴推墮江心？幸得上天可憐，得遇恩父提救，收爲義女；不然，一定葬於江魚之腹了。你於心何忍？今日還有何顏面，再與你完聚？」說罷，放聲而哭；千薄倖，萬薄倖，罵不住口。莫稽滿面羞慚，閉口無言，只顧叩頭求恕。許公見罵得彀了，方才把莫稽扶起，勸玉奴道：「我兒息怒。如今賢婿悔罪，料然不敢輕慢你了；你兩個雖是舊日夫妻，在吾家只算新婚花燭，凡是看我之面，閒言閒語，一筆都鉤罷！」又對莫稽說道：「賢婿你自家不是，休怪別人；今宵只索忍耐，待我教你丈母勸解。」說罷，出房。少刻，夫人來到，又調停了許多言語，二個方才和睦。次日，許公設宴款待新女婿，將前日所下金花綵幣依舊送還，道：「一女不受二聘；賢婿前番在金家已費過了，今番下官不敢重疊收受。」莫稽低頭無語。許公又道：「賢婿常恨令岳翁卑賤，以致夫婦失愛，幾乖倫理；今下官備員轉運，只恐官卑職小，尚未滿賢婿之意。」莫稽漲得面皮紅紫，只是離席謝罪。有詩爲證：

癡心指望締高姻，誰料新人是舊人？打罵一場羞滿面，問他何取岳翁新？

自此，莫稽與玉奴，夫婦和好，比前加倍；許公與夫人待玉奴如眞女，待莫稽如眞婿。玉奴待許公夫婦，亦與眞爹媽無異。莫稽大爲感動，迎接團頭金老大，在任奉養送終。後來許公夫婦死時，金玉奴照制重服，以報其恩。莫稽年五十餘，先玉奴而卒。其將死數日前，夢神人對他說：「汝壽本不止此；爲汝昔日無故殺妻，滅倫賊義，上干神怒，減壽一紀，減祿三秩。汝妻之不死再合，亦是神明曲祐；一救無辜，一薄爾罪也。」莫稽夢覺嗟歎，對家人說夢中神語，料道病已不起。正是：

舉心動念天知道，果報照彰豈有私？

莫氏與許氏，世世爲通家兄弟，往來不絕。詩云：

宋弘守義稱高節，黃允休妻罵薄情；試看莫生婚再合，姻緣前定枉勞神。為人能把口應心，孝弟忠信從此始；其餘小德或出入，焉能磨涅吾行止。頭插花枝手把杯，聽罷歌童看舞女；食色性也古人言，今人乃以之為恥。及至心中與口中，多少欺人沒天理；陰為不善陽掩之，則無益矣徒勞耳。請坐且聽吾語汝，凡人有生必有死；死見閻君面不慚，才是堂堂好男子。

女秀才移花接木

萬里橋邊薛校書，枇杷窗下閉門居；掃眉才子知多少，管領春風總不如。

這四句詩，乃唐人贈蜀中妓女薛濤之作。這個薛濤，乃是女中才子；南康王韋皋做西川節度使時，曾表奏他做軍中校書，故人多稱爲薛校書。他所往來的是：高千里，元微之，杜牧之……一班名流。又將浣花溪水造成小箋，名曰「薛濤箋」。詞人墨客，得了此箋，猶如拱璧；眞正「名重一時，芳流百世。」在國朝洪武年間，有廣東廣州府人田洙，字孟沂；隨父田百祿到成都赴教官之任。那孟沂生得風流標緻，又兼才學過人，書畫琴棋之類，無不通曉；學中諸生日與嬉遊，愛同骨肉。過了一年，百祿要遣他回家，孟沂的母親心裡捨不得他去；又且寒官冷署，盤費難處。百祿與學中幾個秀才商量，要在地方上尋一個館與兒子坐坐，一來可以早晚讀書，二來得些館資可爲歸計。這些秀才巴不得留住他，訪得附近一個大姓張氏，要請一館賓，衆人遂將孟沂力薦於張氏。張氏送了館約，約定明年正月元宵後到館。至期，學中許多的少年朋友，一同送孟沂到張家來；連百祿也自送去。張家主人曾爲運使，家道饒裕。見是老廣文帶了許多秀才到家，甚爲喜歡；開筵相待。酒罷，各散；孟沂就在館中宿歇。到了二月花朝，孟沂要歸省父母，主人送他節儀二兩，孟沂藏在袖子裡了，步行回去。偶然望見一個去處，桃花盛開，一路走去，境甚幽僻，孟沂心裡喜歡，佇立少頃，觀玩景緻。忽見桃林中一個美人，掩映花下，孟沂料是良人家，不敢顧盼，徑自走過；未免帶些賣俏身子，拖下袖來，袖中之銀，不覺掉落於地。美人看見，便叫隨侍的丫鬟拾將起來，送還孟沂；孟沂笑受，致謝而別。明日孟沂有意打那邊經過，只見美人與丫鬟仍立在門首。孟沂望著門前走去，丫鬟指道：「昨日遺金的郎君來了。」美人略略斂身，避入門內。孟沂見了丫鬟，致謝道：「昨日多蒙娘子美情，拾還遺金，今日特來造謝。」美人聽得，叫丫鬟請入內廳相見。孟沂喜出望外，急整衣冠，望門內而進；美人早已至廳上，含笑相迎。相見禮畢；美人先開口道：「郎君莫非是張運使宅上西賓麼？」孟沂道：「然也。昨日因館中回家，道經於此，偶遺小物，得蒙夫人盛情，命尊侍拾還，實爲感激。」美人道：「張氏一家親戚，彼西賓即我西賓，還金小事，何足爲謝？」孟沂道：「請問夫人高門姓氏？與敝東何親？」美人道：「寒家姓平，成都舊族也。妾乃文孝坊薛氏女，嫁與平氏子康，不幸早卒，妾獨孀居於此。與郎君賢東，乃鄉鄰姻婭，郎君即是通家了。」孟沂見說是孀居，不敢久留，兩杯茶罷，起身告退。美人道：「郎君便在寒舍過了晚去，若賢東曉得郎君到此，妾未能久留款待，覺得沒趣了。」即分付：「快辦酒饌。」不多時，設著兩席，與孟沂相對而坐。坐中殷勤勸酬，笑語之間，美人多帶些謔浪話頭。孟沂認道是張氏至戚，雖然心裡技癢難熬，還拘拘束束，不敢十分放肆。美人道：「聞得郎君倜儻俊才，何乃作儒生酸態？妾雖不敏，頗解吟詠。今遇知音，不敢藏拙，當與郎君賞鑒文墨，唱和詞章。郎君不以爲鄙，妾之幸也！」遂叫丫鬟取出唐賢遺墨與孟沂看。孟沂從頭細閱，多是唐人眞跡手翰詩詞；——惟元稹、杜牧、高駢的最多；——紙墨如新，孟沂愛玩不忍釋手道：「此希世之寶也！夫人情鍾此類，眞是千古韻人了！」美人謙謝，兩個談話有味，不覺夜已二鼓。孟沂辭酒不飲。美人延入寢室，自薦枕席道：「妾獨處已久，今見郎君高雅，不能無情，願得奉陪。」孟沂道：「不敢請耳，固所願也。」兩個解衣就枕，魚水歡情，極其繾綣。枕邊切切叮嚀道：「愼勿輕言；若賢東知道，彼此名節喪盡。」次日將一個玉臥獅鎮紙贈與孟沂；送至門外道：「無事就來走走，勿學薄倖人。」孟沂道：「這個何勞分付？」孟沂到館哄主人道：「老母想念，必要學生歸家宿歇，學生不敢違命；但是從今早來館中，夜歸家裡便了。」主人信以爲實道：「任從尊便。」自此，孟沂在張家只推家裡去宿，家裡又說在館中宿，竟夜夜到美人處宿了。整有半年，並沒有一個人知道。孟沂與美人賞花玩月，酌酒吟詩，曲盡人間之樂。兩人每每你唱我和，偶成聯句，如「落花」二十四韻，「月夜」五十韻；鬥巧爭妍，眞如勁敵。佳句太多，恐看官厭聽，不能盡述；只將他兩人四時迴文詩表白一遍。美人詩道：

花朵幾枝柔傍砌，柳絲千縷細搖風；霞明半嶺西斜日，月上孤村一樹松。——春——

涼回翠簟冰人冷，齒漱清泉夏月寒；香篆嫋風清縷縷，紙窗明月白團團。——夏——

蘆雪覆汀秋水白，柳風凋樹晚山蒼；孤幃客夢驚空館，獨雁征書寄遠鄉。——秋——

天凍雨寒朝閉戶，雪飛風冷夜關城；鮮紅炭火圍爐暖，淺碧茶甌注茗清。——冬——

這幾首詩怎麼叫做迴文？因是順讀完了，倒讀轉去，皆可通得；最難得這樣渾成，非是高手不能。美人一揮而就，孟沂也和他四首道：

芳樹吐花紅過雨，入簾飛絮白驚風；黃添曉色青舒柳，粉落晴雲雪覆松。——春——

瓜浮甕水涼消暑，藕疊盤冰翠嚼寒；斜石近階穿筍密，小池舒葉出荷團。——夏——

殘石絢紅霜葉出，薄煙寒樹晚林蒼；鸞書寄恨羞封淚，蝶夢驚愁怕念鄉。——秋——

風捲雪篷寒罷釣，月輝霜柝冷敲城，濃香酒泛霞杯酒，淡影梅橫紙帳清。——冬——

孟沂和罷，美人甚喜。眞是才子佳人，情味相投，樂不可言。卻是好物不堅牢，自有散場時節；一日張運使偶過學中，對老廣文田百祿說道：「令郎每夜歸家，不勝奔走之勞，何不仍留寒舍住宿，豈不爲便？」百祿道：「自開館後，一向只在公家，前日因老妻有疾，曾留得數日；這幾時並不曾來家宿歇，怎麼如此說？」張運使曉得內中必有蹺蹊，恐礙著孟沂，不敢盡言而別。是晚孟沂告歸，張運使不說破他，只叫館僕尾著他去；到得半路，忽然不見；趕去追尋，竟無下落。館僕回來對家主說了；運使道：「他少年放逸，必然花柳人家去了。」館僕道：「這條路上何曾有什麼妓館？」運使道：「你還到他衙中問問看。」館僕道：「天色晚了，怕關了城門出來不得。」運使道：「就在他家宿了，明日早晨回來也不妨。」到了天明，館僕回來稟道：「不曾回衙。」運使道：「這等那裡去了？」正疑怪間，孟沂恰到，運使問道：「先生昨宵宿於何處？」孟沂道：「家間。」運使道：「豈有此理？學生昨日叫人跟隨先生回去，因半路上不見了先生，小僕直到衙中去問，先生不曾到宅，怎如此說？」孟沂道：「半路上遇到一個朋友處講話，直到天黑回家，故此盛僕來時問不著。」館僕道：「小人昨夜宿在尊府，今早方才回來的，田老爹見說了，甚是驚慌，要自來尋問。相公如何還說著在家的話？」孟沂支吾不來，顏色盡變。運使道：「先生，若有別故，當以實說。」孟沂聽得遮掩不過，只得把遇著平家薛氏的話，說了一遍，道：「此乃令親相留，非小生敢作此無行之事。」運使道：「我家何嘗有親戚在此地方？況親戚中也無平姓者，必是鬼祟；今後先生自愛，不可去了。」孟沂口裡應承，心裡那裡信他？是晚又到美人家裡，對美人備說形跡已露之意。美人道：「我已先知道了；郎君不必怨悔，亦是冥數盡了。」遂與孟沂痛飲，極盡歡情。到了天明，哭對孟沂道：「從此永別矣！」將出灑墨玉筆管一枝，送與孟沂道：「此唐物也。郎君愼藏在身，以爲記念。」揮淚而別。那邊張運使料先生晚間必去，叫人看看，果不在館。運使道：「先生這事必要做出來；這是我們做主人的干係，不可不對他父親說知。」遂步至學中，把孟沂之事備細說與百祿知道，百祿大怒，遂叫了學中一個門子，同著張家館僕，到館中喚孟沂回家。孟沂方別了美人，回到張家，想念道：「他說永別之言，只是怕風聲敗露，我便耐守幾時再去走動，或者還可相會。」正躊躇間，父命已至，只得跟著回去。百祿一見，喝道：「你書倒不讀，夜來在那裡遊蕩？」孟沂看見張運使在家下，便無言可對。百祿見他不說，就拏起一條戒尺，劈頭打下，道：「還不實告？」孟沂無奈，只得把相遇之事，及錄成聯句一本，與所送鎭紙筆管兩物，各將來出道：「如此佳人，不容不動心，不必罪兒了。」百祿取來逐件一看，看那玉色是幾百年出土之物，管上有篆刻「臨淸高氏淸玩」六個字；又揭開詩來從頭細閱，不覺心服。對張運使道：「物既希罕，詩又俊秀，豈尋常之事？我們可同了不肖子，親到那地方去查一查蹤跡看。」三人遂同出城來，將近桃林，孟沂道：「此間是了。」進前一看，孟沂驚道：「怎生屋宇俱無了？」百祿與運使齊抬頭一看，只見水碧山青，桃株茂盛，荊棘之中有塚隆然。張運使點頭道：「是了，是了。此地相傳是唐妓薛濤之墓，後人因鄭谷詩有『小桃花遶薛濤墳』之句，所以種桃百株，爲春時遊賞之所。賢郎所遇，必是薛濤也。」百祿道：「怎見得？」張運使道：「他說所嫁是平氏子康，分明是平康巷了；又說文孝坊，城中並無此坊，文孝乃是教字，分明是教坊了。平康巷教坊，乃是唐時妓女所居；今云薛氏，不是薛濤是誰？且筆上有高氏字，乃是西川節度使高駢，駢在蜀時，濤最蒙寵待，二物是其所賜無疑。濤死已久，其精靈猶如此，此事不必窮究了。」百祿曉得運使之言甚確，恐怕兒子還要著迷，打發他先回廣東。後來孟沂中了進士，常對人說，便將二玉物爲證；雖然想念，再不相遇了。至今傳有田洙遇薛濤故事。小子爲何說這一段鬼話？只因蜀中女子，從來號稱有才：如文君，昭君，多是蜀中所生，皆有文才；所以薛濤一個妓女，生前詩名，不減當時詞客，死後猶且詩興勃然。——這也是山川的秀氣。唐人詩有云：「錦江膩骨峨眉秀，幻出文君與薛濤。」誠爲千古佳話，至於黃崇嘏，女扮爲男，做了相府椽屬，今世傳有女狀元，本也是蜀中故事；可見蜀女多才，自古爲然。至今兩川風俗：女人自小從師上學，與男人一般讀書；還有考試進庠做青衿弟子。若在別處，豈非絕大奇事？而今說著一家子的事，委曲奇詫，最是好聽：

從來女子守閨房，幾見裙釵入學堂？文武習成男子業，婚姻也只自商量。

話說四川成都府綿竹縣，有一個武官姓聞名確，乃是衙中世襲指揮；因中過武舉兩榜，累官至參將，就鎮守彼處地方。家中富厚，賦性豪奢。夫人已故；房中有一班姬妾，多會吹彈歌舞，有一子也是妾生，未滿三周；有一個女兒，年十七歲，名曰蜚娥，丰姿絕世。卻是將門將種，自小習得一身武藝，最善騎射；眞能百步穿楊，他模樣兒雖是娉婷，志氣賽過男子；因見父親是武出身，受那外人側目，只說是個武弁人家；兄弟又小，不能在黌門出入，結交斯文士子，自己便妝做男子，改名勝傑，表字俊卿，——取勝過豪傑男人之意，——到學堂讀書。外邊走動，只是個少年學生；到了家中內房，方還女妝。如此數年，果然學得滿腹文章，博通經史；遇著宗師到來，他也一般隨行逐隊，去考童生。且喜文星照命，縣府道高高前列，做了秀才。他男扮久了，人多認做聞參將的小舍人。一進了學，多來賀喜。府縣迎送到家；參將也只是將錯就錯，歡喜開宴。因是武官人家，秀才是甚難得的；從此參將與官府往來，添了個幫手，有好些氣色。那內外大小，卻像忘記他是女兒一般的，凡事儘是蜚蛾支持。他有兩個同學朋友，一個姓魏，名造字撰之；一個姓杜，名億字子中。兩人多是出群才學，英銳少年，與聞俊卿意氣相投，學業相長；況且年紀差不多。——魏撰之方年十九，長俊卿兩歲；杜子中卻與聞俊卿同年，只小得兩個月。三個就如親生兄弟一般，極是契厚，同在學中一個齋舍裡讀書；他兩個無心，只認做同窗好友。聞俊卿卻有意要在二人之中，揀一個嫁他；將兩人比並起來，又覺得杜子中是同庚生，凡事彷彿，模樣也是他標緻些，更爲中意，比魏撰之分外說得投機。杜子中見俊卿意思又好，丰姿又妙，常對他道：「我與兄兩人可惜多做了男子！我若爲女，必當嫁兄；兄若爲女，我必當娶兄。」魏撰之笑道：「你二人若成了夫婦，可置我於何地？尙當爲我謀之。」大家又談笑了一回方罷。俊卿歸家，脫了男服，還是個女子，暗想道：「我久與男子做伴，已是不宜；豈可舍此同學之人，另尋配偶不成？畢竟止在二人之內了。杜生雖然更覺可喜，魏兄也自不凡；不知後來還是那個結果？……好姻緣究在那個身上？……」好生委決不下。他家中有個小樓，可以四望，心中有事，連步登樓；見一隻烏鴉在樓窗前飛過，卻向百步外一株高樹上停翅踏枝，對著樓窗呀呀的叫。俊卿認得這株樹乃是學中齋前之樹，心裡道：「叵耐這業畜叫得可厭，且叫他喫我一箭則個。」隨下樓到臥房中取了弓箭；跑上樓來，那烏鴉還在那裡朗叫。俊卿道：「我借這業畜，卜我一件心事則個。」扳開弓搭上箭，口裡輕輕道：「不要誤我！」颼的一響，箭到處，那邊烏鴉墜地。這邊望見中箭，急急下樓，仍舊換了男妝，往學中看那枝箭的下落。杜子中在齋前閒走。聽得鴉鳴正急，忽然噗的一響掉下地來，走去看時，鴉頭上中了一箭，貫睛而死。子中拔出箭來道：「誰有此神技？恰恰貫著他頭腦。」仔細看那箭幹上，有兩行細字道：「矢不虛發，發必應弦。」子中念罷笑道：「這人好誇口！」魏撰之聽得，急出來叫道：「拏與我看。」就在杜子中手裡接了過去。正同看時，忽然子中家裡有人來尋他，子中掉著箭自去了。魏撰之細看時，八個字下邊，還有「蜚蛾記」三小字，想道：「蜚蛾像女人之號，難道女人中有此妙手？這也詫異！適才子中不看見這三個字，若見時，必然還要稱奇了。」沈吟間，早有聞俊卿走將來；看見魏撰之捻著這枝箭立在那裡，忙問道：「這枝箭是兄拾了麼？」撰之道：「箭自何來，兄卻知此盤問？」俊卿道：「箭上有字的麼？」撰之道：「因爲有字，在此想念。」俊卿道：「念想些什麼？」撰之道：「有『蜚蛾記』三字，必是女人，故此想著；難道有這般善射的女子不成？」俊卿假言道：「不敢欺兄，蜚蛾即是家姊。」撰之道：「令姊有如此巧技，曾許聘那家了？」俊卿道：「尚未。」撰之道：「模樣如何？」俊卿道：「與小弟有些廝像。」撰之道：「這等必是極美的了。俗語道：『未看老婆，先看阿舅』；小弟還未有室，吾兄與小弟做個氤氳使何如？」俊卿道：「家下事多是小弟作主，老父面前，只消小弟一說，無有不依；只未知家姊心下如何？」撰之道：「令姊處也仗吾兄幫襯；通家之雅，料無推拒。」俊卿道：「小弟謹記在心。」撰之喜道：「得兄應承，便十有八九了，誰想姻緣卻在此枝箭上？小弟謹當寶此，以爲後驗。」便把來那技箭藏於書箱中；又取出羊脂玉鬧妝一個，遞與俊卿道：「以此奉令姊，權答此箭，作個信物。」俊卿接來束在腰間。撰之道：「小弟聊作俚言，道意於令姊如何？」俊卿道：「願聞。」撰之吟道：

聞得羅敷未有夫，支機肯與問津無？他年得射如皋雉，珍重今朝金僕姑。

俊卿笑道：「詩意最妙！只是兄貌不陋，似太謙了些。」撰之道：「這小弟雖非賈大夫之醜，卻與令姊相配，定是不及。」俊卿含笑而別。從此，撰之胸中癡癡的想著聞俊卿有個阿姊，貌美技精，要得爲妻；爲了這個念頭，並不與杜子中說知。因爲箭是他所拾，恐怕說明這段緣由，起子中爭娶之意，故此半字不提。原來這枝箭卻有來歷：俊卿學射時節，便懷有擇配之心；故幹上刻那兩句，固是誇著發矢必中，也暗藏個應弦的啞謎。他射那烏鴉之時，明知這枝箭射去必落於齋前，故此他心裡暗卜道：「看他兩人那個先拾得著，即是百年姻眷。」爲此急急來尋下落。卻不知是杜子中先拾著，後來掉在魏撰之手裡，俊卿只見在魏撰之處，以爲姻緣有定，故假意說是姊姊；其實多暗隱著自己的意思。魏撰之不知其故，憑他掉謊，只道眞的有個姊姊。俊卿卻又錯認魏撰之乃天定良緣，已是心口相許；但爲杜子中十分相愛，好些拋撇不下。歎口氣道：「一馬跨不得雙鞍，我又違不得天意，他日別尋件事端，補其夙昔美情。」明日來對魏撰之道：「老父與家姊面前，小弟十分攛掇，已有允意；玉鬧妝已留在家姊處了。老父的意思，要等秋試過待兄高捷，方議此事。」魏撰之道：「就遲到今冬也無妨；只是一言既定，再無翻悔才好。」俊卿道：「有小弟在，誰翻悔得？」魏撰之不勝之喜，連忙作揖道：「多謝吾兄主盟，異日當圖厚報。」話休煩絮。時值秋間，魏撰之與杜子中、聞俊卿多考在優等，起送鄉試，兩人拉俊卿同去。俊卿與父參將計較道：「女孩兒家只好瞞著人暫時做秀才耍子；若當眞去鄉試，一時間中了舉人，後邊露出眞情來，就要關著奏請干係，事體弄大了不好收場，決使不得。」遂託病不行。魏、杜兩生只得撇了自去赴試；揭曉之日，兩生多得中了。聞俊卿見兩家報捷，也自歡喜；打點等魏撰之到家時，方把求親之話與父親說知。不想安綿兵備道與聞參將不合，時値軍令考察，開下若干款數，遞個揭帖到按院處，誣他冒用國課，妄報功績，侵尅軍糧，累贓巨萬；按院參上一本，奉聖旨著本處撫院提限比追。報到聞家，合門慌做了一團，即有許多衙門人尋出事端來纏擾；還虧得聞俊卿是個出名的秀才，衆人不敢十分囉唣。過不多時，兵備道行牌到府，說是奉旨犯人不宜疏縱，把聞參將收在府獄中去了。聞俊卿自把生員出名去遞狀投訴，就求保釋父親；太守准了訴詞，不肯召保。俊卿央著同窗兩個新中舉人去見太守，太守說：「得上司分付，做不得情。」三人袖手無計。此時魏撰之自揣道：「他家患難之際，料說不得求親的話，只好不提起，且一面去會試再說。」兩人臨行之時，又與俊卿作別；撰之道：「我們三人同心之友，我兩人喜得僥倖，方恨俊卿因病蹉跎，不得同登，不想又遭此家難！而今我們匆匆進京，心下如割，卻是事出無奈；多致意尊翁且自安心聽問，我們若少得進步，必當出力相助，來白此冤。」子中道：「此間官官相護，做定圈套陷人，聞兄只在家營救，未必有益；我兩人進京儻得好處，聞兄不若逕到京來商量，與尊翁尋個門路，還是那邊上流頭好辨白冤枉，我輩也好相機助力。切記，切記。」撰之又私自叮囑道：「令姊之事，萬萬留心；不論得意不得意，此番回來，必來求親了。」俊卿道：「閨妝現在，決不使兄失望便了。」三人灑淚而別。聞俊卿自兩人去後，一發沒有商量可救父親；虧得官無三日急，倒有七日寬，無非湊些銀子上下分派，使用得停當，獄中的也不受苦，官府也不來急急要問，丢在半邊做一件未結公案。參將與女兒計較道：「這邊的官司既未問理，我們正好做手腳；我意欲修下一個辨本，做下一個備細揭帖，到京中訴冤。只沒個能幹的人去得，心下躊躇未定。」聞俊卿道：「這件事須得孩兒自去。前日魏、杜兩兄臨別時，也教孩兒進京去，可以相機行事；但得兩兄有一人得第，也就好做靠傍了。」參將道：「幸得你是個女中丈夫，若親自到京，必定停當；只是千里程途，路上恐怕不便。」俊卿道：「『緹縈救父』自古稱爲美談；他也是個女子。況且孩兒男妝已久，遊庠已過，一向算在丈夫之列，有甚去不得？雖是路途遙遠，孩兒弓矢可以防身；儻有人盤問，憑著胸中見識，也支吾得過，不足爲慮。只是單帶著男人隨去，倒有些不便。孩兒想得有個道理：家下聞龍夫妻，本是苗種，多善弓箭；孩兒把他妻子也扮做男人，帶著他兩個，連孩兒共是三人同走，既有婦女伏侍，又有男僕跟隨，可以放心，一直到京了。」參將道：「既然算計得停當，事不宜遲，快打點動身便了。」俊卿依命，便去收拾；忽聽得傳報說魏、杜兩人多中了進士，俊卿不勝之喜，忙對父親說知，道：「有他二人在京做主，此去一發不難做事。」就別過父親揀日起身，在學中動一紙遊學呈兒，批個文書執照帶在身邊。路經省下，再察聽一察聽上司的聲口消息。你道聞小姐怎生打扮：

飄飄巾幘，覆著兩鬢青絲；窄窄靴鞋，套著一雙玉筍。上馬衣裁成短後，蠻獅帶妝就偏垂。囊一張玉靶弓，想開時舒臂扳腰多體態；插幾枝雁翎箭，放著處猿啼鵰落逞高強。爭羨道，能文善武的小郎君；怎知是，女扮男妝的喬秀士？

一路來到了成都府中，聞龍先去尋下了一所潔淨飯店；聞俊卿後到，歇下行李，叫聞龍妻子取出帶來的路菜幾碟，裝在碟內，向店中取了一壺酒，斟著慢飲。又道是無巧不成話，那坐的所在，與隔壁人家窗口相對，只隔得一個小天井。正飲之間，只見那邊窗裡一個女子，掩著半窗，對著聞俊卿不轉眼的看。及至聞俊卿抬起眼來，那邊又閃了進去，遮遮掩掩只不走開；忽地打個照面，乃是個絕色佳人。聞俊卿想道：「原來世間有這樣美貌女子！」看官！你道此時若是個男人，必然動了心，就想妝些風流家數，兩下眉頭眼角，弄出無限情景來了；只是聞俊卿自己也是個女身，卻不放在心上，一面取飯來喫了，且自去衙門前打幹正事。到得傍晚回店，剛才坐下，隔壁聽見這裡有人聲，那個女子又在窗邊來瞧看；俊卿私下自笑道：「看我做甚？豈知我與你是一般樣的？」正嗟歎間，只見門外一個老姥走將進來，手中拏著一個小榼兒；見了俊卿，放下榼兒道個萬福；對俊卿道：「隔壁景家小娘子見舍人獨酌，送兩件果子與舍人當茶。」俊卿開看，乃是南充黃柑，順慶紫梨；各十來枚。俊卿道：「小生偶經此地，與娘子非戚非親，如何承此美意？」老姥道：「小娘子說來，此間來去萬千的人，不曾見有舍人這等丰標，必定是貴家出身；及至聞人說是參府中小舍人，小娘子說這俗店無物可口，叫老媳婦送此二物來解渴。」俊卿道：「小娘子何等人家？卻居此間壁。」老姥道：「這小娘子是井研景少卿的小姐；只因父母雙亡，他依著外婆家住；他家裡自有萬金家事，只為尋不出中意的丈夫，所以還未嫁人。外公是此間富員外，這城中極興的客店，多是他家的房子，——何止有十來處，——進益甚廣；只有這裡幽靜些，卻同家小們住在間壁。他也不敢主張把外甥許人，恐怕錯了對頭，後來怨恨；常對小娘子道：『憑你自家看得中意的，實對我說，我就主婚。』這個小娘子也古怪，自來會揀相人物，再不曾說那一個好；方才見了舍人，便十分稱讚，敢是與舍人是夙世姻緣，天遣到此成就。」俊卿不好答應，微微笑道：「小生那有此福？」老姥道：「好說！好說！老媳婦且去著。」俊卿道：

「致意小娘子，多承佳惠！客中無可奉答，但有心感盛情。」老姥去了，俊卿自想一想，不覺失笑道：「這小娘子看上了我，卻不枉費春心！」吟詩一首，聊寄其意。詩云：

為念相如渴不禁，交梨邛橘出芳林；卻慚未是求凰客，寂寞囊中綠綺琴。

次日早起，老姥將著四枚剝淨的熟雞子，——做一碗盛著——一小壺好茶，送到俊卿面前道：「舍人請點心。」俊卿道：「多謝媽媽盛情。」老姥道：「這是景小娘子昨夜分付了老身支持來的。」俊卿道：「又是小娘子美情，小生如何消受？——有一詩奉謝，煩媽媽與我帶去。」俊卿就把昨夜之詩，寫在一幅桃花箋上，封好了付與老姥。詩中分明是推卻之意；老姥將去與景小姐看了，景小姐一心喜著俊卿，見他以相如自比，反認做有意於文君，後邊二句不過是謙讓的說話；遂也回他一首，和其原韻。詩云：

宋玉牆東思不禁，願為比翼止同林；知音已有新裁句，何用重操焦尾琴？

吟罷，也寫在烏絲襴紙上，教老姥送將來。俊卿看罷笑道：「原來小姐如此高才，難得！難得！」俊卿見他來纏得緊，生出個計較對老姥道：「多謝小姐美意；小生不是無情，爭奈小生已聘有妻室，不敢欺心妄想。上覆小姐，這段姻緣種在來世罷。」老姥道：「既然舍人已有了親事，老身回覆了小娘子，省得他牽腸掛肚空想壞了。」老姥去後，俊卿自出門去打點衙門事體，央求寬緩日期；諸色停當，直到天晚才回下處。——是夜無話。來日天早，這老姥又走將來笑道：「舍人小小年紀，倒會掉謊？花一般的娘子滾到身邊，推著不要。昨日回了小娘子，小娘子教我問一問兩位管家，多說道舍人並不曾聘過娘子，小娘子不勝喜歡，已對員外說過，少刻員外自來奉拜說親，好歹要成事了。」俊卿聽罷，獃了半晌道：「這冤家帳那裡說起？只索收拾行李起來，趁早去了罷。」分付聞龍與店家會了鈔，急待起身，只見店家走進來報道：「主人富員外相拜聞相公。」說罷，只見一個七十多歲的老人家，笑嘻嘻的走了進來；堂中望見了聞俊卿，先自歡喜，問道：「這位小相公想就是聞舍人了麼？」老姥還在店內，也跟將來說道：「正是這位。」富員外把手一拱道：「請過來相見。」聞俊卿見過了禮，整了客座坐了。富員外道：「老漢無事不敢冒叩新客。老漢有一外甥，乃是景少卿之女，未曾許著人家；舍甥立願不肯輕配凡流，老漢不敢擅做主張，憑他意中自擇。昨日對老漢說：『有個聞舍人今住本店，丰標不凡，願執箕帚。』所以要老漢自來奉拜，說此親事。老漢今見足下果然俊雅非常，舍甥也有幾分姿容，亦且粗通文墨，實是一對佳偶，足下不可錯過。」聞俊卿道：「不敢欺老丈，小生過蒙令甥謬愛，豈敢自外？一來令甥是公卿閥閱，小生是武弁門風，怕攀高不著；二來老父在難中，小生正要入京辨冤，此事既不曾告過，又不好爲此耽擱；所以應承不得。」員外道：「舍人是簪纓世冑，況又是黌宮名士，指日飛騰，豈分什麼文武門楣？若爲令尊之事，慌速入京，何不把親事議定了，待歸時稟知令尊，再行完娶？既安了舍甥之心，又不誤了足下之事，有何不可？」聞俊卿無計推託，心下想道：「他家不曉得我的心病，如此相逼；卻又不好十分推卻，打破心事。我想魏撰之有竹箭之緣，不必說了，還有杜子中更加相厚，倒不得不閃下了他；一向有個主意，要想骨肉女伴中，別尋一段姻緣，以了我之事；而今既有此事，我不若權且應承，定下此女，他日作成了杜子中，豈不是妙？那時曉得我是女身，須怪不得我；說來萬一杜子中也不成，那時也好開交了。不像如今礙手。」算計已定，就對員外說：「既承老丈與令甥如此高情，小生豈敢不受人提挈？只得留下一件信物在此爲定，待小生京中回來，上門求娶就是了。」說罷，就在身邊解下那個羊脂玉鬧妝，雙手遞與員外道：「奉此與令甥表信。」富員外千歡萬喜接受在手，一同老姥去回覆景小姐道：「一言已定了。」員外就叫店中整起酒來，與聞舍人餞行。俊卿推卻不得，喫得盡歡而散，隨即相別富員外，起身上路。再說俊卿主僕迳奔京都來，一路上少不得風餐露宿，夜住曉行。不一日，到了京城。叫聞龍先去打聽魏、杜兩家新進士的下處，問著了杜子中的寓所。——那時魏撰之已在部給假回去了。——杜子中見說聞俊卿來到，不勝之喜；忙差長班來接到下處。兩人相見，寒溫已畢，俊卿道：「小弟專爲老父之事，前日別時，承兩兄每分付入京圖便，切切在心；後聞兩兄高發，爲此不辭跋涉，特來相託。不相魏撰之已歸，幸得吾兄尚在京師，小弟不致失望了。」杜子中道：「仁兄先將老伯被誣事款，做一個揭帖，逐一辨明，刊刻起來，在朝門外逢人就送；等公論明白了，然後小弟央個相好的同年，在兵部的條陳別事帶上一段，就好到本籍去生發出脫了。」俊卿道：「老父有個辨本，可以上得否？」子中道：「如今重文輕武，老伯是按院題的，若武職官出名自辨，他們不容起來，反致激怒弄壞了事，不如小弟方才說的爲妙。仁兄不要輕率。」俊卿道：「感謝仁兄。小弟是書生之見，還求仁兄做主行事。」子中道：「異姓兄弟，原是自家身上的事，何勞叮囑？」俊卿道：「撰之爲何回去了？」子中道：「撰之原與小弟同寓多時，他說有件心事，要歸來與仁兄商量；問其何事，又不肯說。小弟說：『仁兄見吾二人中了，未必不進京來。』他說：『這是不可期約；況且事體要在家裡做的，必要回去。』所以告假而歸。正不知仁兄卻又到此，可不兩相左了？敢問仁兄：他果然要商量何等事？」俊卿明知為婚姻之事，卻只做不知；推說道：「連小弟也不曉得他為什麼；想來無非為家裡的事。」子中道：「小弟也想他沒什麼，為何怎地等不得？」兩個說了一回，子中分付治酒接風；就叫聞家家人安頓行李，不必別尋寓所，只在此間同寓。這寓所起先原是兩人同住的，今魏撰之去了，房舍儘有，就安寓那聞俊卿主僕三人，還綽綽有餘。當下子中又分付打掃聞舍人的臥房，就移出自己的榻來，相對鋪著，便晚間可以聯床清話。俊卿看見，心裡有些突兀起來，想道：「平日與他們同學，不過是日間相與，會文會酒；並不看見我的臥起，所以不得看破。而今同臥一室之中，須閃避不得，露出馬腳來怎麼處？卻又沒個說話可以推託得兩處宿，只得自己放著精細，遮掩過去便了。」雖是如此說，卻是天下的事，是眞難假，是假難眞，亦且終日相處，這些細微舉動，水火不便的所在，那裡遮飾得許多？聞俊卿日間雖是長安街上去送揭帖，做著男人的勾當；晚間宿歇之處，有好些破綻現出在杜子中的眼裡。子中是個聰明的人，有甚不省得；覺道有些詫異，愈加留心閒覷，越看越發蹊蹺。這日俊卿出去，忘鎖了拜匣，子中偷揭開來一看，多是些文翰柬帖，內有一幅草稿。寫著道：「成都錦竹縣信女聞蜚蛾，焚香拜告關帝眞君神前：願保父聞確冤情早白，自身安穩還鄉；竹箭之期，鬧妝之約，各得如意。謹疏。」子中見了，拍手道：「眼見得公案在此了；我枉為男子，被他瞞過了許多時。今不怕他飛上天去；只是後邊兩句解他不出。莫不許過了人家？……怎麼處？……」心裡狂蕩不禁。忽見俊卿回來，子中接入房中坐下，看著俊卿只是笑。俊卿疑怪，將自己身子上下前後看了又看，問道：「小弟今日有何舉動差錯了？仁兄見哂之甚！」子中道：「笑你瞞得我好！」俊卿道：「小弟到此來，做的事不曾瞞仁兄一些。」子中道：「瞞得多哩！俊卿自想罷！」俊卿道：「委實沒有。」子中道：

「俊卿記得當初同齋時言語麼？原說『弟若爲女，必當嫁兄；兄若爲女，必當娶兄。』可惜弟不能爲女，誰知兄倒果然是女，卻瞞了小弟；不然，娶兄多時了。怎麼還說不瞞？」俊卿見說著心病，臉上通紅起來，道：「誰是這般說？」子中袖裡摸出這紙疏頭來道：「這須是俊卿的親筆。」俊卿一時低頭無語。子中就挨過來坐在一處，笑道：「一向只恨『兩雄不能相配』，今卻天遂人願也！」俊卿急站起來，道：「行蹤爲兄識破，抵賴不得了。只有一件：一向承兄過愛，慕兄之心，非不有之；爭奈姻事已屬於撰之，不能再以身事兄，望兄見諒！」子中愕然道：「小弟與撰之同爲俊卿窗友，論起相與意氣，還覺小弟勝他一分；俊卿何得厚於撰之，薄於小弟乎？且撰之又不在此，何反舍近而求遠？這是何說？」俊卿道：「仁兄有所不知；仁兄可見疏上竹箭之期的說話麼？」子中道：「正是不解。」俊卿道：「小弟因爲與兩兄同學，心中願卜所從；那日向天暗禱：『箭到處先拾得者即爲夫婦。』後來這箭卻在撰之處，小弟詭說是家姊所射，撰之遂一心想慕，把一個玉鬧妝爲定；此時小弟雖不明言，心已許下了。此天意有屬，非小弟有厚薄也。」子中大笑道：「若如此說，俊卿宜爲我婦無疑。」俊卿道：「怎麼說？」子中道：「前日齋中之箭，原是小弟拾得，看見幹上有兩行細字，以爲奇異，正在念誦，撰之聽得，才走出來在小弟手裡接去觀看。此時偶然家中接小弟回去，就把竹箭掉在撰之處，不曾取得；何嘗是撰之拾取？若論俊卿所卜天意，一發正是小弟應占了。撰之他日可問，須混賴不得。」俊卿道：「既是曾見，箭上之字，可還記得否？」子中道：「雖然看時倉猝無心，也還記是『矢不虛發，發必應弦』八個字；小弟必是捏造不出。」俊卿見說得是實，心裡已自軟了；說道：「果是如此，乃天意了！只是枉了魏撰之，望空想了許多時，如今又趕將回去，日後知道，什麼意思？」子中道：「這個說不得。——況且箭原是我拾得，理該是我的。」就擁了俊卿求歡道：「相好兄弟，如今得同衾枕被，天上人間，無此樂矣！」俊卿推拒不得，只得含羞走入幃帳之內，一任子中所爲。事畢，聞小姐整衣而起，歎道：「妾一生之事，付之郎君，妾願遂矣！只是哄了魏撰之，如何回他？」忽然轉了一想，將手在床上一拍道：「有處法了。」杜子中倒喫了一驚道：「這事有甚處法？」小姐道：「好教郎君得知：妾身前日行至成都客店內安歇，主人有個甥女窺見了妾身，對他外公說了，逼著相許；是妾身想個計較將信物權定，推道歸時完娶。妾當時的意思：一則因魏撰之有了竹箭之約，恐怕冷淡了郎君；一則見那個女子才貌雙全，可爲君配；故此留下這頭姻緣。今妾既歸君，他日回去，魏撰之提起所許之言，就把這家的說合與他，豈不兩全其美？況且當時只說是姊姊，他心裡並不曾曉得是妾身自己，也不是哄他了。」子中驚訝道：「原來小姐在途中，又有這段奇事！今若說合與撰之，不惟見小姐在友誼上始終全美；就是我與小姐配合，與撰之也無嫌矣。還有一件要問：途中認不出是女客，不必說了；但小姐雖然男扮，同兩個男僕行走，好些不便。」小姐笑道：「誰說同來的多是男人？他兩個原是一對夫婦，一男一女打扮做一樣的。所以途中好伏侍走動，不必避嫌也。」子中也笑道：「有其主必有其僕；有才思的人，做來多是奇怪的事。」小姐就把景家女子所和之詩，拏出來與子中看。子中道：「世界也還有這般的女人！魏撰之得之，也好意足了。」小姐再與子中商量著父親之事，子中道：「今可說是我丈人，一發好措詞出力。我吏部有個相知，先央他把做對頭的兵備道調了地方，就好營爲了。」小姐道：「這個最是要著，郎君在心則個。」子中果然去央求吏部；數日之間，推陞本上，已把那個兵備道改陞了廣西地方。子中回覆小姐道：「對頭拔去，我今作速討個差，與你回去救取岳丈了事。此間已是布置，撫按輕擬上來，無不停當。」小姐愈加感激，轉增恩愛。子中討差解餉到山東地方，就便回籍，小姐仍舊扮做男人，——家人原以舍人相呼，——聞龍夫妻也照常妝束；擎弓帶前，一同騎馬傍著子中的官轎而行。行了幾日，將過鄭州，曠野之中，一枝響箭擦官轎射來。小姐曉得有歹人來了，分付轎夫：「你們只管前走，我在此對付他。」便勒住馬頭；果見百步之外，一騎馬飛也似的跑來。眞是忙家不會，會家不忙；小姐隨手在囊中取一枝箭，扣好弦，拽開弓喝聲道：「著！」那響馬不曾防備，早中了一箭，倒撞下馬，在地挣扎。小姐疾鞭坐馬，趕上了轎子，高聲道：「賊人已了當也，放心前去。」一路的人，多贊稱小舍人好箭，個個忌憚。子中轎裡也自得意，不必細說。自此，一路平穩，完了公事，到了家中。且說聞參將已因兵備道陞去，保候在外；小姐進見，備說京中事體，及杜子中營爲調去兵備道之事。參將感激不勝，說道：「如此大恩，何以爲報？」小姐又把被他識破，已把身子嫁與，共他同歸的事說出。參將也自喜歡道：「這也是郎才女貌，配得不枉了。你快改了妝，趁他榮歸吉日，我送你過門去罷。」小姐道：「妝還不好改得，且等會過了魏撰之看。」參將道：「正要對你說，魏撰之自京中回來，不知爲何，只管叫人來打聽；說我有個女兒，他要求聘。我只說他曉得些風聲，是來說你了；及至問時，又說是同窗舍人許他的。因不知你的事，我不好回得，只是含糊說等你回家，你如今要會他怎的？」小姐道：「其中有許多委曲，一時說不及，父親日後自明。」正說話間，魏撰之來相拜。原來魏撰之正爲前日婚姻事放心不下，故此就回，不想問著聞俊卿又已往京，叫人打聽俊卿有個姐姐的言語，益發言三語四，不得明白。有的說：「參將只有兩個舍人，一大一小，並無女兒。」又有的說：「參將有個女兒，就是那個舍人。」弄得魏撰之滿腹疑心，胡猜亂想；見說聞俊卿已回，所以亟亟來拜，要問明白。聞小姐照先時家數接了進來；寒溫已畢，撰之急問道：「老兄，令姊之說如何？小弟特爲此給假趕回。」小姐道：「包管兄有一位好大人便了。」撰之道：「小弟叫人宅上打聽，其言不一何也？」小姐道：「兄不必疑了，鬧妝已在一個人處，待小弟再略調停，準備迎娶便了。」撰之道：「依兄這等說，不像是令姊了。」小姐道：「杜子中盡知端的，兄去問他就明白。」撰之道：「兄何不就明說了？又要小弟去問他人。」小姐道：「中多委曲，小弟不好說得，非子中不能詳言。」說得魏撰之愈加疑心，便急忙起身，去拜杜子中。來到杜子中家裡，未及說別話，忙問聞俊卿所言之事。杜子中把京中同寓，識破了他是女子，已成夫婦始末根繇，說了一遍。魏撰之驚得木呆道：「前日也有人如此說，我卻不信；誰曉得聞俊卿果是女身？這分明是我的姻緣，平白錯過了。」子中道：「怎見得是兄的？」撰之道：「當初拾箭時節，就把玉鬧妝爲定的。」子中道：「箭本小弟所拾，原係他向天暗卜的；只是小弟當時不知其故，不曾與兄取得。此箭今仍歸小弟，原是天意，兄前日只認是他令姊，原未當屬意他自身，這個不必追悔，兄只管鬧妝之約不脫空罷了。」撰之道：「箭已去了，怎麼還說不脫空？難道當眞還有個阿姊？」子中又把聞小姐途中所遇景家之事，說了一遍道：「彼女才貌非常；他那日一時難推，就把兄的鬧妝權定在彼。而今想起來，這其間就有個定數了；豈不是兄的姻緣麼？」撰之道：「怪不得聞俊卿道自己不好說，原來有許多委曲。只是一件：雖是聞俊卿已定下在彼，他家還不曾曉得明白，小弟難以自媒，何繇得成？」子中道：「小弟與聞氏雖已成夫婦，還未曾拜見岳翁；打點就是今日迎娶，少不得還借重一個媒妁；如今就煩兄與小弟做一做。小弟成禮之後，老兄婚事，也只在小弟身上撮合就是了。」撰之大笑道：「當得，當得。只可笑小弟一晌在睡夢中，又被兄占了頭籌；而今不使小弟脫空，也還算是好了。既是這等，小弟先到聞家去道意，兄可隨後就來。」魏撰之易了冠帶，竟到聞家。聞參將原已打點本日送女兒過門成親，諸色準備停當。此時聞小姐已改了女妝，不來相接，止聞參將出迎。到堂中坐下，聞參將道：「小女嬌癡慕學，得承高賢不棄，今幸結此良緣；蒹葭倚玉，惶恐！惶恐！」魏撰之道：「好說！好說！」談了一會，忽門上報說：「杜爺來迎親了。」鼓樂喧天，杜子中烏紗帽大紅袍，四人轎抬至門首，下轎步入；眞是少年郎君，人人稱羨。走到堂中站了位次，拜見了聞參將。請出小姐來，又一同行禮。謝了魏撰之，啓轎而行。迎至家裡拜了天地，祭了祠堂，杜子中與聞小姐正是新親舊友，喜喜歡歡，一樁事完了。只是魏撰之有些眼熱，心裡道：「一樣的同窗朋友，偏是他兩個成雙！平時杜子中分外相愛，常恨不將男作女，去做夫妻；誰知今日竟遂其志？——也是一段奇話。只是許我的事，不知果是如何？」次日就到子中家裡賀喜，隨問其事。子中道：「昨晚弟婦就和小弟計較，今日專爲此要同到成都去。弟婦誓欲以此報兄，全其誓信；必得佳音方回來報。」撰之道：「多承厚情！一樣的同窗，也該記念著我的冷靜。但未知其人果是如何？」子中走進去取出景小姐前日和韻之詩，與撰之看了。撰之道：「果得此女，小弟便可以不妒兄矣。」子中道：「弟婦贊之不絕口，大約不負所舉。」撰之道：「這件事做成，眞愈出愈奇了！小弟專候佳音！」說罷大笑而別。杜子中把這些說話與聞小姐說了，聞小姐道：「他盼望久矣，也怪他不得；只索作急成都去周全這事。」小姐仍舊帶了聞龍夫妻跟隨，同杜子中到成都來，認著前日飯店寓下了。杜子中叫聞龍拏了帖逕去拜富員外；員外見說是新進士來拜，不知是什麼緣故，喫了一驚！慌忙迎接進去，坐下問道：「大人貴足賜踏賤地，不知爲何？」子中道：「學生在此經過，聞知有位景小姐是老丈令甥，才貌出衆；有一敝友也叨過甲第了，欲求爲夫人，故此特來奉訪。」員外道：「老漢是有個甥女，他自要擇配，前日選著了一個進京去的聞舍人，已納下聘物，大人見教遲了。」子中道：「那聞舍人也是敝友，學生已知他另有所就，不來娶令甥了，所以敢來作伐。」員外道：「聞舍人也是讀書君子，既已留下信物，兩心相許，怎誤得人家兒女？舍甥女也畢竟要等他的回信。」子中將出前日景小姐的詩箋來道：「老丈試看此紙，不是令甥寫與聞舍人的麼？因爲聞舍人無意來娶了，故把與學生做執照，來爲敝友求令甥；即此是聞舍人的回信了。」員外接過來看，認得是甥女的筆，沈吟道：「前日聞舍人原說道曾聘過了，不信其言，逼他應承的。原來當眞有這話！老漢且與甥女商量一商量，來回覆大人。」員外別了進去了一會，出來道：「適間甥女見說，甚是心怪。他也說得是，就是聞舍人果然負心，是必得他親見一面，還了他玉鬧妝以爲訣別，方可別議姻親。」子中笑道：「不敢欺老丈說：那玉鬧妝也即是敝友魏撰之的聘物，非是聞舍人的。聞舍人因爲自己已有姻親，不好回得，乃爲敝友轉定下了；是當日埋伏機關，非今日無因至前也。」員外道：「大人雖如此說，甥女豈肯心服？必得聞舍人自來說明，方好處分。」子中道：「聞舍人不能復來，有拙荊在此，可以一會令甥；等他與令甥說這些備細，令甥必當見信。」員外道：「有尊夫人在此，正好與甥女面會一會，有言可以盡吐，省得傳消遞息。」就叫前日老姥來接取杜夫人。老姥一見聞小姐舉止形容，有些面善，只是改妝過了，一時想不出；一路想著，只管遲疑，接到間壁裡邊，景小姐出來相迎，各道了萬福。聞小姐對景小姐笑道：「認得聞舍人否？」景小姐見模樣廝像，還只道或是舍人的姊妹，答道：「夫人與聞舍人何親？」聞小姐道：「小姐恁等識人，難道這樣眼鈍？前日到此過蒙見愛的舍人，即妾身是也。」景小姐喫了一驚，仔細一認，果然一毫不差；連老姥也在旁拍手道：「是呀！是呀！我方才道面龐善得緊，那知就是前日的舍人！」景小姐道：「請問夫人：前日為何這般打扮？」聞小姐道：「老父有難，進京辨冤，故喬妝作男，以便行路；所以前日過蒙見愛，再三不肯應承者，正為此也。後來見難推卻，又不敢實說真情，所以代友人納聘，以待後來說明。今納聘之人已登黃甲，年紀也與小姐相當，故此愚夫婦特來奉求，與小姐了這一段姻親，報答前日厚情耳！」景小姐聽，半晌做聲不得；老姥在旁道：「多謝夫人美意！只是那位老爺姓甚名誰？夫人如何也叫他是友人？」聞小姐道：「幼年時節曾共學堂，後來同在庠中，與我家相公三人年歲相似，結為異姓骨肉；知他未有親事，所以前日就有心替他結下了。這人姓魏，好一表人物！就是我相公同年。也不辱沒了小姐；小姐一去，也就做夫人了。」景小姐聽了這一篇說話，曉得是少年進士，有甚麼不喜歡？叫老姥陪住了聞小姐，背地去把這些言語備細告訴員外。員外見說是個進士，豈有不攛掇之理？真個是一說一個肯，回覆了聞小姐，轉說與杜子中，一言已定。富員外設起酒來謝謀，外邊款待杜子中，內裡景小姐作主，款待杜夫人；兩個說得甚是投機，盡歡而散。杜子中、聞小姐約定了景家親事回來，先教魏撰之納幣，揀個吉日，迎娶回家。花燭之夕，彼此見了，各各如意；因說起聞小姐鬧妝納聘之事，撰之道：「那聘物原是我的。」景小姐問：「如何卻在他手裡？」魏撰之又把先前竹箭題字，杜子中拾得掉在他手裡，認做他有個姊姊，故把玉鬧妝為聘的根緣，說了一遍。一齊笑道：「彼此夙緣，顛顛倒倒，皆非偶然也！」明日，撰之取出竹箭來與景小姐看。景小姐道：「如今這該還他了。」撰之就提筆寫一柬與子中夫妻道：

既歸玉環，返卿竹箭；兩段姻緣，各從其便。一笑一笑。

寫罷，將竹箭封了一同送去。杜子中收了；與聞小姐拆開來看，方見八字之下，又有「蜚蛾記」三字。問道：「蜚蛾怎麼解？」聞小姐道：「此妾閨中之名也。」子中道：「魏撰之錯認了令姊，就是此三字了。我若當時曾見此三字，這箭如何肯便與他？」聞小姐道：「他若沒有這箭起這些因頭，那裡又絆得景家這頭親事來？」子中點頭道：「是。」也戲題一柬答道：

環為舊物，箭亦歸宗；兩俱錯認，各不落空。一笑一笑。

從此，兩家往來，如同親兄弟姊妹一般。兩個甲科，合力與聞參將辨白前事。世間情面，那裡有不讓縉紳的？逐件贓罪得以開釋，只處得他革任回衙。聞參將也不以爲意了。後來魏，杜兩人俱爲顯官，聞，景二小姐各生子女，又結了婚姻，世交不絕。這是蜀多才女，有如此奇奇怪怪的妙話奇聞；卓文君成都當罏，黃崇嘏相府掌記，卻又平平了。詩曰：

世上誇稱女丈夫，不聞巾幗竟為儒；朝廷若也開科取，未必無人待價沽？

王嬌鸞百年長恨

天上烏飛兔走，人間古往今來，昔年歌管變荒台，轉眼是非成敗。須識鬧中取靜，莫因乖過成獃；不貪花酒不貪財，一世無災無害。

話說江西饒州府餘干縣，長樂村，有一小民叫做張乙。因販些雜貨到於縣中，夜深投宿城外邸店。店房已滿，不能相容。間壁鎖下一間空房，卻無人住；張乙道：「店主人，何不開此房與我？」主人道：「此房中有鬼，不敢留客。」張乙道：「便有鬼，我何懼哉？」主人只得開門；將燈一盞，掃帚一把，交與張乙。張乙進房，把燈放穩，挑得亮亮的。房中有破床一張，塵埃堆積；用掃帚掃淨，展上鋪蓋；討些酒飯喫了，推轉房門脫衣而睡。夢一美色婦人，衣服華麗，自來薦枕，夢中納之。及至醒來，此婦宛在身邊。張乙問是何人？此婦道：「妾乃鄰家之婦，因夫君遠出，不能獨宿，是以相就；勿多言，久當自知。」張乙亦不再問。天明此婦辭去，至夜又來，歡好如初。——如此三夜。店主人見張客無事，偶話及此房內曾有婦人縊死，往往作怪，今番卻太平了。張乙聽在肚裡。至夜此婦仍來，張乙問道：「今日店主人說，這房中有縊死女鬼，莫非是你？」此婦並無慚諱之意，答：「妾身是也；然不禍於君，君幸勿懼。」張乙道：「試說其詳。」此婦道：「妾乃倡女，姓穆，行廿二，人稱我爲廿二娘。與餘干客人楊川相厚！楊許娶妾歸去，妾即將私財百金爲助。誰知一去三年不來？妾爲鴇兒拘管，無計脫身，抑鬱不堪，遂自縊而死。鴇兒以所居售人，今爲旅店。此房，即昔日妾之房也；一靈不泯，猶依棲於此。楊川與你同鄉，可認得否？」張乙道：「認得。」此婦道：「今其人安在？」張乙道：「去歲已移居饒州南門，娶妻開店，生意甚好。」婦人嗟歎良久，更無別語。又過了二日，張乙要回家，婦人道：「妾願始終隨君，未識許否？」張乙道：「儻能相隨，有何不可？」婦人道：「君可製一小木牌，題曰『廿二娘神位』，置於篋中，但出牌呼妾，妾便出來。」張亦許之。婦人道：「妾尚有白金五十兩埋於此床之下，沒人知覺，君可取用。」張掘地果得白金如數，心中甚喜。過了一夜，次日張乙寫了牌位，收藏好了，別店主而歸。到了家中，將此事告訴渾家。渾家初時不喜，見了五十兩銀子，遂不嗔怪。張乙於東壁立了廿二娘神主，其妻戲往呼之；白日裡竟走出來，與妻施禮。妻初時也驚訝，後遂慣了，不以爲事。夜來張乙夫婦同床，此婦亦來就臥；也不覺床之狹窄。過了十餘日，此婦道：「妾尚有夙債在郡城，君能隨我去索取否？」張利其所有，一口應承，即時僱船而行，船中供下牌位，此婦同行同宿，全不避人。不則一日，到了饒州南門，此婦道：「妾往楊川家討債去。」張乙方欲問之，此婦倏已上岸，張乙隨後跟去，見此婦竟入一店中去了。觀其店，正楊川家也。張久候不出，忽見楊店舉家驚惶，少頃哭聲震地。問其故，店中人云：「主人楊川向來無病，忽然中惡，七竅流血而死。」張乙心中知廿二娘所爲，默然下船；向牌位苦叫，竟不見出來了。方知有夙債在郡城，乃楊川負義之債也。有詩歎云：

王魁負義曾遭譴，李益虧心亦改常；請看楊川下梢事，皇天不佑薄情郎。

方才所說穆廿二娘之事，雖則死後報冤，卻是鬼自出頭，還是渺茫之事。如今再說一件故事，叫做「王嬌鸞百年長恨」。這個冤更報得好。這事出在明朝天順初年；其時廣西苗蠻作亂，各處調兵征勦。有臨安衛指揮王忠所領一支浙兵，違了限期；被參降調河南南陽衛中所千戶。王忠即日引家小到任。這王忠年六十餘；止一子王彪，頗稱驍勇；督撫留在軍前效用。有兩個女兒：長曰嬌鸞，次曰嬌鳳；鸞年十八，鳳年十六。鳳從幼育於外家，就與表兄對姻；只有嬌鸞未曾許配。夫人周氏，原係繼室；周氏有一姊嫁曹家，寡居而貧。夫人接他相伴甥女嬌鸞，舉家呼爲曹姨。嬌鸞幼通書史，舉筆成文；因愛女慎於擇配，所以及笄未嫁。每每臨風感歎，對月淒涼，惟曹姨與鸞相厚，知其心事；此外，雖父母亦不知也。一日清明節屆，嬌鸞和曹姨及侍兒往後園，打鞦韆耍子。正在鬧熱之際，忽見牆缺處有一美少年，紫衣唐巾，舒頭觀看，連聲喝采；慌得嬌鸞滿臉通紅，推著曹姨的背，急回香房，侍女也進去了。生見園中無人，踰牆而入；鞦韆架子尚在，餘香彷彿。正在凝思，忽見草中一物，拾起看時，乃三尺線繡香羅帕也。生得此如獲珍寶。聞有人聲自內而來，復踰牆而出，仍立於牆缺邊看時，乃是侍兒來尋香羅帕的。生見其三回五轉，意思已倦；微笑而言：「小娘子！羅帕已入人手，何處尋覓？」侍兒抬頭見是秀才，便上前萬福道：「相公想已拾得，乞即見還，感恩不盡。」那生道：「此羅帕是何人之物？」侍兒道：「小姐的。」那生道：「既是小姐的東西，還得小姐來討，方才還他。」侍兒道：「相公府居何處？」那生道：「小生姓周，名廷章，蘇州府吳江縣人；父親爲本學司教，隨任在此。與尊府只一牆之隔。」原來衛署與學宮基址相連，衛叫做東衙，學叫做西衙；花園之外，就是學中的隙地。侍兒道：「貴公子又是近鄰，失瞻了。妾當稟知小姐，奉命相求。」廷章道：「敢問小姐，及小娘子大名？」侍兒道：「小姐名嬌鸞，主人之愛女。妾乃貼身侍婢明霞也。」廷章道：「小生有小詩一章，相煩致於小姐，即以羅帕奉還。」明霞本不肯替他寄詩，因要羅帕入手，只得應允。廷章道：「煩小娘子少待。」廷章去不多時，攜詩而至，——桃花箋疊成方勝，——明霞接詩在手，問：「羅帕何在？」廷章笑道：「羅帕乃至寶，得之非易，豈可輕還？小娘子且將此詩送與小姐看了，待小姐回音，小生方可奉璧。」明霞沒奈何，只得轉身將詩來回覆嬌鸞。正是：

只因一幅香羅帕，惹起千秋長恨歌。

嬌鸞小姐自見了那美少年，雖則一時慚愧，卻也挑動個「情」字。口中不語，心下躊躇道：「好個俊俏郎君！若嫁得此人，也不枉聰明一世。」忽見明霞氣忿忿的走來，嬌鸞問：「香羅帕有了麼？」明霞道稱：「怪哉！香羅帕倒被西衙周公子拾著。就是牆缺外喝采的那紫衣郎君。」嬌鸞道：「與他討了就是。」明霞道：「怎麼不討？也要他肯還。」嬌鸞道：「他爲何不還？」明霞道：「他說：『小生姓周，名廷章，蘇州府吳江人；父爲司教，隨任在此。與尊府只一牆之隔。既是小姐的香羅帕，必須小姐自討。』」嬌鸞道：「你怎麼說？」明霞道：「我說：『待妾稟知小姐，奉命相求。』他道：『有小詩一章，煩爲傳遞；待有回音，才把羅帕相還。』」明霞將桃花箋遞與小姐。嬌鸞見了這方勝，已有三分之喜。拆開看時，乃七言絕句一首：

帕出佳人分外香，天公教付有情郎；殷勤寄取相思句，擬作紅絲入洞房。

嬌鸞若是個有主意的，拌得棄了這羅帕，把詩燒卻，分付侍兒下次再不許輕易傳遞，天大的事都完了。奈嬌鸞一來是及瓜不嫁，知情慕色的女子；二來滿肚才情，不肯埋沒；亦取薛濤箋答詩八句：

妾身一點玉無瑕，生是侯門將相家；靜裡有親同對月，閒中無事獨看花。碧梧只許來奇鳳，翠竹那容入暮鴉？寄語異鄉孤零客，休將心事亂如麻。

明霞捧詩方到後園，廷章早在牆缺相候。明霞道：「小姐已有回詩了，可將羅帕還我。」廷章將詩讀了一遍，益慕嬌鸞之才，必欲得之；道：「小娘子耐心，小生又有所答。」再回書房，寫成一絕：

居傍侯門亦有緣，異鄉孤零果堪憐；若容鸞鳳雙棲樹，一夜簫聲入九天。

明霞道：「羅帕又不還，只管寄什麼詩？我不寄了。」廷章袖中出金簪一枝道：「這微物奉小娘子，權表寸敬；多多致意小姐。」明霞貪了這金簪，又將詩回覆嬌鸞。嬌鸞看罷，悶悶不悅。明霞道：「詩中有甚言語，觸犯小姐？」嬌鸞道：「書生輕薄，都是調戲之言。」明霞道：「小姐大才，何不作一詩罵之，以絕其意？」嬌鸞道：「後生家性重，不必罵，且好言勸之可也。」再取薛濤箋題詩八句：

獨立庭除傍翠陰，侍兒傳語意何深？滿身竊玉偷香膽，一片撩雲撥雨心。丹桂豈容稚子折，珠簾那許曉風侵？勸君莫幻陽臺夢，努力攻書入翰林。

自此，一唱一和，漸漸情熱，往來不絕。明霞的足跡不斷後園，廷章的眼光不離牆缺。詩篇甚多，不暇細述。時屆端陽，王千戶治酒於園亭家宴。廷章於牆缺往來，明知小姐在於園中，無繇一面；侍女明霞亦不能通一語。正在氣悶，忽撞見衛卒孫九；那孫九善作木匠，長在衙裡服役，亦多在學中做工。廷章遂題詩一絕，封固了；將青蚨二百與孫九買酒喫，託他寄與衙中明霞姐。孫九受人之託，忠人之事，伺候到次早，才覷個方便，寄得此詩於明霞。明霞遞與小姐，拆開看之，前有敘云：「端陽日園中望嬌娘子不見，口占一絕奉寄。」詩云：

配成綵線思同結，傾就蒲觴擬共斟；雲隔湘江人不見，錦葵空有向陽心。

後寫「松陵周廷章拜稿」。嬌鸞看了，置於書几之上；適當梳頭，未及酬答。忽曹姨走進香房，看見了詩稿大驚，道：「嬌娘既有西廂之約，可無東道之主，此事如何瞞我？」嬌鸞含羞答道：「雖有吟詠往來，實無他事；非敢瞞姨娘也。」曹姨道：「周生江南秀士，門戶相當，何不叫他遣媒說合，成就百年姻緣，豈不美乎？」嬌鸞點頭道：「是。」梳頭已畢，遂答詩八句；

深鎖香閨十八年，不容風月透簾前；繡衾香暖春知否？錦帳初寒只愛眠。生怕杜鵑聲到耳，死愁蝴蝶夢來纏；多情果有相憐意？好倩冰人片語傳。

廷章得詩，遂假託父親周司教之意，央趙學究往王千戶處談這頭親事。王千戶亦重周生才貌，但嬌鸞是愛女，況且精通文墨，自己年老，一應衙中文書筆札，都靠著女兒相幫，少他不得，不忍棄之於他鄉；以此遲疑未許。廷章知姻事未諧，心中如刺；乃作書寄於小姐。前寫「松陵友弟廷章拜稿」：

「自睹芳容，未寧狂魄；夫婦已是前生定，至死靡他。媒妁傳來今日言，為期未決。仙姬芳閨深鎖，如唐玄宗離月宮而空想嫦娥；要從花圃戲遊，似牽牛郎隔天河而苦思織女。儻復遷延於月日，必當夭折於溝渠。生若無緣，死亦不瞑。勉成拙律，深冀哀憐！」

詩曰：

未有佳期慰我情，可憐春價值千金；悶來窗下三杯酒，愁向花前一曲琴。人在瑣窗深處好，夢回羅帳靜中吟；可憐一樣黃昏月！肯許相攜訴寸心？

嬌鸞看罷，即時覆書。前寫「虎衙愛女嬌鸞拜稿」：

「輕荷點水，弱絮飛簾。拜月亭前，懶對東風聽杜宇，畫眉窗下，強消長晝刺鴛鴦。人正困於妝臺，詩忽墜於香案。啟覩來意，無限幽懷；自憐薄命畸人，惱殺多情才子。一番信到，一番使妾倍支吾；幾度詩來，幾度令人添悵惘。休得跳東牆學攀花之手，可以仰北斗奮折桂之心。眼底無媒，書中有女。自把衷情封去札，莫將消息問來人。謹和佳篇，仰祈深諒！」

詩曰：

秋月春花亦有情，也知身價重千金；雖窺青瑣韓郎貌，羞聽東牆卓氏琴。癡念已從空裡散，好詩惟向夢中吟；此身但作嚶鳴侶，待到來生了此心。

廷章閱書，讚歎不已。讀詩至末聯「此生但作嚶鳴侶」，忽然想起一計道：「當初張珙、申純，皆因兄妹得就私情；王夫人與我同姓，何不拜為之姑？便可通家往來，於中取事矣。」遂託言西衙狹窄，且是喧鬧，欲借衛署後園觀書。周司教自與王千戶開口。王翁道：「彼此通家，就在舍下喫些現成茶飯，不煩送來。」周翁感激不盡，歸與兒子說了。廷章道：「雖承王翁厚意；非親非故，難以打攪。孩兒若備一禮，拜認周夫人為姑。姑姪一家，庶乎有名。」周司教是糊塗之人，只要討些小便宜；道：「任從我兒行事。」廷章又央人通了王翁夫婦，擇個吉日，備下綵緞書儀，寫個內姪的名刺，上門認親；極其卑遜，極其親熱。王翁是個武夫，只好奉承；遂請入中堂，教奶奶都相見了。連曹姨也認做姨娘；嬌鸞是表妹，一時都請見禮。王翁設宴後堂，權當會親，一家同席。廷章與嬌鸞暗暗歡喜，席上眉來眼去，自不必說。當日盡歡而散。正是：

姻緣好惡猶難問，蹤跡親疏已自分。

次日，王翁收拾書室，接內姪周廷章來讀書；卻也曉得隔絕內外，將內宅後門下鎖，不許婦女入於花園。廷章供給，自有外廂照管；雖然搬做一家，音書來往，反不便了。嬌鸞松筠之志雖存，風月之情已移；況既在席間眉來眼去，怎當得園上鳳隔鸞分？愁緒無聊，鬱成一病，朝涼暮熱，茶飯不沾。王翁迎醫問卜，全然不濟。廷章幾遍到中堂問病，王翁只教致意，不令進房。廷章心生一計，因假說：「嘗在江南，略通醫理；表妹不知所患何症，待姪兒診脈便知。」王翁向夫人說了，又使明霞道達了小姐，方才迎入。廷章坐於床邊，假以看脈為繇，撫摩了半晌；其時王翁夫婦俱在，不好交言，只說得一聲保重。出了房門，對王翁道：「表妹之疾，是鬱抑所致。

須當寬曠之地散步陶情，更使女伴勸慰，開其鬱抱，自當勿藥。」王翁敬信周生，更不疑惑，便道：「衙中只有園亭，並無別處寬敞。」廷章故意道：「若表妹不時要園亭散步，恐小姪在彼不便，暫請告歸。」王翁道：「既爲兄妹，復何嫌阻？」即日教開了後門，將鎖鑰付曹姨收管，叫曹姨陪侍女兒任情閒耍；明霞伏侍，寸步不離，自以爲萬全之策矣。卻說嬌鸞因爲思想周郎致病，得他撫摩一番，已自歡喜；又許散步園亭，陪伴伏侍者都是心腹之人，病便好了一半。每到園亭，廷章便得相見，同行同坐；有時亦到廷章書房中喫茶；漸漸不避嫌疑，挨肩擦背。廷章捉個空向小姐懇求，要到香閨一望。嬌鸞目視曹姨，低低向生道：「鎖鑰在彼，兄自求之。」廷章已悟。次日，廷章取吳綾二端，金釧一副，央明霞獻與曹姨。姨問鸞道：「周公子厚禮見惠，不知何事？」嬌鸞道：「年少狂生，不無過失；渠要姨包容耳。」曹姨道：「你二人心事，我已悉知；但有往來，決不洩漏。」因把鎖鑰付與明霞。鸞心大喜，遂題一絕寄廷章。詩云：

暗將私語寄幽齋，儻向人前莫亂開；今夜香閨春不鎖，月移花影玉人來。

廷章得詩，喜不自禁，是夜，黃昏已罷，譙鼓方聲，廷章悄步走近內宅，後門已啓，捱身而進。自那日房中看脈出來回園，依稀記得路徑，緩緩而行。但見燈光外射，明霞候於門側。廷章步進香房，與鸞施禮，便欲摟抱。鸞將生攩開，喚明霞快請曹姨來同坐。廷章大失所望，自陳苦情，責其變卦；一時急淚欲流。鸞道：「妾本貞姬，君非俗子；只因有才有貌，所以相愛相憐。妾既私君，終當守君之節；君若棄妾，豈不負妾之心？必矢明神，誓同白首；若還苟合，有死不從。」說罷，曹姨已至，向廷章謝日間之惠。廷章遂央姨爲媒，誓諧伉儷，口中咒願如流而出。

曹姨道：「二位賢甥既要我爲媒，可寫合同婚書四紙：將一紙焚於天地，以告鬼神，一紙留於吾手，以爲媒證！你二人各執一紙，爲他日合巹之驗。女若負男，疾雷震死；男若負女，亂箭亡身！再受陰司之愆，永墮酆都之獄。」生與鸞聽曹姨說得痛切，各各歡喜；遂依曹姨所說，寫成婚書誓約，先拜天地，後謝曹姨，乃出清果醇醪與二人把盞稱賀。三人同坐飲酒，直至三更，曹姨別去。生與鸞攜手上床，雲雨之樂可知也。五鼓，鸞促生起身，囑付道：「妾已委身於君，君勿負心於妾，神明在上，鑒察難逃。今後妾若有暇，自遣明霞奉迎，切莫輕行，以招物議。」廷章字字應承，留戀不捨。鸞急教明霞送出園門。是日，鸞寄生二律；其一云：

玉鉤羅幙逗春風，芙蓉香暖語從容；欹枕驚心聞了鳥，脫袖含羞褪守宮。兩字鴛鴦聲娓娓，半窗花月影重重；曉來偷整明璫佩，無數飛紅撲繡絨。

其二云：

被翻紅浪效綢繆，乍抱郎腰分外羞；月正圓時花正好，雲初散處雨初收。一團恩愛從天降，萬種情懷得自繇；寄語客窗中夜坐，不須欹枕看牽牛。

廷章亦有酬答之句。自此，鸞疾盡愈，門鎖意弛；或三日，或五日，鸞必遣明霞召生。來往既頻，恩情愈篤。如此半年有餘，周司教任滿，陞四川峨眉縣尹。廷章戀鸞之情，不肯同行，只推身子有病，怕蜀道艱難；況學業未成，師友相得，尚欲留此讀書。周司教平昔縱子，言無不從。起身之日，廷章送父出城返。鸞感廷章之留，是日邀之相會，愈加親愛。如此又半年有餘，其中往來詩篇甚多，亦不能盡載。廷章一日閱邸報，見父親在峨嵋不服水土，告病回鄉；久別親闈，欲謀歸覲，又牽鸞情愛，不忍分離；事在兩難，憂形於色。鸞探知其故，因置酒勸生道：「夫婦之愛，瀚海同深；父子之恩，高天難比！若戀私情而忘公義，不惟有失子道，累妾亦失婦道矣。」曹姨亦勸道：「如今暮夜之期，原非百年之好；公子不如暫回故鄉，且覲雙親，儻於定省之間，即議婚姻之事，早完誓願，免致情牽。」廷章心猶不決。嬌鸞教曹姨竟將公子欲歸之情，對王翁說了。此日正是端陽，王翁治酒與廷章送行，且致厚贐。廷章義不容已，只得收拾行李。是夜，鸞另置酒香閨，邀廷章重伸前誓，再計婚期，曹姨亦在坐。千言萬語，一夜不睡，臨別，又問廷章居住之處；廷章道：「問做什麼？」鸞道：「恐君不即來，妾便於通信耳。」廷章索筆寫出四句：

思親千里返姑蘇，家住吳江十七都；須問南麻雙漾口，延陵橋下督糧吳。

廷章又解說：「家本吳姓，祖當里長督糧，有名督糧吳家；周是外姓也。此字雖然寫下，欲見之切，度日如歲，多則一年，少則半載，定當持家君柬帖，親到求婚；決不忍閨閣佳人，懸懸而望！」言罷，相抱而泣。漸次天明，鸞親送生出園。有聯句一律云：

綢繆魚水正投機，無奈思親忍別離。——廷章——花圃從今誰待月？蘭房自此懶圍棋。——嬌鸞——惟憂身遠心俱遠，非慮文齊福不齊。——廷章——低首不言中自省，強將別淚整蛾眉。——嬌鸞——

須臾天曉，鞍馬齊備，王翁又於中堂設酒，妻女畢集，為上馬之餞。廷章再拜而別。鸞自覺悲傷欲泣，潛歸內室，取烏絲箋題詩一律，使明霞送廷章上馬，伺便投之。章於馬上展看云：

同攜素手並香肩，送別那堪雙淚懸？郎馬未離青柳下，妾心先在白雲邊。儂持節操如姜女，君重綱常類閔騫；得意匆匆便回首，香閨人瘦不禁眠。

廷章讀之淚下；一路上觸景興懷，未嘗頃刻忘鸞也。閒話休敘。不一日到了吳江家中，參見了二親，一門歡喜。原來父親已與同里魏同知家議親，正要接兒子回來行聘完婚。生初時有不願之意；後訪得魏女美色無雙，且魏同知有十萬之富，妝奩甚豐；慕財貪色，遂忘前盟。過了半年，魏氏過門，夫妻恩愛，如魚似水，竟不知王嬌鸞為何如人矣！正是：

但知今日新妝女，不顧情人望眼穿。

卻說嬌鸞一時勸廷章歸省，是他賢慧達理之處；然已去之後，未免懷思。白日淒涼，黃昏寂寞，燈前有影相親，帳底無人共語。每遇春花秋月，不覺夢斷魂勞。已過一年，杳無音信。忽一日明霞來報道：「姐姐可要寄書與周姐夫麼？」嬌鸞道：「那得有這方便？」明霞道：「適才孫九說臨安衛有人來此下公文；臨安是杭州地方，路從吳江經過，是個便道。」嬌鸞道：「既有此便，可教孫九囑付差人不要去了。」即時修書一封，曲敘別離之意，囑他早至南陽，同歸故里，踐婚姻之約，成終始之交。書多不載；書後有詩十首。錄其一首云：

端陽一別杳無音，兩地相看對月明；暫為椿萱辭虎衛，莫因花酒戀吳城！遊仙門內占離合，拜月亭前問死生；此去願君心自省，同來與妾共調羹。

封皮上又題八句云：

此書煩遞至吳衙，門面春風足可誇；父列當今宣化職，祖居自古督糧家。已知東宅鄰西宅，猶恐南麻混北麻；去路逢人須借問，延陵橋在那村涯？

又取銀釵二股，爲寄書之贈。書去了七個月，並無回耗。時值新春，又訪得前衛有個張客人要往蘇州收貨，嬌鸞又取金花一對，央孫九送與張客求他寄書。書意同前；亦有詩十首，錄其一首云：

春到人間萬物鮮，香閨無奈別魂牽；東風浪蕩君尤蕩，皓月團圓妾未圓。情洽有心勞白髮，天高無計託青鸞；衷腸萬事憑誰訴？寄與才郎仔細看。

封皮上題一絕云：

蘇州咫尺是吳江，吳姓南麻世督糧；囑付行人須著意，好將消息問才郎。

張客人是志誠之士，往蘇州收貨已畢，齎書親到吳江。正在長橋上問路，恰好周廷章過去，聽得是河南聲音，問的又是南麻督糧吳家，情知嬌鸞書信。怕他到彼，知其再娶之事；遂上前作揖通名，邀往酒館三杯。持書看了，就於酒家借紙筆，匆匆寫下回書：推說父病未痊，方侍醫藥，所以有誤佳期；不久即圖會面，無勞注想。書後又寫：「路次借筆，不備希諒。」張客收了回書；不一日回到南陽府，孫九回復鸞小姐，拆書看了，雖然不曾定個來期，也當畫餅充飢，望梅止渴。過了三四個月，依舊杳然無聞。嬌鸞對曹姨道：「周郎之言欺我耳！」曹姨道：「誓書在此，皇天鑒知。周郎獨不怕死乎？」忽一日聞得臨安人到，乃是嬌鸞妹子嬌鳳生了孩兒。現遣人來報喜。嬌鸞彼此相形，愈加感歎；且喜又是寄書的一個順便，再修書一封託他。——這是第三封書，亦有詩十首。末一章云：

叮嚀才子莫蹉跎，百歲夫妻能幾何？王氏女為周氏室，文官子配武官娥。三封心事傳青鳥，萬斛閒愁鎖翠蛾！遠路尺書情未盡，相思兩處恨偏多。

封皮上亦寫四句云：

此書煩遞至吳江，督糧南麻姓字香；去路不須馳步問，延陵橋下暫停航。

鸞自此寢廢餐忘，香消玉減，暗地淚流，懨懨成病，父母欲為擇配，嬌鸞不肯，情願長齋奉佛。曹姨勸道：「周郎未必來矣！無拘小信，自誤青春。」嬌鸞道：「人而無信，是禽獸也！寧周郎負我，我豈敢有負神明哉？」光陰荏苒，不覺已及三年。嬌鸞對曹姨說道：「聞說周郎已婚他族，此信未知真假？然三年不來，其心腸亦改變矣！但不得一實信，吾心終不死。」曹姨道：「何不央孫九親往吳江一遭，多與他些盤費。若周郎無他更變，使他等候同來，豈不美乎？」嬌鸞道：「正合吾意，亦求姨娘一字，促他早早登程可也。」當下嬌鸞寫就古風一首，其略云：

憶昔清明佳節時，與君邂逅成相知；嘲風弄月任來往，撥動風情無限思。侯門曳斷千金索，攜手挨肩遊畫閣；好把青絲結死生，盟山誓海情不薄。白雲渺渺草青青，才子思親欲別情；頓教桃臉無春色，愁聽傳書雁幾聲；君行雖不排鸞馭，勝似征蠻父兄去；悲悲切切斷腸聲，執手牽衣理前誓。與君成就鸞鳳友，切莫蘇台戀花柳；自君之去妾攢眉，脂粉慵調髮如帚。姻緣兩地相思重，雪月風花誰與共？可憐夫婦正當年，空使梅花蝴蝶夢。臨風對月無歡好，淒涼枕上魂顛倒；一宵忽夢汝娶親，來朝不覺愁顏老。盟言願作伸雷電，九天玄女相傳遍；只歸故里未歸泉，何故音容難得見？才郎意假妾意真，再馳驛使陳丹心；可憐三七羞花貌，寂寞香閨思不禁！

曹姨書中，亦備說女甥相思之苦，相望之切；二書共作一封。封皮上亦題四句云：

蕩蕩名門宣化衙，更兼糧督鎮南麻；逢人不用停舟問，橋跨延陵第一家。

孫九領書，夜宿曉行，直至吳江延陵橋下；恐猶傳遞不的，直候周廷章面送。廷章一見孫九，滿臉通紅，不問寒溫，取書納於袖中，竟進去了。少頃，教家童出來回覆道：「相公娶魏同知家小姐，今已二年；南陽路遠，不能復來矣。回書難寫，仗你代言。這幅香羅帕，乃初會鸞娘之物，並合同婚書一紙，央你送還，以絕其念。本欲留你一飯，誠恐老爺盤問嗔怪；白銀五錢，權充路費，下次更不勞往返。」孫九聞言大怒，擲銀於地不受，走出門大罵道：「以你短行薄情之人，禽獸不如！可憐負了鸞小姐一片眞心，皇天斷然不佑你！」說罷，大哭而去。路人爭問其故；孫老兒數一數二的逢人告訴，自此，周廷章無行之名，播於吳江，爲衣冠所不齒！正是：

平生不作虧心事，世上應無切齒人。

再說孫九回至南陽，見了明霞，便悲泣不已。明霞道：「莫非你路上喫了苦？莫非周家郎君死了？」孫九只是搖頭；停了半晌，方說備細道：「他不肯發回書，只將此帕婚書送還，以絕小姐之念。我也不去見小姐了！」說罷，拭淚歎息而去。明霞不敢隱瞞，備述孫九之語。嬌鸞見了這羅帕，已知孫九不是說謊話，不覺怨氣塡胸，怒色盈面。就請曹姨至香房中訴了一遍。曹姨將言勸解，嬌鸞如何肯聽？整整的哭了三日三夜。將三尺香羅帕反覆觀看，欲尋自盡。又想道：「我嬌鸞名門愛女，美貌多才，若默默而死，卻便宜了薄情之人。」乃製絕命詩三十二首，及長恨歌一篇，錄其詩一首云：

倚門默默思重重，自歎雙雙一笑中；情惹遊絲牽嫩綠，恨隨流水逐殘紅。當時只道春回駐，今日方知色是空；回首憑欄情切處，閒愁萬種怨東風。

其長恨歌云：

長恨歌，何為作？話到相思情更惡。朝思暮想無盡期，再把鸞箋訴情薄。妾家原住臨安路，麟閣功勳受恩露；忽因親老失軍機，降調南陽衛千戶。自憐生小便多情，不曾閒步到中庭；誰知二九災星到，忽隨女伴踏青行。鞦韆慵戲迤邐下，忽牆牆角生人話；含羞歸去香房中，倉忙尋覓香羅帕。羅帕誰知入君手？空令青鬟往來走；得蒙君贈香羅詩，惱妾相思淹病久。感君視疾漫垂青，來詞去簡饒恩情；只怕恩情成苟合，兩曾結髮同山盟。山盟海誓恐難信，又挽冰柯作媒證；婚書寫定告蒼穹，始結于飛任天命。情交二載甜如蜜，才子思親忽成疾；妾心不忍君心愁，反勸檀郎歸故籍；叮嚀此去姑蘇城，曲巷莫聽陽春聲；一睹親顏便回首，香閨可念人孤零。囑付殷勤別才子，棄舊憐新任從爾；那知一去意忘還？終日思君不如死！有人來說君重婚，幾番欲信仍難憑；後因青鳥去復返；方知伉儷諧文君。此情恨殺薄情者，舊愛纏綿忍割捨；至大恩情都負之，得意風流在何地？莫論妾愁長與短，無處箱囊詩不滿；題殘錦札五千張，寫禿毛錐三百管。玉閨人瘦嬌無力，佳期反作長相憶；枉將八柱推子平，空把三生卜周易。從頭一一思量起；往日交情何旖旎；既然恩愛如浮雲，何不當初莫相與？鶯鶯燕燕皆成對，何獨天生我無配？天涯弱妹馳書來，抱得寧馨已三歲。自慚輕棄千金軀，伊歡我獨心孤悲；先年誓願今何在？舉頭三尺有神祇！君往江南妾江北，千里關山遠相隔；若能兩翅忽然生，飛向吳江近君側。初交你我天地知，今來無數人揚非；虎門深鎖千金色，天教一笑遭君機。恨君短行辭塵路，譬似蒼天不生我；從今書遞故人收，不望回音到中所。可憐鐵甲將軍家，玉閨養女嬌如花；只因略識琴書味，風流不久歸黃沙。白羅丈二懸高梁，飄然眼底魂茫茫，報道一聲嬌女縊，滿城笑殺琅琊王。妾身自愧非良女，擅把閨情賤輕許；相思債滿還九泉，孽鏡臺前相待汝。當初寵妾非如今，如今怨汝如海深；自知妾意皆仁意，誰想君心似獸心？再將一幅淚鮫綃，殷勤遠寄延陵橋；自亡皆歎與此物，殺人可恕情難饒。反覆叮嚀只如此，往日閒愁今日止；月落烏啼草徑封，碧血紅心書一紙。

書已寫就，欲再遣孫九，孫九咬牙怒目，決不肯去，正無其便，偶值父親痰火病發，喚嬌鸞替他檢閱文書，裡面有一宗乃勾本衙逃軍者，其軍係吳江縣人。鸞心生一計，乃取從前倡和之詞，並今日絕命詩，及長恨歌，彙成一帙；合同婚書一紙，置於帙內，總作一封，入於官文書內。封筒上填寫：「南陽衛掌印千戶王，投下直隸蘇州府吳江縣當堂開拆。」打發公差去了。王翁全然不知。是晚，嬌鸞沐浴更衣，叫明霞出去烹茶，關了房門，用杌子墊足，先將白練掛於梁上，取原日香羅帕向咽喉扣住，接連白練打個死結，蹬開杌子，兩腳懸空；霎時間三魂縹渺，七魄幽沈！年才二十一歲。正是：

始終一幅香羅帕，成也蕭何敗也何。

明霞取茶來時，見房門閉緊，敲打不開，慌忙報與曹姨。曹姨同周老夫人打開房門看了，這驚非小；王翁聞得也到；合家大哭，竟不知什麼緣故？少不得買棺殮葬，此事擱過休提。再說吳江闕大尹接得南陽衛文書，拆開看時，深以爲奇，曠古未聞此事！適逢本府趙推官，隨察院樊公來按臨本縣。闕大尹與趙推官是金榜同年；因將此書與趙推官取而觀之。遂以奇聞報知樊公。樊公將詩歌及婚書反覆玩味，深惜嬌鸞之才，而恨周廷章之薄倖；乃命趙推官密訪其人。次日擒拏解院，樊公親自詰問。廷章初時抵賴，後見婚書有據，不敢開口。樊公喝教重責五十，收監；行文到南陽衛查嬌鸞曾否自縊？不一日，文書回來，說嬌鸞已死。樊公乃於監中弔取周廷章到察院堂上，樊公罵道：「調戲職官家女子，一罪也；停妻再娶，二罪也；因姦致死，三罪也！婚書上說男若負女，亂箭亡身。我今沒有箭射你，用亂棒打死，以爲薄倖男子之戒！」喝教合堂皁快齊舉竹板亂打。下手時宮商齊響，著體處血肉交飛，頃刻之間，化爲肉醬。滿城人無不稱快！周司教聞知登時氣死；魏女後來改嫁。噫！貪新娶之財色而負恩背盟，果何益哉？有詩歎曰：

一夜恩情百倍多，負心端的欲如何？若云薄倖無冤報，請讀當年長恨歌。

崔俊臣巧會芙蓉屏

夫妻本是同林鳥，大限來時各自飛；若是遺珠還合浦，卻教拂拭更生輝。

話說宋朝汴梁有個王從事，同了夫人到臨安調官；賃一民房居住數日，嫌他窄小不便，王公自到大街坊上，再尋所合意的房子。果然尋得一所宅子，寬敞潔淨，十分像意；當把房錢賃下了。歸來與夫人說：「已尋得一所房子，甚是好住；我明日先搬東西去了，臨完我僱轎來接你。」次日併疊箱籠，整頓齊備，王公押了行李先去收拾。臨出門，又對夫人道：「我先去，你在此，少時轎到便來。」王公分付罷，到新居安頓了，就喚一乘轎，到舊寓迎接夫人；轎去已久，竟不見到。王公等得心焦，重到舊寓來問。舊寓人道：「官人去不多時，就有一乘轎來接夫人；夫人已上轎去了。後邊又是一乘轎來接，我回他夫人已有轎去了，那兩個就打了空轎回去。怎麼還未到？」王公大驚，轉到新寓來看，只見兩個轎夫來討錢道：「我等打轎去接夫人，夫人已先來了；我等雖不曾抬，卻要賃轎錢與腳步錢。」王公道：「我只叫得你們的轎，如何又有甚人的轎先去接著？而今竟不知抬向那裡去了？」轎夫道：「這個我們卻不知道。」王公將就拏幾十錢打發了轎夫，心下好生無主，暴躁如雷，沒個出豁處。次日到臨安府進了狀，拏得舊主人來，只如昨說，並無異詞。及拘鄰舍來問，都說見上轎去的。又拏後邊兩個轎夫來問，說道：「只打得空轎往回一番，地方街上人多看見的，並不知餘情。」連大尹也沒奈何，只得出個緝捕文書，訪拏先前的兩個轎夫；卻又不知姓名住址，有影無形，海中撈月，眼見得一個夫人拚到別處去了。——

—王公失了夫人，淒淒惶惶，苦痛不已；自此也不再娶。五年之後，選了衢州教授。附郭首縣名西安縣，那縣宰與王教授時相往來。一日，縣宰請王教授衙中飲酒。飲至半晌時，廚中拏出鱉來，王教授喫了兩箸，便停了箸，哽哽咽咽，眼淚如珠落將下來。縣宰驚問緣故，王教授道：「此味頗似亡妻所烹調；故此傷感。」縣宰道：「尊閫夫人，幾時亡故？」王教授道：「索性亡故，也是天命；只因在臨安移寓，相約命轎相接，不知是甚奸人，先把轎來將拙妻賺去。當時告在臨安，至今未有下落。」縣宰聞言驚訝道：「小妾正在臨安用三十萬錢娶的外方人；適適叫他治庖，這鱉是他烹煮的；其中有些怪異了。」登時起身進來問妾道：「你是外方人，如何卻在臨安嫁人？」妾垂淚道：「妾身自有丈夫，被奸人脫賺遠賣，妾恐彰揚丈夫之醜，故此不敢聲言。」縣宰問道：「丈夫何姓？」妾道：「姓王名某，是臨安聽調的從事官。」縣宰大驚失色，走出對王教授道：「請先生略移尊步，有一人要求相見。」王教授不知是誰？起身隨縣宰直至裡邊。縣宰聲喚處，只見一個婦人走將出來，教授一認，正是失去的夫人；兩下抱頭大哭。王教授問道：「你何得在此？」夫人道：「你那夜晚間說話時，民居淺陋，想當夜就有人聽得把轎相接的說話。那日你去不多時，就有轎來接，我只道是你差來的，即便收拾上轎。卻不知把我抬到一個什麼去處，乃是一所空房，先有三兩個婦女在內，一同鎖閉了一夜，明日把我賣在官船上。那時明知被賺，因你是調官的人，恐說出眞情，添你羞恥；只得含羞忍耐，直至今日。不期在此相會！」那縣宰好生過意不去，傳出外廂，忙喚值日轎夫將夫人送到王教授衙內。王教授要賠還三十萬身錢，縣宰道：「一時不曾察得備細，誤以同官之妻爲妾，十分有罪了！若更言及還錢，一發置身無地了。」王教授稱謝而歸。夫妻歡會，感激縣宰不盡。原來臨安的光棍，欺王公遠方人，是夜聽得了說話，即起歹心，拐他賣到官船上。又是往他州外府任去的，道是再無有相見之日了；誰知恰恰選在衢州？以致夫妻兩個失散了五年，直得在他方相會；也是天緣未斷，故得如此。卻有一件：破鏡重圓，離而復合，固是好事；但王夫人所遭不幸，失身爲妾；又不曾根究奸人，報仇雪恨，尚爲美中不足。卻不如崔俊臣芙蓉屏故事：又全了節操，又報了冤仇，又重會了夫妻。看官！請莫性急，容小子把這樁故事慢慢敷演，先聽「芙蓉屏」：

畫芙蓉，妾忍題屏風；屏間血淚如花紅。敗葉枯梢兩蕭索，斷縑遺墨俱零落；去水奔流隔死生，孤身隻影成漂泊。成漂泊，殘骸向誰託？泉下游魂竟不歸，圖中豔姿渾似昨。渾似昨，妾心傷，那禁秋雨復秋霜？寧肯江湖逐舟子，甘從寶地禮空王。空王本慈憫，慈憫超群品；逝魄願提撕，煢姿賴將引。芙蓉顏色嬌，夫婿手親描；花萎因折蒂，幹死為傷苗。蕊乾心尚苦，根朽恨難消；但道章台泣韓翃，豈期甲帳遇文蕭。芙蓉良有意，芙蓉不可棄；幸得寶月再團圓，相親相愛莫相捐。誰能聽我芙蓉篇？人間夫婦休反目，看此芙蓉真可憐！

這篇歌是元朝至正年間，眞州才士陸仲暘所作。你道他爲何作此歌？只因當時本州有個官人，姓崔名英字俊臣；家道富厚，自幼聰明，寫字作畫，工絕一時。娶妻王氏，少年美貌，讀書識字，寫算皆通，夫妻兩個，眞是才子佳人，一雙兩好，無不厮稱，恩愛異常。那崔俊臣以父蔭得官，補浙江溫州永嘉縣尉。擇定吉日，打疊行裝赴任；就在眞州閘邊僱下一隻大船。船戶卻是蘇州人，自稱姓顧，船上五六個後生，說都是弟男子姪；講定涘至蘇州交卸。俊臣夫妻二人帶領家奴使婢，下得船來，趁著順風，扯起滿帆，由長江一路進發。那消幾日，已至蘇州地方。揀個熱鬧之處，停橈繫纜，泊在岸邊。船家走向艙門說道：「告官人得知：蘇州是個大碼頭，一來該燒順福；二則我們一路辛苦，也要些酒錢；官人一併賞賜罷。」俊臣本是官家子弟，又居了官位，做事甚要體面。就與他大大個賞封。船家買起三牲，祭獻神道。因見官人出手冠冕，不好怠慢；另外又買幾船可口的東西，兩瓶三白泉酒，安排一桌餚，送入艙中。俊臣就教暖起酒來，夫妻對酌。那蘇州三白泉酒，馳名天下的；才揭瓶口，就有一種香味撲鼻；斟向杯中，其色淡而有味，猶如月映梅花。俊臣道：「酒味未知如何？這顏色先已可愛！」遂舉杯邀孺人齊飲。眞個醇濃甘美，齒頰流芬。連聲稱贊：「蘇州酒好，果不虛傳。」俊臣酒量頗寬，王氏止半盞相陪；方飲到佳處，兩瓶酒已將竭，急教家人另去多買幾瓶，開懷暢飲。一時飲得興高，便把那箱中所帶金銀杯觥之類，都取出來，明晃晃擺在桌上，早被船家在後艙張見。那船家原是個歹人。起初看見行囊沈重，已先有意了；今番又見這些酒器，愈加動火，便叫弟男子姪算計停當。又走向艙門口說道：「官人娘子在此鬧處歇船，恐怕熱鬧；我們移到個清涼所在停泊何如？」此時正是七月，天氣炎熱；更兼俊臣多飲了幾杯酒，甚覺煩躁。忽聞此言，連說：「有理。」即教：「快些行去。」王氏道：「此處雖熱，想是市中，料無他虞。那清涼之處，恐晚間不謹愼。」俊臣道：「此處是內地，不比外江，況船家又是本處人，必知利害，不消多慮。」那船家討了口氣，連忙撐篙搖櫓，望曠野之處而去。那蘇州左近太湖，有的是大河大江；官塘大路，尙有不測；若是小港支河，多是賊人家裡。俊臣是江北人，只曉得揚子江有強盜，那知內地賊寇更多？船家把船直放到蘆葦中泊定，大家飲個半酣。捱近黃昏，提刀執斧，一齊趕奔艙中；迎頭先把一個家人砍倒。嚇得俊臣夫妻連忙磕頭討饒道：「所有東西，任意拏去，只求饒命。」衆船家齊聲道：「東西也要，性命也要。」二人聞言，一發魂不附體，只磕著頭。那為首的船家把刀指著王氏道：「你不必慌，我不殺你；其餘多饒不得。」俊臣自知不免，再三哀求道：「可憐我是個書生，只教我全屍而死，便是萬一恩德！」那賊頭道：「也罷，姑饒你一刀。」說還未絕，跨一步上前提著俊臣腰胯，向艙門外撲通的撩下水去。其餘家僮使女，盡行殺個乾淨；只單單留著王氏。王氏放聲大哭，搶出艙門投水。賊人攔住道：「我已饒你，為何反生短見？」王氏那裡聽他？愈加悲泣。那賊首道：「娘子莫哭！我實對你說：我第二個姪子未曾娶得媳婦，今往徽州齊雲巖進香去了，不過幾日便歸，就與你成親；你便是我一家人了。安心住著，自有好處！」王氏起初怕他來相逼，已拌一死；聽見說了這話，心中暗想道：「我若死了，誰人報這冤仇？權且忍耐偷生，看有機會，再作道理。」定了主意，遂住了啼哭，說道：「你若果然饒我的性命，情願做妳的媳婦。」船家道：「我是老實人，那有假話？你若不信，我罰個誓何如？」王氏道：「公公既是眞心，何消罰誓。」只這公公兩字，哄得那賊首滿心歡喜道：「好，好，這才是個自家人！」聚賊一齊動手，把艙中所有的東西，盡數收拾，把船移歸自己村中泊歇。自此，那賊頭只叫王氏做媳婦。王氏將機就機，也做假意應承，在船上千依百順，替他收拾零碎，料理事體，眞像個掌家的媳婦伏侍公公一般。諸色停當，那老賊道是尋得個好媳婦，眞心相待，看看熟分，並不提防他有外心。如此月餘，乃是八月十五日中秋令節。老賊會聚了合船親屬，教王氏治辦酒餚盛席，在艙中飲酒看月。個個喫得醺醺大醉，東倒西歪。其時月明如晝；王氏在船後聽得齁鼾之聲徹耳，仔細向那艙中一看，只見沒一個不是爛醉如泥。王氏想道：「此時不走，更待何時？」喜得船尾貼岸泊著，略擺動一些就好上岸。王氏輕身跳起，趁著月色，一口氣走了二三里路。走到一個去處，比舊路絕然不同，四望盡是水鄉，只有蘆葦菰蒲，一望無際。仔細認去，蘆葦中間有一條小小路徑，草深泥滑；且又雙彎纖細，鞋弓襪小，一步一跌，喫了萬千苦楚；又恐怕後邊追來，不敢停腳，盡力奔走。漸漸東方發白，遙望林木之中，露出屋宇。王氏道：「謝天謝地！已有人家了。」急急走上前去抬頭一看，卻是一個庵院，門還關著，欲待叩門，心裡想道：「這裡頭不知是男僧女僧？萬一是男僧，撞著不學好的，非禮相犯，可不才脫天羅，又罹地網？且不可造次，總是天已大明，就是船上有人追著，此處有了地方，可以叫喊求救，也不怕他了。只在此少坐，待開門告求，再作道理。」須臾之間，只聽得裡邊托的門閂響，有人開門出來，卻是一個女僮出門擔水。王氏心中喜道：「原來是個尼庵。」一逕的走將進去，請院主出來相見。院主問道：「女娘是何處來的？清早到小院何幹？」王氏不敢將眞言說出，假說道：「妾乃永嘉崔縣尉次妻，家本眞州；只因大娘子兇悍異常，萬般打罵。近日家主離任歸家，泊舟在此；昨夜中秋賞月，教妾取金杯飲酒，不期偶然失手，墮落水中；大娘子大怒，發願必要致於死地，妾自想必無活理，乘他睡熟，逃生到此。」院主道：「如此說來，娘子不敢回舟去了。家鄉又遠，若要別求匹配，一時也未有其人，孤苦一身，何處安頓？」王氏只是哭泣不止，院主見他舉止端重，情狀凄慘，好不慈念，有心要收留他做個徒弟。便道：「老身有一言相告，未知尊意若何？」王氏道：「妾身患難之中，若是師父有甚高見，妾身敢不依隨？」院主道：「小院僻在荒濱，人跡罕至，茭葑爲鄰，鷗鷺爲友，最是幽靜。幸得一二同伴，都是五十以上之人；侍者幾人，又皆淳謹。老身在此住跡，甚是清修味長。娘子雖然芳年美貌，爭奈命蹇時乖！何不捨離愛慾，削髮披剃，就此出家？禪榻佛燈，晨餐暮粥，且隨緣度過日月，豈不強似做人婢妾，受今世苦惱，結來世冤家麼？」

王氏聽罷，拜謝道：「師父若肯收留做弟子，妾身便有結果了，敢不奉命？就請師父與弟子披剃則個。」院主見他情願出家，好生歡喜，即請出院中兩個同伴相見。院主就焚香擊磬，拜了佛，替他落了髮。「可憐縣尉孺人，忽作如來弟子！」院主與他落了髮，起個法名喚做慧圓；參拜了三佛，就拜院主爲師，與同伴也重新見禮。從此，晨鐘暮鼓，禮佛燒香，誦習經典。他本是大家出身，天性聰明；一月之內，把經典一一念過，盡皆通曉。院主深相敬重；又見他知識事體，凡事俱來請問。且又寬和柔善，院中沒一個不與他相好，每日清晨在白衣大士前禮拜百遍，密訴心事；任是大寒大暑，略不間斷。拜完，只在自己室中靜坐；因怕貌美惹出事來，所以不輕易露形，外人也難得見面。如是一年有餘。忽一日有兩個人到院隨喜；院主認得是近地施主，留住喫齋。這二人原是偶然閒步到此，身邊不曾帶得什麼東西回答，明日將一幅紙畫的芙蓉來，施主院中張掛，以答昨日之齋。院主受了，就把來裱在一格素屏之上。王氏看了，驀然喫驚！你細認了一認，問院主道：「此幅畫是何處來的？」院主道：「方才檀越佈施的。」王氏道：「那檀越是何姓名？住居何處？」院主道：「就是同縣顧阿秀兄弟兩個。」王氏道：「做什麼生理？」院主道：「他兩個原是個船戶，在江湖上賃載營生。近年忽然家事驟發，有人道他劫掠了客商，以致富足，也未知眞假？」王氏道：「可常到院中來麼？」院主道：「偶然至此，也不常到。」王氏問了明白，記著顧阿秀的姓名；就提起筆來寫一首「臨江仙」詞在屏上。詞云：

少白風流張敞筆，寫生不數黃筌；芙蓉畫出最鮮妍。豈知嬌豔色，翻抱死生緣？　粉繪淒涼餘幻影，只今流落誰憐？素屏寂寞伴枯禪。今生緣已斷，願結再生緣。

院中之尼雖然識得經典上的字，文義原不十分精通；看見此詞，只道王氏賣弄才情，偶然題詠，那曉得中間緣故？誰知這畫卻是崔縣尉的手筆，也是船內被劫之物？王氏看見物在人亡，心中暗暗傷悲；又曉得強盜蹤跡，已有影響。但既是個女身，又做了尼姑，一時無處伸理；忍在心中，且看機會。卻是冤仇當雪，姻緣未斷，自然生出事體來。那姑蘇城裡有一人姓郭名慶春，家道殷富；最肯結識官員士人，心中喜好的是文房清玩。一日遊到院中，見人這幅芙蓉畫的好，又見上有題詠，字法俊逸可觀；心中愛了，問院主要買。院主與王氏商量。王氏自忖道：「此是丈夫遺跡，本不忍心；卻有我的題詞在上，中含冤仇意思。儻遇著有心人玩味詞句，欲問根由，未必不查出賊人蹤跡；若只留在院中，有何益處？」因此，就教師父賣與他。郭慶春買了這畫，千歡萬喜去了。其時有個御史大夫姓高名納麟，退居姑蘇，最喜歡的書畫。郭慶春因要奉承此人，故此願出價錢買這幅畫屏去奉獻。高公看見畫得精緻，收了他的；忙忙的也未曾看著題詞，也沒查看款字。交與書僮，吩咐：「且張在內書房之中，待我慢慢觀玩。」又一日，只見門首一人，手拏著草書四幅，插個標兒要賣。高公心性既愛這物事，眼裡看見就不肯放過了。叫：「取過來看。」那人雙手捧過，高公接在手一看。眞個是：

字格類懷素，清勁不染俗；若列法書中，可載金石錄。

高公看畢道：「字法頗佳，是誰所寫？」那人答道：「是某自己學寫的。」高公抬起頭來看他，只見一表非俗，不覺失驚，問道：「你姓甚名誰？何處人氏？」那個人落下淚來道：「某姓崔，名英，字俊臣，世居眞州；以父蔭補永嘉縣尉。帶著家眷同往赴任，自不小心，爲舟人所算，將英沈於水中；家財妻小，都不知怎麼樣？幸得生長江邊，幼時學得泅水之法，伏在水底多時，量他去得遠了，然後爬上岸來，投一居民。渾身沾濕，樣身畔並無一錢。賴得這家主人良善，將乾衣易換，款待酒飯；過了一夜，明日又贈盤纏少許，說道：『既遭盜劫，理合告官；恐怕連累，不敢相留。』英問路進城，陳告在平江路案下；只為無錢使用，緝捕人役不十分上緊。今聽候一年，並無消耗。無計可奈，只得寫兩幅字賣來度日。也是不得已之計，非敢自道善書。不意惡札上達鈞覽。」高公聽他說罷，曉得是衣冠中人，遭盜流落，深相憐憫。又兼字法精好，儀度雍容，便有心看顧他。乃道：「足下既然如此，目下只索付之無奈。且留吾西塾，教我諸孫寫寫字，再作道理。意下如何？」崔俊臣欣然道：「患難之中，無門可投，得明公提攜，萬千之幸！」高公大喜，延入內書房中，即治酒餚款待。正歡飲間，忽然抬起頭來，恰好前日所受芙蓉屏正張在那裡。俊臣一眼睃著，面色俱變，潸然垂淚。高公驚問道：「足下見此畫屏，何故傷心？」俊臣道：「不敢欺明公。此畫亦是舟中所失物件之一，即是英自己手筆；只不知何處所得？」站起身來再看，只見上有一詞。俊臣讀罷，不覺驚訝道：「一發古怪！此詞又是英妻王氏所作。」高公道：「怎麼曉得？」俊臣道：「那筆跡從來認得；且詞中意思有在，真是拙妻所作無疑。但此詞是遭變後所題；拙婦想是未曾傷命，還在賊處。明公惟究此畫來自何方，便有根據了！」高公笑道：「此畫來處，今因當為足下任捕盜之責，且不可洩漏。」是日酒散，喚出兩個孫兒拜了先生，就留在書房中住下。自此，俊臣只在高公門館不提。卻說高公明日密地叫當值的請郭慶春來，問道：「前日所惠芙蓉屏，是那裡得來的？」慶春道：「買自城外尼院。」高公問了去處，別了慶春，就差當值的到尼院中，仔細盤問這芙蓉屏是甚處得來，何人題詠的。王氏見來人問得蹊蹺，即叫院主細問道：「來問的是何處人？爲何問起這些緣故？」當值的答道：「這畫如今已在高府中，差來問明來歷。」王氏曉得官府門中來問，或者有些機會在內；教院主把眞話答他道：「此畫是同縣顧阿秀捨的；就是院中小尼慧圓所題。」當值的把此言回覆高公。高公心下道：「只須賺得慧圓到來，此事便有著落。」進去與夫人商議定了。隔了一日，又差一個當值的同兩個轎夫，抬著一乘轎子到尼院中來。當值的對院主道：「在下是高府中管家。本府夫人好誦佛經，無人作伴；聞知貴院小師慧圓了悟，願禮請拜爲師父，供養在府；不可推卻。」院主遲疑道：「院中事體大小都要他主張，卻如何去得？」王氏聞得高府中來接，心中懷著復仇之意，正要到官府門中走走，尋出機會來；又且前日來盤問芙蓉屏的，也說是高府，一發有些疑心。便對院主道：「貴宅門中禮請，豈可不去？萬一推卻，惹出事端，怎生抵當？」院主見說得有理，只得依從。當下王氏上了轎，一直的抬到高府。高公且未與他相見，竟引去入內室去見夫人。就叫夫人留他房中寢宿；高公自到別房去了。夫人與他講些經典，說些因果；王氏問一答十，說得夫人十分喜歡敬重。閒中問道：「聽小師父口音不是本處人，還是自幼出家的？還是有過丈夫半路出家的？」王氏聽罷，淚如雨下；答道：「夫人，小尼果然不是本處，原是眞州人。丈夫乃永嘉縣尉，姓崔名英。一向不敢把實話對人說；今在夫人面前，只索實告，想是無妨。」隨把赴任到此，舟人盜劫財物，害了丈夫全家，自己留得性命，脫身逃走，幸遇女僧留住，落髮出家的情事，從頭至尾，說了一遍。說罷，哭泣不止。夫人見他說得傷心，恨恨地道：「這些強盜害得人如此，天理昭彰，怎不報應？」王氏道：「小尼躲在院中一年，不見外邊有些音耗。前日忽有人拏一幅芙蓉屏施於院中，小尼看來，卻是丈夫船中所失之物；即向院主問施主姓名，道是同縣顧阿秀兄弟捨的。小尼記得丈夫賃的船，正是姓顧的船戶；而今眞贓已露，這強盜不是顧阿秀是誰？小尼當時就把舟中失散的意思，作詞一首，題於其上；後來被人買去了。前日晝府有人到院，查問題詠畫屏下落，其實即是小尼所題。」一壁即向著夫人下拜道：「強盜只在左近，不在遠處了。望夫人轉告相公，替小尼查訪。若是查得強人，伸雪冤仇，下報亡夫，相公夫人恩同天地了！」夫人道：「既有這些形跡，不難查訪；且自寬心，等我與相公說就是。」夫人果然把這些備細，一一與高公說知。又道：「這女娘讀書識字，心性貞淑，決不是小家之女。」高公道：「聽他這些言語，與崔縣尉所說正同。又且芙蓉屏是他所題，崔縣尉又認得是妻子筆跡，此正是崔縣尉之妻無疑矣。夫人只是好好看待他，且莫說破。」那崔俊臣也屢催高公替他查訪芙蓉屏的蹤跡；高公只推未得其詳，略不提起慧圓之事。高公又密密差人問出顧阿秀兄弟居住所在，平日出沒行徑，曉得強盜是眞卻是居鄉的官，未敢輕自動手。私下對夫人道：「崔縣尉事，查得十有七八了；不久當使他夫妻團圓。但只是慧圓還是個削髮尼僧，他日相見，如何好去做孺人？你須慢慢勸他蓄髮改妝才好。」夫人道：「這是正理。只是他心裡不知丈夫在不在，如何肯蓄髮改妝？」高公道：「你自去勸他，或者肯依也未可知？若畢竟不肯，我自另有說話。」夫人依言來對王氏道：「吾已把你所言，盡與相公說知。相公道：『捕盜的事多在我身上，管取與他報冤。』」王氏稽首稱謝，夫人道：「只有一件，相公道：『你是名門出身，仕宦之妻，豈可留在空門沒個下落？』叫我勸你蓄髮改妝，你可依得？一力與你擒盜便是。」王氏道：「小尼是個未亡之人，蓄髮改妝爲何？只爲冤仇未伸，故此上求相公做主。若得強盜殲滅，只此空門靜修，便了終身，還要什麼下落？」夫人道：「你如此妝飾，在我府中也不甚便；不若你留了髮，認義我老夫婦兩個，做個孀居寡女，相伴終身，未爲不可？」王氏道：「承蒙相公夫人抬舉，人非木石，豈不知感？但重整雲鬟，再施脂粉，丈夫已亡，有何心緒？況老尼相救深恩，一旦棄之，亦非厚道；所以不敢從命。」夫人見他說話堅決，回報了高公。高公稱歎道：「難得這樣立志的女人！」又教夫人對他說道：「不是相公苦苦要你留髮，其間有個緣故。前日因去查問此事，有平江路官吏相見，說舊年有一人理告，也說是永嘉縣尉；只怕崔生還未必死。若是不蓄髮，他日一時擒住此盜，查得崔生出來時，僧俗各異，不好團圓；悔之何及？何不權且留了頭，待事體盡完後，崔生終無下落；那時任憑再淨了髮，還歸尼院，有何妨礙？」王氏見說是有人還在此告狀，心裡也疑道：「我夫從小會泅水，是夜眼見囫圇抛在水中，或者天幸留得性命，也不可知？」遂依了夫人的話，雖不就改妝，卻從此不剃髮，權留做道姑模樣。又過了半年，朝廷差進士薛溥化爲監察御史，來按平江路。這薛御史乃是高公舊日屬官，吏才精敏，大有風力。到了任所，先來拜謁高公。高公把這件事密密託之，連顧阿秀姓名住址去處，都細細說明白了。薛御史謹記在心，自去行事，不在話下。且說顧阿秀兄弟，自從那年八月十五夜一覺直睡到天明，醒來不見王氏，明知逃去，恐怕形跡敗露，不敢明明追尋。雖在左近打聽兩番，並無蹤影。這是不好告訴人的事，只得隱忍罷了。此後一年之中，也曾做過十來番道路；雖不能如崔家之多，僥倖再不敗露，甚是得意。一日，正在家園中飲酒，只見平江路捕盜官帶著一哨官兵，將住居圍住。拏出都察御史發下的訪單來，顧阿秀是第一名強盜。其餘許多名目，逐名查去，不曾走了一個。又拏出崔縣尉告的贓單來，把他家裡箱籠悉行搜卷，並盜船一隻，——即停泊在門外港內，——盡數起發到官，解送御史衙門。薛御史當堂一問，初時抵賴；及查物件，見了永嘉縣尉的敕牒，同在箱內，贓物一一對款；那御史將崔縣尉舊日所告失事狀念與他聽，方各俯首無詞。薛御史問道：「當初還有孺人王氏，今在何處？」顧阿秀等相顧不出一語。御史喝令嚴刑拷訊。顧阿秀招道：「初意實要招他配小的次男，故此不殺；因他一口應承願做新婦，所以再不防備。不期當年八月中秋乘睡熟逃去，不知所向，只此是實情。」御史錄了口詞，取了供案，凡是在船之人，無分首從，盡問成梟斬死罪，決不待時。原贓照單給還失主。御史差人回覆高公，就把贓物送到高公家來交與崔縣尉，俊臣出來一一收了。曉得敕牒還在，家物猶存；只有妻子杳無下落，連強盜心裡也不知去向了，眞個是渺茫的事！俊臣感新思舊，不覺慟哭起來。有詩爲證：

堪笑聰明崔俊臣，也應落難故傷神！既然因畫能追盜，何不尋他題畫人？

原來高公有心，只將畫是顧阿秀施在尼院的，說與俊臣知道；並不曾提起題畫之人就在院中爲尼。所以俊臣但得知盜情因畫敗露，妻子卻無查處；竟不知只在畫上可以跟尋蹤跡。當時俊臣慟哭一場，想道：「今有敕牒，還可赴任；若再稽遲，便恐有人另補，到不得地方了。妻子既不能見，留連於此無益！」請高公出來拜謝了，他就把要去赴任的意思說出。高公道：「赴任是美事；但足下青年無偶，豈可獨去？待老夫與足下做個媒人，娶了一房孺人，然後夫妻同往，也不爲遲。」俊臣含淚答道：「糟糠之妻，誓願白頭相守。今遭此大難，潛跡他方，存亡未卜；然據著芙蓉屏上題詞，料然還在此方。今欲留此尋訪，恐事體渺茫，稽遲歲月，到任不得。愚意且單身到彼，差人來高貼榜文，四處追尋。拙婦是認得字的；傳將開去，他若聞得，必能自出。除非憂疑驚心，不在世上了；萬一天地垂憐，儻然留在，還指望伉儷重諧。餘生出公恩德，雖死不忘；若別娶之言，非所願聞！」高公聽他說得可憐，曉得別無異心。也自淒然道：「足下高義如此，天意必然相佑，終有完聚之日；吾安敢強逼？只是相與這幾時，容老夫少盡薄情奉餞，然後起程。」次日，開宴餞行，邀請郡中門生故吏各官，與一時名士畢集，俱來奉陪崔縣尉。酒過數巡，高公舉杯告衆人道：「老夫今日為崔縣尉了今生緣！」衆人都不曉其意；連崔俊臣一時也未解。只見高公傳命：「到後堂請夫人打發慧圓出來。」俊臣驚得木獃，只道高公要把什麼女人強他納娶，故設此宴說此話，也有些著急了；夢裡也不曉得他妻子叫什麼慧圓。當時夫人已知高公意思，方與王氏說出崔縣尉在館內多時，昨已獲了強盜，問了罪名，追出牒，今日餞行赴任，特請你出堂廝認團圓，逐項逐節的事情說了一遍。王氏如夢方醒，不勝感激；先謝了夫人，走出堂前來。此時王氏髮已半長，照舊妝飾。崔縣尉一見，乃是自家妻子，驚得如醉如夢裡！那高公指著王氏，對俊臣笑道：「老夫原說與足下為媒，這可做得著麼？」崔縣尉此時也無暇回答，與王氏相持大慟，說道：「自分今生死別了！誰知在此卻得相見？……」衆客見此光景，多不解其故，向高公請問根由。高公便叫書僮去書房中取出芙蓉屏來，對衆人道：「列位要知此事，須看此屏。」衆人爭先來看，卻是一畫一題。看的看，念的念，卻不明白這個緣故。高公道：「好教列位得知：只這幅畫，便是崔縣尉夫妻一段大姻緣。這畫即是崔縣尉所畫；這詞即是崔孺人所題。他夫妻赴任，到此為船上所劫；崔孺人脫逃於尼院出家，遇人來施此畫，認出是船中之物，故題此詞。後來此畫卻入老夫之手；遇著崔縣尉到來，又認出是孺人之筆。老夫暗地著人細細問出根由，乃知孺人在尼院，叫老妻接將家來住著，密行訪緝，備得大盜蹤跡；託薛御史究出此事，強盜俱已伏罪。崔縣尉與孺人在家下各有半年多，只道失散在那裡，竟不知同在一處。老夫一向隱忍不通兩人知道，只爲崔孺人頭髮未長，崔縣尉敕牒未獲，不知事體中何，兩人心事如何，不欲造次漏洩。今罪人既得，試他義夫節婦，彼此心堅；故此今日特地與他團圓這段姻緣。方才說『替他了今生緣』即是崔孺人詞中之句；方才說的『慧圓』乃是崔孺人尼院中所改之字；特地使崔君與諸公不解，爲今日酒間一笑耳。」崔俊臣與王氏聽罷，兩個哭拜高公。連同座之人，無不下淚，稱歎高公盛德，古今罕有。王氏自到裡面去再拜謝夫人了。高公重入座席，與衆客盡歡而散。是夜，特開別院，叫兩個養娘伏侍王氏與崔縣尉在內安歇。明日，高公曉得崔俊臣沒人伏侍，贈他一奴一婢，又贈好些盤費。當日崔縣尉夫婦感念厚恩，不忍分別，大哭而行。王氏又同丈夫到尼院中來。院主及一院之人見他許久不來，忽又改妝，個個驚異。王氏備細說明他遇合緣故，並謝院主看待厚意。院主方才曉得顧阿秀劫掠是眞；前日王氏所言妻妾不相容，乃是一時掩飾之詞。那院中人平日與他相好，多不捨得他去；事出無奈，各各含淚而別。於是夫妻兩個同到永嘉去了。及至任滿後回來，重過蘇州，差人問候高公，要進來拜謁。誰知高公與夫人俱已亡故，殯葬多時了。崔俊臣同王氏大哭，如喪了親生父母一般，逕至墓前拜奠。就請舊日尼院中各衆，在墓前建起水陸道場三晝夜，聊報大恩。王氏還不忘經典，自家也在內持誦。事畢，同尼衆再到院中；崔俊臣出宦資厚贈院主。王氏又念昔日朝夜禱祈觀世音暗中保佑，幸得如願，夫婦重諧；出白金十兩，留在院主處，爲香燭之費。又不忍忘院中光景，自此立心長齋，念觀音不輟以終其身。當下別過衆尼，回到眞州故土，親族俱來相會。俊臣說出這段緣故，無不嗟歎稱揚高公之德。自此那崔俊臣也不想更去補官，只在家中逍遙受用；夫妻白頭到老。有詩爲證：

王氏藏身有遠圖，間關到底得逢夫；舟人妄想能同志，一月空將新婦呼。

又云：

芙蓉本似美人妝，何意飄零在路旁？畫筆詞鋒能巧合，相逢猶自墨痕香。

又有一詩贊歎高公。詩云：

高公德誼薄雲天，能結今生未了緣；不使初時輕逗漏，致令到底得團圓。芙蓉畫出原雙蒂，萍藻浮來亦共聯；可惜白楊堪作柱，空教灑淚及黃泉。

卷二・十個人間福報

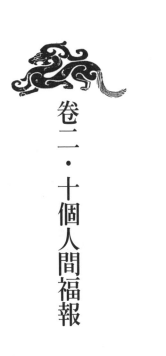

三孝廉讓產立高名

紫荊枝下還家日，花萼樓中合被時；同氣從來兄與弟，千秋羞詠豆萁詩。

這首詩爲勸人兄弟和順而作；用著三個故事。看官！且聽在下所說的分部：——第一句說「紫荊枝下還家日。」昔時有田氏兄弟三人，從小同居合爨；長的娶妻叫田大嫂，次的娶妻叫田二嫂，妯娌和睦，並無間言。惟第三的年小，隨著哥嫂過日；後來長大娶妻，叫田三嫂。那田三嫂爲人不賢，恃著自己有些妝奩，看見夫家一鍋裡煮飯，一桌上喫食，不用私錢，不動私秤，便私房要喫些東西，也不方便。日夜在丈夫面前攛掇道：「公堂錢庫田產，都是伯伯們掌管，一出一入。你全不知道；他是亮裡，你是暗裡，用一說十，用十說百，那裡曉得？目今雖說同居，到底有個散場；若還家道消乏下來，只苦得你年幼的。依我說，不如早早分析，將財產三分撥開，各人自去營運不好嗎？」田三一時被妻言所惑，認爲有理，央親戚對哥哥說，要分析而居。田大、田二初時不肯；嗣被田三夫婦內外連連催逼，只得依允。將所有房屋錢穀之類，三分撥開，分毫不多；只有庭前一棵大紫荊樹，積祖傳下，極其茂盛；既要析居，這樹歸著那一個？可惜正在開花之際，也說不得了，田大至公無私，議將此樹斫倒，將粗本分爲三截，每人各得一截；其餘零枝碎葉，論秤分開。商議已妥，只待來日動手。次日天明，田大喚了兩個兄弟，同去砍樹。到得樹下看時，枝枯葉萎，全無生氣；田大把手一推，其樹應手而倒，根芽俱露，田大住手，向樹大哭。兩個兄弟道：「此樹値得甚麼？兄長何必如此痛惜？」田大道：「吾非哭此樹也！想我兄弟三人產於一姓，同爺合母，比這樹枝枝葉葉，連根而生，分開不得。根生本，本生枝，枝生葉，所以榮盛。昨日議將此樹分爲三截，那樹不忍活活分離，一夜自家枯死；我兄弟三人若分離了，亦如此樹枯死，豈有榮盛之日，吾所以悲哀耳！」田二、田三聞哥哥所言，至情感動；可以人而不如樹乎？遂相抱做一堆，痛哭不已。於是大家不忍分析了，情願依舊同居合爨。三房妻子聽得堂前哭聲，出來看時，方知其故。大嫂、二嫂，各各歡喜；惟三嫂不願，口出怨言。田三要將妻逐出，兩個哥哥再三勸住；三嫂羞慚還房，自縊而死。——此乃自作孽不可活。這話擱過不提。再說田大可惜那棵紫荊樹，再來看時，其樹無人整理，自然端正，枝枝再活，花萎重新，比前更加爛熳；田大喚兩個兄弟來看了，各人嗟訝不已。自此，田氏累世同居。有詩爲證：

紫荊花下說三田，人合人離花亦然；同氣連枝原不解，家中莫聽婦人言！

第二句說「花萼樓中合被時」。那花萼樓在陝西長安城中，大唐玄宗皇帝——就是唐明皇——所建。玄宗皇帝，原是唐家宗室；因爲韋氏亂政，武三思專權，明皇起兵誅，遂即帝位。有五個兄弟，皆封王爵；時號「五王」。明皇友愛甚篤，起一座大樓，取詩經棠棣之義，名曰「花萼」。時時召五王登樓歡宴，又製成大幔，名爲「五王帳」。帳中長枕大被，明皇和五王時常同寢其中。有詩爲證：

羯鼓頻敲玉笛催，朱樓宴罷夕陽微；宮人秉燭通宵坐，不信君王夜不歸。

第四句說「千秋羞詠豆萁詩」。後漢魏王曹操長子曹丕，簒漢稱帝；有弟曹植，字子建，聰明絕世；操生平極其寵愛，幾遍欲立爲嗣而不果。曹丕銜其舊恨，欲尋事故殺之，一日，召子建問曰：「先帝每誇汝詩才敏捷。朕未曾面試；今限汝七步之內，成詩一首。如若不成，當坐汝欺誑之罪。」子建未及七步，其詩已成？中寓規諷之意。詩曰：

煮豆燃豆萁，豆在釜中泣；本是同根生，相煎何太急？

曹丕見詩感泣，遂釋前恨。後人有詩爲證：

後來寵貴起疑猜，七步詩成亦可危；堪歎釜萁仇未已，六朝骨肉盡誅夷！

說話的，爲何今日講這兩三個故事？只爲自家要說那個「三孝廉讓產立高名」，這段說話，不比曹丕忌刻，也沒子建風流；勝如紫荊樹下三田，花萼樓中諸李。隨你不和的弟兄，聽著在下講這節故事，都要學好起來。正是：

要知天下事，須讀古人書。

這故事出在東漢明帝年間。那時天下又安，萬民樂業；朝有梧鳳之鳴，野無谷駒之歎。原來漢朝取士之法，不比今時；他不以科目取士，惟憑州郡選舉。雖則有博學鴻詞，賢良方正……等科，惟以孝廉爲重。——孝者，孝弟；廉者，廉潔。孝則忠君，廉則愛民。——但是舉了孝廉，便得出身做官。若依了今日的事勢，州縣考個童生，還有幾十封薦書；若是舉了孝廉之時，不知多少分上鑽刺，卻依舊是富貴子弟鑽去了！孤寒的便有曾子之孝，伯夷之廉，休想揚名顯姓。只是漢朝法度甚妙，但是舉過其人孝廉，其人若果然有才有德，不拘資格，驟然升擢；連舉主俱紀錄受賞。若所舉不得其人，後日或貪財壞法，輕則罪黜，重則抄沒；連舉主一同受罪。那薦人的，與所薦之人，休戚相關，不敢胡亂；所以公道大明，朝班清肅。不在話下。且說：會稽郡陽羨縣，有一人姓許名武，字長文；十五歲上，父母俱亡。雖然遺下些田產僮僕，奈門戶單微，無人幫助；更兼有兩個兄弟，——一名許晏，年方九歲；一名許普，年方十歲：——都是幼小無知，終日趕著哥哥啼哭。那許武日則躬率僮僕，耕田種圃；夜則挑燈讀書。但是耕種時，二弟雖未勝耰鋤，必使從旁觀看；但是讀書時，把兩個小兄弟坐於案旁，將句讀親口傳授，細細講解，教以禮讓之節，成人之道。稍不率教，輒跪於家廟之前，痛自督責說：「自己德行不足，不能化誨，願父母有靈，默啓二弟！」涕泣不已。直待兄弟號泣請罪，方才起身；並不以疾言倨色相加。他室中只用鋪陳一副，兄弟三人同睡。如此數年，二弟俱已長成；家事亦漸豐盛。有人勸許武娶妻，許武答道：「若娶妻，便當與二弟別居；篤夫婦之愛，而忘手足之情，吾不忍也。」由是晝則同耕，夜則同讀，食必同器，宿必同床。鄰里傳出個大名，都稱爲「孝弟許武」。又傳出幾句口號。道是：

陽羨許季長，耕讀晝夜忙；教誨二弟俱成行，不是長兄是父娘。

時州牧郡守俱聞其名。交章薦舉；朝廷徵爲議郎，下詔會稽郡。太守奉旨，檄下縣令，刻日勸駕。許武迫於君命，料難推阻；便分付兩個兄弟道：「我去後，二弟宜自勤勵，在家躬耕力學，一如我在家之時；不可怠惰廢業，有負先人遺訓。」又囑付奴僕：「俱要小心安分，聽兩個家主役使；早起夜眠，共扶家業。」囑付已畢，收拾行裝，不用官府車輛，自己僱了腳力登車；只帶一個僮兒，望長安進發。不一日到京，朝見受職。長安城中，聞得孝弟許武之名，爭來拜訪識荊。眞是望重朝廷，名聞四野。朝中大臣，探聽得許武尚未娶妻，多欲以女妻之者。許武心下想道：「我兄弟三人，年皆強壯，皆未有妻；我若先娶，殊非爲兄之道。況我家世耕讀，僥倖備員朝署，便與縉紳大家爲婚，那女子自恃家門，未免驕貴之氣；不惟壞了我儒素門風，異日我兩個兄弟，娶了人家貧賤女子，妯娌之間，怎生相處？從來兄弟不睦，多因婦人而起，我不可不防其漸也。」腹中雖如此躊躇，卻是說不出的話，只得權辭以對。只說是家中已定下糟糠之婦，不敢停妻再娶，恐被宋弘所笑。衆人聞之，愈加敬重。況許武精於經術，朝廷有大政事，公卿不能決，往往來請教他；他引古證今，議論悉中竅要。但是許武所議，衆人皆以爲確不可易；公卿倚之爲重。不數年間，累遷至御史大夫之職。忽一日，思想二弟在家，力學多年，不見州郡薦舉，誠恐怠荒失業，意欲回家省親；遂上疏。其略云：

「臣以菲才，遭逢聖代，致位通顯，未謀報稱，敢圖暇逸。古語有云：『人生百行，孝弟為先。』『不孝有三，無後為大。』先父母早背，域兆未修；臣弟二人，學業未立；臣三十未娶；五倫之中，乃缺其二。願賜臣假，暫歸鄉里，倘念臣犬馬之力，尚可鞭笞，奔馳有日。」

天子覽奏，准給假暫歸，命乘傳衣錦還鄉；復賜黃金二百斤，爲婚禮之費。許武謝恩辭朝，百官於郊外送行。正是：

報道錦衣歸故里，爭誇白屋出公卿。

許武既歸，省視先塋已畢，便乃納還官誥，只推有病，不願爲官。過了些時，從容召二弟至前，詢其學業之進退，許晏、許普應答如流。理明詞暢；許武心中大喜。再稽查田宅之數，比前恢廓數倍；皆二弟勤儉之所積也。武於是遍訪里中良家女子，先與兩個兄弟定親，自己方才娶妻。續又與二弟婚配。約莫數月，忽然對二弟說道：「吾聞兄弟有析居之議；今吾與汝皆已娶婦，田產不薄，理宜各立門戶。」二弟唯唯惟命。乃擇日治酒，遍召里中父老；三爵已過，乃告以析居之事。因悉召僮僕至前，將所有家財，一一分剖。首取廣宇自予，說道：「吾位爲貴臣，門宜棨戟，體面不可不肅。汝輩力田耕作，竹廬茅舍足矣。」又閱田地之籍，凡良田悉歸之己，將磽薄者量給二弟。說道：「我賓客衆盛，交遊日廣，非此不足以供吾用。汝輩數口之家，但能力作，只此可無凍餒；吾不欲汝多財以損德也。」又悉取奴僕之壯健伶俐者，說道：「吾出入跟隨，非此不足以給使令。汝輩合力耕作，正須此愚蠢者作伴，老弱饋食足矣；不須多人，費汝衣食也。」衆父老一向知許武是個孝弟之人，這番分財，定然辭多就少；不想他般般件件自占便宜，兩個兄弟所得不及他十分之五；全無謙讓之心，大有欺凌之意，衆人心中甚是不平。有幾個剛直老人氣忿不過，竟自去了。有個心直口快的便想要開口說句公道話，與兩個小兄弟做個主張，其中又有個老成的，背地裡捏手捏腳，教他莫說，以此罷了。那教他莫說的，也有些見識；他道：「富貴的人，與貧賤的人，不是一般肚腸；許武已做了顯官，比不得當初了。常言道：『疏不間親』，你我終是外人，怎管得他家事？就是好言相勸，料未必聽從；枉費了唇舌，倒挑撥他兄弟不和。倘或做兄弟的肯讓哥哥，十分之美；你我又嘔這閒氣則甚？若做兄弟的心上不甘，必然爭論；等他爭論時節，我們替他做個主張，卻不是好？」正是：

事非干己休多管，話不投機莫強言！

原來許晏、許普，自從蒙哥哥教誨，知書達禮；全以孝弟爲重；見哥哥如此分析，以爲理之當然，絕無幾微不平的意思。許武分撥已定，眾人皆散。許武居中住了正房。其左右小房，許晏、許普，各住一邊；每日牽領家奴下田耕種，暇則讀書，時時將疑義叩問哥哥，以此爲常。妯娌之間，也學他兄弟三人，一般和順。從此里中父老，人人薄許武之所爲，都可憐他兩個兄弟；私下議論道：「許武是個假孝廉，許晏、許普才是個眞孝廉！他思念父母面上，一體同氣，聽其教誨，唯唯諾諾，並不違拗，豈不是孝？他又重義輕財，任分多分少，全不爭論，豈不是廉？」起初里中傳個好名，叫做「孝弟許武」；如今抹落了武字，改做「孝弟許家」。把許晏、許普弄出一個大名來。那漢朝清議極重，又傳出幾句口號。道是：

假孝廉，做官員；真孝廉，出口錢。假孝廉，據高軒；真孝廉，守茅檐。假孝廉，富田園；真孝廉，執鋤鐮。真為玉，假為瓦，瓦登廈，玉抛野，不宜真，只宜假。

那時明帝即位，下詔求賢，令有司訪問篤行有學之士，登門禮聘，傳驛至京。詔書到會稽郡，郡守分諭各縣。陽羨縣令平昔已知許晏、許普讓產不爭之事，又值父老公舉他眞孝眞廉，行過其兄；就把二人申報本郡。郡守和州牧，皆素聞其名，一同舉薦。縣令親到其門，下車投謁，手捧玄纁束帛，備陳天子求賢之意。許晏、許普，謙讓不已。許武道：「幼學壯行，君子本分之事，吾弟不可固辭。」二人只得應詔，別了哥嫂，乘船到了長安，朝見天子。拜舞已畢，天子金口玉言問道：「卿是許武之弟乎？」晏，普叩頭應道：「是。」天子又道：「聞卿家有孝弟之名，二卿之廉讓，有過於兄，朕心嘉悅。」晏，普叩頭道：「聖運龍興，闢門訪落，此乃帝王盛典；郡縣不以臣晏臣普為不肖，有溷聖聰。臣幼失怙恃，承兄武教訓，兢兢自守，耕耘誦讀之外，別無他長；臣等實不能及兄武之萬一。」天子聞對，嘉其謙德，即日俱拜為內史。不五年間，皆至九卿之位。居官雖不如乃兄赫赫之名，然滿朝稱為廉讓。忽一日，許武致家書於二弟，二弟拆開看之。書曰：

「匹夫而膺辟召，仕宦而至九卿，此亦人生之極榮也。二疏有言：『知足不辱，知止不殆。』既無出類拔萃之才，宜急流勇退，以避賢路。」

晏、普得書，即日同上疏辭官。天子不許。疏三上，天子問宰相宋均道：「許晏、許普，壯年入仕，備位九卿，待之不薄，今屢屢求退，何也？」宋均奏道：「晏、普兄弟三人，天性孝友；今許武久居林下，而晏、普並駕天衢，其心或有未安。」天子道：「朕并召許武，使兄弟三人同朝輔政何如？」宋均道：「臣察晏、普之意，出於至誠；陛下不若姑從所請，以遂其高；異日更下詔徵之。或仿先朝故事，就近與一大郡，以展其未盡之才；因使便道歸省。則陛下好賢之誠，與晏、普友愛之意，兩得之矣。」天子准奏；即拜許晏為丹陽郡太守，許普為吳郡太守；各賜黃金二十斤，寬假三月，以盡兄弟之情。許晏、許普謝恩辭朝，公卿俱出郭到十里長亭，相餞而別。晏、普二人星夜回到陽羨，拜見了哥哥，將朝廷所賜黃金，盡數獻出。許武道：「這是聖上恩賜黃金，各自收去。」次日，許武備下三牲祭禮，率領二弟，到父母墳塋拜奠畢了。隨即設宴，遍召里中父老。許氏三兄弟都做了大官，雖然他不以富貴驕人，自然聲勢赫奕，聞他呼喚，那個敢不來？況且加個請字。那時衆父老，來得愈加整齊。許武手捧酒卮，親自勸酒。衆人都道：「長文公與二哥三哥接風之酒，老漢輩安敢僭先？」——此時風俗淳厚，鄉黨序齒，許武出仕已久，還叫一句長文公。那兩個兄弟又下一輩了，雖是九卿之貴，鄉黨故舊，依舊稱哥。——許武道：「下官此席，專屈諸鄉親下降，有句肺腑之言奉告；必須滿飲三杯，方敢奉聞。」衆人被勸，依次飲訖。許武教兩個兄弟，次第把盞，各盡一杯。衆人飲罷，齊聲道：「老漢輩承賢昆玉友愛，借花獻佛，也要奉敬一杯。」許武等三人，亦各飲訖。衆人道：「適才長文公所諭金玉之言，老漢輩恭聽已久，願得下示！」許武疊兩個指頭，說將出來，言無數句，使聽者毛骨聳然。正是：

斥鷃不知大鵬，河伯不知海若；聖賢一段苦心，庸夫豈能測度？

許武當時未再開口，先流下淚來；嚇得衆人驚惶無措。兩個兄弟慌忙跪下，問道：「哥哥何故悲傷？」許武道：「我的心事，藏之數年，今日不得不言。」指著晏、普道：「只因爲你兩個名譽未成，使我作違心之事，冒不韙之名，有玷於祖宗，貽笑於鄉里，所以流淚。」遂取出一卷冊籍，把與衆人觀看；原來是田里屋宅，及歷年收斂米粟布帛之數。衆人還未曉其意。許武又道：「我當初教育兩個兄弟，原要他立身行道，揚名顯親；不想我虛名早著，遂先顯達。二弟在家，躬耕力學，不得州郡徵辟；我欲效古人祁大夫內舉不避親，誠恐不知二弟之學行者，說他因兄而得官，誤了終身名節。我故倡爲析居之議，將大宅良田，強奴健婢，悉據爲己有；度吾弟素敦受敬，決不爭競。吾暫冒貪饕之跡，吾弟方有廉讓之名；果蒙鄉里公評，榮膺徵聘。今位列公卿，官方無玷，吾志已遂矣。這些田產奴婢，都是公共之物，吾豈可一人獨享？這幾年以來，所收米穀布帛，分毫不敢妄用，盡數開載在那冊籍上。今日交付二弟，表爲兄的向來心跡，也教眾鄉尊得知。」眾父老到此，方知許武先年析產一片苦心，自愧見識低微，不能窺測，齊聲稱歎不已。只有許晏、許普，哭倒在地道：「做兄弟的，蒙哥哥教訓成人，僥倖得有今日；誰知哥哥如此用心。是弟輩不肖，不能自致青雲之上，有累兄長。今日若非兄長自說，弟輩都在夢中；兄長盛德，從古未有；只是弟輩不肖之罪，萬分難贖。這些小家財，原是兄長苦掙來的，理該兄長管業；弟輩衣食日足，不消兄長罣念。」許武道：「做哥的力田有年，頗知生殖；況且宦情已淡，便當老於耰鋤，以終天年。二弟年富力強，方司民社；宜資莊產，以終廉節。」晏、普又道：「哥哥爲弟輩而自污，弟輩既得名，又欲得利，是天下第一等貪夫了！不惟玷辱了祖宗，亦且玷辱了哥哥；萬望哥哥收回冊籍，聊減弟輩萬一之罪。」眾父老見他兄弟三人交相推讓，你不收，我不受；一齊向前勸道：「賢昆玉所言，都是一般道理。長文公若獨得了這田產，不見得向來成全兩位這一段苦心；兩位若徑受了，又負了令兄長文公這一段美意。依老漢輩愚見：宜作三股均分，無厚無薄，這才見兄友弟恭，各盡其道。」他三個兀自你推我讓；那父老中有前番那幾個剛直的，便挺身向前，厲聲說道：「我等適才處分，甚得中正之道；若再推遜，便是矯情沽譽了！把這冊籍來，待老漢與你分剖。」許武兄弟三人，便不敢名言，只得憑他們主張。當時將田產配搭三股分開，各自管業。中間大宅，仍舊許武居住；左右屋宇窄狹，以所在粟帛之數補償，晏、普他日自行改造；其僮婢亦皆分派。衆父老都稱爲公平。許武等三人施禮作謝，邀入正席飲酒，盡歡而散。許武心中終以前番析產之事爲歉，欲將所得良田之半，立爲義莊，以贍鄉里。許晏、許普聞知，亦各出己產相助。里中人人歎服，又傳出幾句口號來。道是：

真孝廉，惟許武；誰繼之？晏與普。弟不爭，兄不取；作義莊，贍鄉里。嗚呼！孝廉誰可比？

晏、普感兄之義，又將朝廷所賜黃金，大市牛酒，日日邀里中父老與哥哥會飲。如此三月，假期已滿，晏、普不忍與哥哥分別，各要納還官誥；許武再三勸諭，責以大義。二人只得聽從，各攜妻小赴任。卻說里中父老將許武一門孝弟之事，備細申聞郡縣，郡縣爲之奏聞；聖旨命有司旌表其門，稱其里爲「孝弟里」。後來三公九卿，交章奏許武德行絕倫，不宜逸之田野，累詔起用。許武只不奉詔。有人問其緣故，許武道：「兩弟在朝居位之時，吾曾諷以『知足知止』；若我今日復出應詔，是自食其言了。況近聞朝廷之上，是非相激，勢利相傾，恐非縉紳之福，不如躬耕樂道之爲愈耳！」人皆服其高見。再說晏、普到任，守其乃兄之教，各以清節自勵，大有政聲。後聞其兄高致不肯出山，兄弟相約，各將印綬納還，奔回田里，日奉其兄爲山水之遊，盡老天年而終。許氏子孫昌茂，累代衣冠不絕，至今稱爲「孝弟許家」云。後人作歌歎道：

今人兄弟多分產，古人兄弟亦分產；古人分產成弟名，今人分產但囂爭。古人自污為孝弟，今人自污爭微利；孝弟名高身並榮，微利相爭家共傾。安得盡居「孝弟里？」卻把鬩牆人愧死。

兩縣令競義婚孤女

風水人間不可無，也須陰騭兩相扶；時人不解蒼天意，枉使身心著意圖！

卻說近代浙江衢州府，有一人姓王名奉，哥哥名喚王春。弟兄各生一女：王春的女兒，名喚瓊英；王奉的叫做瓊眞，瓊英許配本郡一個富家潘百萬之子潘華；瓊眞許配本郡蕭別駕之子蕭雅。——都是自小聘定的。瓊英年方十歲，母親先喪，父親繼沒。那王春臨終之時，將女兒瓊英託與其弟，囑付道：「我並無子嗣，止有此女，你把做嫡女看；待其長成，好好嫁去潘家。你嫂嫂所遺妝奩衣飾之類，盡數與之；有潘家原聘財禮，置下田莊，就把與他做脂粉之費。莫負吾言！」囑能，氣絕。殯葬事畢，王奉將姪女瓊英接回家中，與女兒瓊眞作伴，忽一年元旦，潘華和蕭雅，不約而同到王奉家來拜年。那潘華生得粉臉朱脣，如美女一般，人都稱爲「玉樹」；蕭雅一臉麻子，眼瞘齒齙，好似「飛天夜叉」模樣。一美一醜，相形起來：那標緻的，越覺美玉增輝；那醜陋的，越覺黯然無色。況且潘華衣服炫麗，有心賣富，脫一通換一通；蕭雅是老實人家，不以穿著爲事。常言道：「佛是金妝，人是衣妝。」世人眼孔淺的多，只有皮相，沒有骨相。王家若男若女，若大若小，那一個不欣羡潘小官人美貌如潘安再世，暗暗的顚脣播舌，指點那飛天夜叉之醜。王奉自己也看不過，心上好生不快活。不一日，蕭別駕卒於任所，蕭雅奔喪扶柩而回。他是個世家，累代清官，家無餘資，自別駕死後，日漸蕭索。潘百萬是個暴富，家事日盛一日。王奉忽起一個不良之心，想道：「蕭家甚窮。女婿又醜；潘家又富？女婿又標緻；何不把瓊英、瓊眞暗地調轉，誰人知道？也不教親生女兒在窮漢家受苦。」主意已定。到臨嫁之時，將瓊眞充做姪女嫁與潘家，哥哥所遺衣飾莊田之類，都把他去。卻將瓊英反爲己女，嫁與那飛天夜叉爲配，自己薄備些妝奩嫁送。瓊英但憑叔叔做主，敢怒而不敢言。誰知嫁後，那潘華自恃家富，不習詩書，不務生理，專一嫖賭爲事；父親累訓不悛，氣憤而死。潘華益無顧忌，逐日與無賴小人酒食遊戲。不上十年，把百萬家貲敗得罄盡，寸土俱無。丈人屢次周給，他如炭中添雪，全然不濟。結末迫於凍餒，瞞著丈人，要引渾家去投靠人家爲奴。王奉聞知此信，將女兒瓊眞接回家中，不許女婿上門。潘華流落他鄉，不知下落。那蕭雅勤苦攻書，後來一舉成名，直做到尚書地位；瓊英封一品夫人。有詩爲證：

目前貧富非為準，久後窮通未可知；顛倒任君瞞昧坐，鬼神昭鑒定無私。

看官！你道爲何說這王奉嫁女這一事？止爲世人只顧眼前，不思日後，只要損人利己。豈知人有百算，天只有一算，你心下想得滑碌碌的一條路，天未必隨你走哩！還是平日行善爲高。今日說一段話來，正與王奉相反，喚做「兩縣令競義婚孤女」這椿故事，出在梁、唐、晉、漢、周五代之季；其時周太祖郭威在位，改元廣順，雖居正統之位，未就混一之勢；四方割據稱雄者，還有幾處，共是五國三鎭。那五國？周郭威；南漢劉晟；北漢劉旻；南唐李昇；蜀孟知祥。那三鎭，吳越錢鏐；湖南周行逢；荊南高季昌。單說南唐李氏有國，轄下江州地方，內中單表江州德化縣一個知縣，姓石名璧，原是撫州臨川縣人氏，流寓建康。四旬之外，喪了夫人，又無子嗣，止有八歲親女月香，和一個養娘隨任。那官人爲官清正，單喫德化縣中一口水；又且聽訟明決，雪冤理滯，果然政簡刑清，民安盜息。退堂之暇，就抱月香坐於膝上，教他識字；又或教養娘和他下棋蹴踘，百般逗他頑耍；只爲無娘之女，十分愛惜。一日，養娘、月香在庭中蹴那小小毬兒爲戲，養娘一腳踢起，去得勢重了些，那毬擊地而起，連跳幾跳，的溜溜滾去，滾入一個地穴裡。——那地穴約有二三尺深，原是埋缸貯水的所在。——養娘手短，攬他不著，正待跳下穴中去拾取毬兒，石璧忙攔道：「且住。」因問女兒月香道：「你可有甚計較？使毬兒自走出來嗎？「月香想了一想，便答道：『有計。』即叫養娘去提過一桶水來，傾在穴內，那毬便浮在水面；再傾一桶，穴中水滿，其毬隨水而出。石璧本是要試試女孩兒的聰明，見其取水出毬，智慧過人，不勝之喜。閒話休敘。石璧在任上不到二年，誰知命裡官星不現，飛禍相侵；忽一夜，倉中失火，急去救時，已燒損官糧千餘石。那時米貴，一石值一貫五百；加以亂離之際，軍糧最重。南唐法度：凡官府破耗軍糧，至三百石者，即行處斬。只爲石璧是個清官，又且火災天數，非關本官私弊；上官都替他分解保奏。唐主怒猶未息，將本官削職，將燒損官糧估價，共該一千五百餘兩，勒限嚴追。石璧爲官清廉，那有積蓄？只得將家私變賣，卻猶未盡其半；被本府追逼不過，鬱成一病，數日而死。遺下女兒和養娘二口，少不得著落牙婆官賣，取價償官。這等苦楚，正是：

屋漏更遭連夜雨，船遲又遇打頭風。

卻說本縣有個百姓，叫做賈昌，昔年被人誣陷，坐假人命事，問成死罪在獄；虧石知縣到任，審出眞情，將他釋放；因此銜保家活命之恩，時思報效。一日。賈昌在外爲商回來，忽聞石知縣身死，即往撫屍慟哭，備辦衣衾棺木，與他殯殮；合家掛孝，買地營葬。又聞得所欠官糧尚多，欲待替他賠補，卻又怕錢糧干係，不敢與聞惹禍；見說小姐和養娘發出，著牙婆官賣，慌忙帶了銀子，到女牙婆家，問他多少身價。李牙婆取出硃批的官票看來，養娘十六歲，只判得三十兩；月香十歲，倒判了五十兩。卻是爲何？月香雖然年小，容貌美秀可愛；養娘不過粗使之婢，故此判價不等。賈昌並無吝色，身邊取出銀包，兌足了八十兩紋銀，交付牙婆，又謝他五兩銀子，即時領取二人回家。李牙婆把兩個身價交納官庫，地方呈明石知縣家財人口，變賣都盡，上官只得在別項挪移賠補，不在話下。卻說月香自從父親死後，沒一刻不啼啼哭哭，今日又不認得賈昌是什麼人，料想買他歸去，必然落於下賤；一路痛哭不已。養娘道：「小姐！你今番到人家去，不比在老爺身邊；只管啼哭，必遭打罵。」月香聽說，愈覺悲傷。誰知賈昌一片仁義之心，領到家中，與老婆相見，對老婆說：「此乃恩人石相公的小姐；那一個就是伏侍小姐的養娘。我當初若沒有恩人救出，此身早死於縲絏；今日見他小姐，如見恩人一般。你可另收拾一間香房，教他兩個住下；好茶好飯供待他，不可怠慢。後來儻有親族來訪，那時送還，也盡我一點報效之心。若無人來訪，待他長成，就本縣擇個門當戶對的人家，一夫一婦，嫁他出去；恩人墳墓，也有個親人看覷。那個養娘，依舊教他伏侍小姐，等他兩個作伴，做些女工，不要他在外答應。」月香生成伶俐，見賈昌如此分付老婆，慌忙上前萬福道：「奴家賣身在此，爲奴爲婢，理之當然；過蒙恩人抬舉，此乃再生之恩。乞受奴一拜，收爲義女。」說罷，即忙下跪，慌得那賈昌連忙也跪在地下，忙教老婆扶起道：「小人是老相公的子民，這螻蟻之命，都出老相公所賜；就是這位養娘，小人也不敢怠慢，何況小姐？小姐恁般說時，就折殺小人了！但望小姐勿責怠慢，暫時屈在寒家，權當賓客相待，就算小人夫妻有幸了。」月香再三稱謝。賈昌又分付家中男女，都稱爲石小姐。那小姐稱賈昌夫婦，但呼賈公，賈婆。不在話下。原來賈昌的老婆，素性不甚賢慧；初時看上月香生得清秀乖巧，自己無男無女，有心要收他做個螟蛉女兒，心上甚是歡喜。聽說以賓客相待，先他心裡有三分不耐煩了；卻滅不得石知縣的恩，沒奈何，依著丈夫言語，勉強奉承。後來賈昌在外爲商，每得好紬好絹，先儘上好的寄與石小姐做衣服穿；比及回家，先問石小姐安否；老婆心下漸漸不平。又過些時，把馬腳露出來了。但是賈昌在家，朝饔夕飧，也還成個規矩，口中假意奉承幾句；但背了賈昌時，茶不茶，飯不飯，另是一樣光景了。養娘常叫出外邊雜差使，不容他一刻空閒；又每日間限定石小姐要做若干女工鍼黹還他，倘手腳遲慢，便去捉雞罵狗，口裡好不乾淨哩。正是：

人無千日好，花無百日紅。

養娘受氣不過，稟知小姐，欲待等賈公回家告訴他一番。月香斷然不肯，說道：「當初他用錢買我，原不指望抬舉；今日賈婆雖有不到之處，卻與賈公無干；你若說他，把賈公這段美情都沒了。我與你命薄之人，只是索性忍耐爲上。」忽一日，賈公做客回家，正撞養娘在外汲水，面孔比前甚是黑瘦了。賈公道：「養娘！我只教你伏侍小姐，誰要你汲水？且放著水桶，另教人來擔罷。」養娘放了水桶，動了個感傷之念，不覺滴下幾點淚來。賈公要盤問時，他把手拭淚，忙忙的奔進去了。賈公心中甚疑。進去見了老婆。便問道：「石小姐和養娘沒有甚麼？」老婆回道：「沒有。」初歸之際，事體多煩，也就擱過一邊。又過了幾日，賈公偶然到他處人家走動，回來不見老婆在房，自往廚下去尋他說話，正撞見養娘從廚下來；也沒有托盤，右手拏一大碗飯，左手一隻空碗，碗上頂一碟醃菜葉兒。賈公有心，閃在隱處看時，養娘走進石小姐房中去了。賈公不省得這飯是誰喫的，一些葷腥也沒有；那時不往廚下，竟悄悄的走在石小姐房前，向門縫裡張時，只見石小姐將這碟醃菜葉兒過飯。賈公瞧破了，不禁心中大怒，便與老婆鬧將起來。老婆道：「葷腥儘有，我又不是不捨得與他喫，那丫頭自不來取，難道要老娘送進房去不成？」賈公道：「我原說過來：石家的養娘，只教他在房中與小姐作伴。我家廚下走使的，又不少，誰要他出房端飯。前日那養娘噙著兩眼眼淚，在外汲水，我已疑心，是必家中把他難爲了；只爲匆忙，不曾細問得。原來你恁地無恩無義，連石小姐都怠慢！現放著許多葷菜，卻叫他喫白飯，是甚道理！我在，尚然如此；我出外時，可知連飯也沒得與他們喫飽！我這番回來見他們著實黑瘦了。」老婆道：「別人家丫頭，那要你這般疼他！養得白白壯壯，你可收用他做小老婆嗎？」賈公道：「放屁！說的是什麼話！——你這樣不通理的人，我不與你講嘴。自明日爲始。我叫當值的，每日另買一分肉菜供給他兩口，不要在家人中算帳；省得奪了你的日食，你又不歡喜。」老婆自家覺得有些不是，口裡也含含糊糊的哼了幾句，便不言語了。從此，賈公吩咐當值的每日肉菜分做兩份，卻叫廚下丫頭們各自安排送飯。這幾時，好不整齊！正是：

人情若比初相識，到底終無怨恨心。

賈昌因奉養石小姐，有一年不出外經營；老婆卻也做意修好，相忘於無言。月香在賈公家一住五年，看看長成；賈昌意思要密訪得好主兒，嫁他出去了，方才放心，自家好出門做生理。這也是賈公的心事，背地裡自去勾當，曉得老婆不賢，又與他商量怎的？若是湊巧，賠些妝奩嫁出去了，可不乾淨？何期姻緣不偶；但內中也有緣故：但是出身低微的，賈公又怕辱沒了石知縣，不肯俯就；但是略有些名目的，那個肯要百姓人家的養娘爲婦？所以好事難成。賈公見姻事不就，老婆又和順了，家中供給又立了常規，捨不得擔擱生理，只得又出外爲商。未行數日之前，預先叮嚀老婆有十來次，只教好生看待石小姐和養娘兩口。又請石小姐出來，再三安慰；連養娘都用許多好言安放。又分付老婆道：「他骨氣也較你重幾百分哩！你切莫慢他！若是不依我言語，我回家時。就不與你認夫妻了。」又喚當値的和廚下丫頭都分付過了，方才出門。

臨歧費盡叮嚀語，只為當時受德深。

卻說賈昌的老婆，一向被賈公在家敬重石小姐和養娘，心上好生不樂；沒奈何，只得中他，受了一肚子的腌臢昏悶之氣。一等賈公出門，三日之後，就使起家主母的勢來；尋個茶遲飯晏，小小不是的題目，先將廚下丫頭試法，連打幾個巴掌。罵道：「賤人！你是我手內用錢討的，如何恁地托大！你恃了那個小主母的勢頭，卻不用心伏侍我？家長在家日，縱容了你；如今他出去了，少不得要還老娘的規矩。除卻老娘外，那個該伏侍的？要飯喫時，等他自端，不要你們獻勤，卻擔誤老娘的差使。」罵了一回，就乘著熱鬧中，喚過當値的來，分付將賈公派下另一分肉菜錢乾折進來，不許買了。當値的不敢不依。且喜月香能甘淡薄，全不介意。又過了些時，忽一日，養娘端洗臉水，遲了些，水已涼了，養娘不合哼了一句，那婆娘聽得了，特地叫來發作道：「這水不是你擔的，別人燒著湯，你便胡亂用些罷！當初在牙婆家，那個燒湯與你洗臉！」養娘耐嘴不住，便回道：「難道要他們擔水燒湯？我又不是不曾擔水過的，兩隻手也會燒火；下次我自擔水自燒，不費廚下姐姐們力氣便了。」那婆娘提醒了他當初曾擔水過這句話，便罵道：「小賤人！你當先擔得幾桶水，便在外邊做身做分，哭與家長知道，連累老娘受了百般閒氣；今日老娘要討個帳兒。你既說會擔水，會燒火，把兩件事都交在你身上。每日當用的水，都要你擔，不許偷安；是火都要你燒，若是難爲了柴，老娘都要計較。且等你知心知意的家長回家時，你再啼啼哭哭告訴他便了；也不怕他趕了老娘出去。」月香在房中聽得賈婆發作自己的丫頭，連忙移步上前，萬福謝罪，招認許多不是，叫賈婆莫怪。養媳道：「果是婢子不是了，只求看小姐面上，不要計較！」那老婆愈加忿怒，便道：「什麼小姐大姐！是小姐，不到我家來了！我是個百姓人家，不曉得小姐是什麼品級！你動不動把來壓老娘！要曉得老娘骨氣雖輕，卻不受人壓量的。今日要說個明白：就是小姐，也說不得，費了大錢討了你來的，少不得老娘是個主母，賈婆也不是你叫的。」月香聽得話不投機，含著眼淚，自進房去了。那婆娘分付廚下，不許叫石小姐，只叫他月香名字。又分付養娘，只在廚下專管擔水燒火，不許進月香房中；月香若要飯喫時，待他自到廚房來取。其夜，又叫丫頭搬了養娘的被窩，到自己房中去。月香坐到更深，不見養娘進來，只得自己閉門而睡。又過幾日，那婆娘喚月香出房，卻叫丫頭把他的房門鎖了；月香沒了房，只得在外面盤旋，夜間就同養娘一鋪睡；睡起時，就叫他拏東拏西，役使他起來。常言道：「在人屋檐下，怎敢不低頭。」月香無可奈何，只得伏低做小。那婆娘見月香隨順了，心中暗喜；驀地開了他房門的鎖，把他房中搬得一空，凡丈夫一向寄來的好紬絹，曾做不曾做的，都遷入自己箱籠；被窩也收起了不還他。月香暗暗叫苦，不敢則聲。忽一日，賈公書信回來。又寄許多東西與石小姐；書中囑付老婆，好生看待石小姐，說不久就要回來的。那婆娘把東西收起，思想道：「我把石家兩個丫頭作踐殺了，丈夫回來，必然厮鬧；難道我懼怕老公，重新奉承他起來不成？那老忘八把這兩個瘦馬養著，不懷好意；況且他臨行之時，說道我不依他言語，就不與我做夫妻；莫非他倒起了什麼不良之心？那月香好副嘴臉，年已長成，倘要收房做小，也不見得？等到那時來爭風喫醋便遲了！人無遠慮，必有近憂；一不做，二不休，索性把他兩個賣去，就那老忘八回來，也只一怪，大家噪鬧一場罷了，難道又去贖他回來不成？……」正是：

眼孔淺時無大量，心田偏處有奸謀。

當下那婆娘主意已定，便分付當值的道：「與我喚那張牙婆到來！我有話說。」不一時，當值的將張婆引到；賈婆叫月香和養娘都相見了，卻發付他開去。然後對牙婆說道：「我家六年前討下這兩個丫頭。如今大的忒大了；小的又嬌嬌的，做不得生活；都要賣他出去。你與我快尋個主兒。」——原來當先官賣之事，是李牙婆經手；此時李婆已死，官賣私做，又推張婆出尖了。——張婆道：「那年紀小的，正有個好主兒在此，只怕大娘不肯。」賈婆道：「有甚不肯！」張婆道：「就是本縣大尹老爺，複姓鍾離，名義，壽春人氏；親生一位小姐，許配德安縣高大尹的長公子；在任上行聘的，不日就要來娶親了。本縣嫁妝都已備得十全，只是缺少一個隨嫁的養娘；昨日大尹老爺喚老媳婦當面分付過了，老媳婦苦沒處尋。宅上這位小娘子，正中其選；只是異鄉之人，怕大娘不捨得與他。」賈婆想道：「我正要尋個遠方的主顧，來得正好！況且知縣相公要了人去。丈夫回來，料他不敢則聲。」便對張婆道：「做官府家的陪嫁，勝似在我家十倍，我有什麼不捨；只是不要虧了我的原價便好。」張婆道：「原價多少？」賈婆道：「十來歲時就是五十兩討的，如今飯錢又弄一注在身上了。」張婆道：「喫的飯，是算不得帳；這五十兩銀子，在老媳婦身上。」賈婆道，「那一個大丫頭也替我覓個人家便好，他兩個是一夥兒來的，去了一個，那一個養不家了。況且年紀一二十之外，又是要老公的時候，留他做什麼？」張婆道：「那個要多少身價？」賈婆道：「原是三十兩銀子討的。」牙婆道：「粗貨兒值不得這許多。若是減得一半，老媳婦倒有個外甥在身邊，三十歲，老媳婦原許下與他娶一房妻小的，因手頭不寬展，捱下去，這倒是雌雄一對兒。」賈婆道：「既是你的外甥，便讓你五兩銀子。」張婆道：「連這小娘子的媒禮在內，讓我十兩銀子罷！」賈婆道：「也不爲大事，你且說合起來。」張婆道：「老媳婦如今先去回覆知縣相公，若講得成時，一手交錢，一手就要交貨的。」賈婆道：「你今晚回來嗎？」張婆道：「今晚還要與外甥商量，來不及了，明日早來回話；大分兩個都要成的。」說罷自去，不在話下。卻說大尹鍾離義到任有一年零二個月了，前任馬公。是頂那石大尹的缺；馬公陞任去後，鍾離義又是頂馬公的缺。鍾離大尹與德安高大尹原是同鄉。高大尹生有二子：長名高登，年十八歲；次名高升，年十六歲，這高登便是鍾離公的女婿。原來鍾離公未曾有子，止生此女，小字瑞枝，年方一十七歲；選定本年十月望日出嫁。此時已是九月下旬，吉期將近；鍾離公吩咐張婆，急切要尋個陪嫁。張婆得了賈家這頭門路，就去回復大尹。大尹道：「若是人物好時，就是五十兩也不多；明日庫上來領價，晚上就要過門的。」張婆道：「領相公鈞旨。」當晚張婆回家，便與外甥趙二商議，告訴他有頭相應的親事，要與他完婚；趙二先歡喜了一夜。次早，趙二便去整理衣衫，準備做新郎。張婆在家中先湊足了二十兩身價，帶在身邊。隨即到縣，取知縣相公鈞帖，到庫上兌了五十兩銀子，來到賈家；將這兩項銀子交付與賈婆，分疏得明明白白，賈婆都收下了。少頃，縣中差兩名皁隸，兩個轎夫，抬著一頂小轎，到賈家門首停下。賈婆初時都不通知月香曉得，臨期竟打發他上轎。月香正不知叫他那裡去，和養娘兩個叫天叫地，放聲大哭。賈婆不管三七二十一，和張婆兩個你一推，我一搡，搡地出了大門。張婆方才說明道：「小娘子不要啼哭了，你家主母將你賣與本縣知縣相公處，做小姐的陪嫁，此去好不富貴！官府衙門，不是要處！事到其間，哭也無益。」月香只得收淚上轎而去。轎夫抬進後堂，月香見了鍾離義，還只道萬福，張婆在旁道：「這就是老爺了，須下個大禮。」月香只得磕頭，立起身來，不覺淚珠滿面。張婆教他拭乾了眼淚，引入私衙，見了夫人和瑞枝小姐。問其小名，對以月香。夫人道：「好個月香二字，不必更改。」就發他伏侍小姐。鍾離公厚賞張婆，不在話。

可憐巨室嬌香女，權作閨中使令人。

張婆出衙已是酉牌時分；再到賈家，只見那養娘正思想小姐，在廚下痛哭。賈婆對他說道：「我今將你嫁與張媽媽的外甥，一夫一婦，比月香倒勝幾分；不要悲傷了。」張媽也勸慰他一番。趙二在混堂內洗了個淨浴，打扮的帽兒光光，衣衫簇簇，自家提了一個燈籠，前來接親。張婆就叫養娘拜別了賈婆。那養娘原是個大腳，張婆才扶著他步行到家，與外甥成親不提。再說月香小姐自那日進了鍾離相公衙門。次日，夫人分付新來婢子，將中堂打掃；月香領命，攜帚而去。鍾離義梳洗已畢，打點早衙理事，步出中堂，只見新來婢子，獃獃的把著一把掃帚，立在庭中。鍾離公暗暗稱怪，特地上前看時，原來庭中有一個土穴，月香對了那穴，汪汪流淚。鍾離公不解其故，走入中堂，喚月香上來，問其緣故；月香愈加哀泣，口稱不敢。鍾離公再三詰問，月香才收淚言道：「賤妾幼時，父親曾於此地教妾蹴毬爲戲，誤落毬於此穴，父親問妾道：『你可有計較，使毬自出於穴，不須拾取？』賤妾答云：『有計。』即遣養娘取水灌之，水滿毬浮，自出穴外。父親謂妾聰明，不勝之喜。今雖年久，尚然記憶；睹物傷情，不覺哀泣。願相公俯賜矜憐，勿加罪責！」鍾離公大驚道：「汝父姓什名誰？你幼時如何得到此地？須細細說與我知。」月香道：「妾父姓石名璧，六年前在此作縣令。只爲天火燒倉，朝廷將父革職，勒令賠償，父親被逼不過，病鬱而死。有司將妾和養娘官賣到本縣賈公家，賈公因感妾父昭雪冤獄活命之恩，不但不肯以奴婢視妾，反十分敬重，待以賓禮，留養至今。因賈公出外爲商。其妻不能相容，遂將妾轉賣於此。——此是實情，並無欺隱。」正是：

今朝訴出衷腸事，鐵石人聞也淚垂。

鍾離公聽罷，正是兔死狐悲，物傷其類，不禁感歎道：「我與石璧一般是個縣令，他只爲遭時不幸，遇了天災，親生女兒，就淪於下賤；我若不聞不見，倒也罷了；天叫他到我衙內，我若不扶持他，同官體面何存？石公在九泉之下，以我爲何如人？」當下請夫人上堂，把那月香的來歷細細敘明。夫人道：「似這等說，他也是個縣令之女，豈可賤婢相看？目今女孩兒嫁期又近，相公何以處之？」鍾離公道：「今後不要月香服役，可與女孩兒姊妹相稱；下官自有處置。」即時修書一封，差人去到親家高大尹處。高大尹拆書觀看，原來是寬求嫁娶之期。上寫道：

「婚男嫁女，雖父母之心；舍己成人，乃高明之事。近因小女出閣，預置媵婢月香，見其顏色端麗，舉止安詳，心竊異之，細訪來歷，乃知即兩任前石縣令之女。石公廉吏，因倉火失官喪軀，女亦官賣，輾轉售於寒家。同官之女，猶吾女也。此女年已及笄，不惟不可屈為媵婢，且不可使吾女先此女而嫁。僕今急為此女擇婿，將以小女薄奩嫁之；令郎姻期，少待改卜。特此拜懇，伏惟情諒！鍾離義頓首。」

高大尹看了道：「原來如此。此長者之事，吾奈何使鍾離義獨擅其美？」即時回書云：

「鸞鳳之美，雖有佳期；狐兔之悲，豈無同志？在親翁既以同官之女為女，在不佞寧不以親翁之心為心？三復示言，令人悲惻。此女廉吏血胤，無慚閥閱；願親家即賜為兒婦，以踐始期。令愛別選高門，庶幾兩便。昔蘧伯玉恥獨為君子，僕今日者願分親翁之誼。高原頓首。」

使者將回書呈與鍾離公看了。鍾離公道：「高親家願娶孤女，固是義舉；但吾女他兒，久已聘定，豈可更改？還是從容待我嫁了石家小姐，然後另備妝奩，以完吾女之事。」當下又寫書一封，差人再達高親家。高公開書讀道：

「娶無依之女，雖屬高情；更已定之婚，終乖正論。小女與令郎久諧鳳卜，准擬鸞鳴。在令郎停妻而娶妻，已違古禮；使小女舍婿而求婿，難免人非。請君三思，必從前議。義惶恐再拜。」

讀畢。高公歎道：「我一時思之不熟，今聞鍾離公之言，慚愧無地！我如今有個兩盡之道，使鍾離公得其志，而吾亦同享其名。萬世以下，以爲美談。」即時復書云：

「以女易女，僕之慕義雖殷；停妻娶妻，君之引禮甚正。僕之次男高升，年方十七，尚未締姻。令愛歸我長兒，石女屬我次子，佳兒佳婦，兩對良姻；一死一生，千秋高誼。妝奩不須求備，時日且喜和同；伏冀俯從，不須改卜。原惶恐再拜。」

鍾離公得書大喜道：「如此處分，方爲雙美；高公義氣，眞不愧古人，吾當拜其下風矣！」當下即與夫人說知，將一副妝奩，剖爲兩分，衣服首飾，稍稍增添；二女一般，並無厚薄。到十月望前兩日，高公安排兩乘花花細轎，笙簫鼓吹，迎接兩位新人。鍾離公先發了嫁妝去後。隨喚出瑞枝、月香兩個女兒，教夫人分付他爲婦之道；二女拜別而行。月香感念鍾離公夫婦恩德，十分難捨，號哭上轎。一路趲行，自不必說。到了縣中，恰好湊著吉日良時，兩對小夫妻，如花如錦，拜堂合卺。高公夫婦，歡喜無限。正是：

百年好事從今定，一對姻緣天上來。

再說鍾離公嫁女三日之後，夜間忽得一夢，夢見一位官人，幞頭象簡，立於面前。說道：「吾乃月香之父，石璧是也。生前爲此縣大尹，因倉糧失火，賠償無措，鬱鬱而亡。上帝察其情廉，憫其無罪，敕封吾爲本縣城隍之神。月香吾之愛女，蒙君高誼，拔之泥中，成其美眷；此乃陰德之事，吾已奏聞上帝。君命中本無子嗣，上帝以公行善，賜公一子，昌大其門；君當致身高位，安享遐齡。鄰縣高公，與君同心，願娶孤女；上帝嘉悅，亦賜二子高官厚祿，以酬其德。君當傳與世人，廣行方便；切不可凌虐孤寡，利己損人；天道昭昭，纖毫伺察。」說罷，再拜。鍾離公起身答拜，忽踏了衣服前幅，跌上一交；猛然驚醒，乃是一夢；即時說與夫人知道。夫人亦嗟訝不已。待等天明，鍾離公打轎到城隍廟中焚香作禮，捐出俸資百兩，命道士重新廟宇，將此事勒碑，廣諭眾人。又將此夢備細寫書報與高公知道。高公把書與兩個兒子看了，各各驚訝。鍾離夫人年逾四十，忽然得孕生子，取名天賜。後來鍾離義歸宋，仕至龍圖閣大學士，壽享九旬；子天賜，爲大宋狀元，高登、高升，俱仕宋朝，官至卿相。此是後話。且說賈昌在客中，不久回來，不見了月香小姐和那養娘，詢知其故，與婆娘大鬧幾場。後來得知鍾離相公將月香爲女，一同小姐嫁與高門；賈昌無處用情，把銀二十兩，要贖養娘，送還石小姐。那趙二恩愛夫妻，不忍分拆，情願做一對投靠，張婆也禁他不住。賈昌領了趙二夫妻，直到德安縣稟知大尹高公。高公問了備細，進衙又問媳婦月香，所言相同；遂將趙二夫婦收留。以金帛厚酬賈昌；賈昌不受而歸。從此賈昌惱恨老婆無義，立誓不與他相處，另招一婢，生下兩男，此亦作善之報也。後人有詩歎云：

人家嫁婚擇高門，誰肯周全孤女婚？請看兩公恩德報，皇天不負好心人。

裴晉公義還原配

官居極品富千金，享用無多白髮侵；惟有存仁並積善，千秋不朽在人心。

話說漢文帝朝中，有個寵臣，叫做鄧通；出則隨輦，寢則同榻，恩幸無比。其時有神相許負，相那鄧通之面，有縱理紋入口，必當窮餓而死。文帝聞之，怒曰：「富貴由我，誰人窮得鄧通？」遂將蜀道銅山賜之，使得自鑄錢。當時鄧氏之錢，布滿天下，其富敵國。一日，文帝偶然生下個癰疽。膿血迸流，疼痛難忍，鄧通跪而吮之。文帝覺得爽快；便問道：「天下至愛者何人？」鄧通答道：「莫如父子。」恰好皇太子入宮問疾，文帝也教他吮那癰疽。太子推辭道：「臣方食鮮膾，恐不宜近聖恙。」太子出宮去了。文帝歎道：「至愛莫如父子，尚且不肯爲我吮疽；鄧通愛我，勝如吾子。」由是恩寵益加。皇太子聞知此語，深恨鄧通吮疽之事。後來文帝駕崩，太子即位，是爲景帝。遂治鄧通之罪，說他吮疽獻媚，壞亂錢法，籍其家產，閉於空室之中，絕其飲食；鄧通果然餓死。又漢景帝時丞相周亞夫，也有縱理紋在口。景帝忌他威名，尋他罪過，下之於廷尉獄中；亞夫怨恨，不食而死。這兩個極富極貴，犯了餓死之相，果然不得善終。雖然如此，又有一說，道是面相不如心相。假如上等貴相之人，也有做下虧心事損了陰德，反不得好結果；又有犯著惡相的，卻因心地端正肯積陰功，反禍爲福。此是人定勝天，非相法之不靈也。今說唐朝有個裴度，少年時貧落未遇，有人相他縱理入口，後當餓死。後偶遊香山寺中，於井亭闌干上，拾得三條寶帶；裴度自思道：「此乃他人遺失之物，我豈可損人利己，壞了心術！」乃坐而守之。少頃間，只見個婦人啼哭而來；訴說道：「老父陷獄，借得三條寶帶，要去贖罪；偶到寺中盥手燒香，遺失在此。如有人拾取，可憐見還，不僅全了老父之命，則亦一家人都得安生矣。」裴度將三條寶帶，即時交還婦人；婦人拜謝而去。他日，又遇了那相士，相士大驚道：「足下骨法全改，非復向日餓莩之相，得非有陰德乎？」裴度辭以沒有。相士云：「足下試自思之，必有拯溺救焚之事。」裴度乃言還帶一節。相士云：「此乃大陰德！他日富貴兩全，可預賀也。」後來裴度果然進身及第，位至宰相，壽登耄耋。正是：

面相不如心相好，為人須是積陰功；假饒方寸難移相，餓學焉能享萬鍾！

看官！你只道裴晉公是陰德上積來的富貴？誰知他富貴以後，陰德更多！如今聽我說『義還原配』這節故事，卻也十分難得。話說唐憲宗皇帝元和十三年，裴度領兵，削平了淮西反賊吳元濟；還朝拜爲首相，進爵晉國公。又有兩處積久負固的藩鎮，都懼怕裴度的威名，上表獻地贖罪：恆冀節度使王承宗，願獻德、棣二州。淄青節度使李師道，願獻沂、密、海三州。憲宗皇帝看見外寇漸平，天下無事，乃修龍德殿濬龍首池，起承暉殿，大興土木；又聽山人柳泌合長生之藥。裴度屢次切諫都不聽。佞臣皇甫鎛判度支，程异掌鹽鐵，專一刻剝百姓財物，名爲羨餘以供無事之費。由是投了憲宗皇帝之意，兩個佞臣，並同平章事；裴度羞與同列，上表求退。憲宗皇帝不許；反說裴度好立朋黨，漸有疑忌之心。裴度自念功名太盛，惟恐得罪，乃口不談朝事；終日縱情酒色，以樂餘年。四方郡牧，往往訪覓歌兒舞女，獻於相府，不一而足。論起裴晉公：那裡要人來獻？只是這班阿諛諂媚的，要博相國歡喜，自然重價購來；——也有用強逼取的。——

鮮衣美飾，或假作家妓，或僞稱侍女，遣人慇慇懃懃的送進來；裴晉公無法拒絕，也只得納了。

再說晉州萬全縣，有一人姓唐名璧，字國寶；曾舉孝廉科，初任括州龍泉縣尉，再任越州會稽丞。先在鄉時，聘定同鄉黃太學之女小娥爲妻；因小娥尚在稚齡，待年未嫁；比及長成，唐璧卻兩任遊宦，都在南方；以此兩下蹉跎，不曾婚配。那小娥年方二九，生得臉似堆花，體如琢玉；又且通於音律，凡簫管琵琶之類，無所不通。晉州刺史奉承裴晉公，要在所屬地方，選取美貌歌姬一隊進奉；已有了五人，還少一個出色掌班的，聞得黃小娥之名，又恐太學之女，不可輕得，乃捐錢三十萬，囑託萬泉縣令求之。那縣令又奉承刺史，差人到黃太學家致意。黃太學問道：「已經受聘，不敢從命。」縣令再三強求，黃太學只是不允。時値清明，黃太學舉家掃墓，獨留小娥在家；縣令打聽的實，乃親到黃家，搜出小娥，用肩輿抬去，著兩個穩婆相伴，立刻送到晉州刺史處交割。硬將三十萬錢，撇在他家，以爲身價。比及黃太學回家，曉得女兒被縣令劫去，急往縣中，知已送去州裡，再到晉州，將情哀求刺史。刺史道：「你女兒才色過人，一入相府，必然擅寵，豈不勝操他人箕帚乎！況已受我聘財六十萬錢，何不贈與汝婿。別圖配偶？」黃太學道：「縣主乘某掃墓，將錢委置，某未嘗面受；況止三十萬，今悉持在此；某只願領女，不願領錢也。」刺史拍案大怒道：「你得財賣女，卻又瞞過三十萬，強來絮聒，是何道理！且汝女已送至晉國公府中去矣；汝自往相府取索，在此無益。」黃太學看見刺史發怒，出言圖賴，再不敢開口；兩眼含淚而出。又在晉州守了數日，欲得女兒一見。卻只寂然無信；歎了口氣，只得回縣去了。卻說刺史將千金置買異樣服飾，寶珠瓔珞，妝扮那六個女子，如天仙相似；全副樂器，整日在衙中操演；直待晉國公生日將近，遣人送去，以作賀禮。那刺史費了許多心機，破了許多錢鈔，原是要博相國一個大歡喜；誰知相國府中歌舞成行，各鎮所獻美女，也不計其數，這六個人只湊得熱鬧；相國那裡便看在眼裡，留在心裡？從來奉承儘有折本的，都似此類。有詩爲證。

割肉剜膚買上歡，千金不吝備吹彈；相公見慣渾閒事，羞殺州官與縣官！

再說唐璧在會稽任滿，該得升遷；想黃小娥今已長成，且回家畢姻，然後赴京未遲。當下收拾宦囊，望萬泉縣進發。到家次日，就去謁見岳丈黃太學。黃太學已知爲著姻事，不等開口，便將女兒被奪情節，一五一十，備細的告訴了。唐璧聽罷，獃了半晌，咬牙切齒恨道：「大丈夫沈薄宦，至一妻之不能保，何以生爲？」黃太學勸道：「賢婿英年才望，自有好緣相湊；吾女兒自沒福相從，遭此強暴。休得過傷懷抱，有誤前程。」唐璧怒氣不息，要到州官縣官處與他爭論。黃太學勸道：「人已去矣，爭論何益？況聞得裴相國方今一人之下，萬人之上，倘失其歡心，恐與賢婿前程不便。」乃將縣令所留三十萬錢抬出，交付唐璧道：「以此爲圖婚之費罷。──當初宅上有碧玉玲瓏爲聘，在小女身邊，不得奉還矣。賢婿須念前程爲重，休爲小女，誤了大事，」唐璧兩淚交流，答道：「某年近三旬，又失此良配，琴瑟之事，終身已矣！蝸名微利，誤人之本，從此亦不復思進取也！」言訖，不覺大慟，黃太學也痛哭起來，家哭了一場方罷。唐璧那裡肯收這樣的錢，逕自空身回去了。次日，黃太學親到唐璧家中，再三解勸；攛掇他早往京師聽調，得了官職，然後徐議良姻。唐璧初時不肯，嗣被丈人一連數日，強逼不過；又思在家也是氣悶。且到長安走遭，一來好排遣排遣，二來也好打聽小娥消息；只得勉強擇吉，買舟起程。黃太學將三十萬錢，暗地放在舟中，私下囑付從人道：「開船兩日後，方可稟知主人，拏去京中做使用，討個美缺。」唐璧見了這錢，又感傷了一場。分付蒼頭道：「此是黃家賣女之物，一文不可動用。」那日來到長安，僱人挑了行李，就裴相國府前左近處下個店房；便早晚府前行走，探聽小娥消息。過了一夜，次早到吏部報名。送歷任文薄，查驗過了，回寓靜候吏部掛榜。唐璧每日飯後，就到相府門前守候；誰如住了月餘。還不曾通得半點信息。

這些官吏們一出一入，雖如螞蟻相似，卻又不敢上前把沒頭腦的事問他一聲。正是：

侯門一入深如海，從此蕭郎是路人。

一日吏部掛榜。唐璧授湖州錄事參軍；這湖州又在南方，又是熟遊之地，唐璧倒也歡喜。等到發下誥敕，便收拾行李，僱喚船隻出京。不料行到潼津地方，遇了一夥強人。自古道：「謾藏誨盜」，只爲這三十萬錢，帶來帶去露了小人眼目，惹起他們的貪心，就結夥做出這事來。這夥強人從京城內直跟至潼津，背地通同了船家，等待夜靜，一齊下手。也是唐璧命不該絕，正在船頭上登東，看見聲勢不好，急忙跳水上岸逃命；只聽得這夥強人亂了一回，連船都撐去了。蒼頭的性命，也不知死活；舟中一應行李，盡被劫去：光光賸著個身子。正是：

屋漏更遭連夜雨，船遲又被打頭風。

那三十萬錢，和行囊還是小事；卻有歷任文簿，和那誥敕，是赴任執照，也失去了；連官也做不成。唐璧那一時眞個控天無路，訴地無門，思量我直恁的時乖運蹇，一至於此。欲待回鄉，有何面目？欲待再往京師，向吏部衙門求訴，奈身畔並無分文的盤費，怎生是好？這裡又無相識借貸，難道求乞不成？欲待投河而死，又想堂堂一軀，終不當如此結果。坐在路旁想了又哭，哭了又想，左思右算，無計可施；從半夜直哭到天明。喜得絕處逢生，遇著一個老者，攜杖而來，問道：「官人爲何哀泣？」唐璧將赴任被劫之事，告訴了一遍。老者道：「原來是一位大人，失敬了！舍下不遠，請那步則個！」老者引唐璧約行一里，到其家中，重復敘禮。老者道：「老漢姓蘇，兒子喚做蘇鳳華，現做湖州武源縣尉；正是大人屬下。大人往京，老漢願少助資斧。」即忙備酒飯管待。取出新衣一套與唐璧換了；又捧出白金二十兩，贈作路費。唐璧再三稱謝，別了蘇老，獨自一個上路，再往京師。且說唐璧到了京城，仍投舊店中住下。店主人聽說路上被劫，好生悽慘。唐璧到吏部門下，將情由衷稟。那吏部官道：「這告敕文簿盡空，毫無把柄，難辨眞假。」苦苦求了五日，並不作准；身邊銀兩，又都在衙門使費去了；回到店中，只得叫苦，兩淚汪汪的坐著納悶。只見外面一人約莫半老年紀。頭戴軟翅紗帽，身穿紫褲衫，挺帶皁靴，好似押衙官模樣，踱進店來。見了唐璧作了揖，對面而坐。問道：「足下何方人士？到此貴幹？」唐璧道：「官人不問猶可，問我時，訴不盡心中苦情。」說未絕聲，撲簌簌掉下淚來。紫衫人道：「尊意有何不滿？可細說之，或者可共商量也。」唐璧道：「僕姓唐名璧，晉州萬泉縣人氏；近除湖州錄事參軍。不期行至潼津，忽遇盜劫，資斧一空；歷任文簿和告敕都失了，難以赴任。」紫衫人道：「中途被劫，非關足下之事；何不以此情訴知吏部，求吏部重給告敕？」唐璧道：「幾次哀求，不蒙憐准；又更無門路可以懇告，只落得我去住兩難！」紫衫人道：「當今裴晉公每懷惻隱，極肯周旋落難之人，足下何不去見他？」唐璧聽說，愈加悲泣道：「官人休提起裴晉公三字，使某心腸如割。」紫衫人大驚道：「足下何故而出此言？」唐璧道：「某幼年定下一房親事，因屢任南方，未成婚配；卻被知州知縣，竟用強奪去，湊成一班女樂，獻與晉公，使某壯年無室，此事雖不由晉公，然晉公受人諂媚，以致府縣爭先獻納，分明是拆散我夫妻一般；我今日何忍復往見之？」紫衫人問道：「足下所定之室，何姓何名？當初有何爲聘？」唐璧道：「姓黃，名小娥；聘物碧玉玲瓏，現在彼處。」紫衫人道：「某即晉公親校，得出入內室，當爲足下訪之。」唐璧道：「侯門一入，無復相見之期，但願官人。爲我傳一信息，使他知我心事，死亦瞑目。」紫衫人道：「明日此時，定有好音奉報。」說罷，拱一拱手，踱出門去了。唐璧展轉思想，懊悔起來。以爲那紫衫押衙，定是晉公親信之人，遣他出外探事的；方才不合議論了他幾句，頗有怨望之詞，倘或說與晉公知道，激怒了他，必然降禍不小！因此，心不好生不安，一夜不曾合眼。巴到天明，梳洗罷，便到裴府窺望，只聽說令公給假在府，不出外堂；雖然如此，仍有許多文書來往，內外奔走不絕；只不見昨日這紫衫人。等了許久，回店去喫了些午飯，又來守候，絕無動靜。看看天晚，眼見得紫衫人已是謬言失信了，嗟歎了數聲，淒淒涼涼的回到店中。方欲點燈，忽見外面兩個人似令史妝扮，慌慌忙忙的走入店來問道：「那一位是唐璧參軍？」唬得唐璧躲在一邊，不敢答應。店主人走來問道：「二位何人？」那兩人道：「我等乃裴府中堂吏，奉令公之命，來請唐參軍到府講話。」店主人指道：「這位就是。」唐璧只得出來相見。說道：「某與令公素未通謁，何緣見召？且身穿褻服，豈敢唐突！」堂吏道：「令公立等，參軍休得推阻。」兩個左右扶掖著，飛也似跑進府來。到了堂上，兩個道：「參軍少坐，容某等稟過令公，卻來相請。」兩堂吏進去了。不多時，只聽得飛奔出來復道：「令公給假在內，請進去相見。」說罷，兩個堂吏前後引路。唐璧此時，也只得壯著膽子隨了進去；只見一路轉彎抹角，都點得燈燭輝煌，照耀如白日一般。到一個小小廳堂中，只見兩行紗燈排列，令公角巾便服，拱立而待。唐璧慌忙拜伏在地，汗流浹背，不敢仰視。令公傳命扶起道：「私室相延，何勞過禮。」便教看坐。唐璧謙讓了一回，坐於旁側，偷眼看著令公，正是昨日店中所遇紫衫之人，愈加惶懼；捏著兩把汗，低了眉頭，鼻息也不敢出來。原來裴令公閒時常在外面私行，體訪民情；昨日偶到店中，遇了唐璧，回府去就查黃小娥名字，喚來相見，果然十分顏色。令公問其來歷，與唐璧說話相同；又討他碧玉玲瓏看時，只見他緊緊的帶在臂上，令公甚是憐憫。問道：「你丈夫在此，願一見乎？」小娥流淚道：「紅顏薄命，自分永絕，見與不見，權在令公！賤妾安敢自專？」令公點頭，教他且去。密地分付堂候官，備下資妝千貫；又將空頭告敕一道，塡寫唐璧名氏，差人到吏部去會他前任履歷，及授湖州參軍文憑，要得重新補給，件件完備，才請唐璧到府。唐璧滿肚慌張，那知令公一團美意。當下令公開談道：「昨聞所說，心誠惻然，老夫不能杜絕饋遺，以致足下久曠琴瑟之樂，老夫之罪也。」唐璧離席下拜道：「鄙人身遭顚沛，心神顚倒，昨日語言冒犯，自知死罪，伏惟相公海涵！」令公請起道：「今日頗吉，老夫權爲主婚，便與足下完姻；薄有行資千貫奉助，聊申贖罪之意。成親之後，便可于飛赴任。」唐璧只是拜謝，也不敢再問赴任之事。只聽得宅內一派樂聲嘹喨，紅燈數對，女樂一隊前導，幾個押班老媽和養娘輩，簇擁出如花如玉的黃小娥來。唐璧慌欲躲避，老媽道：「請二位新人就此見禮。」養娘鋪下紅氈，黃小娥和唐璧做一對兒立了，朝上拜了四拜。令公在旁答揖。早有肩輿在廳堂外伺候，小娥登輿，一逕抬到店房中去了。令公分付唐璧速歸逆旅，勿誤良期。唐璧跑回店中，只聽見人言鼎沸，舉眼看時，擺列得絹帛盈箱，金錢滿篋，就是起初那兩個堂吏看守著，專等唐璧親自到來交割。又有個小小篋兒，令公親判封的，拆開看時，乃官誥在內，復除湖州司戶參軍。唐璧喜不自勝。當下與黃小娥就在店中權作洞房花燭，這一夜歡情，比著往常聯姻的更自得意。正是：

運去雷轟薦福碑，時來風送滕王閣；今朝婚宦兩稱心，不似從前情緒惡。

唐璧此時有婚有宦，又有了千貫妝資，分明是十八層地獄的苦鬼，直升至三十三天去了。若非裴令公仁心慷慨，怎肯周全得人十分滿足。次日，唐璧又到裴府謁謝，令公預先分付門吏辭回，不勞再見。唐璧回寓，重理冠帶，再整行裝，在京中買了幾個僮僕跟隨，兩口兒回到家鄉，見了岳丈黃太學，好似枯木逢春，斷絃再續，歡喜無限。過了幾日，夫妻雙雙往湖州赴任，感激裴令公之恩，將沈香雕成小像，朝夕拜禱，願其福壽綿延。後來裴令公壽過八旬，子孫蕃衍，人皆以爲陰德所致。詩云：

無室無官苦莫論，周旋好事賴洪恩；人能步步存陰德，福祿綿綿及子孫。

吳保安棄家贖友

古人結交須結心，今人結交惟結面；結心可以同死生，結面那堪共貧賤？九衢鞍馬日紛紜，
追攀送謁無晨昏；座中慷慨出妻子，酒邊拜舞猶弟兄。一關微利已交惡，況復大難肯相親？君不
見，當年羊左稱死友，至今史傳高其人！

這篇詞名爲「結交行」，是歎末世人心險薄，結交最難。平時酒杯來往，你兄我弟；一遇風火的事。才有些利害相關，便爾我不相顧了。眞個是酒肉兄弟；眞個是落難之中無一人。還有朝兄弟暮仇敵，才放下酒杯，出門便彎弓相向的。所以陶淵明欲息交，嵇叔夜欲絕交，劉孝標又做下「廣絕交論」；都是感慨世情，故爲忿激之談耳。如今我說的兩個朋友，卻是從無一面的；只因一點意氣上相許，後來患難之中，生死相救，這才算做心交至友。正是：

說來貢禹冠塵動，道破荊卿劍氣寒。

話說大唐開元年間，宰相代國公郭震，字元振，河北武陽人氏；有姪兒郭仲翔，才兼文武。一生豪俠尚義，不拘繩墨；因此沒人舉薦他。父親見他年長無成，寫了一封書，教他到京參見伯父，求個出身之地。元振喟曰：「大丈夫不能掇巍科、登上第，致身青雲；亦當如班超、傅介子，立功異域以取富貴，若但借門第爲階梯，所就豈能遠大乎？」仲翔唯唯。適邊報到京，南中洞蠻作亂。原來武則天娘娘革命之日，要買囑人心歸順，只這九溪十八洞蠻夷，每年一小犒賞，

三年一大犒賞。到玄宗皇帝登極，把這犒賞常規都裁革了；爲此群蠻一時造反，侵擾州縣。朝廷差李蒙爲姚州都督，調兵進討。李蒙領了聖旨，臨行之際，特往相府辭別，因而請教。郭元振曰：「昔諸葛武侯七擒孟獲，但服其心，不服其力；將軍宜以愼重行之，必當制勝。舍姪仲翔頗有才幹，今遣與將軍同行，俟破賊立功，庶可附驥尾以成名耳！」即呼仲翔出與李蒙相見。蒙見仲翔一表非俗，又且當朝宰相之姪，親口囑託，怎敢推委？即署仲翔爲行軍判官之職。仲翔別了伯父，跟隨李蒙起程。行至劍南地方，有同鄉一人姓吳名保安字永固，現仕東川遂州方義尉；雖與仲翔從未識面，然素知其爲人義氣深重，肯扶持濟救人的。乃修書一封，遣人馳送於仲翔。仲翔拆書讀之。書曰：

「不肖保安，幸與足下生同鄉里；雖缺展拜，而慕仰有日。以足下大才，輔李將軍以平小寇，成功在旦夕耳！保安力學多年，微官一尉，僻在劍外，鄉關夢絕。況此官已滿，後任難期，恐厄選曹之格阻也。稔聞足下分憂急難，有古人風。今大軍征進，正在用人之際，儻垂念鄉曲，錄及細微，使保安得執鞭從事，樹尺寸於幕府；足下邱山之恩，敢忘銜結！」

仲翔玩其書意，歎曰：「此人與我素昧平生，而驟以緩急相委，乃深知我者！大丈夫遇知己而不能與之出力，能不負愧乎？」遂向李蒙誇獎吳保安之才，乞徵來軍中效用。李都督聽了，便行下文帖，到遂州去，要取方義尉吳保安爲管記。才打發差人起身，探馬報蠻賊猖獗，逼近內地；李都督傳令星夜趲行。來到姚州，正遇著蠻兵搶擄財物，不做準備，被大軍一掩，都四散亂竄，不成隊伍，殺得他大敗全輸。李都督恃勇，招引大軍乘勢追逐五十里，天晚下寨。郭仲翔諫曰：「蠻人貪詐無比，今兵敗遠遁，將軍之威已立矣。宜班師回州，遣人先播威德，招使內附；不可深入其地，恐墮詐謀之中。」李蒙大喝道：「群蠻今已喪膽，不乘此機掃清溪洞，更待何時？汝勿多言！看我破賊！」次日，拔寨都起，打了數日，直到烏蠻界上。只見萬山疊翠，草木蒙茸，正不知那一條是去路？李蒙心中大疑，傳令暫退平衍處屯紮，一面尋覓土人訪問路徑。忽然山谷之中，金鼓之聲四起，蠻兵彌山遍野而來。洞主姓蒙名細奴邏，手執木弓藥矢，百發百中；驅率各洞蠻酋穿林渡嶺。分明似鳥飛獸走，全不費力。唐兵陷於伏中，又且路生力倦，如何抵敵？李都督雖然驍勇，奈英雄無用武之地，手下爪牙看看將盡，歎曰：「悔不聽郭判官之言，乃為犬羊所侮。」拔出靴中短刀，自刺其喉而死。全軍皆沒於蠻中。後人有詩云：

馬援銅柱標千古，諸葛旗臺鎮九溪；何事唐師皆覆沒，將軍姓李數偏奇。

又有一詩，專咎李都督不聽郭仲翔之言，以自取敗。詩云：

不是將軍數獨奇，懸軍深入總堪危；當時若聽還師策，縱有群蠻誰敢窺？

其時郭仲翔也被擄去，細奴邏見他丰神不凡，叩問之，方知是郭元振之姪。遂給與本洞頭目烏羅部下。原來南蠻從無大志，只貪圖中國財物；擄掠得漢人，都分給與各洞頭目；功多的分得多，功少的分得少。其分得人口，不問賢愚，只如奴僕一般，供他驅使，斫柴剗草，看馬牧牛。若是人口多的，又可轉相買賣。漢人到此，十個中有九個只願死，不願生，卻又有蠻人看守，求死不得；有恁般苦楚。這一陣廝殺，擄得漢人甚多，其中多有有職位的。蠻酋一一審出，許他寄信到中國去，要他親戚來贖，獲其厚利。你想被擄的人，那一個不思想還鄉的？一聞此事，不論富家貧家，都寄信到家鄉來了。就是各人家屬，十分沒法處置的，只得罷了；若還有親有眷，挪移補湊得來，那一家不想借貸去取贖？那蠻酋忍心貪利，隨你孤身窮漢，也要勒取好絹三十匹，方准贖回。若上一等的，憑他索詐。烏羅聞知郭仲翔是當朝宰相之姪，高其贖價，索絹一千匹。仲翔想道：「若要千絹，除非伯父處可辦，只是關山迢遞，怎得寄個信去？」忽又想道：「吳保安是我知己，我與他從未會面，只見得他數行之字，便力薦於李都督，召爲管記；我之用情，他必諒之。幸他行遲，不與此難；此際多應已到姚州城，央他附信於長安，豈不便乎？」乃修成一書，逕致保安。書中具道苦情，及烏羅索價詳細，「儻永固不見遺棄，傳語伯父早來見贖，尚可生還。不然，生爲俘囚，死爲蠻鬼，永固其忍之乎？」永固者，保安之字也。書後附一詩云：

箕子為奴仍異域，蘇卿受困在初年；知君義氣深相憫。願脫征驂學古賢。

仲翔修書已畢，恰好有個姚州解糧官被贖放回，仲翔乘便就將此書付之。眼睜睜看著他人去了，自己不能奮飛，萬箭攢心，不覺淚如雨下。正是：

眼看他鳥高飛去，身在籠中怎出頭？

不提郭仲翔蠻中之事。且說吳保安奉了李都督文帖，已知郭仲翔所薦；留妻子張氏和那新生下未週歲的孩兒在遂州住下；一主一僕，飛身上路，趕來姚州赴任。聞知李都督陣亡消息，喫了一驚，尚未知仲翔生死下落，不免留州住下；恰好解糧官從蠻地放回，帶得有仲翔書信，吳保安拆開看了，好生悽慘。便寫回書一紙，書中許他取贖，留在解糧官處，囑他覷便寄到蠻中，以慰仲翔之心。忙整行囊，便望長安進發。這姚州，到長安三千餘里，東川正是個順路，保安逕不回家，直到京都求見郭元振相公。誰知一月前元振已薨，家小都扶柩回河北武陽去了。吳保安大失所望，盤纏罄盡，只得將僕馬賣去，將來使用。覆身回到遂州，見了妻兒，放聲大哭。張氏問其緣故。保安將郭仲翔失陷南中之事，說了一遍；道：「如今要去救他，爭奈自家無力，使他在窮鄉懸望，我心何安？」說罷又哭。張氏勸止之曰：「常言道：『巧媳婦煮不得沒米粥。』你如今力不從心，只索付之無奈了。」保安搖首曰：「吾向者偶畜尺書，即蒙郭君垂情薦拔；今彼在死生之際，以性命托我，我何忍負之？不得郭回，誓不獨生也！」於是傾家所有，估計來止値得絹二百匹，遂撇了妻兒，出外爲商。又怕蠻中不時有信寄來，只在姚州左近營運。朝馳暮走，東趁西奔，身穿破衣，口喫粗糲，雖一錢一粟，不敢妄費，都積下爲買絹之用。得一望十得十望百，滿了百匹，就寄放姚州府庫。眠裡夢裡，只想著郭仲翔三字，連妻子都忘記了。整整的在外過了十個年頭，剛剛的湊了七百匹絹，還未足千匹之數。正是：

出家千里逐錐刀，只為相知意氣豪！十載未償蠻洞債，不知何日慰心交？

話分兩頭。卻說吳保安妻張氏，同那幼年孩子，孤孤恓恓的住在遂州。初時還有人看縣尉面上，小意兒周濟他，一連幾年不通音信，就沒人理他了。家中又無積蓄，捱到十年之外，衣單食缺，萬難存濟，只得並這幾件破傢伙變買盤纏，領了十一歲的孩兒親自問路，欲往姚州尋取丈夫吳保安。夜宿朝行，一日只走得三四十里，比到得姚州界上，盤費已盡。計無所出，欲待求乞前去，又含羞不慣，思量薄命，不如死休，看了十一歲的孩女，又割捨不下。左思右想，看看天晚，坐在烏蒙山下放聲大哭，驚動了過往的官人。那官人姓楊名安居，新任姚州都督，正頂著李蒙的缺，從長安馳驛到任，打從烏蒙山下經過。聽得哭聲哀切，又是個婦人，停了車馬，召而問之。張氏手攙著十一歲的孩兒，上前哭訴曰：「妾乃遂州方義尉吳保安之妻，此孩兒即妾之子也。妾夫因友人郭仲翔陷沒蠻中，欲營求千匹絹往贖，棄妾母子獨住姚州，十年不通音信。妾貧苦無依，親往尋取，糧盡路長，是以悲泣耳！」安居暗暗歎異道：「此人眞義士！恨我無緣識之。」乃謂張氏曰：「夫人休憂，下官恭任姚州都督，一到彼郡，即差人尋訪尊夫。夫人行李之費，都在下官身上，請到前途驛館中，當與夫人設處。」張氏收淚拜謝；雖然如此，心下尚懷惶惑。楊都督軍馬，如飛去了。張氏母子相扶，一步步捱到驛前，楊都督早已分付驛官伺候，問了來歷，請到空房飯食安置。次日五鼓，楊都督起馬先行，驛官傳楊都督之命，將十千錢贈爲路費。又備下一輛車兒，差人夫送至姚州普淜驛中居住。張氏心中感激不盡。正是：

好人還遇好人救，惡人自有惡人磨。

且說楊安居一到姚州，便差人四下尋訪吳保安下落。不三四日，便尋著了。安居請到都督府中，降階迎接，親執其手，登堂慰勞。因謂保安曰：「下官嘗聞古人有死生之交，今親見之足下矣！尊夫人同令嗣遠來相覓，現在驛舍，足下且往暫敘十年之別，所需絹匹若干，吾當爲足下圖之。」保安曰：「僕爲友盡心，固其分內，奈何累及明公乎？」安居曰：「慕公之義，欲成公之志耳！」保安叩首曰：「既蒙明公高誼，某不敢固辭。所少三分之一，如數即付，僕當親往蠻中贖取吾友，然後與妻孥相見，未爲晚也。」時安居初到任，乃於庫中撮借官絹四百匹，贈與保安，又贈他全副鞍馬。保安大喜，領了這四百匹絹，並庫絹七百匹，共一千一百之數，騎馬直到南蠻界口，尋個熟蠻往蠻中通話，將所餘百匹絹，盡數把他使費，只要仲翔回歸，心滿意足。正是：

應時還得見，勝是岳陽金。

卻說郭仲翔在烏羅部下，烏羅指望他重價取贖，初時好好看待，飲食不缺。過了一年有餘，不見中國人來講話，烏羅心中不悅，把他飲食都省減了，每日一餐，著他看養豬象。仲翔打熬不過，思鄉念切，乘烏羅出外打圍，拽開腳步，望北而走。那蠻中都是險峻的山路，仲翔走了一日一夜，腳底都破了。被一般看象的蠻子，飛也似趕來捉了回去。烏羅大怒，將他轉賣與南洞主新丁蠻爲奴，離烏羅部二百里之外。那新丁最惡，差使小不遂意，整百整千鞭得背都青腫。如此已非一次，仲翔熬不得痛苦，捉個空又想逃走，爭奈路徑不熟，只在山凹內盤旋。又被本洞蠻子追著了，拏去獻與新丁。新丁不用了，又賣到南方一洞去，一步遠一步了。那洞主號菩薩蠻，更是利害，曉得郭仲翔屢次逃走，乃取木板兩片，各長五六尺，厚三四寸，教仲翔把兩隻腳立在板上，用鐵釘釘其腳面，直透板內。日常帶著兩板行動，夜間納土洞中，洞口用厚木板門遮蓋。本洞蠻子就睡在板上看守，一毫移動不得。兩腳被釘處常流膿血，分明是地獄受罪一般。有詩爲證：

身賣南蠻南更南，土牢木鎖苦難堪；十年不達中原信，夢想心交不敢談。

卻說熟蠻領了吳保安言語，來見烏羅，說知求贖郭仲翔之事。烏羅曉得絹足千匹，不勝之喜。便差人往南洞轉贖郭仲翔回來。南洞主新丁，又引至菩薩洞中交割了身價，將仲翔兩腳釘板，用鐵鉗取出釘來。那釘頭入肉已久，膿水乾後，如生就一般，今番重復取出，這疼痛比初釘時更自難忍，血流滿地。仲翔登時悶絕，良久方醒，寸步難移；只得用皮袋盛了，兩個蠻子抬著，直送到烏羅帳下。烏羅收足了絹匹，不管死活，把仲翔交付了熟蠻，轉送吳保安收領。保安接著，如見親骨肉一般。這兩個朋友，到今日方才識面，未暇敘話，各睜眼看了一看，抱頭而哭，皆疑以為夢中相逢也。郭仲翔感謝吳保安，自不必說。保安見仲翔形容憔悴，半人半鬼，兩腳又動彈不得，好不悽慘；讓馬與他騎坐，自己步行隨後，同到姚州城內，回復楊都督。原來楊安居曾在郭元振門下做過幕僚，與郭仲翔雖未識認，卻有通家之誼；又且他是個正人君子，不以存亡易心，一見仲翔，不勝之喜，教他洗沐過了，將新衣與他更換；又教隨軍醫生，醫他兩腳瘡口，好飲好食將息，不到一月，平復如故。且說吳保安從蠻界回來，方才到普淜驛中與妻子相見。初時分別，兒子尚在襁褓，如今十一歲了，光陰迅速，未免傷感於懷。楊安居為吳保安義氣上，十分敬重，每每對人誇獎，又寫書與長安貴要，稱他棄家贖友之事；又厚贈資糧，送他往京師補官。凡姚州一郡官府，見都督如此用情，無不厚贈。仲翔仍留為都督府判官。保安將眾人所贈，分一半與仲翔留下使用，仲翔再三推辭，保安那裡肯依？只得受了。吳保安謝了楊都督，同家小往長安進發，仲翔送出姚州界外，痛哭而別。保安仍留家小在遂州，單身到京，陞補嘉州彭山丞之職。那嘉州仍是西蜀地方，迎接家小又方便，保安歡喜赴任去訖。不在話下。再說郭仲翔在蠻中日久，深知款曲，蠻中婦女儘有姿色，價反在男子之下。仲翔在任三年，陸續差人到蠻洞，購求年少美女共有十人，自己教成歌舞，鮮衣美飾，特獻與楊安居伏侍，以報其德。安居笑曰：「吾重生高義，故樂成其美耳！言及相報，得毋以市井見待耶？」仲翔曰：「荷明公仁德，微軀再造，特求此蠻口奉獻，以表區區。明公若見辭，仲翔死不瞑目矣！」安居見他誠懇，乃曰：「僕有幼女，最所鍾愛，勉受一小口爲伴，餘則不敢如命。」仲翔把那九個美女，贈與楊都督帳下九個心腹將校，以顯楊公之德。時朝廷正追念代國公軍功，要擢用其子姪，楊安居表奏：「故相郭震嫡姪仲翔，始進諫於李蒙，預知勝敗；繼陷身於蠻洞，備著堅貞。十年復返於故鄉，三載效勞於幕府，蔭既可敘，功亦宜酬。」於是郭仲翔得授蔚州錄事參軍。仲翔自從離家到今，共二十五年了；他父親和妻子在家，聞得仲翔陷沒蠻中，杳無音信，只道身故已久，忽見親筆家書，迎接家小臨蔚州任所，舉家歡喜無限。仲翔在蔚州做官兩年，大有聲譽，陞遷代州戶曹參軍。又經三載，父親一病而亡，仲翔扶柩回歸河北。喪葬已舉，忽然歎曰：「吾賴吳公見贖，得有餘生，因老親在堂，方謀奉養，未暇圖報私恩；今親沒服除，豈可置恩人於度外乎？」訪知吳保安在官所未回，乃親到嘉州彭山縣看之。不期保安任滿家貧，無力赴京聽調，就便在彭山居住，六年之前患了疫症，夫婦雙亡，停柩在黃龍寺後隙地。兒子吳天祐，從幼母親教訓讀書識字，就在本縣訓蒙度日。仲翔一聞此信，悲啼不已，因製縗麻之服，腰絰執杖，步至黃龍寺內，向像號泣，具禮祭奠。奠畢，尋吳天祐相見，即將自己衣服脫與他穿了，呼之爲弟，商議歸葬一事。乃爲文以告於保安之靈，發開土堆，止存枯骨二具，仲翔痛哭不已。旁觀之人，莫不垂淚。

仲翔預製下練囊，以爲裝保安夫婦骸骨；又恐失了次第，殮葬時一時難認，逐節用墨記下；裝入練囊，總貯一竹籠之內，親自背負而行。吳天祐道是他父母的骸骨，理合他馱，來奪那竹籠。仲翔那肯放下？哭曰：「永固爲我奔走十年，今我暫時爲之負骨，少盡我心而已。」一路且行且哭。每到旅店，必置竹籠於上坐，將酒飯澆奠過了，然後與天祐同食。夜間亦安置竹籠停當，方敢就寢。自嘉州到魏郡凡數千里，都是步行，他兩腳曾經釘板，雖然好了，終是血脈受傷，一連走了幾日，腳面都紫腫起來，內中作痛，看看行走不動，又立心不要別人替力，勉強捱去。有詩爲證：

酬恩無地只奔喪，負骨徒行日夜忙；遙望陽平數千里，不知何日到家鄉？

仲翔思想前路正長，如何是好？天晚就店安宿，乃設酒飯於竹籠之前，含淚再拜，虔誠哀懇：「願吳永固夫婦顯靈，保祐仲翔腳患頓除，步履方便，早到武陽經營葬事。」吳天祐也從旁再三拜禱。次日起身，仲翔便覺兩腳輕健，直到武陽縣中，全不疼痛。此乃神天護祐吉人，不但吳保安之靈也。再說仲翔到家，就留吳天祐同居，打掃中堂，設立吳保安夫婦神位，買辦衣衾棺槨，重新殯殮。自己戴孝，一同吳天祐守幕祭弔。僱匠造墳，凡一切葬具，照依先葬父親一般。又立一道石碑，詳記保安棄家贖友之事，使往來讀碑者盡知其善。又同吳天祐廬墓三年。那三年中教訓天祐經書，得他學問精通，方好出仕。三年後要到長安補官，念吳天祐無家未娶，擇宗族中姪女有賢德者，替他納聘，割東邊宅院子，讓他居住成親。又將一半家財，分給天祐過活。正是：

昔年為友拋妻子，今日孤兒轉受恩；正是投瓜還有報，善人不負善心人。

仲翔起服到京，補嵐州長史，又加朝散大夫。仲翔思念保安不已，乃上疏。其略曰：

「臣聞有善必勸者，固國家之典；有恩必酬者，亦匹夫之義。臣向從故姚州都督李蒙進禦蠻寇，一戰奏捷；臣謂『深入非宜，尚當持重。』主帥不聽，全軍覆沒。臣以中華世族，為絕域窮囚；蠻賊貪利，責絹還俘，謂臣宰相之姪，索至千匹；而臣家絕萬里，無信可通，十年之間，備嘗艱苦；肌膚毀剔，靡刻不淚，牧羊有志，射雁無期。而遂州方義尉吳保安，適至姚州；與臣雖係同鄉，從無一面，徒以意氣相慕，遂謀贖臣；經營百端，撇家數載，形容憔悴，妻子飢寒；救臣於垂死之中，賜臣以再生之路；大恩未報，遽爾淹沒。臣今幸沾朱紱，而保安子天祐食藿懸鶉，臣竊愧之。且天祐年富學深，足堪任使；願以臣官，讓之天祐；庶幾國家勸善之典，與下臣酬恩之義，一舉兩得。臣甘就退閒，沒齒無怨。謹昧死披瀝以聞。」

時天寶十二年也。疏入，下禮部詳議。此一事聳動了舉朝官員，雖然保安施恩在前，也難得郭仲翔義氣，眞不愧死友者矣。禮部爲此覆奏，盛誇郭仲翔之品，宜破格俯從，以勵澆俗；吳天祐可試嵐谷縣尉，仲翔原官如故。這嵐谷縣與嵐州相鄰，使他兩個朝夕相見，以慰其情。這是禮部官的用情處，朝廷依允。仲翔領了吳天祐告身一道，謝恩出京。回到武陽縣，將告身付與天祐，備下祭奠，拜告兩家墳墓，擇了吉日，兩家宅眷同日起程，向西京到任。那時做一件奇事遠近傳說，都道吳、郭交情，雖古之管、鮑、羊、左，不能及也。後來郭仲翔在嵐州，吳天祐在嵐谷縣，皆有政績，各陞遷去。嵐州人追慕其事，爲立雙義祠，祀吳保安、郭仲翔。里中凡有約誓，都在廟中禱告。香火至今不絕。有詩爲證：

頻頻握手未為親，臨難方知意氣真；試看郭吳真義氣，原非平日結交人！

羊角哀捨命全交

翻手為雲覆手雨，紛紛輕薄何須數；君看管鮑貧時交，此道今人棄如土。

昔時齊國有管仲字夷吾，鮑叔字宣子，兩個自幼時以貧賤結交；後鮑叔先在齊桓公門下信用顯達，舉薦管仲爲相，位在己上；兩人同心輔政，始終如一。管仲曾有幾句言語道：「吾嘗三戰三北，鮑叔不以我爲怯，知我有老母也。吾嘗三仕三見逐，鮑叔不以我爲不肖，知我不遇時。吾嘗與鮑叔謀事，鮑叔不以我爲愚，知時有利不利也。吾嘗與鮑叔爲賈分利多，鮑叔不以我爲貪，知我貧也。生我者父母，知我者鮑叔。」所以古人論知心結交，必曰管、鮑。今日說兩個朋友，偶然相見，結爲兄弟。各捨其命，留名萬古。春秋時，楚元王崇儒重道，招賢納士；天下之人聞仁風歸之者，不可勝計。西羌積石山，有一賢士，姓左，雙名伯桃；幼亡父母，勉力攻書，養成濟世之才，學就安民之業。年近四旬，因中國諸侯互相吞并，行仁政者少，恃強霸者多，未嘗出仕。後聞得楚元王慕仁好義，遍求賢士，乃攜書一囊，辭別鄉中鄰友，逕奔楚國而來。迤邐來到雍地，時值隆冬，風雨交作。有一篇「西江月」詞，單道冬天雨景：

習習悲風割面，濛濛細雨侵衣；催冰釀雪逞寒威，不比他時和氣。　月色不明常暗，日光偶露還微；天涯遊子盡思歸，路上行人應悔。

左伯桃冒雨盪風行了一日，衣裳都沾溼了；看看天色黃昏，走向村間，欲覓一宵宿處；遠遠望見竹林之中，破窗透出燈光，遂奔這個去處。見矮矮籬笆，圍著一間草屋；乃推開籬障，輕叩柴扉，中有一人啓戶而出。左伯桃立在檐下，慌忙施禮曰：「小生西羌人氏，姓左，雙名伯桃；欲往楚國，不期中途遇雨，無覓旅邸之處，求借一宵，來早便付；未知尊意肯容否？」那人聞言，慌忙答禮；邀入內室。伯桃視之，止有一榻，榻上堆積書卷，別無他物；伯桃已知亦是儒人，便欲下拜。那人云：「且未可講禮，容取火烘乾衣服，卻當會話。」當下燒竹為火，伯桃烘衣，那人炊辦酒食以供伯桃，意甚勤厚。伯桃乃問姓名。其人曰：「小生姓羊名角哀，幼亡父母，獨居於此；平生酷愛讀書，農業盡廢；今幸遇賢士遠來。但恨家寒乏物為款，望乞恕罪！」伯桃曰：「陰雨之中得蒙遮蔽，更兼一飲一食，感佩何忘！」當下二人抵足而眠，共話胸中學問，終夕不寐，比及天曉，淋雨不止，角哀留伯桃在家，盡其所有相待。結為兄弟。伯桃年長角哀五歲，角哀拜伯桃為兄。一住三日，而止通乾。伯桃曰：「賢弟有王佐之才，抱經綸之志，不圖竹帛，甘老林泥，深為可惜！」角哀道：「非不欲仕，奈未得其便耳！」伯桃曰：「今楚王虛心求士，賢弟既有此心，何不同往？」角哀曰：「願從兄長之命。」遂收拾些少路費糧米，棄其茅屋，二人同望南方而進。行不兩日，又值陰雨，羈身旅店中，盤費罄盡，止有行糧一包。二人輪換負之，冒雨而走。其雨未止，風又大作。變為一天大雪。怎見得？你看：

風添雪冷，雪趁風威；紛紛柳絮狂飄，片片鵝毛亂舞。鬥空攪陣，不分南北西東；遮地漫天，掩盡青黃赤黑。探梅詩客多催起，路上行人欲斷魂！

二人行過岐陽，道經梁山路，問及樵夫，皆說：「從此去，百餘里並無人煙，盡是深山曠野，狼虎成群；只好休去。」伯桃謂角哀曰：「賢弟心下如何？」角哀曰：「自古道：『死生有命。』既然到此，只顧前進，休生退悔。」又行了一日，夜宿古墓中，衣服單薄，寒風透骨。次日，雪越下得緊，山中彷彿盈尺。伯桃受凍不過，曰：「我思此去百餘里絕無人家，行糧不敷，衣單食缺；若一人獨往，可到楚國，二人俱去，縱然不凍死，亦必餓死於途中，與草木同朽，何益之有？我將身上衣服，脫與賢弟穿了，賢弟可獨帶此糧於途，強掙而去；我委實行不動了，寧可死於此地，待賢弟見了楚王，必當重用，那時卻來葬我未遲！」角哀曰：「焉有此理？我二人雖非一父母所生，義氣過於骨肉，我安忍獨往而求進身耶？」遂不許，扶伯桃而行。行不十里，伯桃曰：「風雪越緊，如何去得？且於道傍尋個歇處。」見一株枯桑，頗可避雪。那桑下止容得一人，角哀遂扶伯桃入去坐下。伯桃命角哀敲石取火，燒些枯枝以禦寒氣。比及角哀取了柴火到來，只見伯桃脫得赤條條的，渾身衣服都做一堆放著。角哀大驚曰：「吾兄何爲如此？」伯桃曰：「吾尋思無計，弟勿自誤！速穿此衣服負糧前去！我只在此守死。」角哀抱持大哭曰：「吾二人死生同處，安可分離？」伯桃曰：「若皆餓死，白骨誰埋？」角哀曰：「若如此，弟情願解衣與兄穿了，兄可賫糧去，弟寧死於此。」伯桃曰：「我平生多病，賢弟少壯，比我甚強；更兼胸中之學，我所不及，若見楚君，必登顯宦，我死何足道哉，弟勿久留！可以速往！」角哀曰：「今兄餓死桑中，弟獨取功名，此大不義之人也！我不爲之。」伯桃曰：「我自離積石山，至弟家中，一見如故，知弟胸次不凡，以此勸弟求進。不幸風雪所阻，此吾天命當盡，若使弟亦亡於此，乃吾之罪也！」言訖，欲跳前溪覓死。角哀抱住痛哭，將衣擁護，再扶至桑中。伯桃把衣服推開，角哀再欲上前勸解時，但見伯桃神色已變，四肢厥冷，口不能言。以手揮令去。角哀再將衣服擁護伯桃，已是寒入膝理，手直足挺，氣息奄奄，漸漸欲絕。角哀尋思：「我若久戀，亦將死矣。死後誰葬吾兄？」乃於雪中再拜伯桃痛哭曰：「不肖弟此去，望兄陰力相助！但得微名，必當厚葬。」伯桃點頭半答，少頃氣絕，角哀只得取了衣糧，一步一回顧，悲哀哭泣去了。伯桃死於桑中，後人有詩贊云：

寒來雪三尺，人去途千里；長途苦雪寒，何況囊無米？併糧一人生，同行兩人死；兩死誠何益？一生尚有恃。賢哉左伯桃，隕命成人美。

角哀捱著寒冷，半飢半飽來至楚國，於旅店中歇定。次日入城問人曰：「楚君招賢，何繇而進？」人曰：「宮門外設一賓館，令上大夫裴仲接納天下之士。」角哀逕投賓館中來，正值上大夫下車，角哀乃向前拜揖。裴仲見角哀衣雖襤褸，器宇不凡，慌忙答禮。問曰：「賢士何來？」角哀曰：「小生姓羊，名喚角哀；雍州人也。聞上國招賢，特來歸投。」裴仲邀入賀館，具酒食以進，宿於館中。次日，裴仲到館中探望，將胸中疑義盤問角哀。試他學問如何？角哀百問百答，談論如流。裴仲大喜，入奏元王。王即時召見，問富國強兵之道。角哀首陳十策，皆切當世之急務。元王大喜，設御宴以待之；拜爲中大夫，賜黃金百兩，彩緞百匹，角哀再拜流涕。元王大驚而問曰：「卿痛哭者何也？」角哀將左伯桃脫衣併糧之事，一一奏知。元王聞其言，爲之感傷，諸大臣皆爲痛惜。元王曰：「卿欲如何？」角哀曰：「臣乞予假，到彼處安葬伯桃已畢，回來事大王。」元王遂贈已死左伯桃爲中大夫，厚賜葬資，仍差人跟隨角哀車騎同去。角哀辭了元王，逕奔梁山地面，尋舊日枯桑之處，果見伯桃死屍尚在，顏貌如生前一般。角哀乃再拜而器，呼左右喚集鄉中父老，卜地於浦塘之原；前臨大溪，後靠高崖，左右諸峰環抱，風水甚好。遂以香湯沐浴伯桃之屍，穿戴大夫衣冠，置內棺外槨，安葬起墳；四圍築牆栽樹；離墳三十步，建享堂，塑伯桃儀容，立華表柱，上建牌額；牆側另蓋房屋，令人看守。建畢，設祭於享堂，哭泣甚切。鄉老從人，無不下淚。祭罷，各自散去。角哀是夜明燈燃燭而坐，感歎不已，忽然一陣陰風颯颯，燭滅復明，角哀視之，見一人於燈影中或進或退，隱隱有哭聲。角哀叱曰：「何人也？輒敢黃夜而入！」其人不言；角哀起而視之，乃伯桃也。角哀大驚，問曰：「兄陰靈不遠，今來見弟，必有事故。」伯桃曰：「感賢弟記憶，初登仕路，奏請葬我，更贈重爵並棺槨衣衾之美，凡事十全。但墳地與荊軻墓相連近，此人在世時，爲刺秦王不中被戮，高漸離以其屍葬於此處，神極威猛，每夜仗劍來罵吾曰：『汝是凍死餓殺之人，安敢建墳居吾上內，奪吾風水！若不遷移他處，吾發墓取屍，擲之野外。』有此危難，特告賢弟。望改葬於他處，以免此禍。」角哀再欲問之，風起忽然不見。角哀在享堂中一夢驚覺，盡記其事。天明再喚鄉老，問：「此處有墳相近否？」鄉老曰：「松陰中有荊軻墓，墓前青廟。」角哀曰：「此人昔刺秦王不中，被戮；緣何有墳在此？」鄉老曰：「高漸離乃此間人，知荊軻被害棄屍野外，乃盜其屍葬於此地；每每顯靈，土人建廟於此，四時享祭以求福利。」角哀聞其言，遂信夢中之事，引從者逕奔荊軻廟；指其神而罵曰：「汝乃燕邦一匹夫，受燕太子奉養，名姬重寶，儘汝受用，不思良策，以副重託；入秦行刺，喪身誤國，卻來此處驚恐鄉民而求祭祀！吾兄左伯桃，當代名儒，仁義廉潔之士，汝安敢逼之？再如此，吾當毀汝廟而發汝塚，永絕汝之祀。」大罵訖，卻來伯桃墓前祝曰：「如荊軻今夜再來，兄當報我。」歸至享堂，是夜秉燭以待，果見伯桃哽咽而來。告曰：「既賢弟如比，奈荊軻從人極多，皆土人所獻，賢弟可束草爲人，以彩爲衣，手執器械，焚於墓前；吾得其助，使荊軻不能侵害。」言罷，不見。角哀連夜使人束草爲人，以彩爲衣，各執刀槍器械，建數十於墓側，以火焚之。祝曰：「如其無事，亦望回報。」歸至享堂。是夜，聞風雨之聲，如人戰敵。角哀出戶觀之，見伯桃奔走而來；言曰：「弟所焚之人，不得其用；荊軻又有高漸離相助，不久吾屍必出墓矣！望賢弟早與遷移他處殯葬，免受此禍。」角哀曰：「此人安敢如此，欺凌吾兄？弟當力助以戰之。」伯桃曰：「弟陽人也，我皆陰鬼；陽人雖有勇力，塵世相隔，焉能戰陰鬼也？雖芻草之人，但能助喊，不能退此強魂。」角哀曰：「兄且去，弟來日自有區處。」次日，角哀再到荊軻廟中大罵，打毀神像。方欲取火焚廟，只見鄉老數人再四哀求曰：「此乃一村香火，若觸犯之，恐貽禍於百姓。」須臾之間，土人聚集，都來求告；角哀拗他不過，只得罷了。回到享堂，僅一道表章上謝楚王，略謂：「昔日伯桃併糧與大臣，因此得活以遇聖主；重蒙厚爵，平生足矣，容臣後世盡心圖報。」詞意甚切。表付從人，然後到伯桃墓前大哭一場。對從者曰：「吾兄被荊軻強魂所逼，去住無所，我所不忍；欲焚廟掘墳，又恐拗土人之意，寧死爲泉下之鬼，力助吾兄戰此強魂。汝等可將吾屍葬於此墓之右，生死共處，以報吾兄併糧之義；回奏楚君，萬乞聽納臣言，永保河山社稷。」言訖，掣取佩劍自刎而死。從者急救不及，速具衣棺殯殮，葬於伯桃墓側。是夜二更，風雨大作，雷電交加，喊殺之聲聞數十里。清曉視之，荊軻墓上，震烈如雷，白骨散於墓前；墓邊松柏和根拔起。廟中忽然起火，燒成白地。鄉老大驚，都往羊、左二墓前焚香展拜。從者回楚國，將此事上奏元王，元王感其義，重差官往墓前建廟，加封上大夫，敕賜廟額曰「忠義之祠」。立碑以記其事。至今香火不斷。荊軻之靈，自此絕矣。土人四時祭祀，祈禱甚靈。有古詩云：

古來仁義包天地，只在人心方寸間；二士廟前秋日淨，英魂常伴月光寒。

李汧公窮途遇俠客

世事紛紛如弈棋，輸贏變幻巧難窺；但存方寸公平理，恩怨分明不用疑。

話說唐玄宗天寶年間，長安有一士人，姓房名德；生得方面大耳，偉幹豐軀，年紀三十以外，家貧落魄，十分偃蹇；全虧著渾家貝氏，紡織度日。時遇深秋天氣，頭上還裹一頂破頭巾，身上穿著一件舊葛衣；那葛衣又逐縷綻開，卻與蓑衣相似。思想：「天氣漸寒，這模樣怎生見人？」知道老婆餘得兩匹布兒，欲要討來做件衣服。誰知老婆原是小家子出身，器量最狹，卻又生著一副悍毒的狠心腸；那張嘴頭子又巧於應變，賽過刀一般快；憑你什麼事，高來高答，低來低答，死的也說得活起來，活的也說得死了去：——是一個翻脣弄舌的婆娘。那婆娘看見房德沒甚活路，靠他喫死飯，常把老公欺負。房德因不遇時，說嘴不響，每事只得讓他，漸漸有幾分懼內。是日，貝氏正在那裡思想老公恁般狼狽，如何得個好日？卻又怨父母嫁錯了對頭，賺了終身。心下正自十分煩惱。恰好觸在氣頭上，乃道：「老大一個漢子，沒處尋飯喫，靠著女人過日子；今連衣服都要在老娘身上出豁，說出來可不羞嗎？」房德被搶白了這兩句，滿面羞慚，事在無奈，只得老著臉低聲下氣道：「娘子一向深虧你的氣力，感激不盡；但目下雖是落魄，少不得有好的日子；權借這布與我，後來發跡時，大大報你的情罷。」貝氏搖手道：「老大年紀，尚如此嘴臉，那得發跡？除非天上掉下來，還是去那裡打劫不成？你的甜話兒哄得我多年了，信不過！這兩匹布，老娘自要做件衣服過寒的，休得指望。」房德布又取不得，反討了許多沒趣，欲待廝鬧一場，只怕老婆口舌又利，喉嚨又響，恐被鄰家聽見反妝幌子。敢怒而不敢言，彆口氣撞出門去，指望尋個相識告借，走了大半日，一無所遇。那天又與他作對頭，偏的忽地發一陣風，下起雨來。這件舊葛衣，被風吹得颼颼如落葉之聲，就長了一身寒栗子，當著風雨，奔向前面一古寺中躲避。這寺名為雲華禪寺，房德跨進山門看時，已先有個長大漢子坐在左廊檻上。殿中一個老僧誦經。房德便向右廊檻上坐下，獃獃的看著天上，那雨漸漸止了。暗道：「這時不走，只怕少刻又大起來。」卻待轉身，忽掉過頭來，看見牆上畫了一隻禽鳥，翔毛兒，翅膀兒，足兒，尾兒，件件皆有；單單不畫鳥頭。天下有恁樣空腦子的人，自己飢寒，尚且難顧，有甚心腸，卻品評這畫的鳥來？想道：「嘗聞得人說：『畫鳥先畫頭。』這畫法怎與人不同？卻又不畫完，是甚緣故？」一頭想，一頭看，轉覺這鳥畫得可愛。忖道：「我雖不曉此道，諒這鳥頭也沒甚難處，何不把來畫完？」即在殿上向和尚借了一枝筆，蘸得墨飽，起來將鳥頭畫出，卻也不十分醜。自覺歡喜道：「我若學丹青，倒可成得。」剛畫時，左廊那漢子就走過來觀看，把房德上下仔細一相，笑容可掬向前道：「秀才借一步說話。」房德道：「足下是誰？有甚見教？」那漢子道：「秀才不消細問，同我下去，自有好處。」房德正在窮困之鄉，聽見說有好處，不勝之喜，將筆還了和尚，把破葛衣整一整，隨那漢子前去。此時風雨雖止，地上好生泥濘，卻也不顧，離了雲華寺，直走出昇平門，到樂游原旁邊。——這所在最是冷落。那漢子向一小角門上連叩三聲，停了一回，有個人開門出來，也是個長大漢子。看見房德，亦甚歡喜，上前聲喏。房德心中疑道：「這兩個漢子是何等樣人？不知請來有甚好處？……」問道：「這裡是誰家？」二漢答道：「秀才！到裡邊便曉得。」房德跨入門裡，二漢原把門撐上，引他進去。房德看時，荊榛滿目，衰草漫天，乃是個敗落花園。彎彎曲曲轉到一個塌塌不倒的亭子上，裡面又走出十四五個漢子，一個個身長臂大，面貌猙獰，見了房德，盡皆滿面堆下笑來道：「秀才請進。」房德暗自驚駭道：「這班人來得蹊蹺！且看他有甚話說？」衆人迎進亭中，相見已畢，遜在板凳上坐下。問道：「秀才尊姓？」房德道：「小生姓房。不知列位有何說話？」起初同行那漢道：「實不相瞞，我衆弟兄乃江湖上豪傑，專做這件沒本錢的生意。只爲俱是一勇之夫，前日幾乎弄出事來。故此對天禱告，要覓個足智多謀的好漢，讓他做個大哥，可聽他指揮。適來雲華寺牆上畫不完的禽鳥，便是衆弟兄對天禱告，設下的誓願。取羽翼俱全，單少頭兒的意思；若合該興隆，天遣個英雄好漢，補足這鳥，便迎請來爲頭。等候數日，未得其人。且喜天隨人願，今日遇著秀才恁般魁偉相貌，一定智勇兼備，正是眞命寨主了。衆兄弟今後任憑調度，保個終身安穩快活，可不好嗎？」對衆人道：「快去宰殺牲口，祭拜天地。」內中有三四個一溜煙跑向後邊去了。房德暗訝道：「原來這班人卻是一夥強盜。我乃清清白白的人，如何做恁樣事？」答道：「列位壯士在上，若要我做別事則可，這件事實不敢命。」衆人道：「卻是爲何？」房德道：「我乃讀書之人，還要巴個出身日子，怎肯作這等犯法的句當？」衆人道：「秀才所言差矣！方今楊國忠爲相，賣官鬻爵，有錢的便做大官，除了錢時，就是李太白恁樣高才，也受了他的惡氣，不能得中。若非辨識番書，恐此時還是個白衣秀士哩！不是冒犯秀才說，看你身上這般光景，也不像有錢的；如何指望官做？不如從了我們，大碗酒，大塊肉，整套穿衣，論秤分金；且又讓你做個掌盤，何等快活散誕！倘若有些氣象時，據著個山寨，稱孤道寡由得你。」房德沈吟未答。那漢又道：「秀才十分不背時，也不敢相強；但只是來得去不得，不從時，便要壞你性命，這卻莫怪。」

都向靴中颼的拔出刀來。唬得房德魂不附體，倒退下十數步來道：「列位莫動手，容再商量。」衆人道：「從不從？一言而決，有甚商量？」房德想道：「這般荒僻去處，若不依他，豈不白送了性命？——有那個知道？且哄過一時，到明日脫身去出首罷。」算計已定，乃道：「多承列位壯士見愛，但小生平昔膽怯，恐做不得此事。」衆人道：「不打緊。初時便膽怯，做過幾次，就不覺了。」房德道：「既如此，只得強從列位。」衆人大喜，把刀依舊納入靴中道：「即今已是一家，當以長兄相稱了。快將衣服來，與大哥換過，好拜天地。」便進去捧出一套錦衣，一頂新唐巾，一雙新靴。房德著扮起來，威儀比前更是不同。衆人齊聲喝采道：「大哥這個人品，莫說說做掌盤，就是皇帝也做得過。」古語云：「不見可欲，使心不亂。」房德本是個貧士，這般華服從不曾著體；如今忽地煥然一新，不覺移動其念，把衆人那班說話細細一味，轉覺有理，想道：「如今果是楊國忠爲相，賄賂公行，不知埋沒了多少高才絕學？況我恁様平常學問，眞如何能殼把官做？若不得官，終身貧賤，反不如這班人受用了。」又想起：「見今恁般深秋天氣，還穿著破葛衣，與渾家要匹布兒做件衣服，尚不能殼；及至仰告親識，又並無一個肯慨然周濟。看起來，倒是這班人義氣，與他素無相識，就把如此華美服與我穿著，又推我爲主。便依他們胡做一場，倒也落得半世快活。」卻又想道：「不可，不可。倘被人拏住，這性命就休了！」正在胡思亂想，把腸子攪得七橫八豎，疑惑不定，只見衆人忙擺香案，抬出一口豬，一腔羊，當天排列。連房德共是十八個好漢，一齊跪下，拈香設誓，歃血爲盟。祭過了天地，又與房德八拜爲交，各敘姓名。少頃，擺上酒殽，請房德坐了第一席。肥甘醋美，恣意飲啖。房德日常不過黃虀淡飯，尚且自不全；間或覓得些酒肉，也不能殼稱心喫飽。今日一番受用，喜出望外，且又衆人輪流把盞，大哥前，大哥後，奉承得眉花眼笑。起初還在欲爲未爲之間，到此時便肯死心塌地，做這樁事了。想道：「或者我命裡合該有些造化，遇著這班弟兄扶持，眞個弄出大事業，也未可知？若是小就時，只做兩三次，尋了些財物，即便罷手，料必無人曉得。然後去打楊國忠的關節，覓得個官兒，豈不美哉？萬一敗露，已是享用過頭，便喫刀喫剮，亦所甘心，也強如擔飢受凍一生，做個餓殍。」有詩爲證：

風雨蕭蕭夜正寒，扁舟急槳上危灘；也知此去波濤惡，只為饑寒二字難。

衆人杯來盞去，直喫到黃昏時候。一人道：「今日大哥初聚，何不就發個利市？」衆人齊聲道：「言之有理。還是到一家去好？」房德道：「京都富家，無過是延平門王元寶這老兒爲最。況且又在城外，沒有官兵巡邏，前後路徑，我皆熟慣；上這一處，就抵得十數家了。不知列位以爲何如？」衆人喜道：「不瞞大哥說，這老兒我們也在心久了。只因未得其便，不想卻與大哥暗合，足見同心。」即將酒席收過，取出硫磺、燄硝、火把、器械……之類，一齊紮縛起來。但見：

圓圈白布羅領，⿰革翁鞋兜腳；臉上抹黑搽紅，手內提刀持斧。袴褲剛過膝，牢拴裹肚；衲襖卻齊腰，緊纏搭膊。一隊么魔來世界，數群虎豹入山林。

衆人結束停當。挨至更深天氣，出了園門，將門反撐好了，如疾風驟雨而來。這延平門離樂游原，約有六七裡之遠，不多時就到了。且說王元寶乃京兆尹王鉷的族兄，家有敵國之富，名聞天下；玄宗天子亦嘗召見。三日前被小偷竊了若干財物，告知王鉷，責令地戶官捕獲，又撥三十名健兒防護。不想房德這班人晦氣，正撞在網裡。當下衆強盜取出火種，引著火把，照耀渾如白晝，掄起刀斧，一路砍門進去。那些防護健兒並家人等，俱從睡夢中驚醒，鳴鑼吶喊，各執棍棒上前擒拏，莊前莊後鄰家，聞得都來救護。這班強盜見人衆了，心下慌張，便放起火來，奪路而走。王家人分一半救火，一半追趕上去，團團圍住。衆強盜拌命死戰，戳傷了幾個莊客，終是寡不敵衆，被打翻數人，餘皆儘力奔脫。房德亦在打翻數內，一齊繩穿索縛。等至天明，解進京兆尹衙門，王鉷發下畿尉推問。那畿尉姓李名勉，字長卿，乃宗室之子；素性忠貞尙義，有經天緯地之才，濟世安民之志。只爲李林甫、楊國忠相繼爲相，妒賢嫉能，病國殃民，屈在下僚，不能施展其才。這畿尉品級雖卑，卻是個刑名官兒，凡捕到盜賊，俱屬鞫訊，上司刑獄，悉委推勘。故歷任的畿尉，定是酷吏，專用那周興、來俊臣、索元體遺下有名的極刑。是那幾般刑色？有「西江月」爲證：

犢子懸車可畏，驢兒拔橛堪哀；鳳凰曬翅命難捱，童子參禪魂碎。　玉女登梯最慘，仙人獻果傷哉！獼猴鑽火不招來，換個夜叉望海。

那些酷吏一來借刑立威；二來或是權要囑託，希承其旨；每事不問情眞情枉，一味嚴刑鍛鍊，羅織成招。任你銅筋鐵骨的好漢，到此也膽喪魂驚，不知斷送了多少忠臣義士？惟有李勉與他尉不同，專尙平恕，一切慘酷之刑，置而不用，臨事務在得情，故此並無冤獄。那一日正值早衙，京尹發下這件事來，十來個強盜，五六個戮傷莊客，跪做一庭。行兇刀斧，都堆在階下。李勉舉目看時，內中惟有房德人材雄偉，丰彩非凡，想道：「恁樣一條漢子，如何爲盜！」心下就懷個矜憐之念。當下先喚巡邏的並王家莊客，問了被劫情由，然後又問衆盜姓名，逐一細鞫。俱係當時就擒，不待用刑，盡皆款服，又招黨羽窟穴。李勉即差下衆人前去捕緝。問至房德，乃匍匐到案前，含淚而言道：「小人自幼業儒，原非盜輩。止因家貧無措，昨到親戚處告貸，爲雨阻於雲華寺中，被此輩以計誘去，威逼入夥，出於無奈。」遂將畫鳥及入夥前後事，一一細訴。李勉已是惜其才貌，又見他說得情詞可憫，便有意釋放他。卻又想：「一夥同罪，獨放一人，公論難泯。況是上司所委，如何回覆？除非如此如此。」乃假意叱喝下去，分付俱上了枷杻禁於獄中，俟拏到餘黨再問。著傷莊客，遣回調理。巡邏人記功有賞。發落衆人去後，即喚獄卒王太進衙。原來王太昔年因誤觸了本官，被誣構成死罪，也虧李勉審出，原在衙門服役。那王太感激李勉之德，凡有委託，無不盡力，爲此就參他作押獄之長。當下李勉分付道：「進來強人內有個房德，我看此人相貌軒昂，言詞挺拔，是個未遇時的豪傑。有心要出脫他，因礙著衆人，不好當堂明放，託在你身上，覷個方便，縱他逃走。」取過三兩一封銀子，交與他道：「將去與他作盤費，速往遠處潛避，莫在近邊，又爲人所獲。」王太道：「相公分付，怎敢有違？但恐貽累衆獄卒，卻如何處？」李勉道：「你放他去後，即引妻小躲入我衙中，將申文俱作於你的名下，衆人自然無事。你在我左右作個親隨，豈不強如爲這賤役？」王太道：「若得相公收留在衙伏侍，萬分好了。」將銀袖過，急急出衙。王太來到獄中，對小牢子道：「新到囚犯。未經刑杖，莫教聚於一處，恐弄出些事來。」小牢子依言，遂將衆人四散分開。王太獨引房德，置在一個僻靜之處，把本官美意細細說出，又將銀兩相贈。房德不勝感激道：「煩禁長哥致謝相公，小人今生若不能補報，死當作犬馬酬恩。」王太道：「相公一片熱腸救你，那指望報答？但願你此去改行從善，莫負相公起死回生之德。」房德道：「多感禁長哥指教，敢不佩領！」挨到傍晚，王太跟同衆牢子將衆犯盡上囚床，第一個先從房德起，然後挨次而去。王太覷衆人正手忙腳亂之時，捉空踅過來將房德放起，開了枷鎖，又把自己舊衣帽與他穿了，引至監門內，且喜內外更無一人來往，急忙開了獄門，攛他出去。房德拽開腳步，不顧高低，也不敢回家，挨出城門，連夜而走，心下思想：「多感畿尉相公救了性命，如今投奔誰好？」想起當今，惟有安祿山最爲天子寵任，收羅豪傑，何不投之。遂取路直至范陽，恰好遇見個故人嚴莊爲范陽長史，引見祿山。那時安祿山久蓄異志，專一招亡納叛，見房德生得人材出衆，談吐投機，遂留於部下。房德住了幾時，暗地差人迎取妻子到彼，不在話下。正是：

掙破天羅地網，撇開悶海愁城；得意盡誇今日，回頭卻認前生。

且說王太當晚，只推家中有事要回，分付衆牢子好生照管，將鑰匙交付明白，出了獄門。來至家中，收拾囊篋，悄悄領著妻子，連夜躲入李勉衙中，不提。且說衆牢子到大早放衆囚水火，看房德時，枷鎖撇在半邊，不知幾時逃去了？衆人都驚得面如土色，叫苦不堪道：「恁樣緊緊上的刑具，不知這死囚怎地捽脫逃走了？卻害我們喫屈官司。又不知從何處去的？」四面張望牆壁，並不見塊磚瓦落地，連泥屑也沒有一些。齊道：「這死囚，昨日還哄畿尉相公說是初犯，倒是個積年高手。」內中一人道：「我去報知王獄長，教他快去稟官，作急緝獲。」那人一口氣跑到王太家，見門閉著，一片聲亂敲，那裡有人答應？間壁一個鄰家走過來道：「他家昨夜亂了兩個更次，想是搬去了。」牢子道：「並不見王獄長說起遷居，那有這事？」鄰家道：「不過止這間屋兒，如何敲不應？難道睡死不成？」牢子見沒得有理，盡力把門攛開，原來把根木頭反撐的，裡邊只有幾件粗重傢伙，並無一人。牢子道：「卻不作怪！他爲什麼也走了？」這死囚莫不倒是他賣放的？——休管是不是，且都推在他身上罷了。」把門依舊帶上，也不回獄，逕望畿尉衙門前來。恰好李勉早衙理事，牢子上前稟知。李勉大驚道：「向來只道王太小心，不想這般大膽，敢賣放重犯！料他也只躲在左近，你們四散去緝訪，獲到者自有重賞。」牢子叩頭而出。李勉備文報府，王鉷以李勉疏於防閒，以不職奏聞天子，罷官爲民。一面懸榜捕獲房德、王太。李勉即日納還官誥，收拾起程，將王太藏於女人之中，帶回家去。

不因濟困扶危意，肯作藏亡匿罪人。

李勉家道素貧，卻又愛做清官，分文不敢妄取，及至罷任，依原是個寒士。歸到鄉中，親率僮僕躬耕而食。家居二年有餘，貧困轉劇。乃別了夫人，帶著王太，並兩個家奴尋訪故知。由東都一路直至河北，聞得故人顏杲卿新任常山太守，遂往謁之。路經柏鄉縣過，這地方離常山尚有二百餘里。李勉正行間，只見一行頭踏，手持白棒開道而來，呵喝道：「縣令相公來！還不下馬！」李勉引過半邊回避。王太遠遠望見那縣令，上張皁蓋，下乘白馬，威儀濟濟，相貌堂堂。卻又奇怪，面龐酷似前年釋放的強犯房德。忙報道：「相公！那縣令面龐，與前年釋放的房德一般無二。」李勉也覺縣令有些面善，及聞此言，忽然省悟道：「眞個像他。」心中頗喜道：「我說那人是個未遇時的豪傑，今卻果然。——他不知怎地就得了官職？」欲要上前去問，又恐不是。又想道：「若果是此人，只道曉得他在此做官，來與他索報了，莫問罷。」分付王太禁聲，把頭回轉讓他過去。那縣令漸漸至近，一眼覷見李勉背身而立，王太也在旁邊，又驚又喜，忙止住從人，跳下馬來向前作揖道：「恩相見了房德，如何不喚一聲，反掉轉頭去？險些兒錯過。」李勉還禮道：「本不知足下在此，又恐妨足下政事，故不敢相通。」房德道：「說那裡話？難得恩相至此，請到敝衙少敘。」李勉此時鞍馬勞倦，又見其意殷勤，答道：「既承雅情，當暫話片時。」遂上馬，並轡而行。王太隨在後面。不一時，到了縣中直至廳前下馬。房德請李勉進後堂，轉過左邊一個書院中來，分付從人不必跟入，只留一心腹幹辦陳顏在門口伺候，一面著人整備上等筵席，將李勉四個牲口，發於後槽餧養。行李即教王太搬將入去。又教人傳話衙中，喚兩個家人來伏侍。那兩個家人，一個叫作路信，一個叫作支成；都是房德爲縣尉時所買。且說房德爲何不要從人入去？只因他平日冒稱是宰相房玄齡之後，在人前誇炫家世，同僚中不知他的來歷，信以爲眞，把他十分敬重，今日李勉來至，相見之間，恐提起昔日爲盜這段情由，怕衆人聞得，傳說開去，被人恥笑，做官不起。故此不要從人進去，這是他用心之處。當下李勉步入裡邊去看時，卻是向陽一帶三間書室，側邊又是兩間廂房。這書室庭戶虛敞，窗槅明亮，几榻整齊，器皿潔淨。架上圖書，庭中花卉，鋪設得十分清雅。因是縣令休沐之所，所以恁般齊整。且說房德讓李勉進了書房，忙忙的掇過一把椅子，居中安放，請李勉坐下，納頭便拜。李勉急忙扶住道：「足下如何行此大禮？」房德道：「某乃待死之囚，得恩相提拔，又賜贈盤纏，遁逃至此，方有今日。恩相即某之再生父母，豈可不受一拜？」李勉是個忠正之人，見他說得有理，也受了兩拜。房德拜罷起來，又向王太禮謝。引他二人到廂房中坐地，便叮嚀道：「儻隸卒詢問時，切莫說昔年之事。」王太道：「不消分付，小人自理會得。」房德復身到書房中，抽把椅兒，打橫相陪道：「深蒙相公活命之恩，日夜感激，未能酬報，不意天賜至此相會。」李勉道：「足下一時被陷，吾不過因便斡旋，何德之有？乃承如此垂念。」獻茶已畢，房德又道：「請問恩相陞在何任，得過敝邑？」李勉道：「吾因釋放足下，京尹論以不職，罷歸鄉里，家居無聊，故遍遊山水以暢襟懷。今欲往常山訪故人顏太守，路經於此，不想卻遇足下；且已得了官職，甚慰鄙意。」房德道：「原來恩相因某之故，累及罷官，某反苟顏竊祿於此，深切惶愧！」李勉道：「古人為義氣上雖身家尚然不顧，區區卑職，何足為道？但不識足下別後歸於何處，得宰此邑？」房德道：「某自脫獄逃至范陽，幸遇故人引見安節使，收於幕下，甚蒙優禮。半年後即署此縣尉之職，近以縣主身故，遂表某為令。自愧譾陋非才，濫叨民社，還要求恩相指教。」李勉雖則不在其位，卻素聞安祿山有反叛之志，今見房德乃是他表舉官職，恐其後來黨逆；故就他請教上，把言語去規訓道：「做官也沒甚難處，但要上不負朝廷，下不害百姓。遇著死生利害之處，縱有鼎鑊在前，斧鑕在後，亦不能奪我之志；切勿為匪人所惑，小利所誘，頓爾改節。雖或僥倖一時，實是貽笑千古！足下立定這個主意，莫說為此縣令，就是宰相亦儘可作得。」房德謝道：「恩相金玉之言，某當終身佩銘！」兩下一遞一答，甚說得來。少頃，路信來稟：「筵宴已完，請爺入席。」房德起身請李勉至後堂看時，乃是上下兩席。房德叫從人將下席移近左旁。李勉見他旁坐，乃道：「足下如此相敘，反覺不安；還請坐轉。」房德道：「恩相在上，侍坐已是僭妄；豈敢抗禮？」李勉道：「吾與足下，今已為聲氣之友，何必過謙？」遂令左右依舊移在對席。從人獻過杯箸，房德安席定位。庭下承應樂人，一行兒擺列奏樂。那筵席杯盤羅列，非常豐盛：「雖無炮鳳烹龍，也極山珍海錯。」當下賓主歡洽，開懷暢飲，更餘方止。王太等另在一邊款待，自不必說。此時二人轉覺親熱，攜手而行，同歸書院。房德分付路信，取過一副供奉上司的鋪蓋，親自施設裀褥，提攜溺器。李勉扯住道：「此乃僕從之事，何勞足下自爲？」房德道：「某受相公大恩，即便生生世世，執鞭隨鐙，尙不能報萬一，今不過少盡其心，何足爲勞？」鋪設停當，又教家人另放一榻在旁相陪。李勉見其言詞誠懇，以爲信義之士，愈加敬重。兩下就燈對坐，彼此傾心吐膽，各道生平志願。情投契合，遂爲至交，只恨相逢之晚。直至夜分，方才就寢。次日，同僚官聞得，都來相訪，相見之間，房德只說是昔年曾蒙識薦，故此有恩，同僚官吏在縣主面上討好，各備筵席款待。話休煩絮。房德自從李勉到後，終日飲酒談論，也不理事，也不進衙。其侍奉趨承，就是孝子事親，也沒這般盡禮。李勉見恁般殷勤，諸事俱廢，反覺過意不去。住了十來日，作辭起身。房德那裡肯放？說道：「恩相至此，正好相聚，那有就去之理？須是多住幾月，待某撥夫馬送至常山便了。」李勉道：「承足下高誼，亦不忍言別；但足下乃一縣之主，今因我在此耽誤了許多政務，倘上司知道，不大穩便。況我去心已決，強留於此，反不適意。」房德料道留他不住，乃道：「恩相既堅執要去，某亦不好苦留。只是從此一別，後會何期？明日容治一樽，以盡竟日之歡。後日早行何如？」李勉道：「既承雅意，只得勉留一日。」房德留住了李勉，喚路信跟著回到私衙，要收拾禮物餽送。只因這番，有分教：李勉險些兒送性命。正是：

禍兮福所倚，福兮禍所伏；所以恬淡人，無營心自足。

話分兩頭，卻說房德老婆貝氏，昔年房德落魄時，讓他作主慣了；到今做了官，每事也要喬主張。此番見老公喚了兩個家人出去，一連十數日不見進衙，只道瞞了他做甚事體，十分惱恨。這時見老公來到衙裡，便待發作，因要探問口氣，滿臉反堆下笑來，問道：「外邊有何事，久不退衙？」房德道：「不要說起，大恩人在此，幾乎當面錯過。幸喜我眼快瞧見，留得到縣裡，故此盤桓了這幾日。特來與你商量，收拾些禮物送他。」貝氏道：「那裡什麼大恩人？」房德道：「哎呀！你如何忘了？便是向年救命的畿尉李相公。只為我走了，帶累他罷了官職，今往常山去訪顏太守，路經於此。那獄卒王太也隨在這裡。」貝氏道：「原來是這人麼？——你打帳送他多少東西？」房德道：「這個大恩人乃再生父母，須得重重酬報。」貝氏道：「送十匹絹可少嗎？」房德呵呵大笑道：「奶奶倒會說耍話。恁地一個恩人，這十匹絹送他家人也少。」貝氏道：「胡說！你做了個縣官，家人尚沒處一注賺十匹絹，一個打抽豐的，如何家人便要許多？老娘還要算計哩！如今做我不著，再加十匹，快些打發起身。」房德道：「奶奶！怎說出恁樣沒氣力的話來？他救了我性命，又資贈盤纏，又壞了官職，這二十匹絹當得甚的？」貝氏從來鄙吝，連這二十匹絹還不捨得的，只為是老公救命之人，故此慨然肯出，已算做天大事的了。見房德猶自嫌少，心中便有些不悅。故意道：「一百匹何如？」房德道：「這一百匹，只彀送王太了。」貝氏見說一百匹還只彀送王太，正不知要送李勉多少？十分焦躁道：「王太送了一百匹，畿尉極少也得送五百匹哩。」房德道：「五百匹還不彀。」貝氏怒道：「索性湊足一千何如？」房德道：「這便差不多了。」貝氏聽了這話，向房德劈面一口涎沫，道：「啐！想是你失心風了！做得幾時官，交多少東西與我，卻經得這等花消？恐怕連老娘身子賣來，還湊不上一半哩！那裡來許多絹送人？」房德看見老婆發喉急，便道：「奶奶有話好好商量，怎就著惱？」貝氏嚷道：「有甚商量？你若有，自去送他，莫向我說！」房德道：「十分少，只得在庫上撮去。」貝氏道：「嘖嘖！你好天大的膽兒！庫藏乃朝廷錢糧，你敢私自用得的。倘一時上司查核，那時怎地回答？」房德聞言，心中煩惱道：「話雖有理，只是恩人又去得急，一時沒處設法，卻怎生處？」坐在旁邊躊躇。誰想貝氏見老公執意要送恁般厚禮，就似割身上肉也沒這樣疼痛，連腸子也急作千百段，頓起不良之念，乃道：「看你枉做了個男子漢，這些事沒有決斷，如何做得大官？我有個捷徑法兒在此，倒也一勞永逸。」房德認做好話，忙問道：「你有什麼法兒？」貝氏答道：「自古有言：『大恩須報。』何如今夜覷個方便，結果了他性命，豈不乾淨。」只這句話，惱得房德徹耳根通紅，喝道：「你這不賢婦！當初只爲與你討匹布兒，做件衣服不肯，以致出去求告相識，被這班人誘去入夥，險些兒送了性命。若非這恩人捨了自己官職，釋放出來，安得今日夫妻相聚？你不勸我行些好事，反教傷害恩人，於心何忍？」貝氏一見老公發怒，又陪著笑道：「我是好話，怎倒發怒？若說得有理，你便聽了；沒理時，便不要聽，何消大驚小怪！」房德道：「你這話有甚理？」貝氏道：「你道昔年不肯把布與你，至今恨我嗎？你回想我自十七歲隨了你，日逐所需，那一件不虧我支持，難道這兩匹布眞個不捨得？因聞得當初有個蘇秦，未遇時，合家佯爲不禮，後來他做到六國丞相。我指望學這故事，也把你激發；不道你時運不通，卻遇這強盜；又沒蘇秦那般志氣，就隨他們胡做弄出事來。此乃你自作之孽，與我什麼相干？——那李勉當時豈眞爲義氣上放你嗎？」房德道：「難道是假意！」貝氏笑道：「你枉自有許多聰明，這些事便見不透。大凡做刑名官的，多有貪酷之人；就是至親至戚犯到手裡，尚不肯順情，何況與你素無相識，且又情眞罪當，怎肯捨了自己官職，輕易縱放個重犯？無非聞說你是個強盜頭兒，定有贓物窩頓，指望放了，暗地去孝順，將些去買上囑下，這官又不壞，又落些入己。不然，如何一夥之中，獨獨縱你一個？那裡知道你是初犯的窮鬼，竟一溜煙走了，他這官又罷休？今番打聽著在此做官，可可的來了。」房德搖首道：「沒有這事。當初放我乃一團好意，何嘗有絲毫別念？如今他自往常山，偶然遇見，還怕誤我公事，把頭掉轉，不肯相見，並非特地來相尋。不要疑壞了人。」貝氏又歎道：「他說往常山乃是假話，如何就信以爲眞？且不要論別件，只他帶著王太同行，便見其來意了。」房德道：「帶王太同行便怎麼？」貝氏道：「你也忒煞懵懂！那李勉與顏太守是相識，或者去相訪是眞了；這王太乃京兆府獄卒，難道也與顏太守有舊去相訪，卻跟著同走？若說把頭掉轉，不來招攬，此乃冷眼覷你可去相迎，正是他奸巧之處，豈是好意如果眞要到常山，怎肯又住這幾多時？」房德道：「他那裡肯住？是我再三苦留下的。」貝氏道：「這也是他用心處，試你待他的念頭，誠也不誠。」房德原是沒主意的人，被老婆這番話一聳，漸生疑惑，沈吟不語。貝氏又道：「總來這恩是報不得的。」房德道：「如何報不得？」貝氏道：「今若報得薄了，他一時翻過臉來，將舊事和盤托出，那時不但官兒了帳，只怕當做越獄強盜拏去，性命登時就送。若報得厚了，他做下額子，不常來取索，如照舊饋送，自不必說，稍不滿欲，依然揭起舊案，原是走不脫，可不是到底終須一結？自古道：『先下手爲強。』今若不依我言，事到其間，悔之晚矣！」房德聽說至此，暗暗點頭，心腸已是變了。又想了一想，乃道：「如今原是我欲報他恩德，他卻從無一字提起，恐沒這心腸。」貝氏笑道：「他還不曾見你出手，故不開口，到臨期自然有說話的。還有一件，他此來這番縱無別話，你的前程，已是不能保了。」房德道：「卻是為何？」貝氏道：「李勉至此，你把他萬分親熱，衙門中人不知來歷，必定問他家人。家人那肯替你遮掩？少不得以直告之。你想衙門中人的口嘴好不利害，得知本官是強盜出身，定然當作新聞，互相傳說。同僚們知得，雖不敢當面笑你，背後誹議，也經不起。就是你也無顏再存坐得住。這個還算不了的事，那李勉與顏太守既是好友，到彼難道不說？自然一一道知其詳。聞得這老兒最古怪，且又是他屬下，倘被他遍河北一傳，連夜走路，還只算遲了。那時可不依舊落魄，終身怎處？如今急急下手，還可免得顏太守這頭出醜。」房德初時，原怕李勉家人走漏了消息，故此暗地叮嚀王太。如今老婆說出許多利害，正投其所忌，遂把報恩念頭，撇向東洋大海連稱：「還是奶奶見得到。不然，幾乎反害自己。但他來時，合衙門人通曉得，明日不見了，豈不疑惑？況那屍首也難出脫。」貝氏道：「這個何難？少停出衙，只留幾個心腹人答應，其餘都打發去了，將他主僕灌醉，到夜靜更深，差人刺死，然後把書院放了一把火燒了，明日尋出些殘屍賸骨，假哭一番，衣棺盛殮。那時人只認是火燒死的。有何疑惑？」房德大喜道：「此計甚妙！」便要起身出衙。那婆娘曉得老公心是活的，恐兩下久坐長談，說得入港，又改過念來，乃道：「總則天色還早，且再過一回出去。」房德依著老婆眞個住下。有詩為證：

猛虎口中劍，黃蜂尾上鍼；兩般猶未毒，最毒婦人心。

自古道：「隔牆須有耳，窗外豈無人？」房德夫妻在房說話時，那婆娘一味不捨得這絹匹，專意挑唆老公害人，全不提防有人竊聽。況在私衙中，料無外人來往，恣意調唇弄舌。不想家人路信，起初聞得貝氏焦躁，便覆在間壁牆上，聽他們爭多競少，直至放火燒屋，一句句聽得十分仔細。倒喫了一驚，想道：「原來我主人曾做過強盜，虧這官人救了性命，今反恩將仇報，天理何在？看起來這般大恩人尚且如此，何況我奴僕之輩？倘稍有過失，這性命一發死得快了，此等殘惡之人，跟他何益？」又想道：「常言『救人一命，勝造七級浮屠。』何不救了這四人？也是一點陰騭！」卻又想道：「若放他們走了，料然不肯饒我，不如也走了罷。」遂取些銀兩藏在身邊，覷個空，悄悄閃出私衙。一逕奔入書院，只見支成在廂房中烹茶，坐於檻上執著扇子打盹，也不去驚醒他。竟踅到書院看王太時，卻都不在，只有李勉正襟據案而坐，展玩書籍。路信走近案傍低低道：「相公你禍事到了！還不快走！更待幾時？」李勉被這驚不小，急問：「禍從何來？」路信扯到一邊，將適才所聞一一細說．又道：「小人因念相公無辜受害，特來通報。如今不走，少頃就不能免禍了。」李勉聽了這話，驚得身子猶如掉在冰桶裡，禁不住的寒顫。急急爲禮稱謝道：「若非足下仗義救我，李勉性命定然休矣！大恩大德，自當厚報，決不學此負心之人。」急得路信跪拜不迭道：「相公莫要高聲！恐支成聽得，走漏了消息，彼此難免。」李勉道：「但我走了，怕累足下，於心何安？」路信道：「小人又無妻室，待相公去後，亦自遠遁，不消慮得！」李勉道：「你乃大恩人，怎說此話？只是王太和兩個人同去買麻鞋了，卻怎麼好？」路信道：「待小人去尋來。」李勉又道：「馬匹俱在後槽，卻怎處？」路信道：「也等小人去哄他帶來。」急出書室，回頭看支成，已不在檻上打盹了，路信即走入房廂中觀看，卻又不在。原來支成登東廁去了，路信只道被他聽得，進衙去報房德，心下慌張，覆轉身向李勉道：「相公！不好了！想被支成聽見去報主人了，快走罷，等不及管家矣！」李勉又喫一驚，半句話也應答不出，棄下行李，光身子同著路信，踉踉蹌蹌的走出書院。衙役見了李勉，坐下的都站起來。李勉兩步並作一步，奔出儀門外。天幸恰有承值令尉出入的一騎馬繫在東廊下，路信心生一計，對馬夫道：「快牽過官馬來！與李相公乘坐往西門拜客。」馬夫見是縣主貴賓、衙內大叔，怎敢不依？二人方才上馬，王太撞至馬前，路信連忙道：「王太叔來得好，快隨相公拜客。」又叫馬夫帶那騎馬與他騎坐，齊出縣門。馬夫緊隨馬後，路信再給馬夫道：「相公因李相公明早要起身往府中去，今晚著那個洗刷李相公的馬匹，少停便來呼喚，不必跟隨。」馬夫聽信，便立住了腳道：「多謝大叔指教。」三人離縣過橋轉西，兩個從人提了麻鞋從東趕來，問道：「相公那裡去的？」王太道：「連我也不曉得。」李勉便喝道：「快跟我走！不必多言！」李勉、路信加鞭策馬，王太見家主恁樣急促，正不知要往那裡拜客？心中疑惑，也拍馬趕上。兩個家人也放開腳步捨命奔趕。看看來到西門，遠遠見三騎牲口魚貫進城。路信遙望認得是本衙幹辦陳顏，同著一個令史，那一人卻不認識。陳顏和令史見了李勉，滾鞍下馬聲喏。常言道：「人急計生。」路信便叫道：「李相公管家們還少牲口，何不借陳幹辦的暫用？」李勉會意，遂收韁勒馬道：「如此甚好。」路信向陳顏道：「李相公要去拜客，暫借你的牲口與管家一乘，少頃便來。」二人巴不得奉承李勉歡喜，指望在本官面前增添些好言好語，可有不肯的理嗎？連聲答應道：「相公要用，只管乘去。」等了一回，兩個家人帶跌的趕到，走得汗淋氣喘。陳顏二人將鞭韁遞與兩個家人，上了馬，隨李勉鑽出城門，縱開鞍轡，二十個馬蹄，翻盞撒鈸相似，循著大道，望常山一路飛馬而去。正是：

> 拆破玉籠飛鳳鳥，頓開金鎖走蛟龍。

話分兩頭。且說支成上了東廁轉來，烹了茶捧進書室，卻不見了李勉。又遍室尋覓，沒個影兒，想道：「一定兩日久坐在此，心中不舒暢，往外閒遊去了。」約莫有一個時辰，尚不見進來，走出書院去觀看，剛至門口，劈面正撞著家主。原來房德被老婆留住，又坐了老大一大回，方起身打點出衙。恰好遇見支成，問：「可見路信嗎？」支成道：「不見。想隨李相公出外閒走去了。」房德心中疑惑，正待差支成去尋覓，只見陳顏來到。房德問道：「曾見李相公嗎？」陳顏道：「方才在西門遇見路信，說要往那裡去拜客，連小人的牲口都借與他管家乘坐。一行共五個馬，飛跑如雲，正不知有甚緊事。」房德聽罷，料是路信走漏消息，暗地叫苦，也不再問。覆轉身，原入私衙，報與老婆知得。那婆娘聽說走了，倒喫一驚道：「罷了！罷了！這禍一發來得速矣！」房德見老婆也著了急，慌得手足無措，埋怨道：「未見得他怎地，都是你說長道短，如今倒弄出事來了。」貝氏道：「不要慌。自古道：『一不做，二不休。』事到其間，說不得了。料他去也不遠，快喚幾個心腹人連夜追趕前去，扮作強盜，一齊砍了，落得乾淨。」房德隨喚陳顏進衙，與他計較。陳顏道：「這事行不得。一則小人們只好趨平履定，那殺人勾當，從不曾習慣；二則儻一時有人叫應拏住，反送了性命。小人倒有一計在此，不消勞師動眾，教他一個也逃不脫。」房德歡喜道：「你且說！有甚妙策？」陳顏道：「小人間壁，一月前有一個異人搬來居住，不言姓名，也不做甚生理，每日出外酣醉而歸。小人見他來歷蹺蹊，行蹤詭秘，有心去察他動靜。忽一日，有一豪士，青布錦袍，躍馬而來，從者數人，逕到此人之家，留飲三日方去。小人私問那從者賓主姓名。都不肯說。有一個人悄對小人說：『那人是個劍俠，能飛劍取人之頭；又能飛行，頃刻百里；且是極有義氣。曾於臨安市上代人報仇，白晝殺人，避跡於此。』相公何不備些禮物前去，只說被李勉陷害，求他報仇。若得應允，便可了事。」貝氏在屏風後聽得，便道：「此計甚妙，快去求之。」房德道：「將多少禮物送去？」陳顏道：「他是個義士，重情不重物，得三百金足矣。」貝氏一力攛掇，備就了三百金禮物。天色傍晚房德易了便服，陳顏、支成相隨，也不乘馬，悄悄的步行到陳顏家裡。原來卻是一條冷巷，東鄰西舍不上四五家，甚是寂靜。陳顏留房德到裡邊坐下，點起燈火，窺探那人。等了一回，只見那人又是酣醉回來。陳顏報知房德。陳顏道：「相公須打點了一番說話，更要屈膝與他，這事方諧。」房德點頭道是。一齊到了門首，向門上輕輕扣上兩下，那人開門出問：「是誰？」陳顏低聲啞氣答道：「本縣知縣相公虔誠拜訪義士。」那人道：「咱這裡沒有什麼義士。」便要閉門。陳顏道：「且莫閉門，還有句說話。」那人道：「咱要緊去睡，誰個耐煩，有話明日來說。」房德道：「略話片時，即便相別。」那人道：「有甚說話，且到裡面來。」三人跨進門內，掩上門兒。引過一層房子，乃是小小客坐。房德即倒身下拜道：「不知義士駕臨敝邑，有失迎迓，今日幸得識荊，深慰平生。」那人扶住道：「足下乃一縣之主，如何行此大禮，豈不失了體面？況咱並非什麼義士，不要錯認了。」房德道：「下官專來尋訪義士，安有差錯之理？」教陳顏、支成將禮物奉上。說道：「些小薄禮，特獻義士為鬥酒之資，望乞哂留！」那人笑道：「咱乃閭閻無賴，四海無家，無一技一能，何敢當義士之稱！這些禮物，也沒用處，快請收去！」房德又躬身道：「禮物雖微，出自房某一點血誠，幸勿峻拒。」那人道：「足下驀地屈身匹夫，又賜厚禮，卻是為何？」房德道：「請義士收了，方好相告。」那人道：「咱雖貧賤，誓不取無義之物。足下若不說明白，斷然不領。」房德假意哭拜於地道：「房某負戴大冤久矣，今仇在目前，無能雪恥，特慕義士是個好男子，賽過聶政、荊軻，故敢斗膽叩拜階前。望義士憐念房某含冤負屈，少展半臂之力，刺死此賊，生死不忘大德！」那人搖手道：「我說足下認錯了，咱資身尚且無策，安能爲人謀大事？況殺人句當，非同小可；設或被人聽見這話，反是累咱家，快些請回！」言罷，轉身先向外走。房德上前一把扯住道：「聞得足下素抱忠義，專一除殘去暴，濟困扶危，有古烈士之風。今房某身抱大冤，義士反不見憐，料想此仇永不能報矣！」道罷，又假意啼哭。那人瞧了這個光景，認做眞情，方道：「足下眞個有冤嗎？」房德道：「若沒大冤，不敢來求義士？」那人道：「既恁樣，且坐下將冤抑之事，並仇家姓名，今在何處，細細說來，可行則行，可止則止。」兩下遂對面而坐，陳顏、支成站於旁邊，房德揑出一段假情，反說：「房某昔年被李勉誣指爲盜，百般毒刑拷打，陷於獄中；幾遍差獄卒王太謀害性命，皆被人知覺，不致於死。幸虧後官審明釋放，得官此邑。今又與王太同來挾制，索詐千金，意猶未足；又引通家奴暗地行刺。事露，適來連此奴帶去，奔往常山，要唆顏太守來擺佈。」把一片說話，妝點得十分利害。那人聽畢，大怒道：「原來足下受此大冤，咱家豈忍坐視。足下且請回縣，在咱身上，今夜往常山一路，找尋此賊，爲足下報仇。夜半到衙中覆命。」房德道：「多感義士高義，某當秉燭以待。事成之日，另有厚報！」那人作色道：「咱一生路見不平，拔刀相助，那個希圖你的厚報？——這禮物咱也不受。」說猶未絕，飄然出門，其去如風，須臾不見了。房德與衆人驚得目睜口獃，連聲道：「眞異人也！且將禮物收回，待他復命時再送。」有詩爲證：

報仇憑一劍，重義藐千金；誰謂奸雄舌，幾違烈士心。

且說王太同兩個家人，見家主出了城門，又不拜甚客，只管亂跑，正不知為甚緣故。一口氣就行了三十餘里，天色已晚，卻又不尋店宿歇。那晚乃是十三，一輪明月，早已升空。趁著月色，不顧途路崎嶇，負命而逃，猶恐後面有人追趕。在路也無半句言語，只管趲向前去。約莫有二更天氣，共行了八十多里，來到一個村鎮，已是井陘縣地方。那時走得人困馬乏，路信道：「來路已遠，料得無事了。且就此覓個宿處，明日早行。」李勉依言，逕投旅店。誰想夜深了，家家閉戶關門，無處可宿。直到市梢頭，方覓得一個旅店。衆人一一下馬，走入店門，將牲口卸了鞍轡，繫在槽邊餵料。路信道：「主人家！揀一處潔淨所在，與我們安歇。」店家答道：「不瞞客官說，小店房頭，沒有個不潔淨的。如今也只空得一間在此。」店家掌燈引入房中。李勉向一條板凳上坐下，覺得氣喘吁吁。王太忍不住問道：「請問相公，那房縣主惓惓苦留，明日撥夫馬相送，從容而行，有何不美？卻又把自己行李棄下，猶如逃難一般，連夜奔走，受這般勞碌；路管家又隨著我們同來，是何意故？」李勉歎口氣道：「汝那知就裡？若非路管家，我與汝等死無葬身之地矣！今幸得脫虎口，已謝天不盡了，還顧得什麼行李辛苦？」王太驚問其故。李勉方待要說，不想店主人見他們五人五騎深夜投宿，一毫行李也無，疑是歹人，走進來盤問腳色。說道：「衆客長做甚生意？打從何處來？這時候到此？」李勉一肚子氣恨，正沒處說，見店主相問，答道：「話頭甚長。請坐下了，待我細訴。」乃將：「房德為盜犯罪，憐其才貌，暗令王太釋放，以致罷官，及客遊遇見，留回厚款；今日午後回衙，聽信老婆讒言，設計殺害，虧路信報知逃脫。……」前後之事，細說一遍。王太聽了這話，連聲唾罵負心之賊。店主人也不勝嗟歎。路信道：「主人家，相公鞍馬辛苦，快些催酒飯來喫了，睡一覺好走路。」店主人答應出去。只見床底下忽地鑽出一個大漢，渾身結束，手持匕首，威風凜凜，殺氣騰騰。唬得李勉主僕魂不附體，一齊跪倒，口稱：「壯士饒命！」那人一把扶起李勉道：「不必慌張，自有話說。咱乃義士，平生專抱不平，要殺天下負心之人。適來房德假揑虛情，反說公誣諂謀他性命，求咱來行刺。那識這賊子恁般狼心狗肺，負義忘恩。幸是公說出前情；不然，險些誤殺了長者。」李勉連忙叩下頭去道：「多感義士活命之恩！」那人扯住道：「莫謝，莫謝。咱暫去便來。」即出庭中，聳身上屋，疾如飛鳥，頃刻不見。主僕都驚得吐了舌縮不上去，不知再來還有何意？懷著鬼胎，不敢睡臥，連酒飯也喫不下。有詩爲證：

奔走長途氣上沖，忽然床下出青鋒；一番衷曲殷勤訴，喚醒奇人睡夢中。

再說房德的老婆，見丈夫回來，大事已就，禮物原封不動，喜得滿臉都是笑。連忙整備酒席，擺在堂中，夫妻秉燭以待。陳顏也留在衙中伺候。到三更時分，忽聽得庭前宿鳥驚鳴，落葉亂墜，一人跨入堂中。房德舉目看時，恰便是那個義士，打扮得如天神一般，比前大是不同，且驚且喜，向前迎接。那義士全不謙讓，氣忿忿的大踏步走入去，居中坐下。房德夫妻叩拜稱謝，方欲啓問，只見那義士十分忿怒，颼地掣出匕首指著罵道：「你這負心賊子！李畿尉乃你救命大恩人，不思報效，反聽婦人之言，背恩反噬。既已事露逃去，便該悔過！卻又架揑虛詞，哄咱行刺。若非他道出眞情，連咱也陷於不義。剮你這負心賊一萬刀，方出咱這點不平之氣！」房德未及分辯，頭已落地。驚得貝氏慌作一堆，平時卻是會說會講，到此心膽俱裂，身如膠漆黏牢，動彈不得。義士指著罵道：「你這潑賤狗婦！不勸丈夫行善，反教他傷害恩人。我且看你肺肝是怎樣生的？」托地跳起身來，將貝氏一腳踢翻，左腳踏住頭髮，右膝捺住兩腿。這婆娘連叫：「義士饒命！今後再不敢了！」那義士罵道：「潑賤淫婦！喒倒也肯饒你，只是你不肯饒人。」提起匕首，向胸膛上一刀直剖到臍下。將匕首銜在口中，雙手拍開五臟六腑，摳將出來，血瀝瀝提在手中，向燈下照看道：「喒只道這狗婦肺肝，與人不同，原來也只如此。怎生恁般狠毒？」遂撇過一邊，也割下首級，兩顆結作一堆，盛在革囊之中。揩抹了手上血污，藏了匕首，捏起革囊，步出庭中，踰垣而去。

說時義膽包天地，話起雄心動鬼神。

再說李勉主僕在旅店中，守至五更時分，忽見一道金光，從庭中飛入。衆人一齊驚起看時，正是那義士。放下革囊說道：「負心賊已被喒剖腹屠腸，今攜其首在此。」向革囊中取出兩顆首級。李勉又驚又喜，倒身下拜道：「足下高義，千古所無！請示姓名，當圖後報。」義士笑道：「喒自來沒有姓名，亦不要人酬報。頃喒從床下而來，日後設有相逢，竟以『床下義士』相呼便了。」道罷，向懷內取出一包藥兒，用小指甲挑了少許彈於首級斷處。舉手一拱，早已騰上屋檐，挽之不及；須臾，不知所往。李勉見棄下兩個人頭，心中慌張，正沒擺布。可煞作怪，看那人頭時，漸漸縮小；須臾，化爲一搭清水。李勉方才放心。坐至天明，路信取些錢鈔還了店家，收拾馬匹上路。又行了兩日，方到常山，逕入府中拜謁顏太守。故人相見，喜笑顏開，遂留於衙署中安歇。顏太守也見沒有行李，心中奇怪，問其緣故。李勉將前事一一訴出，不勝駭異。過了兩日，柏鄉縣將縣宰夫妻被殺緣由，申文到府。原來是夜陳顏、支成同幾個奴僕，見義士行兇，一個個驚號鼠竄，四散潛躲。直至天明，方敢出頭。只見兩個沒頭屍首，橫在血泊裡，五臟六腑，都摳在一邊，首級不知去向。桌上器皿，一毫不失。一家叫苦連天，報知主簿縣尉，俱喫一驚，齊來驗過，細詢其情，陳顏只得把房德要害李勉，求人行刺始末說出。主簿縣尉即點起若干做公的，各執兵器，押陳顏作眼，前去捕獲刺客。那時鬨動合縣人民，都跟來看。到了冷巷中，打將入去，惟有幾間空房，那見一個人影。主簿與縣尉商議申文，已曉得李勉是顏太守的好友，從實申報；在他面上怕有干礙，二則又見得縣主簿德；乃將眞情隱過，只說夜半被盜越入私衙，殺死縣令夫婦，竊去首級，無從捕獲；兩下周全其事。一面買棺盛殮。顏太守依擬申文上司。那時河北一路，都是安祿山專制；知道殺了房德，去了一個心腹，倒下回文，著令嚴加緝獲。李勉聞了這個消息，恐怕纏到身上，遂作別顏太守，回歸長安故里。恰好王鉷坐事下獄，凡被劾罷官者皆起任，李勉原起畿尉。不上半年，即陞監察御史。一日，在長安街上行過，只見一人身衣紅衫，跨下白馬，兩個胡奴跟隨，望著節導中亂撞。從人呵阻不住，李勉舉目觀看，卻便昔日「床下義士」。忙滾鞍下馬，鞠躬道：「義士別來無恙？」那義士笑道：「虧大人還認得咱家。」李勉道：「李某日夜在心，安有不識之理？請到敝衙少敘。」義士道：「咱另日竭誠來拜，今日不敢從命。倘大人不棄，同到敝寓一話何如？」李勉欣然相從，並馬而行。來到慶元坊一個小角門內入去，過了幾重門戶，忽然顯出一座大宅院，廳堂屋室，高聳雲漢；奴僕趨承，不下數百。李勉暗暗點頭道：「眞是個異人！」請入堂中，重新見禮，分賓主而坐。頃刻，擺下筵席，豐富勝於王侯。喚出家樂在庭前奏樂，一個個都是明眸皓齒，絕色佳人。義士道：「隨常小飲，不足以供貴人，幸勿見怪！」李勉滿口稱謝。當下二人席間談論些古今英雄之事，至晚而散。次日，李勉備了些禮物，再來拜訪時，止有一所空宅，不知搬向何處去了，嗟歎而回。後來李勉官至中書門下平章事，封爲汧國公。王太、路信，亦扶持做個小小官職。詩云：

從來恩怨要分明，將怨酬恩最不平；安得劍仙床下士，人間平遍不平鳴。

老門生三世報恩

買隻牛兒學種田，結間茅屋向林泉；也知世上無多日，且向山中過幾年。為利為宮終幻客，能詩能酒總神仙；世間萬物俱增價，老去文章不值錢。

這八句詩，乃是達者之言。末句說：「老去文章不值錢。」這一句還有個評論：大抵功名遲速，莫逃乎命；也有早成，也有晚達。早成者，未必有成；晚達者，未必不達。不可以年少而自恃，不可以年老而自棄。這老少二字，也在年數上論不得的。假如甘羅十二歲爲丞相，十三歲上就死了；這十二歲之年，就是他髮白齒落，背曲腰彎的時候了，後頭日子已短，叫不得少年。又如太公望，八十歲還在渭水釣漁，遇周文王。以後車載之，拜爲師尚父；文王薨，武王立，他又秉鉞爲軍師，佐武王伐商，定了周家八百年基業，封於齊國，又教其子丁公治齊，自己留相周朝，直活到一百二十歲方死。你說八十歲一個老漁翁，誰知日後還有一番事業？日子正長哩！這等看將起來，這八十歲上，還是他初束髮未頂冠，做新郎，應童子試的時候，叫不得老年。世人只知眼前貴賤，那知去後的日長日短？見個少年富貴，就奉承不暇；多了幾歲年紀，蹉跎不遇，就怠慢他：這是短見薄識之輩。譬如農家，也有早穀，也有晚稻，正不知那一種收成得好？不見古人云：

東園桃李花，早發還先萎；遲遲澗外松，後凋含晚翠。

閒話休提。卻說國朝正統年間，廣西桂林府興安縣，有一秀才，複姓鮮于，名同，字人通。八歲時曾舉神童，十一歲遊庠，超增補廩。論他的才學：便是董仲舒、司馬相如，也不看在眼裡；眞個是胸藏萬卷，筆掃千軍。論他的志氣，便是馮京、商輅，連中三元，也只算他便袋裡東西；眞個是足躡風雲，氣沖牛斗。何期才高而數奇，志大而命薄：年年同舉，歲歲觀場，不能得朱衣點額，黃榜標名。到三十歲上，循資該出貢了；他是個有才有志的人，貢途的前程，是不屑就的。思量：「窮秀才家，全虧學中年規，這幾兩廩銀，做個讀書本錢，若出了學門，少了這項來路，又去坐監，反廢盤纏；況且本省比監裡又好中，算計不通。」偶然在朋友前，露了此意。那下首該貢的秀才，就來打話，要他讓貢，情願將幾十金酬謝。鮮于同又得了這個利息，自以爲得計，第一遍是個情，第二遍是個例；人人要貢，個個爭先。鮮于同自三十歲上讓貢起；一連讓了八遍。到四十六歲，兀自埋沒於泮水之中，馳逐於青衿之隊；也有人笑他的，也有人憐他的，又有人勸他的。那笑他的，他也不睬；憐他的，他也不受；只有勸他的，他就勃然發怒起來，道：「你勸我就貢，只不過道俺年長，不能彀科第了；卻不知龍頭屬於老成，梁皓八十二歲中了狀元，也替天下有志氣肯讀書的男子爭氣，俺若情願小就時，三十歲上已就了。若肯沿門投刺，少不得做個府佐縣丞，昧著心田做去，儘可榮身肥家。只是如今是個科目的世界：假如孔夫子不得科第，誰說他胸中才學？若是三家村一個小孩子，粗粗裡記得幾篇爛舊時文，遇了個盲試官，亂圈亂點，睡夢裡偷得個進士到手，一般有人拜門生，稱老師，談天說地；誰敢出個題目，將戴紗帽的再考他一考麼？不止於此，做官裡頭，還有多少不平處：進士官就是個銅打鐵鑄的，撒漫做去，沒人敢說他不是；科貢官，兢兢業業，捧了卵子過橋，上司還要尋趁他；比及按院復命參論的，但是進士官，憑你敘得極貪極酷，公道看來，拏問也還透頭，說到結末，生怕斷絕了貪酷種子，道此一臣者，官箴雖玷，但或念初任，或念青年，尚可望其自新，策其末路，姑照浮躁，或不及例降調，不彀幾年工夫，依舊做起；倘拚得些銀子，央要道挽回，不過對調個地方，全然沒事；科貢的官，一分不是，就當做十分晦氣，遇著別人有勢有力，沒處下手，隨你清廉賢宰，少不得借重他，替進士頂缸。——有這許多不平處，所以不中進士，再做不得官。俺寧可老儒終身，死去到閻王面前，高聲叫屈，還博個來世出頭；豈可屈身而就，終日受人懊惱，喫順氣丸度日？」遂吟詩一首。詩曰：

從來資格困朝紳，只重科名不重人；楚士鳳歌誠恐殆，葉公龍好豈求真？若還黃榜終無分，
寧可青衿老此身；鐵硯磨穿豪傑事，春秋晚遇說平津。

漢時有個平津侯，複姓公孫名弘，五十歲讀春秋，六十歲對策第一，做到丞相封侯。鮮于同後來六十一歲登第，人以爲「詩讖」。此是後話。卻說鮮于同自吟了這八句詩，其志愈銳。怎奈時運不利，看看五十齊頭，蘇秦還是舊蘇秦，不能彀改換頭面。再過幾年，連小考都不利了，每到科舉年分，第一個攔場告考的就是他，討了多少人的厭賤。到天順六年，鮮于同五十七歲，鬢髮都蒼白了，兀自擠在後生家隊裡，談文講藝，娓娓不倦。那些後生見了他，或以爲怪物，望而避之；或爲笑具，就而戲之：——這都不在話下。卻說興安縣知縣，姓蒯名遇時，表字順之，浙江台州府仙居縣人氏；少年科甲，聲價甚高。喜的是談文講藝，商古論今。只是有件毛病，愛少賤老，不肯一視同仁；見了後生英俊，加意獎借；若是年長老成的，視爲朽物，口呼先輩，甚有戲

侮之意。其年鄉試屆期，宗師行文命縣裡錄科。蒯知縣將合縣生員考試，彌封閱卷，自恃眼力，從公品第，黑暗裡拔了一個第一；心中十分得意，向眾秀才面前誇獎道：「本縣拔得個首卷，其文大有吳、越中氣脈，必然連捷，通縣秀才皆莫能及。」眾人拱手聽命，卻似漢王築壇拜將，正不知拜那一個有名的豪傑？比及拆號唱名，只見一人應聲而出，從人叢中擠將上來。你道這人如何？

矮又矮，胖又胖，鬚鬢黑白各一半。破儒巾，欠時樣，藍衫補孔重重綻。你也瞧，我也看，若還冠帶像胡判。不枉誇，不枉贊，先輩今朝說嘴慣。休羨他，莫自歎，少不得大家做老漢。不須營，不須幹，序齒輪流做領案。

那案首不是別人，正是那五十七歲的怪物笑具，名叫鮮于同。合堂秀才哄然大笑，都道：「鮮于先輩又起用了。」連蒯公也自羞得滿面通紅，頓口無言。一時間看錯文字，今日眾人屬目之地，如何翻悔？忍著一肚子氣，胡亂將試卷拆完；喜得除了第一名下，一個個都是少年英俊，還有些嗔中帶喜。是日蒯公發放諸生事畢回衙，悶悶不悅，不在話下。卻說鮮于同少年時本是個名士，因淹滯了數年，雖然志不曾灰，卻也是：「澤畔屈原吟獨苦，洛陽季子面多慚。」今日出其不意，考個案首，也自覺有些興頭。到學道考試，未必愛他文字，虧了縣公案首，就搭上一名科舉，孜孜去赴省試。眾朋友都在下處看經書溫舉業，只有鮮于同平昔飽學，終日在街坊上遊玩。旁人看見，都猜道：「這位老相公，不知是送兒子孫兒進場的？事外之人，好不悠閒自在！」若曉得他是科舉的秀才，少不得要笑他幾聲。日居月諸，忽然八月初七日，街坊上大吹大擂，迎試官進貢院。鮮于同觀看之際，見興安縣蒯公正徵聘做禮記房考官，鮮于同自想：「我與蒯公同經，他考過我案首，必然愛我的文字，今番遇合十有八九。」誰知蒯公心裡不然，他又是一個見識道：「我取個少年門生，他後路悠遠，官也多做幾年，房師也靠得著他，那些老師宿儒，取之無益。」又道：「我科考時，不合昏了眼，錯取了鮮于先輩，在衆人前老大沒趣；今番再取中了他，卻又不是一場笑話？我今閱卷，但是三場做得齊整的，多應是夙學之士，年紀長了，不要取他；只揀嫩嫩的口氣，亂亂的文法，歪歪的四六，怯怯的策論，憒憒的判語；那定是少年初學，雖然學問未充，養他一兩科，年還不長，且脫了鮮于同這條干係。」算計已定，如法閱卷；取了幾個不整不齊略略有些筆資的，大點大圈，呈上主司，都批了「中」字。到八月二十八日，主司同各經房，在至公堂上拆號塡榜。禮記房首卷，是桂林府興安縣學生鮮于同，習禮記；又是那五十七歲的怪物笑具僥倖了。蒯公好生驚異。主司見蒯公有不樂之色，問其緣故。蒯公道：「那鮮于同年紀已老，恐置之魁列，無以壓服後生，情願把一卷換他。」主司指堂上扁額道：「此堂既名爲『至公堂』，豈可以老少而私愛憎乎？自古龍頭屬於老成，也把天下讀書人的志氣，鼓舞一番。」遂不肯更換，判定了第五名正魁。蒯公無可奈何。正是：

> 饒君用盡千般力，命裡安排動不得；本心揀取少年郎，依舊收將老怪物！

蒯公立心不要中鮮于先輩，故此只揀不整齊的文字才中；那鮮于同是宿學之士，文字必然整齊，如何反投其機？原來鮮于同爲八月初七日，看了蒯公入簾，自謂遇合十有八九；回歸寓中，多喫了幾杯生酒，壞了脾胃。破腹起來。勉強進場，一頭想文字，一頭泄瀉，瀉得一絲兩氣，草草完篇。二場、三場都如此；十分才學，不曾用得一分。出來自謂萬無中式之理！誰知蒯公倒不要整齊文字，以此竟占了個高魁；也是命裡否極泰來，顛之倒之，自然湊巧，那興安縣剛剛只中他一個舉人，當日鹿鳴宴罷，衆同年序齒，他又居了第一名。房考官見了門生，俱各歡喜，惟蒯公悶悶不悅。鮮于同蒙蒯公兩番知遇之恩，愈加殷懃；蒯公愈加懶散，上京會試，只照常規，全無作興加厚之意。明年鮮于同五十八歲，會試又下第了，叩見蒯公。蒯公更無別語，只勸他選了官罷。鮮于同做了四十餘年秀才，不肯做貢生官；今年才中得一年鄉試，怎肯就舉人職？回家讀書，愈覺有興。每聞里中秀才會文，他袖了紙墨筆硯，挨入會中同做。憑衆人要他，笑他，嗔他，厭他：總不在意，做完了文字，將衆人所作看了一遍，欣然而歸，以此爲常。光陰荏苒，不覺轉眼三年，又當會試之期。鮮于同時年六十有一，年齒雖增，矍鑠如舊；在北京第二遍會試，在寓所偶得一夢，夢見中了正魁，會試錄上有名，下面卻塡做詩經，不是禮記。鮮于同本是個宿學之士，那一經不通？他功名心急，夢中之言，不由不信，就改了詩經應試。事有湊巧，物有偶然。蒯知縣爲官清正，行取到京，欽授禮科給事中之職，其年又進會試經房。蒯公不知鮮于同改經之事，心中想通：「我兩遍錯了主意，取了那鮮于先輩，做了首卷；今番會試，他年紀一發長了，若禮記房裡又中了他，這才是終身之玷。我如今不要看禮記，改看了詩經卷子，那鮮于先輩，中與不中，都不干我事。」比及入簾閱卷，遂請看詩經房卷。蒯公又想道：「天下舉子像鮮于先輩的，諒也非止一人，我不中鮮于同，又中了別的老兒。可不是躲了雷公，遇了霹靂？找曉得了，但凡老師宿儒，經義必然十分透徹；後生家專工四書，經義必然不精。如今倒不要取經義整齊，但是有些筆資的，不妨題旨影響，這定是少年之輩了。」閱卷進呈。等到揭曉，詩經房頭卷，列在第十名正魁，折號看時，卻是桂林府興安縣學生鮮于同，習詩經；剛剛又是那六十一歲的怪物笑具。氣得蒯遇時目睜口獃，如槁木死灰模樣。正是：

早知富貴生成定，悔卻從前枉用心。

蒯公又想道：「論起世上同名姓的儘多，只是桂林府興安縣，卻沒有兩個鮮于同。且他向來是禮記，不知何故改了詩經？好生奇怪！」候其來謁，叩其改經之故。鮮于同將夢中所見，說了一遍。蒯公歎息連聲道：「眞命進士！眞命進士！」自此蒯公與鮮于同師生之誼，比前反覺厚了一分。殿試過了，鮮于同考在二甲頭上，得選刑部主事；人道他晚年一第，又居冷官，替他氣悶，他欣然自如。卻說蒯遇時在禮科衙門，直言敢諫，因奏疏裡面觸突了大學士劉吉，劉吉尋他罪過，下於詔獄。那時刑部官員，一個個奉承劉吉，欲將蒯公置之死地。卻好天與其便，鮮于同在本部，一力周旋看待，所以蒯公不致喫虧；又替他糾合同年，在各衙門懇求方便，蒯公遂得從輕降處。蒯公自恩道：「有意種花花不活，無心栽柳柳成陰，若不中得這個老門生，今日性命難保。」乃往鮮于先輩寓所拜謝。鮮于同道：「門生受恩師三番知遇，今日小小效勞，止可少答科舉而已；天高地厚，未酬萬一。」當日師生二人，歡飲而別：自此，不論蒯公在家在任，每年必遣人問候，或一次，或兩次，雖俸金微薄，表情而已。光陰荏苒，鮮于同只在部中遷轉，不覺六年，應選知府；京中重他才學，敬他老成爽利，立心要報個好缺推他；鮮于同全不在意。偶然仙居縣有信至，蒯公的公子蒯敬其，與豪戶查家爭墳地疆界，罵了一場，查家走失了個小廝，賴蒯公手打死，將人命事告官，蒯敬其無力對理，一逕逃往雲南父親任所去了；官府疑蒯公子逃匿，人命情眞，差人雪片下來提人，家屬也監了幾個，闔門驚懼。鮮于同查得台州正缺知府，乃央人討這地方。吏部知台州原非美缺，既然自己情願，有何不從？遂將鮮于同推陞台州府知府。鮮于同到任三日，蒯家已知新太守是蒯公門生，特討此缺而來，替他解紛；必有偏向之情，先在衙門謠言放刁；鮮于同只推不聞。蒯家家屬訴冤，鮮于同亦佯爲不理。密差的當捕人，訪緝查家小廝，務在必獲。約過兩月有餘，那小廝在杭州拏到。鮮于太守當堂審明，的係自逃，與蒯家無干。當將小廝，責取查家領狀，蒯氏家屬，即行釋放，期會一日，親往墳所，踏看疆界。查家見小廝已出，自知所訟理虛，恐結訟之日，必然喫虧，一面央大分上，到太守處說方便，一面又央人到蒯家，情願把墳界相讓講和。蒯家見事已明白，也不願結冤家。鮮于太守准了和息，將查家薄加罰治，事詳上司，兩家莫不心服。正是：

只愁堂上無明鏡，不怕民間有鬼奸。

鮮于太守乃寫書信一通，差人往雲南府回覆房師蒯公。蒯公大喜，想道「種荊棘得刺，樹桃李得陰，若不曾中得這個老門生，今日身家也難保。」遂寫懇切謝啓一通，遣兒子蒯敬其，齎同到府拜謝。鮮于同道：「下官昔年淹蹇，爲世所棄，受尊公老師，三番知遇，得掇科目；常恐身先溝壑，大德不報！今日恩兄被誣，理當暴白，下官因風吹火，小效區區，止可小酬老師鄉試提拔之德，尙欠情多多也！」因爲蒯公子經紀家事，勸他閉戶讀書，自此無話。鮮于同在台州做了三年知府，聲名大振，陞任徽寧道做兵憲，累陞河南廉使；勤於官職，年至八旬，精力比少年兀自有餘，推陞了浙江巡撫。鮮于同想道：「我六十一歲登第，且喜儒途偃蹇，仕途到順溜，卻不曾有風波；令官至撫臺，恩榮極矣！一向清勤自矢，不負朝廷，今日急行勇退，理之當然；但受蒯公三番知遇之恩，報之未盡，此任正在房師地方，或可少效涓埃。」乃擇日起程赴任，一路迎送。榮耀自不必說。不一日。到了浙江省城。此時蒯公也歷任做到大參地位，因病目不能理事，致政在家，聞得鮮于先輩又做本省開府，乃領了十二歲孫兒，親到杭州謁見。蒯公雖是房師，倒小於鮮公二十餘歲。今日蒯公致政在家，又有了目疾，龍鍾可憐；鮮于公年已八旬，健如壯年，位至開府：可見發達不在於遲早。蒯公歎息了許多。正是：

松柏何須羨桃李？請君點檢歲寒枝。

且說鮮于同到任以後，正擬遣人問候蒯公，聞說蒯參政到門，喜不自勝，倒屣而迎，直請到私宅，以師生禮相見。蒯公喚十二歲孫兒，見了老公祖。鮮于公問：「此位是老師何人？」蒯公道：「老夫受公祖活命之恩，犬子昔日難中，又蒙昭雪，此恩直如覆載；今天幸福星又照吾省！老夫衰病，不久於世；犬子讀書無成；只有此孫，名曰蒯悟，資性頗敏，特攜來相託；求老公祖青目一二。」鮮于公道：「門生年齒，已非仕途人物，正爲師恩酬報未盡，所以強顏而來；今日承老師以令孫相託，此乃門生報德之會也。鄙意欲留令孫在敝衙，同小孫輩課業，未審老師放心否？」蒯公道：「若蒙老公祖教訓；老夫死亦瞑目！」遂留兩個書僮服事蒯悟，在都撫衙內讀書；蒯公自別去了。那蒯悟資性過人，文章日進，就是年之秋，學道按臨，鮮于公力薦神童，進學補廩。依舊留在衙門中勤學，三年之後，學業已成。鮮于公道：「此子可取科第，我亦可以報老師之恩矣。」乃將俸銀三百兩，贈與蒯悟，爲筆硯之資，親送到台州仙居縣。適值蒯公三日前一病身亡。鮮于公哭奠已畢，問老師臨終亦有何言？蒯敬其道：「先父遺言，自己不幸少年登第，因而愛少賤老；偶爾暗中摸索，得了老公祖大人。後來許多年少的門生，賢愚不等，升沈不一，俱不得其氣力，全虧了老公祖大人一人，始終看覷，我子孫世世不可怠慢老成之士。」鮮于公呵呵大笑道：「下官今日三報師恩，正要天下人曉得扶持老成人也有用處，不可愛少而賤老也！」說罷，作則回省。草上表章，告老致仕。得旨予告，馳驛還鄉，優游林下。每日訓課兒孫之暇，同里中父老飲酒賦詩。後八年，長孫鮮于涵鄉榜高魁，走京會試。恰好仙居縣蒯悟，是年中舉，也到京中。兩人三世通家，又是少年同窗，並在一寓讀書。比及會試揭曉，同榜進十，兩家互相稱賀。鮮于同自五十七歲登科，六十一歲登甲，歷仕三十三年，腰金衣紫，錫恩三代，告老回家。又看子孫科第，直活到九十七歲，整整的四十年晚運。至今浙江人肯讀書，不到六七十歲，還不丟手，往往有晚達者。後人有詩歎云：

利名何必苦奔忙？遲早須臾在上蒼；但學蟠桃能結果，三千餘歲未為長。

鈍秀才一朝交泰

蒙正窯中怨氣，買臣擔上書聲；丈夫失意惹人輕，才入榮華稱慶。紅日偶然陰翳，黃河尚有澄清；浮雲眼底總難憑，牢把腳跟立定。

這首「西江月」，大概說人窮通有時，固不可以一時之得意，而自誇其能；亦不可以一時之失意，而自墜其志。唐朝甘露年間，有個王涯丞相；官居一品，權壓百僚，僮僕千數，日食萬錢，說不盡榮華富貴。其府第廚房，與一僧寺相鄰；每日廚房中滌鍋淨碗之水，傾向溝中，其水從僧寺流出。一日，寺中老僧出行，偶見溝中流水中有白物，大如雪片，小如玉片，近前觀看，乃是上白米飯，王丞相廚下鍋裡碗裡洗刷下來的。長老合掌，念聲：「阿彌陀佛！罪過罪過！」隨口吟詩一首：

春時耕種夏時耘，粒粒顆顆廢力勤；春去細糠如剖玉，炊成香飯似堆銀。三餐飽飯無餘事，一口飢時可療貧；堪歎溝中狼藉賤，可憐天下有窮人！

長老吟詩已罷，隨喚火工道人，將笊籬笊起溝內溝內殘飯，向清水河中，滌去污泥，攤於篩內，日色曬乾，用大缸收貯，且看幾時，滿得一缸。不到三四個月，其缸已滿；兩年之內，共積得六大缸有餘。那王涯丞相，只道千年富貴，萬代榮華，誰知樂極生悲，一朝觸犯了朝廷，闔門待勘，未知生死。其時賓客散盡，僮僕逃亡，倉廩盡為仇家所奪；王丞相至親二十三口米盡糧絕，挨飢忍餓，啼哭之聲，聞於鄰寺。長老聽得，心懷不忍，只是一牆之隔，除非穴牆，可以相通；長老將缸內所積飯乾，浸軟蒸而饋之。王涯丞相喫罷，甚以爲美，遣婢子問老僧：「他出家之人，何以有此精食？」老僧曰：「此非貧僧家常之飯，乃府上滌釜洗碗之飯，流出溝中，貧僧可惜有用之物，棄之不忍，將清水淘淨，日色曬乾，留爲荒年貧丐之食，今日誰知仍濟了尊府之急？正是：『一飲一啄，莫非前定！』」王涯丞相聽罷，歎道：「我往昔暴殄天物如此，安得不敗？今日之禍，必然不免。」其夜，遂伏毒而死。當初富貴時節，怎知道有今日？正是：「貧賤常思富貴，富貴又履危機。」此乃福過災生，自取其咎，假如今人，貧賤之時，那知後日富貴？即如榮華之日，豈信後來苦楚？如今在下，再說個先憂後樂的故事；列位看官們，內中倘有胯下忍辱的韓信，妻不下機的蘇秦，聽在下說這段評話，各人回去，硬挺著頭頸過日，以待時來，不要先墜了志氣。有請四句：

秋風衰草定逢春，尺蠖泥中也會伸；畫虎不成君莫笑，安排牙爪始驚人。

話說國朝天順年間，福建延平府將樂縣，有個宦家，姓馬名萬群，官拜吏科給事中；因論太監王振，專權誤國，削籍爲民。夫人早喪，單生一子，名曰馬任，表字德稱；十二歲遊庠，聰明飽學。說起他聰明，就如顏子淵聞一知十；論起他飽學，就如虞世南五車腹笥：眞個文章蓋世，名譽過人。馬給事愛惜如良金美玉，自不必言。里中這些富家兒郎，一來爲他是黃門的貴公子，二來道他經緯之才，早晚飛黃騰達，無不爭先奉承。其中更有兩個人，奉承得要緊。眞個是：

冷中送暖，閒裡尋忙；出外必稱弟兄，使錢那問爾我？偶話店中酒美，請飲三杯；才誇妓館容嬌，代包一月。掇臀捧屁，猶云手有餘香；隨口蹋痰，惟恐人先著腳。說不盡諂笑脅肩，只少個出妻獻子。

那兩個人一個叫黃勝，綽號黃病鬼；一個叫顧祥，綽號飛天礟。仗他兩個祖上，也曾出仕，都是富厚之家，目不識丁，也頂個讀書的虛名，把馬德稱做個大菩薩供養，扳他日後富貴往來。那馬德稱是忠厚君子，彼以禮來，此以禮往，見他慇懃，也逐與之爲友。黃勝就把親妹六媖，許與德稱爲婚。德稱聞此女才貌雙全，不勝之喜；但從小立個誓願：「若要洞房花燭夜，必須金榜掛名時。」馬給事見他立志高明，也不相強；所以年過二十，尚未完娶。時值鄉試之年，忽一日黃勝、顧祥，邀馬德稱向書鋪中去買書，見書鋪隔壁，有個算命店。牌上寫道：「要知命好醜，只問張鐵口。」馬德稱道：「此人名爲鐵口，必肯直言。」買完了書，就過間壁，與那張先生拱手道：「學生賤造求教。」先生問了八字，將五行生剋之數，五星虛實之理，推算了一回，說道：「尊官若不見怪，小子方敢直言。」馬德稱道：「君子問災不問福，何須隱諱？」黃勝、顧祥兩個在傍，只怕先生不知好歹，說出話來沖撞了公子。黃勝便道：「先生仔細看看，不要輕談。」顧祥道：「此位是本縣大名士，你只看他今科，發解還是發魁。」先生道：「小子只據理直講，不知准否？貴造偏才歸祿，父主崢嶸；論理，必生於貴宦之家。」黃、顧二人拍手大笑道：「這就準了。」先生道：「五星中命纏奎璧，文章冠世。」二人又大笑道：「好先生！算得準！算得準！」先生道：「只嫌二十二歲，交這運不好，官煞重重，爲禍不小，不但破家，亦防傷命。若過得三十一歲，後來，倒有五十歲榮華；只怕一丈闊的水欿，雙腳跳不過去。」黃勝就罵起來道：「放屁！那有這話？」顧祥伸出拳來道：「打這廝！打他的歪鐵口！」馬德稱雙手攔住道：「命之理微，只說他算不準就罷了，何須計較？」黃、顧二人，口中還不乾淨，卻得馬德稱抵死勸回。那先生只求無事，也不想算命錢了。正是：

阿諛人人喜，直言個個嫌。

那時連馬德稱也只道自家唾手功名，雖不深怪那先生，卻也不信。誰知三場得意，榜上無名？自十五歲進場，到今二十一歲，三科不中。若論年紀還不多，只爲進場屢次了，反覺不利。又過一年，剛剛二十二歲，馬給事一個門生，又參了王振一本。王振疑心座主指使而然，再理前仇，密唆朝中心腹，尋馬萬群當初做有司時罪過，坐贓萬兩，著本處撫按追解。馬萬群本是個清官，聞知此信，一口氣得病，數日身死。馬德稱哀戚盡禮，此心無窮，卻被有司，逢迎上意，逼要萬兩贓銀交納，此時只得變賣家產。但是有稅契可查者，有司徑自估價官賣；只有續置一個小小田莊，未曾起稅，官府不知；馬德稱恃顧祥平昔至交，只說顧家產業，央他暫時承認。又有古玩書籍等項，約數百餘金，寄與黃勝家中。那有司官將馬給事家房屋田產，盡數變賣，未足其數，兀自吹毛求疵不已。馬德稱扶柩在墳堂屋內暫住。忽一日，顧祥遣人來言：「府上餘下莊田，官府已知，瞞不得了。」馬德稱無可奈何，只得入官。後來聞得反是顧家舉首，一則恐後連累，二者博有司的笑臉。德稱知人情奸險，付之一笑。過了歲餘，馬德稱往黃勝家，索取寄頓物件，連走數次，俱不相接。結末，遣人送一封帖來，馬德稱拆開看時，沒有書束，止封帳目一紙，內開某月某日某事，用銀若干，某該合認，某該獨認，如此非一次，隨將古玩書籍等項，估計扣除，不還一件。德稱大怒，當了來人之面，將帳目扯碎，大罵一場：「這般狗彘之輩，再休相見。」從此，親事亦不提起。黃勝巴不得杜絕馬家，正中其懷。正合著西漢馮公的四句。正是：

一貴一賤，交情乃見；一死一生，乃見交情。

馬德稱在墳屋中守孝，弄得衣衫襤褸，口食不周；當初父親存日，也曾周濟過別人，今日自己遭困，卻有誰人周濟？守墳的老王，攛掇他把墳上樹木，倒賣與人，馬稱不肯；老王指著路上幾株大柏樹道：「這樹不在塚上，賣之無妨。」德稱依允。講定價錢，先倒一株下來，中心都是蟲蛀空的，不值錢了；再倒一株，亦復如此。德稱歎道：「此乃命也！」就叫住手。那兩株樹，只當燒柴，賣不多錢，不兩日用完了。身邊只賸得十二歲一個家生小廝，央老王作中，也賣與人，得銀五兩。這廝過門之後，夜夜小遺起來，主人不要了，退還老王處，索取原價。德稱不得已，情願減退了二兩身價賣了。好奇怪，第二遍去，就不小遺了。這幾夜小遺，分明是打落德稱這二兩銀子。——不在話下。光陰似箭，看看服滿，德稱貧困之極，無門可告；想起有個表叔，在浙江杭州府做知府；湖州德清縣知縣，也是父親門生，不如去投奔他，兩人之中，總有一遇。當下將幾件什物傢伙，託老王賣充路費，漿洗了舊衣舊裳，收拾做一個包裹，搭船上路，直至杭州。問那表叔，剛剛十日之前，已病故了；隨到德清縣，投那個知縣時，又正遇這幾日爲錢糧事情，與上司爭論不合，使性要回去，告病關門，無繇通報，正是：

時來風送滕王閣，運去雷轟薦福碑。

德稱兩處投人不著，想得南京衙門做官的，多有年家，又趁船到京口，欲要渡江，怎奈連日大風雨，上水船寸步難行；只得往句容一路，步行而去，逕往南京。且數南京那幾個城門：「神策，金川，儀鳳門；懷遠，清涼到石城；三山，聚寶連通濟；洪武，朝陽定太平。」馬德稱繇通濟門入城，到飯店中宿了一夜；次早，往部科等各衙門，打聽往年多有年家爲官的，如今陞的陞了，轉的轉了，死的死了，壞的壞了，一無所遇。乘興而來，卻難興盡而返。流連光景，不覺又是半年有餘，盤纏俱已用盡；雖不學伍大夫吳門乞食，也難免呂蒙正僧院投齋。忽一日，德稱投齋到大報恩寺，遇見有個相識鄉親，問其鄉里之事。方知本省宗師，按臨歲考，德稱在先服滿時，因無禮物送與學裡師長，不曾動得起服文書，及遊學呈子；不想也如此長客於外，如今音信不通，教官逕把他做避考申黜，千里之遙，無繇辨復。真是：

屋漏更遭連夜雨，船遲又遇打頭風。

德稱聞此消息，長歎數聲，無面回里，意欲覓個館地，權且教書糊口，再作道理。誰知世人眼淺，不識高低？聞知異鄉公子，如此形狀，必是個浪蕩之徒，便有錦心繡腸，誰人信他？誰人請他？又過了幾時，和尚們都怪他蒿惱，語言不遜，不可盡說。幸而天無絕人之路，有個運糧官趙指揮，要請個門館先生，同往北京，一則陪話，二則代筆。偶與報恩寺主持商議，德稱聞知，想道：「乘此機會，往北京一行，豈不兩便？」遂央僧舉薦。那俗僧也巴不得遣那窮鬼起身，就在指揮面前稱揚德稱好處，且是束修甚少。趙指揮是武官，不管三七二十一，只要省便，約德稱在寺投刺相見，擇日請了下船同行。德稱口如懸河，賓主頗也相合。不一日到黃河岸口，德稱偶然上岸登東，忽聽發一聲喊，猶如天崩地裂；慌忙起身看時，喫了一驚，原來河口決了，趙指揮所統糧船，三分四解，不知去向。但見水勢滔滔，一望無際。德稱舉目無依，仰天號哭道：「此乃天絕我命也！不如死休！」方欲投入河流，遇一個老者相救，問其來歷；德稱訴罷，老者惻然憐憫道：「看你青春美質，將來豈無發跡之期？此去短盤至北京，費用亦不多，老夫帶得有三兩荒銀，權爲程敬。」說罷，去摸袖裡，卻摸個空，連呼：「奇怪。」仔細看時，袖底有一小孔，那老者趕走出門，不知在那裡遇著剪綹的剪去了。老者歎道：「古人云：『得我心肯日，是你運通時。』今日看起來，就是心肯，也是個天數，非是老天吝惜，乃足下命運不通所致耳！欲屈足下過舍下，又恐路還不便。」乃邀德稱到市心裡，向一個相熟的主人家，借銀五錢爲贈，德稱深感其意，只得受了，再三稱謝而別。德稱道：「這五錢銀子，如何盤纏得許多路？」思量一計，買下紙筆，一路賣字。德稱寫作俱佳，爭奈時運未利，不能討得文人墨士賞鑒，不過村坊野店，胡亂買幾張糊壁。此輩曉得什麼好壞，那肯出錢？德稱有一頓、沒一頓，半飢半飽，直挨到北京城裡。下了飯店，問店主人借縉紳看，查有兩個相厚的年伯：一個是兵部尤侍郎；一個是左卿曹光祿。當下寫了名刺，先去謁曹公，曹公見其衣衫不整，心下不悅，知是王振的仇家，不敢招架，送下小小程儀，就辭了。再去見尤侍郎，那尤公也是個沒意思的，自家一無所贈，寫一封柬帖，薦在邊上陸總兵處。店主人見有這封書，料有際遇，將五兩銀子借爲盤纏。誰知正值北虜也先爲寇，大掠人畜，陸總兵失機，紐解來京問罪，連尤侍郎都罷官去了？總稱在塞外耽擱了三四個月，又無所遇，依舊回到京城旅寓。店主人折了五兩銀子，沒處取討，又欠下房錢飯錢若干，索性做個宛轉，倒不好推他出門；想起一個主意來，前面衚衕，有個劉千戶，其子八歲，要訪個下路先生教書，乃薦德稱。劉千戶大喜，講過束修二十兩，店主人先支一季束修，自己收受，准了所借之數。劉千戶頗盡主道，送一套新衣服，迎接德稱到彼坐館。自此，饔飧不缺；且訓誦之瑕，重溫經史，再理文章。剛剛坐穀三個月，學生出起痘來，太醫下藥不效，十二朝身死。劉千戶單只此子，正在哀痛。又有刻薄小人，對他說道：「馬德稱是個降禍的太歲，耗氣的鶴神，所到之處，必有災殃。趙指揮請了他，就壞了糧船；尤侍郎薦了他，就壞了官職；他是個不吉利的秀才，不該與他親近。」劉千戶不想兒子生死有命，倒抱怨先生帶累了，各處傳說。從此，京中起他一個異名，叫鈍秀才。凡鈍秀才街上過去，家家閉戶，處處關門。但是早行遇著鈍秀才的，一日沒采：做買賣的折本，尋人的不遇，出官的理輸，討債的不是廝打，便是廝罵；就是小學生上學，也被先生打幾下手心。有此數項，把他作妖物相看。儻然狹路相逢，一個個吐口涎沫，叫句吉利方走。可憐馬德稱衣冠之冑，飽學之儒，今日時運不利，弄得日無飽餐，夜無安宿。同時，有個浙中吳監生，性甚硬直，聞知鈍秀才之名，不信有此事，特地尋他相會，延至寓所，叩其胸中所學，甚有接待之意。坐席猶未暖，忽得家書，報家中老父病故，踉蹌而別。轉薦與同鄉呂鴻臚，呂公請至寓所，待以盛饌，方才舉箸，忽然廚房中火起，舉家驚慌逃奔，德稱因腹餒緩行了幾步，被地方拏他做火頭，解去官司不由分說，下了監鋪。幸呂鴻臚是個有天理的人，替他使錢，免其枷責。從此鈍秀才，其名益著，無人招接，仍復寫字爲生。正是：

慣與裱家書壽軸，喜逢新歲寫春聯。

夜間常在祖師廟、關帝廟、五顯廟這幾處安身；或與道人代寫疏頭，趁幾文錢度日。——暫且按下。卻說黃病鬼黃勝，自從馬德稱去後，初時還怕他還鄉，到宗師行黜，不見回家，又有人傳信，道是隨趙指揮糧船上京，被黃河水決，已覆沒矣；心下坦然無慮，朝夕逼勒妹子六媖改聘。六媖以死自誓，決不二夫。到天順晚年鄉試，黃勝夤緣賄賂，買了秋榜，里中奉承者，塡門塞戶。聞知六媖年長未嫁，求親者日不離門。六媖堅執不從，黃勝也無可奈何。到冬底打疊行李，往北京會試，馬德稱見了鄉試錄，已知黃勝得意，必然到京，想起舊恨，怕與相見，預先出京躲避。誰知黃勝不耐功名？若是自家學問上掙來的前程，倒也理之當然，不好在心裡；他原是買來的舉人，小人乘君子之器，不覺手之舞之，足之蹈之；又將銀五十兩買了個勘合，馳驛到京，尋了個大大的下處。且不去溫習經史，終日穿花街，過柳巷，在院子裡婊子家行樂。常言道：「樂極生悲」；鬥出一身廣瘡。科場漸近，將白金百兩送太醫，只求速愈。太醫用輕粉劫藥，數日之內，身體光鮮，草草完場而歸。不到半年，瘡毒大發，醫治不痊，嗚呼哀哉死了。既無兄弟，又無子息，族間都來搶奪家私。其妻王氏，又沒主張，全賴六媖一身，內支喪事，外應親族，按譜立嗣，衆心俱悅服無言。六媖自家，也分得一股家私，不下數千金，想起丈夫覆舟消息，未知眞假，費了多少盤纏，各處遣人打聽下落，有人自北京來，傳說馬德稱未死，落莫在京，京中都呼爲鈍秀才。六媖是個女中丈夫，甚有才幹，收拾起輕重銀兩，帶了婢僕，僱下船隻，一逕來到北京，尋取丈夫。訪知馬德稱在眞定府龍興寺大悲閣寫《法華經》，乃將白金百兩，新衣數套，親筆作書，緘封定當，差老家人王安去迎接丈夫。分付道：「我如今便與馬相公援例入監，請馬相公到此讀書應舉，不可遲延。」王安到龍興寺見了長老，問：「福建建馬相公何在？」長老道：「我這裡只有個鈍秀才，並沒有什麼馬相公。」王安道：「就是了，煩引相見。」和尚引到大悲閣下，指道：「傍邊桌上寫經的，不是鈍秀才？」王安在家時，曾見過馬德稱幾次，今日雖然襤褸，如何不認得？一見德稱，便跪下磕頭。馬德稱卻在貧賤患難之中，不料有此，一時想不起來，慌忙扶住問道：「足下何人？」王安道：「小的是將樂縣黃家，奉小姐之命，特來迎接相公。小姐有書在此。」德稱便問：「你小姐嫁歸何宅？」王安道：「小姐守志至今，誓不改適，因家相公近故，小姐親到京中，來訪相公，要與相公援例入監，請相公早辦行期。」德稱方才開緘而看，原來是一首詩。詩曰：

何事蕭郎戀遠遊？應知烏帽未籠頭；圖南自有風雲便，且整雙簫集鳳樓。

德稱看罷，微微而笑。王安獻上衣服銀兩，且請起程日期。德稱道：「小姐盛情，我豈不知？只是我有言在先：『若要洞房花燭夜，必須金榜掛名時。』向因貧困，學業久荒，今幸有餘資，可供燈火之費，且待明年秋試得意之後，方敢與小姐相見。」王安不敢強逼，求賜回書。德稱取寫經餘下的繭絲一幅，答詩四句：

逐逐風塵已厭遊，而今剛喜見伻頭；嫦娥夙有攀花約，莫遣簫聲出鳳樓。

德稱對了詩，付與王安。王安星夜歸京。回復了六媖。小姐開詩看畢，歎惜不已。其年天順爺北狩，遇土木之變，皇太后權請郕王攝位，改元景泰；將奸閹王振，全家抄沒，凡參劾王振喫虧的加官賜蔭，黃小姐在寓中，得了這個消息，又遣王安到龍興寺，報與馬德稱知道。德稱此時雖然借寓僧房，圖書滿案，鮮衣美食，已不似在先了。和尚們曉得是馬公子馬相公，無不欽敬。其年正是三十二歲，交逢好運，正應張鐵口先生推算之語。可見：

萬般皆是命，半點不由人。

德稱正在寺中溫習舊業，又得了王安報信，收拾行囊，別了長老，赴京另尋一寓安歇。黃小姐撥家僮二人伏侍，一應日用供給，絡繹饋送。德稱草成表章，敘先臣馬萬群直言得禍之由；一則為父親乞恩昭雪，一則為自己辨復前程。聖旨倒下：「准復馬萬群原官，仍加三級；馬任復學復廩；所抄沒田產，有司追給。」德稱家僮報與小姐知道，黃小姐又差王安，送銀兩到德稱寓中，叫他廩例入粟。明春就考了監生，至秋發魁，就於寓中整備喜筵，與黃小姐成親。來春又中了第十名會魁，殿試二甲，考選庶吉士。上表給假還鄉，焚黃謁墓，聖旨准了。夫妻衣錦還鄉，府縣官員，出郭迎接；往年抄沒田宅，俱用官價贖還，造冊交割，分毫不少。賓朋一向疏失者，此日奔走其門如市。只有顧祥一人，自覺羞慚，逃亡他郡去訖。時張鐵口先生尚在，聞知馬公子得第榮歸，特來拜賀，德稱厚贈之而去。後來馬任直做到禮兵刑三部尚書；六媖小姐封一品夫人，所生二子，俱中甲科；簪纓不絕。至今延平府人，說讀書人不得第者，把鈍秀才為比。後人有詩歎云：

十年落魄少知音，一日風雲得稱心；秋菊春桃時各有，何須海浪去浮沈？

念親恩孝女藏兒

子息從來天數，原非人力能為；最是無中生有，堪令耳目新奇。

話說元朝時，都下有個李總管，官居三品，家業巨富；年過五十，不曾有子。聞得樞密院東有個算命的開個鋪面，談人禍福，無不奇驗；李總管試往一算。於時衣冠滿座，多在那裡候他，挨次推講。總管對他道：「我之壽祿，已不必言；最要緊的，只看我有子無子？」算命的推了一回，笑道：「公已有子了，如何哄我？」總管道：「我實不曾有子，所以求算，豈有哄汝之理？」算命的把手輪了一輪道：「公年四十，即已有子，今年五十六了，尙說無子，豈非哄我？」一個爭道：「實不曾有。」一個爭道：「決已有過了。」遞相爭執。同座的人，多驚訝起來道：「這怎麼說？」算命的道：「在下不曾差，待此公自去想。」只見總管沈吟了好一會，拍手道：「是了，是了。我年四十時，一婢有娠，我以職事赴上都，到得歸家，我妻已把來賣了，今不知他去向；若說四十上該有子，除非這個緣故。」算命的道：「我說不差。公命不孤，此子仍當歸公。」總管把錢相謝了，作別而出：只見適間同在座上問命的一個千戶，也姓李，邀總管入茶坊坐下。說道：「適間聞公與算命的所說之話，小子有一件疑心，敢問個明白。」總管道：「有何見教？」千戶道：「小可是南陽人；十五年前，也不曾有子。因到都下，買得一婢，卻已先有孕的；帶得到家，吾妻適也有孕；前後一兩月間，各生一男，今皆十五六歲了。適間聽公所言，莫非是公的令嗣麼？」總管把婢子容貌年齒之類，兩相質問，無一不合；因而兩邊各通了姓名住址，大家說個容拜，各散去了。總管歸來，對妻說知其事；妻當日悍妒，做了這事，而今見夫無嗣，也有些慚悔哀憐，巴不得是眞。次日邀千戶到家，敘了同姓，認爲宗譜，盛設款待；約定日期，到他家裡去認，請千戶先歸南陽。總管給假前往，帶了許多東西，去餽送與千戶；拜他妻子，僕妾多有禮物。坐走了，千戶道：「小可歸家，問明此婢，果是宅上出來的。」因命二子出拜。只見兩個十五六的小官人，一齊走出來，一樣打扮，氣度也差不多。總管看了，不知那一個，是他兒子，請問千戶，求說明白。千戶說道：「公自認看，何必我說？」總管仔細相了一回，天性感通，自然識認，前抱著一個道：「此吾子也！」千戶點頭笑道：「果然不差。」於是父子相持而哭；旁觀之人，無不墮淚。千戶設宴，與總管賀喜，大醉而散。次日總管答席，就借設在千戶廳上。酒間，千戶對總管道：「小可既還公令郎，又豈可使令郎母子分離？並令其母奉公同還何如？」總管喜出望外，稱謝不已；就帶了母子同回都下。後來通籍承蔭，官也至三品，與千戶家往來不絕。可見人有子無子，多是命裡注定的。李總管自己，已信道無兒子，豈知被算命的，看出有子，到底得以團圓；可知是逃不過命裡。小子爲何說此一段話？只因一個富翁，也犯著無兒的病症；豈知也係有兒，被人藏過？後來一旦識認，喜出非常，有許多骨肉親疏的關目在裡頭。聽小子從容表白出來。正是：

越親越熱，不親不熱；附葛攀藤，總非枝葉。奠酒澆漿，終須骨血；如何妒婦，忍將嗣絕？
必是前生，非常冤業。

話說婦人心性，最是嫉妒；情願看丈夫無子絕後，說著買妾置婢，抵死也不肯的。就有個把被人勸化，勉強依從，到底心中只是有些嫌忌不自伏的；就是生下了兒子，是親丈夫一點骨血，又本等他做大娘，還道是隔重肚皮隔重山，不肯便認做親兒一般。更有一等狠毒的，偏要算計了絕，方才快活的。及至女兒嫁得個女婿，分明是個異姓，無關宗支的，他偏要認做嫡親，諸事偏心向他，倒勝如丈夫親子姪。豈知女生外向？雖係吾所生，到底是別家的人；至於女婿，當時就有二心，轉得背，更另搭架子了。自然親一支熱一支，女婿不如姪兒，姪兒又不如兒子，縱是前妻晚後，偏生庶養，歸根結果，嫡親瓜葛，終久是一派，好似別人多哩！不知這些婦人們，爲何再不明白這個道理？話說元朝東平府有個富人，姓劉名從善；年六十歲，人皆以員外呼之。媽媽李氏，年五十八歲。他有潑天也似家私，不曾生得兒子，止有一個女兒，小名叫做招姐；入贅一個女婿，姓張，叫張郎。其時張郎有三十歲，招姐二十七歲了。那個張郎，極是貪小好利刻剝之人；只因劉員外家富無子，他起心央媒，入贅爲婿，便道這家私久後多是他的了，好不誇張得意。卻是劉員外自己把定家私在手，沒有得放寬與他。原來劉員外另有一個肚腸：一來他有個兄弟劉從道同妻寧氏亡逝已過，遺下一個姪兒，小名叫做引孫，年一十五歲，讀書知事；只是自小父母雙亡，家私蕩敗，靠著伯父度日。劉員外道是自家骨肉，另眼覷他；怎當得李氏媽媽一心只護著女兒女婿，又且恨他母親存日妯娌不和，到底結怨在他身上，見了一似眼中之釘。劉員外雖然暗裡保全，卻是畢竟礙著媽媽女婿，不能十分周濟他，心中長懷不忍。二來員外有個丫鬟，叫做小梅，媽媽見他精細，叫他近身伏侍員外，就收起來做了偏房，已有了身孕，指望生出兒子來。有此兩件心事，員外心中，不肯輕易把家私與了女婿。怎當得張郎憊賴，專一使心用計，捏是造非，挑撥得丈母與引孫舅子，日逐噪鬧。引孫當不起激聒，劉員外也怕淘氣，私下的給些錢鈔，叫引孫自尋個住處，做營生去。引孫是個讀書之人，雖是尋得間破房子住了，不曉得做生理，只靠伯父把得這些東西，且逐漸用去度日。眼見得一個引孫是趕去了，張郎心裡懷著鬼胎，只怕小梅生下兒女來；若生個小姨，也還只分得一半，若生個小舅，這家私就一些沒他分了；遂與渾家招姐商量，要暗算那小梅。招姐卻是個孝順的人，——但是女眷家見識，若把家私分與堂弟引孫，他自道是親生女兒，有些氣不甘分；若是父親生下小兄弟來，他自是歡喜的；況是父親十分指望，他也要安慰父親的心，這個念頭是眞。——曉得張郎不懷好心，母親又不明道理，只護著女婿！恐怕不能彀保全小梅生產，時常心下打算。恰好張郎見趕逐了引孫出去，心裡得意，在渾家面前露出那要算計小梅的意思來；他暗想道：「若兩三人做了一路，算計他一人，有何難處？不爭你們使嫉妒心腸，卻不把我父親的後代絕了，這怎使得？我若不在裡頭使些見識，保全這事，豈不做了父親的罪人，留下萬代的罵名？卻是丈夫見我不肯做一路，怕他們背地自做出來；不若將計就計，暗地周全罷了。」你道怎生暗地用計？原來招姐有個堂分姑娘，嫁在東莊，是與招姐極相厚的；每事心腹相託。招姐要把小梅寄在他家裡去分娩，只當是託孤與他。當下來與小梅商議道：「我家裡自趕了引孫官人出去，張郎心裡，要獨占家私，姨姨你身懷有孕，他好生嫉妒。母親又護著他，姨姨你自己也要放精細些！」小梅道：「姑娘肯如此說，足見看員外面上，十分恩德；奈我獨自一身，怎提防得許多？只望姑娘凡百照顧則個。」招姐道：「我豈不要周全？只是關著財利上事，連夫妻兩個，心肝不託著五臟的；他早晚私下弄了些手腳，我如何知道？」小梅垂淚道：「這等卻怎麼好？不如與員外說個明白，看他怎地做主？」招姐道：「員外老年之人，他也周庇得你有限；況且說破了，落得大家面上不好看，越結下冤家了，你怎當得起？我倒有一計在此，須與姨姨熟商量。」小梅道：「姑娘有何高見？」招姐道：「東莊裡姑娘，與我最厚；我要把你寄在他莊上，在他那裡分娩，託他一應照顧。生了兒女，就託他撫養著；衣食盤費之類，多在我身上。這邊我便哄著我母親與丈夫，說姨姨不像意走了；他們巴不得你去的，自然不尋究。且等他們把這一點要擺佈你的肚腸放寬了；後來看個機會，等我母親有些轉頭，然後對員外一一說明，迎你歸來。那時你所養的兒女，已長大了，須奈何你不得了。除非如此，可保十全。」小梅道：「足見姑娘厚情，殺身難報！」招姐道：「我也只爲不忍見員外無後，恐怕你遭了別人毒手，沒奈何背了母親與丈夫，私下和你計較！你日後生了兒子，有了好處，須記得今日。」小梅道：「姑娘大恩，經卷兒拜在心上，怎敢有忘？」兩下商議停當，看著機會，然後行事。一日，員外要到莊上收割，因爲小梅有孕，恐伯女婿生嫉妒，女兒有外心，索性把家私，都託女兒女婿管了。又怕媽媽難爲小梅，請將媽媽過來，對他說道：「媽媽你曉得『借甕醸酒』麼？」媽媽道：「怎地說？」員外道：「假如別人家甕兒，借將來家裡做酒；酒熟之時，將酒留下，仍把那甕兒送還他本主：這就叫『借甕醸酒』。——如今小梅這妮子，腹懷有孕，明日或兒或女得一個，只當是你的；那其間將這妮子或典或賣，要不要，多憑得你；我只要借他肚裡，生下的要緊，這不當是『借甕醸酒』一樣嗎？」媽媽見如此說，也應道：「我曉得，你說的是；我覷看他便了。你放心莊上去。」員外叫張郎取過那遠年近歲欠他錢鈔的文書，都搬出來；便叫小梅點過燈，一把火燒了。張郎伸手火裡去搶，被火一逼，燒壞了指頭叫痛。員外笑道：「錢這般好使。」媽媽道：「借與人家錢鈔，多是幼年到今積攢下的家私，如何把這些文書燒燬了？」員外道：「我沒有這幾貫孽錢，安知不已有了兒子？就是今日有得些些根芽，若沒有這幾貫孽錢，我也不消擔得這許多干係，別人也不盤算計我了！我想財是什麼好東西？苦苦盤算別人的做甚？家裡須用不了，不如積些陰德，燒燬了罷。或者天可憐見，不絕我後，得個小廝兒也不見得？」說罷，自往莊上去了。張郎聽見適才丈人所言，道是暗暗的有些侵著他，一發不像意道：「他明明疑心我要暗算小梅，我枉做好人也沒幹；何不趁他在莊上，便當眞做一做，也絕了後慮。」又來與渾家商量。招姐前日已與東莊姑娘說知就裡，今日見事體已急了，當下便指點了小梅，逕叫他到那裡藏過；來哄丈夫道：「小梅這丫頭看見我們意思不善，今早叫他配絨線去，不見回來，想是趁空走了，這怎麼好？」張郎道：「逃走是丫鬟的常事；——走了倒也乾淨，省得我們費氣力。」招姐道：「只是父親知道，須要煩惱。」張郎道：「我們又不打他，不罵他，不沖撞他；他自己走了的，父親也抱怨我們不得。我們且告訴媽媽，大家商量去。」夫妻兩個來對媽媽說了；媽媽道：「你兩個說來沒半句，員外偌大年紀，見有這些兒指望，喜歡不盡，在莊兒上專等報喜哩！怎麼有這等的事？莫不你兩個做出了些什麼勾當來？」招姐道：「今日絕早自家走了的，實不干我們事。」媽媽心裡，也疑心是別有緣故。卻是護著女兒女婿，也巴不得將沒作有，倒認定走了也乾淨，那裡還來查究？只怕員外煩惱，又怕員外疑心，三口兒都趕到莊上，與員外說。員外見他們齊來，只道報他生兒的喜信，心下鶻突；見說出這話來，驚得木呆。心裡想道：「家裡難爲他不過，逼走了他，這是有的；只可惜帶了胎去。」又歎口氣道：「看起一家這等光景，就是生下兒子來，也未必能殼保；便等小梅自去尋個好處也罷了，何苦累他母子性命？」淚汪汪的忍著氣。又轉了一念道：「他們如此算計我，則爲著這些浮財；我何苦空積攢著做守財奴，倒與他們受用？我總是沒後代，趁我手裡，施捨了些去也好。」懷著一天忿氣，大張著榜子，約著明日到開元寺裡散錢與那貧難的人。張郎心裡好生不捨得，只爲見丈人心下煩惱，不敢拗他；到了明日，只得帶了好些錢，一家同到開元寺裡散去。到得寺裡，那貧難的，紛紛的來了；但見：

連肩搭背，絡手包頭：瘋癱的，氈裹臀行；喑啞的，鈴當口說。磕頭撞腦，拏差了拄拐互喧嘩；摸壁扶牆，踹錯了陰溝相怨恨。鬧熱熱攜兒帶女，苦悽悽單夫隻妻。都念道，明中捨去暗中來；真叫做，今朝那管明朝事。

那劉員外分付：「今日散錢，即按戶給發；到來大乞兒一貫，小乞兒五百文。」乞兒中有個劉九兒有一個小孩子；他與大都子商量著道：「我帶了這孩子去，只支得一貫；我叫孩子自認做了一戶，多落他五百文。你在旁做個證兒，幫襯一聲；騙了錢來，我兩個分了買酒喫。」果然去報了名，認做兩戶。張郎問道：「這小的另是一家麼？」大都子旁邊答應道：「另是一家。」就分與他五百錢。劉九兒都拏著去了，大都子要來分他的，劉九兒道：「這孩子是我的，怎生分得我錢？你須學不得我的兒子！」大都子道：「我和你說定的，你怎生多要了？你有兒的，便這般強橫？」兩個打將起來。劉員外問知緣故，叫張郎勸他。怎當得劉九兒不識風色，指著大都子千絕戶萬絕戶的罵道：「我有兒子，是請得錢，干你這絕戶的甚事？」張郎臉兒掙得通紅，止不住他的口。劉員外已聽得明白，大哭道：「俺沒兒子的，這等沒下梢！」悲哀不止；連媽媽女兒傷了心，一齊都哭將起來。張郎沒做理會處。散罷，只見一個人落後走來，望著員外媽媽施禮。你道是誰？正是劉引孫。員外道：「你爲何到此？」引孫道：「伯伯伯娘前與姪兒的東西日逐盤費，用度盡了；今日聞知在這裡散錢，特來借些使用。」員外礙著媽媽在旁，看見媽媽不做聲，就假意道：「我前日與你的錢鈔，你怎不去做些營生，便是這樣沒了。」引孫道：「姪兒只會看幾行書，不會做什麼營生！日日喫用有減無增，所以沒了。」員外道：「也是個不成器的東西！我那有許多錢殼你用？」狠狠要打。媽媽假意相勸，招姐與張郎對他道：「父親惱哩！舅舅走罷！」引孫只不肯去，苦要求錢。員外將條拄杖，一直的趕將出來；他們都認是眞，也不來勸。引孫前走，員外趕去，走上半里路來，連引孫也不曉其意道：「怎生伯伯也如此作怪起來？」員外見沒了人，才叫他一聲引孫，引孫撲的跪倒。員外撫著哭道：「我的兒！你伯父沒了兒子，受別人的氣；我親骨血，只看得你。你伯娘雖然不明理，卻也心慈的；只是婦人一時偏見，不看得破，不曉得別人的肉偎不熱。那張郎不是好人，須有日生分起來，我好歹勸化你伯娘轉意。你要時節邊勤勤到墳頭上去看看，只一兩年間，我著你做個大大的財主。今日靴裡有兩錠鈔，我瞞著他們，只做趕打，將來與你；你且拏去，盤費兩日；把我說的話，不要忘了。」引孫領諾而去；員外轉來，收拾了回家。張郎見丈人散了許多錢鈔，雖也心疼，卻也自今以後，家財再沒處走動，也儘彀著他了，未免志得意滿，自繇自主，要另立個鋪排，把張家來出景；漸漸把丈人丈母，放在腦後，倒像自家不是劉家的一般。劉員外固然看不得；連那媽媽護他的，也有些不服氣起來；虧得女兒招姐，著實在裡邊調停。怎當得男子漢心性硬劣，只逞自意，那裡來顧前管後？亦且女兒家順著丈夫日逐慣了，也漸漸有些隨著丈夫路上來了，自己也不覺得的，當不得有心的看不過。一日時遇清明令節，家家上墳祭祖；張郎既掌把了劉家家私，少不得劉家祖墳，要張郎支持去祭掃。張郎端整了祭盒擔子，先同渾家到墳上去。每年劉家上墳已過，張郎自然到自己祖墳上去；此年張郎自家做主，偏要先到張家祖墳上去。招姐道：「怎麼不照舊先到俺家的墳上，等爹媽來上過了再去？」張即道：「你嫁了我，連你身後，也要葬在張家墳裡，還先上張家墳是正禮。」招姐拗不過丈夫，只得隨他先去上墳不提。那媽媽同劉員外隨後起身到墳上來；員外對媽媽道：「他們想已到那裡多時了。」媽媽道：「這時，張郎攏設得齊齊整整，同女兒在那裡等了。」到得墳前，只見靜悄悄地，絕無影響。看那墳頭，已有人挑些新土蓋在上面了；也有些紙錢灰，與酒澆的溼土在那裡。劉員外心裡明知是姪兒引孫到此過了，故意道：「誰曾在此先上過墳了？」對媽媽道：「這又作怪！女兒女婿不曾來，誰上過墳？難道別姓的來不成？」又等了一回，還不見張郎和女兒來；員外等不得，說道：「我和你先拜了罷！知他們幾時來？」拜罷，員外問媽媽道：「俺老兩口兒百年之後，在那裡埋葬便好？」媽媽指著高岡兒上說道：「這處樹木長的似傘兒一般，在這裡埋葬也好。」員外歎口氣道：「此處沒我和你的分！」指著一塊下洼水渰的絕地道：「我和你只好葬在這裡。」媽媽道：「我們又不少錢；憑揀著好的所在，怕不是我們葬？怎麼倒在那水渰的絕地？」員外道：「這高岡有龍氣的，須讓他有兒子的葬，要圖他後代興旺；俺和你沒有兒子，誰肯讓我？只好瞻那絕地與我們掩骨頭。總是無後代的，不必這好地了。」媽媽道：「俺怎生沒後代？現有女兒女婿哩！」員外道：「我可忘了，他們還未來，我和你且說閒話。我且問你：我姓什麼？」媽媽道：「誰不曉得姓劉，也要問？」員外道：「我姓劉，你可姓什麼？」媽媽道：「我姓李。」員外道：「你姓李，怎麼在我劉家門裡？」媽媽道：「又好笑！我須是嫁了你劉家來。」員外道：「街上人喚你是劉媽媽？喚你是李媽媽？」媽媽道：「常言道：『嫁雞隨雞，嫁狗隨狗。』一車骨頭半車肉，都屬了劉家；怎麼叫我做李媽媽？」員外道：「原來你這骨頭也屬了俺劉家了。——這等，女兒姓什麼？」媽媽道：「女兒也姓劉。」員外道：「女婿姓什麼？」媽媽道：「女婿姓張。」員外道：「這等，女兒百年之後，可往俺劉家墳裡葬去？還是往張家墳裡葬去？」媽媽道：「女兒百年之後，自去張家墳裡葬去。」說到這句，媽媽不覺鼻酸起來。員外曉得有些省了，便道：「卻又來，這等怎麼叫做得劉門的後代？我們不是絕後的麼？」媽媽放聲哭將起來道：「員外怎生直想到這裡？俺無兒的，眞個好苦！」員外道：「媽媽，你才省了。就沒有兒子，但得是劉家門裡親人，也須是一瓜一蒂；生前望墳而拜，死後擇土而埋。那女兒只在別家去了。有何交涉？」媽媽被劉員外說得明切，言下大悟；況且平日看見女婿這般做作，今日又不見同女兒先到，也有些不像意了。正說間，只見引孫來墳頭收拾鐵鍬，看見伯父伯娘便拜。此時媽媽不比平日，覺得親熱了好些；問道：「你來此做什麼？」引孫道：「姪兒特來上墳添土來。」媽媽對員外道：「親的則是親，引孫也來上過墳，添過土了，他們還不見到。」員外故意惱引孫道：「你爲什麼不挑了祭盒擔子，齊齊整整上墳？卻如此草率！」引孫道：「姪兒無錢，只乞化得三杯酒，一塊紙，略表表做子孫的心。」員外道：「媽媽，你聽說麼？那有祭盒擔子的，爲不是子孫，這時還不來哩！」媽媽也老大不過意。員外又問引孫道：「你看那邊鴉飛不過的莊宅，石羊石虎的墳頭，怎不去；到俺這裡做什麼？」媽媽道：「那邊的墳，知他是那家？他是劉家子孫，怎不到俺劉家墳上來？」員外道：「媽媽，你才曉得引孫是劉家子孫？你先前可不說女兒女婿是子孫麼？」媽媽道：「我起初是錯見了；從今以後，姪兒只在我家裡住。你是我一家之人，你休記著前日的不是。」引孫道：「這個姪兒怎敢？」媽媽道：「喫的，穿的，我多照管你便了。」員外便叫引孫拜謝媽媽。引孫拜下去道：「全仗伯娘看劉氏一脈，照管姪兒則個。」媽媽簌簌的掉下淚來。正傷感處，張郎與女兒來了；員外與媽媽問其來遲之故，張郎道：「先到寒家墳上完了事，才到這裡來，所以遲了。」媽媽道：「怎不先來上俺家的墳？要俺老兩口兒等這半日。」張郎道：「我是張家子孫，禮上須先完張家的事。」媽媽道：「姐姐呢？」張郎道：「姐姐也是張家媳婦。」媽媽聽這幾句話恰恰對著適間所言的，氣得目瞪口獃；變了色道：「你既是張家的兒子媳婦，怎生掌把著劉家的家私？」劈手就女兒處把那放鑰匙的匣兒奪將過來道：「以後張自張，劉自劉。」逕把匣兒交與引孫了，道：「以後只是俺劉家人當家。」此時連劉員外，也不料媽媽如此決斷；連張郎與招姐平日護他慣了的，一發不知在那裡說起，老大的沒趣。心裡道：「怎麼連媽媽也變了卦？」竟不知媽媽已被員外勸化得明明白白的了。張郎還指點叫擺祭物，員外媽媽大怒道：「我劉家祖宗，不喫你張家殘食，改日另祭。」各不喜歡而散。張郎與招姐回到家來，好生埋怨道：「誰料先上了自家墳，討得此番發惱不打緊，連家私也奪去與引孫掌把了；這如何氣得過？卻又是媽媽做主的，一發作怪！」招姐道：「爹媽認道只有引孫一個是劉家親人，所以如此。當初你待要暗算小梅，他有些知覺，預先走了；若留得他在時，生下個兄弟，須不讓著引孫上前了。況且自己兄弟還情願的；讓與引孫，實是氣不過！」張郎道：「平日又與他冤家對頭，如今他當了家，我們倒要在他的喉下接氣了，怎麼好？……還不如再求媽媽則個。」招姐道：「是媽媽的主意，如何求得轉？我有道理，只叫引孫一樣當不成家罷了。」張郎問道：「計將安出？」招姐只不肯說，但道：「倒做出便見，不必細問。」明日劉員外做個東道，請著鄰人把家私都交與引孫掌把；媽媽也是心安意肯的了。招姐曉得這個消息，道是張郎沒趣，打發出外去了；自己著人悄悄向東莊姑娘處說了，接了小梅來家。原來小梅在東莊分娩，生下一個兒子，已是三歲了。招姐私下寄衣寄食，去看覷他母子，只不把家裡知道！惟恐張郎曉得，生出別樣毒害來，還要等他再長成些，方與父母說破；而今因為氣不過引孫做財主，只得去接了他母子來家。次日來對員外道：「爹爹不認女婿做兒子也罷，怎麼連女兒也不認了？」員外道：「怎麼不認？只是不如引孫親些。」招姐道：「女兒是親生，怎麼倒不如他親？」員外道：「你須是張家人了，他須是劉家親人。」招姐道：「便道是親，未必就該是他掌把家私？」員外道：「除非再有親似他的才奪得他。那裡還有？」招姐笑道：「只怕有也不見得。」劉員外與媽媽也只道女兒忿氣，說這些話。不在心上；只見女兒走去，叫小梅領了兒子，到堂前對爹娘說道：「這可不是親似引孫的來了？」員外媽媽見是小梅，大驚道：「你在那裡來？可不道逃走了？」小梅道：「誰逃走？須守著孩兒哩！」員外道：「誰是我兒？」小梅指著兒子道：「這個不是？」員外又驚又喜道：「這個就是你所生的孩兒？一向怎麼說？敢是夢裡麼？」小梅道：「只問姑娘，便見明白。」員外與媽媽道：「姐姐快說這個。」招姐道：「父親不知，聽女兒從頭細說一遍：當初小梅姨姨有半年身孕，張郎使嫉妒心腸，要暗算小梅；女兒想來父親有許大年紀，若暗算了小梅，便是絕了父親之嗣；是女兒與小梅商量，將來寄在東莊姑娘家中分娩，得了這個孩兒。這三年，只在東莊姑娘處撫養，身衣口食，多是你女兒照管他的。還指望再長成些，方才說破；今見父親認道只有引孫是親人，故此請了他回家，須不比女兒，可不比引孫，還親些麼？」小梅也道：「其實虧了姑娘。若當日不如此周全，怎保得今日，有這個孩兒？」劉員外聽罷，如夢初覺，如醉方醒，心裡感激著女兒；小梅又教兒子不住的叫他爹爹。那員外聽得一聲，身也痲了；對媽媽道：「原來親的只是親，女兒姓劉，到底也還護著劉家，不肯順從張郎把兒弟壞了；今日有了親生兒，不致絕後，早則不在絕地上安葬了，皆是孝順女所賜，老夫怎肯知情不報？如今有個主意：把家私做三分分開，女兒姪兒孩兒各得一分；大家各管家業，和氣過日子罷了。」當日叫衆人家了尋了張郎來，同引孫及小孩兒拜見了鄰舍諸親；就做了分家的筵席，盡歡而散。此後劉媽媽認了眞，十分愛惜著孩兒；員外與小梅自不必說。招姐、引孫，又各內外保全；張郎雖是嫉妒，也用不著；畢竟培養得孩兒成立起來。此是劉員外廣施陰德，到底有後；又恩待骨肉，原受骨肉之報；所謂親一支熱一支也。有詩爲證：

女婿如何有異圖？總因財利令親疏；若非孝女關疼熱，畢竟劉家有後無？

呂大郎還金完骨肉

毛寶放龜懸大印，宋郊渡蟻占高魁；世人盡說天高遠，誰識陰功暗裡來？

話說江南常州府無錫縣東門外，有個小戶人家，兄弟三人，大的叫做呂玉，第二叫做呂寶，第三叫做呂珍；呂玉娶妻王氏，呂寶娶妻楊氏，俱有姿色；呂珍年幼未娶。兄弟中只有呂寶一味賭錢喫酒，不肯學好；老婆也不甚賢德，因此妯娌間有些面和意不和。那王氏生下一個孩子，小名喜兒，方才六歲；一日跟鄰舍家兒童出去看神會，夜晚不回，夫妻兩個煩惱，出了一張招子，街坊上叫了數日，全無影響。呂玉氣悶，在家裡坐不過，向大戶家借了幾兩本錢，往太倉、嘉定一路收些棉花布匹，各處販賣；就便訪問兒子消息。每年正二月出門，到八九月回家又收新貨，走了四個年頭，雖然賺些利息，眼見得兒子沒有尋處了；日久心慢，也不在話下。到第五個年頭，呂玉別了王氏又去做經紀；中途遇了個大本錢的布商，談論之間，知呂玉買賣中通透，拉他同往山西脫貨，就帶羢貨轉來發賣，於中有些利錢相謝；呂玉貪了蠅頭微利，隨他去了。及至到了山西發貨之後，遇著連歲荒歉，討賒帳不起，不得脫身；呂玉少年久曠，也不免行戶中走了一兩遍，走出一身風流瘡，服藥調治，無面回家。待到三年，瘡才痊好，帳目也討清了；那布商因爲稽遲了呂玉的歸期，加倍酬謝。呂玉得了些利物，等不得布商收貨完備，自己販了些粗細羢貨，相別先回。一日早晨，行至陳留地方，偶然去坑廁出恭，見坑板上遺下個青布搭膊，撿在手中覺得沈重；取回下處打開看時，都是白物，約有二百金之數。呂玉想道：「這不意之財，雖則取之無礙，倘或失主追尋不見，好大一場氣惱。古人見金不取，拾帶重還，我今年過三旬，尚無子嗣，要這橫財何用？」忙到坑廁左近俟候，只等有人來找尋，就將原物還他；等了一日，不見人來，次日只得起身，又行了五百餘里，到南宿州地方。其日天晚下一個客店，遇著一個同下的客人，閒論起江湖生意之事，那客人道：「吾日前侵晨到陳留縣，解下搭膊登廁，偶然官府在街上過，心慌起身，卻忘記了那搭膊；——裡面是二百兩銀子，直到晚間脫衣要睡，方才省得。想著過了一日，自然有人拾去了，轉去尋覓也是無益，只得自認晦氣罷了。」呂玉便問：「老客尊姓？尊居何處？」客人道：「在下姓陳，祖貫徽州；今在揚州閘上開個糧食鋪子。敢問老兄高姓？」呂玉道：「小弟姓呂，是常州無錫縣人。揚州也是順路，相送尊兄到彼奉拜。」客人也不知詳細，答應道：「若肯顧，最好。」次早，二人便作伴同行。不一日，來到揚州閘口，呂玉便到陳家鋪子登堂作揖；陳朝奉看坐獻茶。呂玉先提起陳留縣失銀之事，盤問他搭膊模樣，陳朝奉道：「是個深藍青布的，一頭有白線刺一個『陳』字。」呂玉心下曉然，便道：「小弟前在陳留拾得一搭膊，恰倒也相像，把來與尊兄認看。」陳朝奉見了搭膊道：「正是。」搭膊裡面銀兩原封不動，呂玉雙手遞與陳朝奉。陳朝奉過意不去，要與呂玉均分。呂玉不肯。陳朝奉道：「便不均分，也受我幾兩謝禮，等在下心安。」呂玉那裡肯受？陳朝奉感激不盡，慌忙擺飯相款；想道：「難得呂玉這般好人，還金之恩，無門可報，吾有十二歲一個女兒，何不與呂君攀一脈親，也好往來？但不知他有兒子否？」飲酒中間，陳朝奉問道：「恩兄令郎幾歲了？」呂玉不覺掉下淚來，答道：「小弟只有一子，七年前為看神會失去了，至今並無下落；荊妻別無生育。」陳朝奉聞言，沈吟半晌，便問道：「恩兄，令郎失去時幾歲了？」呂玉道：「剛剛六歲。」陳朝奉又問：「令郎叫什麼名字？狀貌如何？」呂玉道：「小兒乳名叫做喜兒；痘瘡出過，面白無痳。」陳朝奉聽罷，喜動顏色，使喚從人近前附耳密語；從人點頭領命去了。呂玉見他盤問蹺蹊，心中疑惑。須臾見個小廝走來，年紀約莫十三四歲，穿一領蕪湖青布的道袍，生得眉清目秀；見了客人，朝上深深喝個喏，便對陳朝奉道：「爹爹喚喜兒則甚？」陳朝奉道：「你且站著。」呂玉聽得名字與他兒子相同，心中愈疑；看那小廝面貌，亦與兒子相似，聽得他呼爹稱兒，情知與陳朝奉是父子，不敢輕易啓齒動問；悽慘之色形於面貌，目不轉睛看那小廝。那小廝也舉眼頻視。呂玉忍不住問道：「此位是令郎麼？」陳朝奉道：「此非我親生之子；七年前有下路人攜此兒到這裡，說妻子已故，止有此兒，因經紀艱難，欲往淮安投奔親戚，中途染病，盤纏用盡，願將此兒暫典三兩銀子，一到淮安覓見親戚，便來取贖。學生憐他落難，將銀付彼；那人臨別，涕泣不捨，此兒倒不以爲意。那人一去不回，學生疑惑起來，細問此兒，方知是無錫人，因看會失落，被人哄騙到此；父母姓名，又與恩兄相同。學生見他乖巧謹愼，甚愛惜他；將他與子女一般看待，同小兒在學堂中讀書。學生幾番思到貴縣訪問，恨無其便；適才恩兄言語相同，物有偶然，事有湊巧，特喚他出來，請兄親自認個詳細。」喜兒聽說，掉下淚來；呂玉亦淚下道：「小兒還有個暗記，左膝下有兩粒黑痣。」喜兒連忙捲起胯，解襪露出左膝，果然有兩個黑痣。呂玉一見，便抱喜兒在懷叫聲：「親兒！我是你的親爹了！失了你七年，何期在此相遇？」正是：

水底撈鍼鍼已得，掌中失寶寶重逢；筵間相抱慇懃認，猶恐今朝是夢中。

當下父子傷感自不必說；呂玉起身拜謝陳朝奉道：「小兒若非府上收留，今日安得父子重逢？」陳期奉道：「恩兄有還金之盛德，天遣尊駕到寒舍，父子團圓；小弟一向不知是令郎，甚愧怠慢！」呂玉又叫喜兒拜謝了陳朝奉。陳朝奉定要還拜，呂玉不肯，再三扶住，受了兩禮；便請喜兒坐於呂玉之旁。陳朝奉便道：「承恩兄相愛，學生有一女，年方十二歲，欲與令郎結終身之好。」呂玉見他情意真懇，料謙讓不得，只得依允。是夜父子同榻而宿，說了一夜的話。次日呂玉辭別要行，陳朝奉留住，另設個大席面，管待新親家新女婿，就當餞行。酒行數巡，陳朝奉取出白金二十兩，向呂玉說道：「賢婿一向在舍有慢，今奉些些薄禮權表親情；萬勿固辭。」呂玉道：「過承高門俯就，舍下就該行聘定之禮。因在客途，不好苟且。如何反費親家厚賜？決不敢當。」陳朝奉道：「這是學生自送與賢婿的，不干親翁之事；親翁若見卻，就是不允這頭親事了。」呂玉沒得說，只得受了，令兒子出席拜謝。陳朝奉扶起道：「這些薄禮，何謝之有？」喜兒又進去謝了丈母。當日開懷暢飲，至晚而散。呂玉想道：「我因這還金之便，父子相逢，誠乃天意；又攀了這頭好親事，似錦上添花，無處報答天地。有陳親家送這二十兩銀子，也是不意之財，何不擇個潔淨僧庵，糶米齋僧以種福田？」主意定了。次早，陳朝奉又備了飯，呂玉父子喫罷，收拾行李作謝而別。喚了一隻小船，搖出閘外約有數里，只聽得江邊鼎沸。原來壞了一隻載人船，落水的號呼求救，岸上人招呼小船打撈，小船要索賞犒，在那裡爭嚷。呂玉想道：「救人一命，勝造七級浮圖；譬如我要去齋僧，何不捨這二十兩銀子做賞錢，教他撈救，現在功德？」當下對眾人說：「我出賞錢！快撈救！若救起一船人性命，把二十兩銀子與你們。」眾人聽見有二十兩銀子賞錢，小船如蟻而來；連岸上有幾個會水性的人也泅水去救。須臾之間，把一船人都救起。呂玉將銀子付與眾人分散，水中得命的都千恩萬謝，只見內中一人看了呂玉叫道：「哥哥！那裡來？」呂玉看他不是別人，正是第三個親弟呂珍。呂玉合掌道：「慚愧！慚愧！天遣我撈救兄弟一命。」忙扶上船，將乾衣服與他換了。呂珍納頭便拜，呂玉答禮，就叫姪兒見了叔叔，把還金遇子之事述了一遍；呂珍驚訝不已。呂玉問道：「你卻為何到此？」呂珍道：「一言難盡！自從哥哥出門之後，一去三年，有人傳說哥哥在山西害了瘡病身故，二哥哥訪問得實，嫂嫂已是成服戴孝；兄弟只是不信。二哥近日又要逼嫂嫂嫁人，嫂嫂不從，因此遣兄弟走到山西，訪問哥哥消息；不期於此相會，又遭覆溺，得哥哥撈救，天與之幸。哥哥不可怠緩，急急回家以安嫂嫂之心，遲則怕有變了。」呂玉聞說驚慌，急叫駕長開船。星夜趕路。正是：

心忙似箭惟嫌緩，船走如梭尚道遲。

且說王氏聞丈夫凶信，初時也疑惑，被呂寶說得活龍活現，也信了，少不得換了素服。呂寶心懷不善，想著哥哥已故，嫂嫂又無所出，而且年紀後生，要勸他改嫁，自己得些財禮。教渾家楊氏與嫂子說；王氏堅意不從，又得呂珍朝夕苦阻，所以這計不成。王氏想道：「千聞不如一見，雖說丈夫已死，在千里之外，不知端的；央小叔呂珍，是必親到山西問個詳細；如果然不幸，骨殖也帶一塊回來。」呂珍去後，呂寶愈無忌憚，又連日賭錢輸了，沒處設法。偶有江西客人喪偶，要討個娘子，呂寶就將嫂嫂與他說合。那客人訪得呂大的渾家有幾分顏色，情願出三十兩銀子；呂寶得了銀子，向客人道：「家嫂有些妝喬，好好裡請他出門，定然不肯；今夜黃昏，暗地喚了大轎，悄地到我家來；只看戴白髻的便是家嫂，更不須言語，搶他上轎，連夜開船去便了。」客人依計而行。呂寶回家，恐怕嫂嫂不從，在他跟前不露一字，卻私下對渾家說個啞謎道：「那兩腳貨，今夜要出脫與江西客人去了；我生怕他哭哭啼啼，先躲出去，約定他在黃昏時候便來搶他上轎，莫對他說。」言還未畢，只聽得窗外腳步響。呂寶見有人來，慌忙踅了回去，卻不曾說明孝髻的緣故；——也是天使其然。王氏見呂寶欲言不言，情狀可疑，因此潛來察聽，彷彿聽得「搶他上轎」四字，「莫對他說」這句略高，已被王氏聽在耳內，心下十分疑慮；只得先開口問楊氏道：「奴與嬸嬸骨肉情恩，非止一日，適才我見叔叔語言情景，莫非在我身上要做不情理之事？嬸嬸與奴說個明白。」楊氏聽說，紅了臉皮道：「這是那裡說起？姆姆你要嫁人，也是不難。卻不該『船未翻先下水』。」王氏被他搶白了兩句，又惱又苦；走到房中，哭哭啼啼。想道：「丈夫不知下落，三叔呂珍尚在途中；父母親族，又住得遙遠，急切不能通信；鄰舍都怕呂寶無賴，不敢來管閒事；我這一身，早晚必落他圈套。」左思右想，無可奈何。忽又想道：「千死萬死，總是一死，只得尋個自盡罷。」主意已定，捱至日暮，密窺動靜；只見楊氏頻到門首探聽。王氏見他如此，連忙去上了栓。楊氏道：「姆姆也是好笑！這早晚又沒有強盜上門，恁般慌上栓；那魍魎還要回來。」一頭說，一頭走去把栓都下了。此時王氏已十分猜著，坐立不安心如刀割；走到房中緊閉房門，將條索子搭在梁上，做個活落圈，站在杌子上叫聲：「皇天與我報應！」歎了一口氣，把頭鑽入圈裡，簪髻落地，蹬開杌子，眼見得不能再活了；卻是王氏祿命未終，恁般一條粗麻索，不知怎地就斷做兩截，撲通的一聲，跌翻在地。楊氏聽得聲響，急跑來看時，見房門緊閉，情知有異，急取木凳撞開房門，黑洞洞的，才走進去，一腳絆著王氏，跌了一交，簪髻都跌在一邊。楊氏嚇得魂不附體，爬起來跑到廚下，點燈來看；只見王氏橫倒地上喘氣，口吐痰沫，項上尚有索子繫住。楊氏著了急，連忙解救；忽聽得門上輕輕的敲響。楊氏知是那話兒，急要去招引他進來，思想髻兒不在頭上，不成模樣，便向地上拾取簪髻；忙亂了手腳，自己黑的不拾，反拾了王氏白髻戴在頭上，忙走出去探問。外邊江西客人已得了呂寶暗號，引著燈籠火把，抬著一頂花花轎，——吹手雖有一副，不敢吹打，——在門上剝啄輕敲；覺得門未上栓，一徑推開大門，直入裡內。火把照耀，早遇楊氏，江西客人見頭上戴著孝髻，就如餓鷹見雀，趕上前一把扯著便走。衆人齊來相幫，只認戴孝髻的就搶，搶出門去。楊氏急嚷道：「不是！」衆人那裡管「三七二十一」？搶上轎時，鼓手吹打，轎子飛也似抬去了。正是：

一派笙歌上客船，錯疑孝髻是姻緣；新人若向新郎訴，只怨親夫不怨天。

王氏得楊氏解去縊索，已是醒了，聽得外面嚷鬧，驚慌無措；只聽門外鼓吹頓起，人聲嘈雜，漸漸遠去。捱了半晌，方敢出頭張望；叫嬸嬸時，那裡有半個影兒？心下已是明白，娶親的搶錯去了；恐怕復身轉來，急急關門。忙收拾起簪珥黑髻，驚恐得一夜不睡。直到天明起身梳洗，正欲尋頂舊孝髻來戴，只聽得外面敲著門響叫開門，卻是呂寶聲音。王氏惱怒，且不問誰，任他叫得個喉乾口燥，方才隔著門問道：「你是那個？」呂寶聽得是嫂子聲音，大驚；又見嫂子不肯開門，便哄道：「嫂嫂！兄弟呂珍得了哥哥實信歸家，快開了門。」王氏聽說呂珍回了，權將黑髻戴了，連忙開門；正是呂寶一個，那裡有甚呂珍？呂寶走到房中不見渾家，見嫂子頭上戴的是黑髻，心中大疑；問道：「嫂嫂！你嬸子那裡去了？」王氏道：「是你們自做的勾當，我那裡知道？」呂寶道：「且問嫂嫂，如何不戴孝髻？」王氏將自己縊死，繩斷髻落，及楊氏進來跌失黑髻，值娶親的進來，戴錯了孝髻誤被搶去的緣故，說了一遍。呂寶搥胸只叫得苦，指望賣嫂子，誰知倒賣了老婆？江西客人已是開船去了，三十兩銀子，昨晚一夜就賭輸了一大半；再要娶這房媳婦子，今生休想。復又思量一不做，二不休，有心是這等，再尋個主顧，把嫂子賣了，還有討老婆的本錢。方欲出門，只見門外四五個人一擁進來，不是別人，卻是哥哥呂玉、兄弟呂珍、姪子喜兒，與兩個腳夫擔了行李貨物進門。呂寶見兄歸，即從後門逃出，不知去向。王氏接了丈夫，又見兒子長大回家，問其緣故；呂玉從頭至尾敘了一遍；王氏也把搶去嬸嬸，呂寶無顏，後門走了一段情節敘出。呂玉道：「我若貪了這二百兩非意之財，怎能彀父子相見？若惜了那二十兩銀子，不去撈救覆舟之人，怎能彀兄弟相逢？若不遇兄弟時，怎知家中信息？今日夫妻重合，一家骨肉團圓，皆天使之然也！逆弟賣妻，也是自作自受，皇天報應，的然不爽！」自此益修善行，家道日隆。後喜兒與陳朝奉之女做親，子孫繁衍，多有出仕貴顯者。詩云：

本意還金兼得子，立心賣嫂反輸妻；世間惟有天工巧，善惡分明不可欺。

國家圖書館出版品預行編目資料

教你看懂今古奇觀上冊／許麗雯總編輯．-- 臺北市
：高談文化，2004〔民93〕
冊；　公分

ISBN 986-7542-54-1（全套：平裝）.--
ISBN 986-7542-55-X（上冊：平裝）.--
ISBN 986-7542-56-8（下冊：平裝）

857.41　　93017677

教你看懂今古奇觀　上冊

發行人：賴任辰
總編輯：許麗雯
主　編：劉綺文
編　輯：呂婉君　李依蓉
企　劃：張燕宜
美　編：陳玉芳
行　政：楊伯江
出　版：高談文化事業有限公司
地　址：台北市信義路六段76巷2弄24號1樓
電　話：（02）2726-0677
傳　真：（02）2759-4681
http://www.cultuspeak.com.tw
E-Mail：cultuspeak@cultuspeak.com.tw
郵撥帳號：19282592高談文化事業有限公司
印　刷：卡樂彩色製版印刷有限公司
（02）2883-4213
圖書總經銷：凌域國際股份有限公司
電話：（02）2298-3838
傳真：（02）2298-1498
行政院新聞局出版事業登記證局版臺省業字第890號

2004年10月出版
定價：新台幣340元整